中国古典文学
读本丛书典藏

杜甫诗选

山东大学中文系古典文学教研室 选注

袁世硕 董治安 张可礼 张忠纲 修订

人民文学出版社

图书在版编目（CIP）数据

杜甫诗选/山东大学中文系古典文学教研室选注；袁世硕等修订. —北京：人民文学出版社，2020（2023.9重印）
（中国古典文学读本丛书典藏）
ISBN 978-7-02-014274-3

Ⅰ.①杜… Ⅱ.①山…②袁… Ⅲ.①杜诗—诗集 Ⅳ.①I222.742

中国版本图书馆 CIP 数据核字（2018）第 094182 号

责任编辑　李　俊
装帧设计　陶　雷
责任印制　张　娜

出版发行　人民文学出版社
社　　址　北京市朝内大街 166 号
邮政编码　100705

印　　刷　三河市博文印刷有限公司
经　　销　全国新华书店等

字　　数　317 千字
开　　本　880 毫米×1230 毫米　1/32
印　　张　13　插页 3
印　　数　7001—9000
版　　次　1998 年 10 月北京第 1 版
印　　次　2023 年 9 月第 3 次印刷

书　　号　978-7-02-014274-3
定　　价　42.00 元

如有印装质量问题，请与本社图书销售中心调换。电话:010-65233595

目 录

前言　1

望岳　1
登兖州城楼　2
房兵曹胡马　3
画鹰　4
临邑舍弟书至，苦雨，黄河泛溢，堤防之患，
　　簿领所忧，因寄此诗，用宽其意　5
夜宴左氏庄　8
赠李白　8
陪李北海宴历下亭　9
春日忆李白　11
今夕行　12
送孔巢父谢病归游江东，兼呈李白　13
饮中八仙歌　15
高都护骢马行　18
奉赠韦左丞丈二十二韵　20
兵车行　24
乐游园歌　27
投简咸华两县诸子　30
同诸公登慈恩寺塔　32
曲江三章，章五句　34

贫交行 36

丽人行 37

送高三十五书记 39

陪郑广文游何将军山林十首（选四） 42

醉时歌 45

城西陂泛舟 48

渼陂行 49

九日寄岑参 51

秋雨叹三首 53

投赠哥舒开府翰二十韵 56

天育骠骑歌 61

前出塞九首 63

奉先刘少府新画山水障歌 70

自京赴奉先县咏怀五百字 73

后出塞五首 81

月夜 87

悲陈陶 87

悲青坂 88

对雪 89

春望 90

塞芦子 91

哀江头 93

一百五日夜对月 95

喜达行在所三首 96

述怀 99

月 101

羌村三首　102

北征　105

彭衙行　115

送郑十八虔贬台州司户,伤其临老陷贼之故,
　　阙为面别,情见于诗　118

春宿左省　119

曲江二首　121

义鹘行　122

洗兵马　125

至德二载,甫自京金光门出,间道归凤翔。
　　乾元初,从左拾遗移华州掾,与亲故别,
　　因出此门,有悲往事　130

九日蓝田崔氏庄　131

观安西兵过赴关中待命二首　132

赠卫八处士　135

新安吏　136

石壕吏　138

潼关吏　139

新婚别　141

垂老别　143

无家别　145

夏日叹　147

夏夜叹　149

佳人　151

遣兴五首(选一)　153

秦州杂诗二十首(选三)　154

梦李白二首 157

天末怀李白 160

月夜忆舍弟 161

捣衣 162

空囊 163

发秦州 164

龙门镇 167

石龛 168

乾元中寓居同谷县作歌七首 170

发同谷县 175

水会渡 177

剑门 178

成都府 181

堂成 183

为农 184

蜀相 185

江村 186

狂夫 187

恨别 189

野老 190

戏题王宰画山水图歌 191

春水生二绝 193

春夜喜雨 194

绝句漫兴九首(选三) 195

江畔独步寻花七绝句(选二) 197

水槛遣心二首(选一) 198

江上值水如海势,聊短述　199

进艇　200

客至　201

宾至　202

赠花卿　203

石笋行　204

石犀行　206

茅屋为秋风所破歌　207

楠树为风雨所拔叹　209

枯棕　211

病橘　212

不见　214

百忧集行　215

少年行　216

遭田父泥饮,美严中丞　217

寄李十二白二十韵　220

戏为六绝句　225

闻官军收河南河北　229

九日　230

送陵州路使君赴任　232

征夫　233

有感五首(选二)　235

发阆中　237

桃竹杖引赠章留后　238

冬狩行　240

岁暮　243

天边行 244

释闷 245

忆昔二首 247

将赴成都草堂途中有作先寄严郑公五首(选一) 252

草堂 253

绝句四首(选一) 257

绝句二首 258

题桃树 259

登楼 260

太子张舍人遗织成褥段 261

丹青引赠曹将军霸 264

送韦讽上阆州录事参军 268

宿府 270

除草 271

莫相疑行 273

去蜀 274

旅夜书怀 275

三绝句(选二) 276

八阵图 278

白帝城最高楼 279

夔州歌十绝句(选二) 280

白帝 282

负薪行 283

最能行 284

古柏行 286

咏怀古迹五首 289

诸将五首 294

壮游 300

遣怀 309

秋兴八首 313

解闷十二首(选三) 323

同元使君《舂陵行》并序 326

返照 330

夜 331

宿江边阁 332

阁夜 333

缚鸡行 334

愁 335

夜归 336

驱竖子摘苍耳 337

偶题 339

又呈吴郎 344

东屯北崦 345

麂 346

登高 347

月 348

洞房 349

宿昔 350

能画 351

斗鸡 352

历历 354

洛阳 355

骊山 356

提封 357

孤雁 358

虎牙行 359

观公孙大娘弟子舞《剑器》行并序 361

冬至 364

短歌行 赠王郎司直 365

江汉 367

登岳阳楼 368

岁晏行 369

南征 371

遣遇 372

客从 374

蚕谷行 375

朱凤行 376

苏大侍御访江浦,赋八韵记异并序 378

暮秋枉裴道州手札,率尔遣兴寄递,近呈苏涣
　侍御 380

追酬故高蜀州人日见寄并序 385

小寒食舟中作 389

江南逢李龟年 390

白马 390

[附录]

雕赋 392

前　言

　　唐诗是中国诗史中最灿烂辉煌的一章。杜甫是唐代诗人中最为后世推重、影响也最深钜的诗人。

　　杜甫字子美,唐玄宗先天元年(712)生于河南巩县(今巩义市)。祖父杜审言,在武则天朝做过膳部员外郎,是位著名的诗人。父亲杜闲,做过兖州司马,奉天(今陕西乾县)县令。杜甫青少年时代过着"读书破万卷"的书斋生活,受到良好的文化教养。而后南游吴越,北游齐赵,结识了诗人李白、高适等名流,赢得友好的称赏。他"自谓颇挺出",希望"立登要路津",玄宗开元二十三年(735)在洛阳参加进士考试,却没及第。天宝五载(746)入京都长安,再次应"制举",仍然落第。天宝十载(751)向皇帝献《三大礼赋》,待诏集贤院,四年后得了个太子右卫率府兵曹参军(掌东宫侍卫武官簿书)的小官职。天宝十四载(755)冬安史之乱爆发,次年安史叛军攻陷长安,玄宗仓卒逃往四川,杜甫经历了逃难、陷贼的苦难,潜赴凤翔,投奔上年即位的肃宗李亨,授官左拾遗(侍从皇帝的谏官)。不久,因营救获罪罢相的房琯,受到冷遇,被放归探亲。嗣后贬为华州(今陕西华县)司功参军。肃宗乾元二年(759),关中地区大饥,杜甫弃官西去,经秦州(今甘肃天水)、同谷(今甘肃成县)进入四川,开始了漂泊西南的生涯。他曾一度入剑南西川节度使严武的幕府,以检校工部员外郎的官衔(故世称杜工部),充任节度参谋,但为时不久。代宗永泰元年(765)离开成都顺江东下,曾滞留夔州(今重庆奉节)两年。大历五年(770),病卒于湘江中的船上。

　　杜甫一生空抱"致君尧舜"的理想,却始终没有如愿以偿,仕途蹭蹬,半生潦倒,长期处在逃难、漂泊的困苦境遇里,可谓饱经忧患。就个人的身世说,他是非常不幸的。然而,他饱经患难的一生,是与唐王朝历史大转折时期的治乱、盛衰紧密联系在一起的。仕途受挫,使他对现实增添了几分清醒和冷峻,蒙受动乱之苦,更使他始终执著地关注战局、朝政和黎民百姓,无论是忧伤,还是欢乐,都和家国和黎民百姓息息相通。这正是推动着本来便以诗为要事的杜甫(他曾自云"诗是吾家事","语不惊人死不休"),一生不断创作出那么多的感人的诗篇,成为名垂后世的伟大诗人的重要契机。

杜甫假诗言志抒怀,勤于惨淡经营,临终前还在伏枕挥笔,一生写出大量的诗篇,仅流传下来的就多达一千四百馀首。这数量可观的诗作,尽管是历时数十年之吟咏,情随境迁,内容、风格自然是不大一致的,但其中却有一个突出的特色,无论抒写怀抱,还是叙事纪行,大都是缘事而发,或直叙其事,或在咏怀中映带其事,可以说举凡当时的朝政大事,安史之乱的若干大战役,唐王朝与边疆民族的关系之变化,以及动乱中百姓遭受的苦难,诗人所目及耳闻者,大都有所感发而形之于诗。诗人阅历既广,体会又深,常常触及到社会的症结所在,显示出唐王朝治乱盛衰的历史变迁和内因。诚如浦起龙所说:"少陵之诗,一人之性情而三朝(玄宗、肃宗、代宗)之事会寄焉者也。"(《读杜心解·少陵编年诗目谱》)所以,杜甫诗便获得了"诗史"的美称。

有"诗史"美称的杜甫诗并不是有韵文字的历史记录。诗是抒情言志的,诗人也从不以记录史事为己任。杜甫也有许多思亲怀友的诗,如《月夜》、《梦李白二首》等,表现出他对家人友人的深挚关切之情;也有许多吟咏自然景物的诗,如《望岳》、《春夜喜雨》、《江畔独步寻花七绝句》等,表现出他对自然景物的赞美、兴趣,都可见其性情。他常"以时事入诗",不论是直写其事,还是在抒怀中连带其事,也都是将他由"时事"激发出的喜怒哀乐之情,引出的思虑、意向,以及相应的美刺态度,一起投注于、表现于诗中。他缘时事而发的诗,也不仅可见其"入诗"的史迹,而且更可见他的心态、性情和贯注于其中的人格精神。一部杜诗表明,他青年时期还有几分由家世和个人才华而生出的优越感和"清狂"气,入长安后便日益投入了社会之中,执著地关注着现实,勇敢地面对现实,为玄宗大肆征兵开边而忧心忡忡(《兵车行》),对杨氏一门受宠而骄奢投以讥讽(《丽人行》),过骊山华清宫念及宫墙内歌舞升平、赐金分帛背后的劳动人民的血泪(《自京赴奉先县咏怀五百字》),表现出一片伤时忧国之心,识见锐敏而深沉。安史之乱中战局的变化,更一直牵动着诗人的心弦,频频忧伤,声调低沉,间或跳出一二喜悦的高音符(如《洗兵马》)。他自谓"穷年忧黎元",绝不是自我标榜,纪行抒怀诗中叙写个人的困苦、不幸,往往推己及人,联想到同自己一样困苦的"寒士"(《茅屋为秋风所破歌》),比自己更不幸的"失业徒"、"远戍卒"(《自京赴奉先县咏怀五百字》),联想到遭受战乱蹂躏和赋敛压榨的黎民百姓(《驱竖子摘苍耳》、《岁晏行》)。"三吏"、"三别"更是直接写出黎民百姓的血泪。在古代众多的诗人中,很难再找出几位像杜甫这样真诚关怀、深切体贴老百姓的苦难的。杜甫诗中的"时事"和现象,早已成为历史,而诗人表露的对国家、对黎民的关切之情,贯注于其中的博大襟怀和仁爱精神,却随着诗篇的流传,陶冶着世世代代的读者和诗人。

  自中唐元稹开始,杜甫便被誉为集诗之大成的诗人,称其诗兼备众体,兼容多家之风格。所谓诗兼备众体,不仅是指杜甫运用了汉魏以来古今各种诗体,还包含了更进一层的意思,就是杜甫不像其他大家各有其最擅长者,而是运用古今各种诗体,大都能够尽其所长,又不受其拘束,有所变化、创新。其风格之多样,自然也就由之而发生。一部杜集,确实是多姿多彩的,其中有洋洋数百言铺陈始终、述事抒情真切显豁的长篇古诗,也有寄意象外至为凝练、含蓄的近体短制;有极质朴、通俗的纯叙事的古乐府体,也有声情并行、假以彩绘的咏叹式的新歌行体;有严守体制、排比声律纤毫不失的近体,也有恣意运笔不受体式拘束的所谓"体杂古今"的"创体"、"创格",而且各有脍炙人口的传世名篇。关于这一点,虽然不能据之贬抑唐代其他名诗人(杜甫各体诗的成就是不平衡的,以一体一格见长的诗人也有为杜甫所不及者),但却应当说杜甫在诗创作上能博取众长,又敢于变化、创新,有此才性方能在中国诗歌史上做出了多方面的开拓,有极为卓著的继往开来之功。

　　杜甫在古体诗方面的开拓,是发扬了汉魏古诗的"缘事而发"的精神,面对现实,经常"以时事入诗",创作出了几种面貌全新的诗篇。一类是《自京赴奉先县咏怀五百字》、《北征》等,将纪行叙事和抒情言志熔于一炉,或述怀为主,间以叙事,或以纪行为主,杂以抒情,真情实事,忽叙忽议,信笔写出,伸缩由己,遂成文人诗中空前之长篇宏制。此等诗是"韵记为诗",以述事切情为快,不求含蓄蕴藉,但因为是诗人亲身经历,叙写得非常真切,也足以感人。正如宋人叶梦得所评:"长篇最难,晋魏以前,诗无过十韵者,盖常使人以意逆志,初不以序事倾尽为工。至老杜《述怀》、《北征》诸篇,穷极笔力,如太史公纪传,此固古今绝唱。"(《石林诗话》)更值得注意的是杜甫对乐府诗的开拓。以前的诗人作乐府诗,多是用古题拟古意,到了盛唐,李白和杜甫都写了不少乐府诗,开创了"即事名篇,无复依傍"(即歌咏今事,也自拟新题)的新局面。但李白尚有用古题,乃至拟古意的作品,而杜甫则更加彻底地摆脱了旧路子,创作出了"三吏"、"三别"、《兵车行》、《丽人行》、《哀江头》等新乐府诗。其中五言诗承袭了汉乐府诗的风神,质实无华,就时事而发,却切入社会底层,就大量的闻见感受,揣摩出戍边士卒、战乱中被强征的百姓之苦情惨状,客观叙述,间以问答,或假托人物之语,体贴深微,撼人心扉。而七言歌行则面貌全新。诗人以情咏事,增强了形容、刻画,又尽量运用了章句节奏、声韵的效能,悲欢之情、美刺之意,流注于字里行间,也就增强了感染力和可欣赏性。杜甫的这两类诗对后来的诗人发生了深远影响,中唐白居易、元稹的"新题乐府"和他们的歌行诗,清初吴伟业的"梅村体",近代黄遵宪忧伤时事的爱国诗,都是杜甫诗的继响,传承关系灿然可寻。

杜甫在近体诗方面的贡献,主要是对律诗题材的拓展、境界的提高。律诗是唐代新兴的诗体,五言律诗先行,初唐已较成熟,并有佳作,但篇什甚少;七言律诗尚不成熟,篇什更少,而且局限在奉和应制的极狭小的天地里。进入盛唐,王维咏田园山水,五言律诗达到了很高的境界,七言律诗既少,也不圆熟。李白是不喜作律诗的。杜甫对律诗却很投入,所作篇什多达近八百首(不包括排律),占了其诗集的大半数,更数倍于盛唐诸名家。这种情况表明,杜甫已将这种刚刚定型的诗体,广泛用于生活的许多方面,感时吊古,思亲怀友,赠答友朋,遣怀自适,闻见感受,为民呼吁,都借律诗以表情达意。这就扩大了律诗的表现领域,七言律诗尤为显著。律诗有体式、声律的限制,克服限制,需要艺术;而熟能生巧,便善于腾挪变化。杜甫在律诗创作中付出了心血,因而也就有了巧妙的创造。扼要地说有两个方面:一是打破语序的常规,变换词位,倒置因果,如"绿垂风折笋,红绽雨肥梅"(《陪郑广文游何将军山林十首》)、"荡胸生层云,决眦入归鸟"(《望岳》)、"鱼龙寂寞秋江冷,故园平居有所思"、"香稻啄馀鹦鹉粒,碧梧栖老凤凰枝"(《秋兴八首》)等,不仅合律,而且新鲜、蕴藉,增强了审美情趣。二是营造意象,取代平实的叙述,如"渭北春天树,江东日暮云"(《春日忆李白》),写友朋千里相思念;"感时花溅泪,恨别鸟惊心"(《春望》),表忧国、思亲之痛;"片云天共远,永夜月同孤"(《江汉》),形容漂泊无依之悲,都是寓意于物象,言简意深。尤其是他晚年所作《秋兴八首》,内容是抚今追昔,几乎全篇无平实的陈叙,而是以"秋"字为统领,用繁富的意象,烘托出一种浑融深远的意境,怀恋之情,今昔之感,盛衰之悲,流注于其中,可以说将诗尚含蓄的体性,发挥到了极致的地步。清初钱谦益仿之作《后秋兴》十三叠一百零四首,将自己难言之行迹、心迹,全寄寓于丰丽的意象中,正由于此。综合说来,杜甫无疑对律诗的发展是开辟了许多途径的。

谈杜甫诗的艺术,不能不注目其各体诗中表现出的共同的特点。杜甫是写实派诗人。这不单是指他多咏时事,有"诗史"之称,还应指他写诗多是随物赋形,即景生意。也就是说无论写人写事、写景写物,总不离开所写对象的实际情形,不仅叙事性的诗如此,抒情言志的诗也是如此。写人,如《饮中八仙歌》,分写当时的八位"酒徒",取其各自的特点,形神毕见,虽语言有夸张,却不失实。写自然景物,如"细雨鱼儿出,微风燕子斜"(《水槛遣心》),"风急天高猿啸哀,渚清沙白鸟飞回"(《登高》),心情有喜有哀,而景象却真实。写人情世态,如《羌村三首》写离乱中乍聚之亲情:"夜阑更秉烛,相对如梦寐","娇儿不离膝,畏我复却去";《遭田父泥饮,美严中丞》写农家老人待客热情率真:"高声索果栗,欲起时被肘",直是真切的写照。"三别"中写新婚妇、孤老、无家汉之复杂心理,哀怨中有自解自慰,而自解自慰更增添了几分无可奈何的苦痛,体贴入微,撕裂人心。《江南逢李龟年》前两句说过去,后两句说现在,都是直叙实情,似极平淡,而一开一合便生出无限感慨,境界空灵,韵味无穷。诗由现实生活生发,又依据现实生活造诗,既不假借古意古事,也超越了古老的比兴,从而也就迈入了新境界。这就是杜甫诗的基本特点和优长处。

杜甫的诗艺还有待于不断的开发。

本书是在《杜甫诗选》(山东大学中文系古代文学教研室选注)的基础上增选修订而成。根据出版社的意见,《杜甫选集》增选了几十首诗和一篇《雕赋》,同时也修改了原来的部分注文。《杜甫诗选》参加编写者众多,由于人事变动很大,修订工作由现在尚在职的袁世硕、董治安、张可礼三人进行,补选之诗赋委之张忠纲注释。为了尊重原来集体合作的事实,仍署山东大学中文系古典文学教研室选注;又由于参加增订的四人半数不属于教研室,所以于原署名之旁,增加增订者四人的名字。

袁世硕执笔

附记:人民文学出版社提议重印此书,根据出版社的意见,书名改为《杜甫诗选》,内容一仍其旧。这次重印改正了书中的个别讹字,并对部分地名标注做了调整。

袁世硕
二〇一九年九月

望岳〔1〕

岱宗夫如何〔2〕?齐鲁青未了〔3〕。造化钟神秀〔4〕,阴阳割昏晓〔5〕。荡胸生层云〔6〕,决眦入归鸟〔7〕。会当凌绝顶,一览众山小〔8〕。

〔1〕古代山之高而尊者称岳。我国自周朝便有"五岳"之说。这里杜甫所望的是东岳泰山。唐玄宗开元二十四年至二十八年(736—740)间,杜甫漫游齐赵。这首诗应是他初经泰山时所作。诗赞叹泰山高峻雄伟,意境开阔,造语警拔。

〔2〕"岱宗"句:用设问法引发下文。岱,泰山的别称。宗,长。泰山被认为是"五岳"之长,故称作岱宗。

〔3〕齐鲁:春秋时代两个国名,辖境以泰山为界,齐在泰山之北,鲁在泰山之南。青未了:是说泰山青郁的山色,随同山势的南北走向延伸开去,即使走尽齐鲁之境也还是能够看得到。

〔4〕"造化"句:是说大自然把山岳的奇观集中地赋予了泰山。造化,指天地、大自然。钟,聚集、专注。神秀,二字出晋孙绰《游天台山赋序》:"天台者,山岳之神秀也。"意即山势之景象奇异,超出众山。

〔5〕"阴阳"句:形容泰山矗天而立,极为高峻。阴,山北。阳,山南。割,分开。割昏晓,是说山极高大,山南向日明亮如晓,山北背日则昏暗。

〔6〕"荡胸"句:山中云气叠出层生,使人心胸荡漾,更为开朗。这句同下句都是写诗人望岳时的感受。

〔7〕决:裂开。眦(zì字):眼眶。决眦,睁裂眼睛,极力渲染瞪大眼

1

睛极目望去的神态。眼睛盯住山峦,精神贯注,飞鸟归山,也随之而深入,所以说"入归鸟"。

〔8〕"会当"二句:表示极愿登临泰山顶峰,俯视群山,那会更能领略泰山卓绝出众的雄伟。会当,合当,是将然语气。凌,超越,登上。绝顶,山的顶峰。众山小,化用《孟子·尽心上》"孔子登东山而小鲁,登泰山而小天下"的意思。

登兖州城楼〔1〕

东郡趋庭日〔2〕,南楼纵目初〔3〕。浮云连海岱,平野入青徐〔4〕。孤嶂秦碑在,荒城鲁殿馀〔5〕。从来多古意〔6〕,临眺独踌躇〔7〕。

〔1〕这首诗也是杜甫始游齐鲁时作。前四句写登楼之景,后四句抒怀古之情,结构谨严,格律工稳,吊古伤今,感慨纵横。是杜甫现存最早的一首五律。兖州,即今山东省济宁市兖州区。

〔2〕东郡:指兖州。因在杜甫所居东都洛阳之东,故云。非汉之东郡,旧注多误。趋庭:《论语·季氏》:"鲤(孔子之子)趋而过庭。"孔子教以学诗、学礼。后遂以"趋庭"为承受父教之代称。当时杜甫的父亲杜闲任兖州司马,甫往省视,故云"趋庭"。

〔3〕南楼:即兖州南城门楼。遗址在今济宁市兖州区内,人呼"少陵台"。初:始。言今日始得登楼纵观。

〔4〕海岱:泛指东海至泰山一带。《书·禹贡》:"海岱惟青州。"海,指东海。岱,即泰山。青徐:谓青州、徐州,皆为《禹贡》九州之一。二句写纵目所见远景。

〔5〕孤嶂:指峄山,又名邹山、邹峄山,在今山东省邹城市东南。秦碑:据《史记·秦始皇本纪》载:始皇东行郡县,上邹峄山,刻石颂秦德。荒城:即鲁故城,在今山东省曲阜市。鲁殿:即鲁灵光殿,为汉鲁恭王刘馀所造。汉王延寿有《鲁灵光殿赋》。遗址在今曲阜市区东北部。馀:残馀。二句因登楼而感怀附近古迹。

〔6〕从来:犹自来。古意:怀古之意。

〔7〕临眺:登临远望。踌躇:犹豫,含惆怅意。登临怀古,有沧海桑田之感。

房兵曹胡马〔1〕

胡马大宛名〔2〕,锋棱瘦骨成〔3〕。竹批双耳峻〔4〕,风入四蹄轻〔5〕。所向无空阔〔6〕,真堪托死生〔7〕。骁腾有如此,万里可横行〔8〕。

〔1〕这首诗大约是开元二十九年(741)杜甫在洛阳时所作。兵曹是兵曹参军的省称。唐代行政区划,大的州叫府,府机构中置兵曹参军,掌管军防、驿传等事。房兵曹,名字、事迹不可考。胡马,泛指当时西北边疆地区所产的马。这首诗赞扬房兵曹的胡马体格非凡,奔驰迅疾,最后祝愿主人前程远大。

〔2〕大宛(yuān 渊):汉代西域国名,其地在今乌兹别克斯坦共和国境内,出产良马,尤以汗血马(即汉代所谓天马)最为著名。

〔3〕"锋棱(léng 冷阳平)"句:形容马生得精悍、遒劲有力。锋棱,形容此马精悍,极有精神。马之骏者多瘦而不甚肥,故云。

〔4〕"竹批"句:形容马之双耳像削过的竹筒。这是良马的特征之

3

一。北魏贾思勰《齐民要术》:"马耳欲小而锐,状如斩竹筒。"批,削。峻,这里是尖锐的意思。

〔5〕"风入"句:是说马在奔驰时四蹄轻快,似有风贯入使其如此。

〔6〕空阔:指地面广远。无空阔,是说马跑得极快,所向之处,似乎把距离缩小,不觉得广阔辽远了。

〔7〕堪:胜任,足可。托死生:是说靠着它可以临危脱险,化死境为生路。

〔8〕"骁腾"二句:明是夸马,实则是赞美房兵曹,预期他定能立功万里外,前途不可限量。骁腾,健壮而敏捷。

画鹰〔1〕

素练风霜起〔2〕,苍鹰画作殊〔3〕。㧐身思狡兔〔4〕,侧目似愁胡〔5〕。绦镟光堪摘,轩楹势可呼〔6〕。何当击凡鸟,毛血洒平芜〔7〕。

〔1〕此诗大约作于开元二十九年(741),时作者在洛阳。诗描摹一幅画鹰的威猛姿态和跃跃欲动的神情,个中寄寓着诗人痛恶凡俗,欲奋发有为的襟怀。

〔2〕素练:画鹰所用的白绢。风霜起:形容画中鹰神态威猛,使人产生一种如风霜忽起的肃杀之感,也就是"严如秋霜"的意思。

〔3〕画作殊:画得特别出色。作,造,创作。

〔4〕"㧐(sǒng 耸)身"句:写画鹰竦身欲有所获的动态。㧐,同"竦",耸立。思狡兔,想捕捉狡兔。

〔5〕似愁胡:形容鹰眼色厉而锐利。古人写鹰常用此字眼,如晋孙

楚《鹰赋》:"深目蛾眉,状如愁胡。"魏彦深《鹰赋》:"立如植木,望似愁胡。"又有用以形容猴眼的,如晋傅玄《猨猴赋》:"扬眉蹙眉,若愁若嗔,既似老公,又似胡儿。"可见"愁胡"是指发愁发怒的胡人(指西域人),以其碧眼,所以用以为喻。

〔6〕"绦镟(tāo xuàn 滔炫)"二句:是说画鹰栩栩如生,似乎可以解除其束缚,呼之出去猎兽。绦,同"绦",绳索,指系鹰的丝绳。镟,金属转轴,指鹰绳另一端的铁环。光,指鲜明真切。轩楹,堂前廊柱,指画鹰的地点。势可呼,样子似乎可以呼之去打猎。

〔7〕"何当"二句:承上句"势可呼",直以真鹰相期望。何当,合当,期望之词。凡鸟,平凡的鸟。平芜,草原。

临邑舍弟书至,苦雨,黄河泛溢,堤防之患,簿领所忧,因寄此诗,用宽其意〔1〕

二仪积风雨,百谷漏波涛〔2〕。闻道洪河坼,遥连沧海高〔3〕。
职司忧悄悄,郡国诉嗷嗷〔4〕。舍弟卑栖邑,防川领簿曹〔5〕。
尺书前日至,版筑不时操〔6〕。难假鼋鼍力,空瞻乌鹊毛〔7〕。
燕南吹畎亩,济上没蓬蒿〔8〕。螺蚌满近郭,蛟螭乘九皋〔9〕。
徐关深水府,碣石小秋毫〔10〕。白屋留孤树,青天失万艘〔11〕。
吾衰同泛梗,利涉想蟠桃〔12〕。却倚天涯钓,犹能掣巨鳌〔13〕。

〔1〕《旧唐书·五行志》:"(开元)二十九年(741),暴水,伊、洛及支川皆溢,损居人庐舍,秋稼无遗,坏东都天津桥及东西漕;河南北诸

州,皆多漂溺。"诗当作于是年。时杜甫已由漫游齐赵回到东都洛阳。临邑:县名,唐属齐州济南郡,即今山东临邑县。舍弟:自称其弟的谦词。甫弟有颖、观、丰、占四人。此指杜颖。簿领:汉代诸县皆置主簿,为县佐吏,唐仍之。掌钱谷簿书等事,亦简称簿。时杜颖为临邑主簿,兼领防川之职。这首诗记述了水患之烈与人民受灾之苦,融想象与写实为一体,充满了战胜灾害的信心,风格豪宕雄健,是杜甫现存的第一首排律。

〔2〕"二仪"二句:说明黄河泛溢之由。二仪,天地。积风雨,谓久雨。《抱朴子·外篇·逸民》:"弥纶二仪,升为云雨,降成百川。"百谷,众谷。

〔3〕洪河:指黄河。坼(chè 彻):裂开。此指黄河决口。沧海:大海。《初学记》卷六:"东海之别有渤澥,故东海共称渤海,又通谓之沧海。"

〔4〕职司:指主管治水之官。悄悄:忧貌。《诗·邶风·柏舟》:"忧心悄悄。"郡国:指受灾诸郡县。嗷嗷:愁叹声。《诗·小雅·鸿雁》:"鸿雁于飞,哀鸣嗷嗷。"毛传:"未得所安集,则嗷嗷然。"下句写郡县官吏诉说灾民嗷嗷待哺之惨状。

〔5〕栖邑:犹所居之邑,此指临邑。簿曹:官名。领簿曹,谓弟颖为临邑主簿。

〔6〕版筑:以版夹土而筑堤。不时:时时。操:指操版筑。谓杜颖监督筑堤治河之事。

〔7〕鼋(yuán 元):大鳖,俗称癞头鼋。鼍(tuó 驼):一名鼍龙,又名猪婆龙,今称扬子鳄。《文选·江淹〈恨赋〉》:"方架鼋鼍以为梁。"李善注引《竹书纪年》下云:"周穆王三十七年,伐纣,大起九师,东至于九江,叱鼋鼍以为梁。"乌鹊:《尔雅翼·释鸟一》:"涉秋七日,(鹊)首无故皆髡,相传以为是日河鼓与织女会于汉东,役乌鹊为梁以渡,故毛皆脱去。"

鼋鼍、乌鹊,言不能借之以为桥梁,故曰"难假"、"空瞻"。假:假借。

〔8〕燕南:今河北省南部。畎(quǎn犬):田间水沟。畎亩,谓田地。济上:今济南、兖州一带。

〔9〕螺蚌:水中软体动物。郭:外城。蛟螭:传说中龙类动物。九皋:深泽。《诗·小雅·鹤鸣》:"鹤鸣于九皋。"

〔10〕徐关:在淄川县西,今属淄博市,即成公十七年(前574)齐侯与国佐订盟之处。杜诗另有"徐关东海西"(《送舍弟颖赴齐州三首》其一)语。水府:水所聚集之处。刘劭《赵都赋》:"天浪水府,百川是钟。"碣(jié节)石:山名,在今河北省昌黎县北。山顶有巨石矗立,高数十丈,故称碣石。曹操《步出夏门行》:"东临碣石,以观沧海。"即此。二句极言水势之大。徐关近济,碣石近燕,深成水府,小若秋毫,皆为大水淹没。

〔11〕白屋:茅屋。上句谓白屋淹没,惟留孤树。艘:船之总名。下句谓一片汪洋,万船若失。

〔12〕吾衰:非衰老之谓,乃谓运蹇不遇,犹漂泊湖南《上水遣怀》诗所云"我衰太平时"之意。泛梗:甫自比。《战国策·齐策三》:土偶谓桃梗曰:"子,东国之桃梗也,刻削子以为人,降雨下,淄水至,流子而去,则子漂漂者将何如耳。"利涉:顺利渡水。《易·需》:"利涉大川,往有功也。"《北史·魏纪一》:"冰草相结若浮桥,众军利涉。"蟠桃:传说中仙桃。《艺文类聚》卷八十六:"东海有山,名度索山,有大桃树,屈盘三千里,曰蟠桃。"

〔13〕钓鳌:《列子·汤问》:渤海之东有五山,天帝使巨鳌十五,举首负戴。龙伯国有大人,举足数步而至五山,"一钓而连六鳌"。后遂以钓鳌喻抱负远大或举止豪迈。掣(chè彻):有制服意。临邑近海,故用蟠桃、巨鳌事。传说巨鳌能致河溢之灾,故杜甫有"掣巨鳌"之想,正应题中所谓"用宽其意"。

夜宴左氏庄[1]

风林纤月落,衣露净琴张[2]。暗水流花径,春星带草堂[3]。检书烧烛短,看剑引杯长[4]。诗罢闻吴咏,扁舟意不忘[5]。

〔1〕诗当为天宝二、三年(743—744)间作。写夜宴庄园情景,寄兴闲远,状景纤悉。特别是颔联二句,向来为人称颂。

〔2〕纤月:初生之月。衣露:衣为夜露所湿。净琴:琴音清,故云。张:指弹琴。

〔3〕"暗水"二句:写月落后庄园夜景。因月落,群动俱息,但闻水声,故曰"暗水"。带,映带。因月落而星光增辉,映带草堂。杜甫《不寐》诗:"翳翳月沉雾,辉辉星近楼。"可作"带"字注脚。

〔4〕检书:检阅书籍。因时间久,故"烧烛短"。长:深长。引杯长,即喝满杯,所谓"引满"。检书、看剑,正写春夜雅兴。

〔5〕诗罢:诗成,即指此诗。吴咏:杜尝"戏为吴体",吴咏、吴体,殆即吴中民歌一类作品。或谓用吴音吟诗,亦通。扁(piān 翩)舟:小船。甫早年曾漫游吴越,今闻吴咏,遂忆旧游,故曰"意不忘"。

赠李白[1]

秋来相顾尚飘蓬[2],未就丹砂愧葛洪[3]。痛饮狂歌空度日,飞扬跋扈为谁雄[4]!

〔1〕天宝四载(745)秋,杜甫在鲁郡(今山东济宁市兖州区),李白亦在鲁郡。十年前,杜甫考进士未中;去年,李白得罪杨贵妃,诏许还山,赐金放归。两人均在政治上不得意,现在同是漫游齐鲁,又都嗜饮工诗,豪放不羁,故同病相怜。诗虽然是为李白狂放失意而慨叹,个中也不无自遣的成分。

〔2〕相顾:犹见顾,来看望。"相"字在这里和表被动的"见"字作用相同。杜甫《雨》诗:"兵戈浩未息,虺虺(shé huǐ 蛇悔)反相顾。"用法与此处一样。李白和作者都在漫游中,行迹不定,归宿尚无着落,所以用飘忽不定的飞蓬为喻。

〔3〕"未就"句:没有炼成丹砂,有愧于葛洪。葛洪,东晋著名道教徒,曾以军功赐爵,闻交趾产丹砂,求为勾漏令,于罗浮山炼丹(《晋书·葛洪传》)。李白前曾从道士高如贵受道箓(道教的文牒),成为道教徒,但没有炼成丹砂,更没有得道成仙,所以说"愧葛洪"。杜甫也曾去王屋山访道士华盖君,由于其人已死,没有成为道教徒,也可以说"愧葛洪"。然而,这里说"愧葛洪",还另有深意,其中隐寓功名失意之感。

〔4〕"痛饮"二句:慨叹怀才不遇。飞扬跋扈,指意气风发,狂放不羁,逸出常规。为谁雄,意思是空自才华横溢,不为世所知、所用。

陪李北海宴历下亭〔1〕

东藩驻皂盖〔2〕,北渚凌青荷〔3〕。海右此亭古,济南名士多〔4〕。云山已发兴,玉佩仍当歌〔5〕。修竹不受暑,交流空涌波〔6〕。蕴真惬所遇〔7〕,落日将如何?贵贱俱物役,从公难重过〔8〕!

〔1〕这首诗是天宝四载(745)杜甫再游齐赵时作。李北海:即李邕,时任北海郡太守,故称。历下亭:济南名胜,郦道元《水经注·济水》称为"客亭"。当时或未有专名,因在历山之下,故杜甫称之为历下亭。故址在今济南市五龙潭公园内。今大明湖中之历下亭,盖为清初李兴祖所建,非杜甫来游时之历下亭。旧注多误。天宝四载夏,李邕由北海郡赶来与杜甫相会,宴于历下亭,甫即席为赋此诗。首四句叙事,中四句写景,末四句惜别。

〔2〕东藩:指李邕。藩,屏障。古时封建诸侯以屏藩王室,故称诸侯为藩国。后之州牧郡守,相当于古之方伯诸侯。邕为太守,故得称藩。北海在京师东,故称东藩。皂盖:黑色车盖。汉代太守皆用皂盖。

〔3〕渚(zhǔ 主):水中小块陆地。凌:升也,高也,为凌空、凌虚之凌。青荷:原作"清河",校语云:"一作'青荷'。"按:作"青荷"是。清河为古河名,战国时介于齐、赵两国间。而流经济南的济水被称为清河,则始自杜佑《通典·州郡二》,杜佑后于杜甫,故以"青荷"为是。盖"北渚"实即宴亭所在,高踞水中,四周荷叶田田,故曰"凌青荷"。遂引起下文幽兴。

〔4〕海右:方位以西为右,以东为左,齐地在海之西,故曰"海右"。此亭古:据《水经注·济水》,历下亭始建于北魏以前,距杜甫来游时已有二三百年,故云。名士多:原注:"时邑人蹇处士等在座。"又自汉以来,如著名经师伏生、请缨出使的终军等,皆为济南人,故曰"济南名士多"。二句申明往历下亭之故。

〔5〕兴(xìng 性):兴致,兴会。玉佩:古时衣带上所佩之玉饰。此代称侑酒的歌妓。当(dāng 珰):对也。当歌,谓当筵而歌。曹操《短歌行》:"对酒当歌,人生几何。"用法与此同。

〔6〕"修竹"二句:谓亭前有修竹蔽荫送爽,不必以流水消暑也。交流,指历水与泺水在此合流。空,有空自、空劳意。

〔7〕蕴真:蕴含真趣。谢灵运《登江中孤屿》诗:"表灵物莫赏,蕴真谁为传?"惬(qiè怯):适意、志满。

〔8〕贵:指李邕。贱:甫自谓。役:役使。贵贱虽殊,但为事物所役使则同。因不得自由,别易会难,故有"难重过"之叹。

春日忆李白〔1〕

白也诗无敌〔2〕,飘然思不群〔3〕。清新庾开府,俊逸鲍参军〔4〕。渭北春天树,江东日暮云〔5〕。何时一樽酒,重与细论文〔6〕。

〔1〕天宝三载(744)初夏,杜甫与李白在洛阳结识,随后一同游梁(今河南开封市)、宋(今河南商丘市)。第二年初秋,二人又在兖州重会。不久,李白赴江东,杜甫去长安,此后二人再没有会面。这首诗是天宝五载(746)或六载(747)春,杜甫在长安怀念李白而作。

〔2〕也:语助词,在这里表示提顿语气。

〔3〕思:指诗的构思、思致。不群:不同于一般,不平凡。

〔4〕"清新"二句:称赞李白诗意境清新,像庾信一样;风格超逸,像鲍照一样。庾信是由南朝梁入北朝的诗人,在北周任骠骑大将军,开府仪同三司(即司马、司徒、司空),故称"庾开府"。鲍照,南朝宋的诗人,刘宋时任荆州前军参军。

〔5〕"渭北"二句:通过对两地景物特征的描写,抒发深切怀念之情。渭北,渭水之北,泛指长安一带,杜甫正住在那里。江东,指长江下游江南地方。当时李白正流寓金陵(今江苏南京市)、会稽(今浙江绍兴市)一带。此二句是寓情于景,有时间地点,又暗喻两人的境况。作者居

留原籍,故言"春天树";李白在漂泊中,故言"日暮云",不言怀念而怀念之情自在其中。

〔6〕"何时"二句:进一步写二人友情之深,思念之切。论文,即论诗,当时"文"的观念包括诗歌在内。

今夕行[1]

今夕何夕岁云徂,更长烛明不可孤[2]。咸阳客舍一事无,相与博塞为欢娱[3]。凭陵大叫呼五白,袒跣不肯成枭卢[4]。英雄有时亦如此,邂逅岂即非良图[5]。君莫笑刘毅从来布衣愿,家无儋石输百万[6]。

〔1〕此诗当是天宝五载(746)杜甫自齐赵西归至咸阳时作。诗人在除夕之夜,旅居客舍,为排遣孤独之感,遂以赌博为戏。诗豪纵狂逸,于抑郁无聊中寓磊落自喜之意。

〔2〕"今夕"二句:《诗·唐风·绸缪》:"今夕何夕?"徂,往。岁云徂,则今夕为除夕。孤,辜负。不可孤,不可辜负这除夕良夜。

〔3〕博塞:古之局戏,亦樗蒲之类。《庄子·骈拇》:"问谷奚事,则博塞以游。"成玄英疏:"行五道而投琼曰博,不投琼曰塞。"二句谓旅居客舍,除夕无聊,遂以赌博为乐。

〔4〕凭陵:意气发扬的样子。五白:古时博具名,即五木之戏,俗称骰子。袒跣(xiǎn 显):袒臂赤脚。枭卢:古时博戏樗蒲的两个胜采名,幺为枭,最胜;六为卢,次之。不肯成:谓不能取胜。故下文以古人之输者自比。

〔5〕邂逅(xiè hòu 谢厚)：不期而遇,偶然相遇。邂逅良图,谓失意中偶然相遇,便成良缘,岂可便以为不善耶！

〔6〕刘毅：东晋时人。好赌,一掷百万。曾与刘裕等起兵讨桓玄。玄平,任荆州刺史。《晋书·刘毅传》："后于东府聚樗蒲大掷,一判应至数百万,馀人并黑犊以还,惟刘裕及毅在后。毅次掷得雉,大喜,褰衣绕床,叫谓同坐曰：'非不能卢,不事此耳。'裕恶之,因接五木久之,曰：'老兄试为卿答。'既而四子俱黑,其一子转跃未定,裕厉声喝之,即成卢焉。"又《南史·宋本纪上》载桓玄语曰："刘毅家无儋石之储,樗蒲一掷百万。"儋(dān 丹),通"甔",古时坛子一类瓦器。儋容一石,故称"儋石"。布衣：平民之代称。此以刘毅自喻。谓己虽贫贱,而志自豪壮,像刘毅那样,他日未可量也。

送孔巢父谢病归游江东,兼呈李白[1]

巢父掉头不肯住[2],东将入海随烟雾[3]。诗卷长留天地间[4],钓竿欲拂珊瑚树[5]。深山大泽龙蛇远[6],春寒野阴风景暮[7]。蓬莱织女回云车,指点虚无是征路[8]。自是君身有仙骨[9],世人那得知其故。惜君只欲苦死留,富贵何如草头露[10]。蔡侯静者意有馀[11],清夜置酒临前除[12]。罢琴惆怅月照席[13],几岁寄我空中书[14]。南寻禹穴见李白[15],道甫问讯今何如[16]？

〔1〕这首诗大约是天宝六载(747)前后,杜甫在长安所作。孔巢父,字弱翁,冀州(今属河北)人。开元末,他与韩准、李白、张叔明、陶沔(miǎn 免)、裴政同隐徂徕山(在今山东泰安市),号"竹溪六逸"。安史之乱后方开始做官。《旧唐书》有传。这时他大约在长安拒人荐举,决计东游吴越,姓蔡友人为之饯行,杜甫在座,便作此诗赠别,并托他问候正游江南的李白。

〔2〕巢父:孔巢父,又是传说中帝尧时一个著名隐士的名字。所以这里是双关语,不另取比喻,而自成比喻。掉头:俗语,表示毫不犹豫的姿态。

〔3〕烟雾:犹云雾,海上景象。传说东海有三座仙山,为神仙所居之处。孔巢父不肯入仕,要游吴越,志趣高超,所以说他"东将入海随烟雾"。

〔4〕旧注:"巢父有《徂徕集》行于世。"今不传。

〔5〕"钓竿"句:承上"东将入海"句来,是说孔巢父要避世求仙。珊瑚,一种腔肠动物,长在海底岩石上,其骨骼为石灰质,多群体相聚呈树枝状,故称"珊瑚树"。《本草》载:"珊瑚生石岩上,刺刻之,汁流如血,以金投之成丸,名金浆,以玉投之为玉髓,久服长生。"这里说"钓竿欲拂",是寓志向高蹈之意。

〔6〕"深山"句:以深山大泽的龙蛇,比喻孔巢父。《左传·襄公二十一年》:"深山大泽,实生龙蛇。"意思是非常之地生非常之物,这里是活用其意。远,远去,指避世隐居。

〔7〕"春寒"句:写饯别时之天气,寓惜别之情绪。

〔8〕"蓬莱"二句:假传说以想象,谓孔巢父必成仙得道。蓬莱织女,一作"仙人玉女"。蓬莱,传说中东海里的仙山(《汉书·郊祀志》)。织女:传说为天帝的孙女(《汉书·天文志》)。这里泛指仙女。虚无,指虚无缥缈的仙境。征路,去路,一作"归路"。是,这里用作判断词。是

征路,确然断定孔巢父归隐必成仙得道。

〔9〕仙骨:古人说人生有仙骨便能成仙。这里指孔巢父原有超凡的气度、相貌。

〔10〕"惜君"二句:表示欲死留而不能死留的意思,是委婉的惜别之语。惜,舍不得。苦死留,尽力挽留。草头露,草上露水,比喻富贵易失。

〔11〕蔡侯:名字不详。侯,是对男子的美称。杜甫诗中对人尊称作侯者十几处,如《与李十二白同寻范十隐居》中称李白为"李侯"等。静者:指心地恬淡、淡泊名利的人。杜甫诗有数处用到这个词,如《贻阮隐居昉》:"贫知静者性,自益毛发古。"意有馀:指情谊深厚。

〔12〕除:台阶。

〔13〕惆怅(chóu chàng 愁唱):失意的样子。因为是送行,不胜依依,所以"罢琴惆怅"。

〔14〕"几岁"句:照应前面"蓬莱"二句,问孔巢父哪年来信相招。空中书,意思是从神仙界寄来的信。梁僧惠皎《高僧传》载:史宗,不知何许人。一小儿捎来一信,自称一道人"令其捉杖,飘然而去,或闻足下波涛耳"。史宗开信大惊说:"汝哪得蓬莱道人书耶?"这大概是这句诗之所本。

〔15〕禹穴:在会稽(今浙江绍兴市)的宛委山上,相传是夏禹得天书之处。杜甫与孔巢父饯别时,李白正游金陵、会稽等地。

〔16〕甫:杜甫自称。这首诗多求仙得道的话。在这以前,杜甫《赠李白》诗中有"拾瑶草"、"就丹砂"之语。所以,这里"今如何"之问,不止是问平安的客套语,也有询问李白学道有何所得的意思。

饮中八仙歌[1]

知章骑马似乘船[2],眼花落井水底眠[3]。汝阳三斗始朝天[4],道逢麹车口流涎[5],恨不移封向酒泉[6]。左相日兴费万钱[7],饮如长鲸吸百川[8],衔杯乐圣称避贤[9]。宗之潇洒美少年[10],举觞白眼望青天[11],皎如玉树临风前[12]。苏晋长斋绣佛前,醉中往往爱逃禅[13]。李白一斗诗百篇,长安市上酒家眠,天子呼来不上船,自称臣是酒中仙[14]。张旭三杯草圣传[15],脱帽露顶王公前[16],挥毫落纸如云烟[17]。焦遂五斗方卓然,高谈雄辩惊四筵[18]。

〔1〕杜甫从天宝五载到天宝十四载(746—755)在长安住了十年,这首诗大约是他到长安头一二年里写的。所咏贺知章等八人,都在长安住过,然时间有先后。其时苏晋已死去十多年,贺知章亦去世,李白也已离开长安,作者是从喜饮酒的角度把他们联系在一起的。诗中写他们嗜酒和醉态的各自特点,勾划出其豪放不羁的性情。诗的结构很特别:句句押韵,一韵到底;前不用起,后不用收,并列分写八人,每人用二句、三句、四句不等,生动自如。

〔2〕知章:贺知章,诗人,玄宗时由礼部侍郎迁太子宾客,授秘书监。天宝三载(744)辞官归家乡会稽。新、旧《唐书》有传。他性嗜酒。李白《对酒忆贺监》诗序中云:贺知章"一见余,呼余为谪仙人,因解金龟(佩物)换酒为乐"。似乘船:形容醉中骑马,摇来晃去。

〔3〕眼花:醉眼昏花。落井:跌进井里。这未必是事实,极言其忘形而已。

〔4〕汝阳:汝阳王李琎,唐玄宗的侄子。杜甫居留长安初期,曾经做过其家宾客,有《赠特进汝阳王二十韵》。三斗始朝天:痛饮后方才入朝。斗,一种大的酒器。

〔5〕麹(qǔ 曲)车:酒车。涎(xián 贤):口水。

〔6〕"恨不"句:形容李琎嗜酒,恨不得改换封地到酒泉去。封建皇室贵族都有封地。移封,就是改换封地。酒泉,酒泉郡(今甘肃酒泉市),传说城下有泉,其味如酒,以此而得名。

〔7〕左相:指李适之。他在天宝元年(742)为左丞相,天宝五载(746)四月,为李林甫排挤罢相,七月又贬为宜春太守,到任后服毒而死。《旧唐书》称他:"雅好宾友,饮酒一斗不乱。"

〔8〕"饮如"句:形容李适之酒量极大。鲸(jīng京),鲸鱼。古人以为鲸鱼能呼吸百川之水,所以用来比喻李适之豪饮之态。

〔9〕"衔杯"句:李适之罢相后,曾与亲友聚会,赋诗云:"避贤初罢相,乐圣且衔杯。为问门前客,今朝几个来?"(《旧唐书·李适之传》)这里化用其诗句,说他失去相位,正宜耽酒。乐圣,即嗜酒。古代酒徒称清酒为"圣人",浊酒为"贤人"(参见《三国志·魏书·徐邈传》)。避贤,让位于贤者。

〔10〕宗之:崔宗之,开元初年吏部尚书崔日用之子。他开元末官右司郎中,天宝中任侍御史,与李白交情甚厚。潇洒:洒脱无拘束。

〔11〕觞(shāng商):酒杯。白眼:晋阮籍能做青白眼,对庸俗、拘守礼法的人用白眼看,表示蔑视(《晋书·阮籍传》)。这里是说崔宗之少年气盛,傲岸嫉俗。

〔12〕皎:洁白。玉树:比喻人容貌洁白清秀。《世说新语·容止》:毛曾其貌不扬,与夏侯玄共坐,时人谓"蒹葭倚玉树"。这里说"玉树临风",是形容崔宗之醉中摇曳不能自持的样子。

〔13〕"苏晋"二句:写苏晋信佛持斋,却又好酒贪杯。苏晋:开元年间任户部、吏部侍郎,太子左庶子。长斋:长期持斋,指佛教徒不吃肉、不喝酒等。绣佛:指画的佛像。逃禅(chán):指不守佛教戒律。逃字用法如《孟子·尽心下》所云"逃墨"、"逃杨",以及俗语所谓"逃席"、"逃学"之"逃",背离、离去的意思。

〔14〕"李白"四句：写李白豪放嗜酒，蔑视权贵。《新唐书·李白传》云：李白初至长安，玄宗召见，"赐食，亲为调羹。有诏供奉翰林，白犹与饮徒醉于市"。"长安市上酒家眠"一句，即就此事而言。范传正《李白新墓碑》记：玄宗泛舟白莲池，高兴之余，召李白作序。当时，李白在翰林院已喝醉了，高力士遂扶着上船见皇帝。这里说"天子呼来不上船"，是形容李白酒后狂放，无视皇帝的尊严。

〔15〕张旭(xù 叙)：唐代著名书法家，善草书，时人称之为"草圣"。他"好酒，每醉后，号呼狂走，索笔挥洒，变化无穷"(《旧唐书·贺知章传》)。所以这里说他"三杯草圣传"。

〔16〕脱帽露顶：写张旭醉时忘形，不拘礼仪。李颀《赠张旭》诗："露顶据胡床，长叫三五声。兴来洒素壁，挥笔如流星。"可见这里所写并非虚构。

〔17〕如云烟：形容张旭草书飘逸瑰奇。

〔18〕"焦遂"二句：写焦遂酒后兴发，高谈阔论，意见特出。焦遂，袁郊《甘泽谣》中称他为"布衣"，开元间曾同进士孟彦深、孟云卿客居昆山陶岘家中。卓然，特出、独异的样子。惊四筵，使四座的人惊叹。筵，古人席地而坐，先铺设的叫筵，后加的叫席。

高都护骢马行〔1〕

安西都护胡青骢〔2〕，声价欻然来向东〔3〕。此马临阵久无敌，与人一心成大功〔4〕。功成惠养随所致〔5〕，飘然远自流沙至〔6〕。雄姿未受伏枥恩，猛气犹思战场利〔7〕。腕促蹄高如踣铁〔8〕，交河几蹴曾冰裂〔9〕。五花散作云满身〔10〕，万里方看汗流血[11]。长安壮儿不敢骑,走过掣电倾城知[12]。青丝络头为君老,何由却出横门道[13]?

〔1〕高都护指高仙芝,开元末曾为安西副都护。安西大都护府设置于唐太宗贞观年间,管辖于阗(今新疆维吾尔自治区于田县)以西、波斯(今伊朗)以东十六都督府。天宝六载(747),高仙芝破小勃律(唐时西域国名,其地在今帕米尔以南),天宝八载(749)奉诏入京朝觐(jìn晋)。杜甫当时正在长安,于是就高仙芝带来之西域马写了这首诗。诗中赞扬骢马(葱白色的马)立功疆场,品格出众,个中寓有颂扬高仙芝的意思,也寄托着自己政治抱负不得实现的感慨。

〔2〕胡青骢:西域的青骢马。胡:古代泛指西方和北方一带地区和民族。

〔3〕欻(xū虚)然:表示突然、迅速,如火光一现。来向东:由西方东来。

〔4〕与人一心:意思是骢马随主人心意而尽力奔驰。成大功:指高仙芝破小勃律,立功疆场。

〔5〕惠养:原本《论语·公冶长》:"其养也惠。"这里是说骢马受到主人极好的饲养。随所致:听从主人的使唤。

〔6〕流沙:泛指西北沙漠地区。

〔7〕"雄姿"二句:是就骢马初到长安的情况揣摹之语。伏枥(lì历),伏于槽中受饲养。古代有"马不伏枥,不可以趋道"(《汉书·李寻传》)之语。这里说骢马"未伏枥"而"犹思战",是赞扬骢马不以伏枥为荣,志在沙场。这表面上是说马,实则是咏人、言志。

〔8〕腕促蹄高:腕节细长,蹄子高厚。这是良马的特征。《相马经》:"马腕欲促,促则健;蹄欲高,高耐险峻。"促,狭促、窄长。高,厚。踣(bó脖)铁:形容马蹄坚硬,踏地如铁。踣:踏,仆下。

〔9〕交河：在今新疆维吾尔自治区吐鲁番市，这里泛指西北高寒地带。几：不止一次。蹴：踏。曾冰：层冰。曾，同"层"。

〔10〕五花：马毛色。云满身：如满身云锦。

〔11〕"万里"句：是说骢马遒劲有力，奔驰万里，方见汗出。据说，汉代西域大宛国产千里马，在艰难长途奔驰中，汗从前肩膊(bó 脖)小孔中流出，颜色如血，称汗血马(见《汉书·李广利传》注)。

〔12〕掣(chè 彻)电：闪电，形容奔驰极迅速。倾城知：是说满长安城的人无不知晓。

〔13〕"青丝"二句：为骢马久居不用而感慨，意思是如长期青丝络头，怎么能重返沙场建立功勋！这含有对高仙芝的劝谕。横(guāng 光)门，亦称光门，汉时长安北面西头第一门，是由此渡渭水通往西域的必经之路。

奉赠韦左丞丈二十二韵[1]

纨袴不饿死，儒冠多误身[2]。丈人试静听[3]，贱子请具陈[4]。甫昔少年日，早充观国宾[5]。读书破万卷[6]，下笔如有神[7]。赋料扬雄敌，诗看子建亲[8]。李邕求识面[9]，王翰愿为邻[10]。自谓颇挺出[11]，立登要路津[12]。致君尧舜上，再使风俗淳[13]。此意竟萧条[14]，行歌非隐沦[15]。骑驴十三载，旅食京华春[16]。朝扣富儿门，暮随肥马尘[17]。残杯与冷炙[18]，到处潜悲辛[19]。主上顷见征，欻然欲求伸[20]。青冥却垂翅，蹭蹬无纵鳞[21]。甚愧丈人厚[22]，甚知丈人真。每于百僚上，猥诵佳句新[23]。窃效贡公喜,难甘原宪贫[24]。焉能心怏怏,只是走踆踆[25]?今欲东入海,即将西去秦[26]。尚怜终南山,回首清渭滨[27]。常拟报一饭[28],况怀辞大臣[29]!白鸥没浩荡,万里谁能驯[30]。

〔1〕韦左丞是韦济。他在天宝七载(748)曾为河南尹,杜甫有《奉寄河南韦尹丈人》诗,对他的关怀表示感激。九载,韦济调任尚书左丞,杜甫又有《赠韦左丞丈济》,请求推荐。由于无结果,杜甫又写了这首诗,陈述入仕无门、困居长安的境况,对韦济表示感激和欲去而不忍去,又不得不去的心情。全诗慷慨陈词,直抒胸臆,纵横转折,措词委婉。

〔2〕"纨(wán丸)袴"二句:愤慨社会不公,为陈述个人之不遇作引子。纨,细绢。袴,同"裤"。纨袴,华丽衣着,通常作为富家豪门子弟的代称,含贬义。儒冠,儒巾,也称士冠,古代没有进入仕途的读书人的帽子,这里指读书人。

〔3〕丈人:对年老或长辈男子的通称。指韦济。

〔4〕贱子:自谦之辞,这里是杜甫自称。具陈:一一细说。

〔5〕"甫昔"二句:指开元二十三年(735)杜甫在洛阳参加进士考试的事。充,充当。杜甫那年二十四岁,所以说"少年"、"早充"。观国宾:原出《周易·观卦·象传》:"观国之光,尚宾也。"这里是说自己没有官职爵位,已受到天子的礼遇。

〔6〕"读书"句:是说读书既多且透。破,读得烂熟、透辟。

〔7〕有神:形容文思敏捷,不假斟酌,若有神助。

〔8〕"赋料"二句:是说作赋可与扬雄匹敌,写诗可与曹植相接近。料,估量之意,犹庶几,差不多。看,与"料"同义。扬雄,西汉著名辞赋作家。子建,三国时代魏国诗人曹植。敌,匹敌,相当。亲,接近。

〔9〕李邕:当时著名文豪。《旧唐书·文苑中》称他:"早擅才名,尤

长碑颂","中朝衣冠及天下寺观,多赍持金帛,往求其文。"《新唐书·杜甫传》:"甫少贫,不自振,李邕奇其才,先往见之。"后来,杜甫《八哀诗·赠秘书监江夏李公邕》云:"伊昔临淄亭,酒酣托末契。重叙东都别,朝阴改轩砌。"写的是杜甫游齐、赵时,李邕正任汲郡、北海两郡太守,曾在齐州(今山东济南市)与杜甫相会。见前《陪李北海宴历下亭》诗。从"重叙东都别"一句,可知李邕最初结识杜甫是在洛阳。这里说"求识面",当是实情。

〔10〕王翰:诗人,曾为秘书正字、汝州长史、仙州别驾。《旧唐书·文苑中》有传。为邻:一作"卜邻"。

〔11〕挺出:特出,杰出。

〔12〕要路津:语出《古诗十九首·今日良宴会》:"何不策高足,先据要路津。"津,渡口。要路津,比喻重要的职位。

〔13〕"致君"二句:表明自己的抱负,要辅助、导引皇帝成为尧、舜式的君主,政治清明,恢复淳朴的民风。致,促使。淳,淳厚、朴实。由"甫昔少年日"至此十二句,述说自己的才学和抱负。

〔14〕此意:指上述抱负。萧条:冷落、凋零。这里是形容心灰意冷。

〔15〕行歌:且行且歌。语出《列子·天瑞》所叙林类"行歌拾穗"故事。林类"少不勤行,长不竞时",年且百岁,春披裘,拾遗穗于故畦,自得其乐。这里反用其意,是说自己困顿失志而行歌,却非避世的隐士。隐沦:遁世隐居。

〔16〕"骑驴"二句:是说十多年未能入仕,流寓长安。骑驴,与乘马的达官贵人对比,表示困顿。旅食,寄食。京华,京师,指长安。春,形容长安繁华。

〔17〕"朝扣"二句:承接上两句,写自己在长安到处奔走,请谒干求之可怜相。

〔18〕残杯冷炙(zhì 至):吃别人剩的酒食,比喻富贵人的施舍。

炙,烤,烹饪法的一种,引申为饭菜。

〔19〕"到处"句:犹说事事令人心酸、悲苦。

〔20〕"主上"二句:指天宝六载(747)玄宗诏令国内凡有一艺之长者到长安应试,杜甫也参加了。欻(xū 虚),迅疾。欻然,急忙貌。求伸,求得伸展自己的志向、才能。

〔21〕"青冥"二句:以鸟和鱼的失势比喻自己的失败。当时,宰相李林甫嫉贤,使全部应试者落选。青冥,天空。垂翅,鸟垂下翅膀,不能高飞。蹭蹬(cèng dèng 层去声邓),指遭到挫折。鳞,指代鱼。无纵鳞,是说鱼不得纵身浮游。以上十二句述说自己失意情况。

〔22〕厚:厚望、厚待之省文。

〔23〕"每于"二句:举出韦济厚遇事例。猥,曲,苟,这里是自谦词,表示滥被的意思。唐代人重诗,常以诗求人知,也以诗推荐人。韦济常在百官面前吟诵杜甫的新诗,自然意在宣扬、推荐。

〔24〕"窃效"二句:意思是承蒙赏识,您做了尚书左丞,我很高兴,可是我却不能长久地安于贫困。贡公,西汉人贡禹。贡禹与王吉为友,听说王吉做了大官,高兴得"弹冠",以为自己出头有日(《汉书·王吉传》)。这里是杜甫以王吉比韦济,以贡禹自比。原宪,孔子的弟子,孔子死后,他隐于草泽中,安于贫穷(《史记·仲尼弟子列传》)。

〔25〕"焉能"二句:是说自己虽然不能因失意而郁郁不乐,忿忿不平,却也总是在犹豫、徘徊。怏怏,因不满而不愉快的样子。逡(qūn 群阴平)逡,进退两难的样子。

〔26〕"今欲"二句:意思是想离开长安,隐身自处。东入海:指避世隐居。《论语·公冶长》记孔子的话:"道不行,乘桴(木筏)浮于海。"这里就是用这个意思。秦:指长安。去秦:离开长安。

〔27〕"尚怜"二句:是说想离开长安,又恋恋不舍。终南山在长安南,渭水在长安北,两者都是指代长安。怜,爱,眷恋。回首,也是表留恋

之意。

〔28〕报一饭:报答一饭之恩。古人谓"一饭之恩必偿",又有"一饭千金"之语,故以"一饭"指恩惠。

〔29〕况怀:况且是带着这种心情。怀:心意,指上句所说"常拟报一饭"的心情。大臣:指韦济。

〔30〕"白鸥"二句:是说离开京城,放浪湖海,像出没于万里烟波间的白鸥,便谁也不能拘束了。白鸥:一种水鸟,比喻自己。浩荡,广大,指无边波涛。驯,驯服,引申为约束。

兵车行[1]

车辚辚,马萧萧[2],行人弓箭各在腰[3]。耶娘妻子走相送,尘埃不见咸阳桥[4]。牵衣顿足拦道哭,哭声直上干云霄[5]。道旁过者问行人,行人但云:"点行频[6]。或从十五北防河,便至四十西营田[7]。去时里正与裹头,归来头白还戍边[8]。边庭流血成海水,武皇开边意未已[9]。君不闻汉家山东二百州[10],千村万落生荆杞[11]。纵有健妇把锄犁,禾生陇亩无东西[12]。况复秦兵耐苦战,被驱不异犬与鸡[13]。长者虽有问[14],役夫敢申恨[15]?且如今年冬,未休关西卒[16]。县官急索租,租税从何出[17]?信知生男恶[18],反是生女好,生女犹得嫁比邻,生男埋没随百草[19]。君不见青海头,古来白骨无人收,新鬼烦冤旧鬼哭,天阴雨湿声啾啾[20]!"

〔1〕天宝以来,唐王朝不断进行所谓"开边",经常发生战争。天宝十载(751)四月,剑南节度使鲜于仲通进攻南诏(据有今云南西北部一带),大败,士卒死亡六万人。高仙芝将兵三万攻击与唐王朝争夺西域的大食(古阿拉伯帝国),大败,士卒死亡殆尽。唐王朝不甘心失败,又大募两京(长安、洛阳)和河南、河北兵攻南诏,无人应募,杨国忠遣御史分道抓兵,连枷送往军所。"于是行者愁怨,父母妻子送之,所在哭声振野。"(《资治通鉴》卷二百一十六)杜甫这首诗大约作于这年。诗中假设问答,通过被征从军者之口,控诉了皇帝穷兵黩武,肆意开边的政策。"行"原是古乐府诗的一种体裁名称,后沿用于重在叙事的诗题中。

〔2〕辚(lín 邻)辚:车行声。萧萧:马鸣声。

〔3〕行人:指被征从军的人。

〔4〕"耶娘"二句:写从军者家属送行之多,尘土迷漫,把前方的咸阳桥都遮住了。耶,通"爷"。咸阳桥,在长安城北,横跨渭水,为通往咸阳的大桥。

〔5〕干云霄:形容送行爷娘妻子哭声之大,上冲云霄。干,冲犯。

〔6〕点行频:频繁地点名征发。自此以下至篇末,都是诗中被征从军人的话。

〔7〕"或从"二句:是说有人从十五岁被征从军,四十岁还在服役。开元以来,吐蕃常侵扰黄河以西地区,唐王朝征调关中、朔方等地方的军队,集中河西地区,加强防御,保护庄稼。因其地在长安以北,所以说"北防河"。营田,汉代已实行屯田制,唐代边区要冲地方的军队,除遇有战事作战外,平时还要种田,并于节度使下设度支营田副大使掌管其事。

〔8〕"去时"二句:是说自幼年从军,归来时头发都白了。里正,即里长。唐制:百户为一里,设里正一人,掌户籍、赋役等事(杜佑《通典·食货三》)。裹头,古时人以皂罗巾裹在头上为头巾(《二仪实录》)。这里说"里正与裹头",表示其年纪尚小。戍,驻防。

25

〔9〕武皇：汉武帝刘彻，在历史上他是以武功著称的皇帝。这里借以指代唐玄宗。唐人诗中多有这种用法。如王昌龄《青楼曲》之二："白马金鞍从武皇。"韦应物《逢杨开府》诗："少事武皇帝。"

〔10〕汉家：指唐王朝。山东：指华山以东广大地区。钱谦益注引《十道四蕃志》："关以东七道，凡二百一十一州。"（《钱注杜诗》卷一）这里说"二百州"，是大约数。

〔11〕生荆杞（qǐ起）：田园荒芜景象。荆：荆棘，一种多刺的野生植物。杞：杞柳，丛生灌木。

〔12〕"纵有"二句：意思是男子被征调从军，健壮的妇女种不好庄稼。无东西，是说禾苗零乱，不成畦垄。

〔13〕"况复"二句：是说关中士卒极顽强，能苦战，因此被调来调去，像赶鸡犬一样。况复，更加。秦兵，指关中地区的士卒。

〔14〕长者：征夫对作者的尊称。

〔15〕役夫：被征调的士卒自称。敢申恨：反诘语气，不敢表示怨恨，又不能不表示。

〔16〕未休：未罢，没有遣还乡里。关西：函谷关以西。

〔17〕"县官"二句：是说百姓苦于征戍，农业荒废，朝廷催缴租税，怎么能缴得出来？县官，指皇帝。《史记·绛侯周勃世家》："庸知其盗买县官器。"司马贞索隐："县官，谓天子也。"又《汉书·东平王宇传》："今暑热，县官年少。"注："不敢指斥成帝，谓之县官也。"这里也是从这个意义上不说皇帝而说"县官"。

〔18〕信知：实知。恶：不好。

〔19〕"生女"二句：申述上两句所说"好""恶"之根由。比邻，近邻。随百草，死无其所的意思。

〔20〕"君不见"四句：以青海头惨景为例，为唐王朝实行"开边"造成人民大量伤亡而痛心。青海头，青海湖边。唐王朝与吐蕃时常在那里

争战。《资治通鉴》卷二百一十六载:天宝八载(749)六月,哥舒翰以兵六万三千,攻吐蕃石堡城,拔之,唐士卒死者数万。烦,多,剧。啾(jiū究)啾,象声词,常常指动物细小的叫声,这里指众多的鬼哭声。

乐游园歌[1]

乐游古园崒森爽,烟绵碧草萋萋长[2]。公子华筵势最高,秦川对酒平如掌[3]。长生木瓢示真率,更调鞍马狂欢赏[4]。青春波浪芙蓉园,白日雷霆夹城仗[5]。阊阖晴开诔荡荡[6],曲江翠幕排银牓[7]。拂水低徊舞袖翻,缘云清切歌声上[8]。却忆年年人醉时,只今未醉已先悲[9]。数茎白发那抛得,百罚深杯亦不辞[10]。圣朝已知贱士丑,一物自荷皇天慈[11]。此身饮罢无归处,独立苍茫自咏诗[12]。

〔1〕这首诗是天宝十载(751)献《三大礼赋》待制集贤院时作。题下原注:"晦日贺兰杨长史筵醉中作。"乐游园,亦名乐游苑。《三辅黄图·苑囿》:"乐游苑,在杜陵西北,宣帝神爵三年春起。"程大昌《雍录》卷七:"曲江之北又为乐游原及乐游苑,及汉宣帝乐游庙也,庙至唐世基迹尚有,与唐之曲江、芙蓉园、芙蓉池,皆相并也。"故址在今陕西西安市南。晦日,阴历每月最后一天,此指正月晦日,为唐时节日之一。《唐两京城坊考》卷三:"每正月晦日、三月三日、九月九日,京城士女咸就此登赏祓禊。"时杜甫困守长安,生活无着,心情苦闷,故面对春日美景,语多感慨,并表示了对时局的忧虑。

〔2〕古园:乐游园之地,秦为宜春苑,汉为乐游苑,故谓"古园"。崒

(zú足):危峻的样子。森爽:森疏萧爽。烟绵:即延绵,谓烟笼草长。萋萋:草盛的样子。

〔3〕公子:指杨长史。华筵:盛美之筵席。势最高:谓据原上最高处。秦川:长安属秦地,所谓八百里秦川,亦曰关中。平如掌:《唐两京城坊考》卷三:"(乐游原)其地居京城之最高,四望宽敞,京城之内,俯视指掌。"

〔4〕长生木瓢:以长生木为瓢而酌酒。《西京杂记》卷一记异树有"千年长生树十株,万年长生树十株"。晋嵇含有《长生树赋》。示真率:谓主人用长生木瓢酌酒与客,祝客长寿,而不拘于繁文缛节,以示其真诚坦率之意。更调鞍马:谓猜拳行令,互相调笑。更:相互更易。调:调笑。鞍马:酒令名。白居易《东南行一百韵》:"鞍马呼教住,骰盘喝遣输。长驱波卷白,连掷采成卢。"自注:"骰盘、卷白波、莫走、鞍马,皆当时酒令。"

〔5〕青春:春天。芙蓉园:在曲江西南,园内有池,称芙蓉池,绿水弥漫,故有波浪。夹城:唐玄宗先后于开元十四年和二十年两次扩建兴庆宫,自大明宫沿东郭城,经通化、春明、延兴三门,直至曲江、芙蓉园,修筑复道,以潜行往来,是为夹城。程大昌《雍录》卷二:"唐之夹城也,两墙对起,所谓筑垣墙如街巷者也。"仗:指天子仪仗。雷霆:形容车马喧阗之声。

〔6〕阊阖:天门。宫之正门亦曰阊阖,以象天门。佚荡荡,旷荡的样子。《汉书·礼乐志》载《天门歌》:"天门开,佚荡荡。"

〔7〕曲江:一名曲江池,在长安东南,时为游览胜地。《太平寰宇记·关西道·雍州》:"曲江池,汉武帝所造,名为宜春苑,其水曲折有似广陵之江,故名之。"康骈《剧谈录》卷下:"(曲江)其南有紫云楼、芙蓉苑,其西有杏园、慈恩寺。花卉环周,烟水明媚,都人游玩,盛于中和、上巳之节。彩幄翠帱,匝于堤岸,鲜车健马,比肩击毂。"翠幕:游宴者所设

华丽之帐幕。银牓(bǎng榜):门端所悬金碧辉煌之匾额。《神异经·中荒经》:"东方有宫……门有银牓。"王仁裕《开元天宝遗事》卷下:"长安贵家子弟,每至春时,游宴供帐于园圃中,随行载以油幕,或遇阴雨,以幕覆之,尽欢而归。"又曰:"都人士女,每至正月半后,各乘车跨马,供帐于园圃,或郊野中,为探春之宴。"可见当时游乐之盛。

〔8〕"拂水"二句:写狂欢情景。上句写舞,下句写歌。低徊,回旋起伏。缘云,形容歌声清切嘹亮,愈转愈高,犹似缘云而上。

〔9〕"却忆"二句:悲叹身世,自抒怀抱。年年,犹往年。人,杜甫自谓。杜甫数次献赋不售,生活窘迫,年复老大,故未醉先悲。

〔10〕那抛得:犹抛不脱。杜甫志在兼济天下,不甘老而无成,故不觉怪罪白发。百罚:谓罚酒之多。深杯:犹满杯。

〔11〕圣朝:指玄宗朝。贱士:甫自谓。与自谓"贱子"、"腐儒"、"弃物"同一愤慨。丑:愧,耻。《论语·泰伯》:"邦有道,贫且贱焉,耻也。"上句实暗用此意。圣朝,即有道之邦。意谓当此圣朝,而己久居贫贱,实深感愧耻。不责人而自责,语意含讽。一物:向有三解:一谓指酒,如仇兆鳌、杨伦等主此,恐非。一谓杜甫自指,如沈德潜、周篆、施鸿保等主此,似太泥。惟卢元昌曰:"当此春和,一草一木,皆荷皇天之慈,欣欣然有以自乐,独我贱士,见丑圣朝。……夫岂皇天悯覆,终遗贱士乎?"(《杜诗阐》卷二)此解结合目前景物,释一物为一草一木,最为圆通。按甫《北征》诗云:"雨露之所施,甘苦齐结实。"可作此句注脚。时进《朝享太庙赋》亦云:"陛下应道而作,惟天与能,……恐一物之失所,惧先王之咎徵。"此句承上,意谓即使自己是一贱士,但总算是万物之一,如今"卖药都市,寄食友朋","恐倏先狗马,遗恨九原"(《进三大礼赋表》语),岂不有累"圣朝"盛德乎?"皇天慈"三字应活看,对草木而言为"皇天",对人事而言则为"圣朝"。

〔12〕无归处:时杜甫待制集贤院,未授官职,故云。苍茫,荒寂的样

子。亦含诗人对时局之忧虑。

投简咸华两县诸子[1]

赤县官曹拥材杰[2],软裘快马当冰雪[3]。长安苦寒谁独悲[4],杜陵野老骨欲折[5]。南山豆苗早荒秽[6],青门瓜地新冻裂[7]。乡里儿童项领成[8],朝廷故旧礼数绝[9]。自然弃掷与时异,况乃疏顽临事拙[10]。饥卧动即向一旬,弊衣何啻联百结[11]。君不见空墙日色晚,此老无声泪垂血[12]。

〔1〕这首诗当是天宝十载(751)冬作。时诗人困居长安,又值苦寒,冻饿交逼,故旧礼绝,满腔悲愤,一肚牢骚,遂成一篇不平之鸣。投简:即投赠。咸:咸宁,即万年县。《元和郡县图志·关内道一·京兆府上》:"万年县……天宝七年,改为咸宁,乾元元年复为万年县。"华:华原县,亦属京兆府。诸子,或即两县吏曹。

〔2〕赤县:唐代分县为七等,京都所治为赤县,京之旁邑为畿县。咸宁为赤县,华原为畿县。官曹:官署。材杰:同"才杰",谓才智超人。拥:有拥挤意。

〔3〕软裘:即轻裘,亦即狐裘。软裘快马,亦即"同学少年多不贱,五陵衣马自轻肥"(《秋兴八首》其三)之意。当:通"挡"。

〔4〕苦寒:犹云严寒。

〔5〕杜陵:地名。《元和郡县图志·关内道一·京兆府上》:"杜陵,在(万年)县东南二十里,汉宣帝陵也。"杜甫尝居此,故每自称"杜陵野老"或"杜陵布衣"。

〔6〕南山:汉杨恽《报孙会宗书》:"田彼南山,芜秽不治,种一顷豆,落而为萁。人生行乐耳,须富贵何时!"

〔7〕青门瓜:亦名东陵瓜。《三辅黄图·都城十二门》:"长安城东出南头第一门霸城门,民见门色青,名曰青城门,或曰青门。门外旧出佳瓜。广陵人邵平,为秦东陵侯,秦破为布衣,种瓜青门外,瓜美,故时人谓之东陵瓜。"

〔8〕乡里儿童:指小官僚。梁萧统《陶渊明传》:"岁终,会郡遣督邮至县,吏请曰:'应束带见之。'渊明叹曰:'我岂能为五斗米折腰向乡里小儿!'"项领:脖子肥大。《诗·小雅·节南山》:"驾彼四牡,四牡项领。"毛传:"项,大也。"郑玄笺:"四牡者,人君所乘驾,今但养大其领,不肯为用。喻大臣自恣,王不能使也。"项领成:谓脖子挺硬,目中无人,喻倨傲。

〔9〕故旧:故交,亲友。礼数:犹礼节。礼数绝:谓断绝来往。

〔10〕自然:理之当然。疏顽:疏懒愚钝。临事拙:遇事拙于应付。二句谓己不合时宜,故理应被弃掷,况疏懒愚拙不善应酬,因而贫病如此。

〔11〕动:常,每。向:近。言常常饿饭旬日。弊衣:破旧之衣。何啻(chì赤):犹岂止。百结:形容衣弊之状。《北堂书钞》卷一百二十九引王隐《晋书》:"董威辇(京)至洛阳,止宿白社中,于市得残碎缯,辄结以为衣,号曰百结衣。"而杜甫衣服褴褛又甚于董京。其《进雕赋表》云:"惟臣衣不盖体,尝寄食于人,奔走不暇,只恐转死沟壑,安敢望仕进乎?"可为此句注脚。

〔12〕君:指咸、华两县诸子。空墙:犹言家徒四壁。此老:甫自谓。无声:吞声。诗人饥寒交迫,无可诉说,只有默然泣血而已,想见其生活之艰窘。

同诸公登慈恩寺塔[1]

高标跨苍穹[2],烈风无时休。自非旷士怀,登兹翻百忧[3]。方知象教力[4],足可追冥搜[5]。仰穿龙蛇窟[6],始出枝撑幽[7]。七星在北户,河汉声西流[8]。羲和鞭白日,少昊行清秋[9]。秦山忽破碎,泾渭不可求[10]。俯视但一气,焉能辨皇州[11]?回首叫虞舜,苍梧云正愁[12]。惜哉瑶池饮,日晏昆仑丘[13]。黄鹄去不息,哀鸣何所投[14]?君看随阳雁,各有稻粱谋[15]。

〔1〕这首诗作于唐玄宗天宝十一载(752)秋。这时杜甫在长安已六七年,几次应试、献赋,求权贵援引,都没有结果。当时,唐玄宗沉湎声色,李林甫及其私党把持朝政,引起杜甫的不满和不安。诗用象征手法,就登慈恩寺塔所见景象,驰骋想象,隐约地抒发了对朝政浑浊的感慨。诸公,指诗友高适、岑参、储光羲和薛据。五人同游,先后都写了诗。原注:"时高适、薛据先有作。"所以说"同诸公"。同,即和。慈恩寺在长安,是唐太宗贞观二十一年(647)唐高宗李治为太子时所建。唐高宗永徽三年(652),三藏法师玄奘在寺中建塔,即大雁塔,今尚存。

〔2〕高标:指高塔。《两京新记》:慈恩寺"塔六级,高三百尺"。跨:凌跨。苍穹(qióng 穷):青天。

〔3〕"自非"二句:是说自己不是心胸旷达的人,登此塔不仅不能消愁,反而生出许多忧愁。旷士,旷达绝俗的人。怀,胸怀。兹,此,指慈恩寺塔。翻,反而。

〔4〕象教:指佛教。佛教假借形象以教人,故曰象教。慈恩寺塔为佛教高僧所建,登塔而有所感悟,所以说"象教力"。

〔5〕冥搜:深入地思索、探求。唐人多以"冥搜"指构思作诗,如裴说《寄曹松》诗:"冥搜不易得,一句至公知。"这里取其广义,深入地感悟现实之理的意思,用以引发下文所抒发的感慨。

〔6〕龙蛇窟:形容塔内磴道弯曲而窄狭。

〔7〕始出:上承"仰穿"而言,指登临塔上。枝撑:指塔内交错的石柱。幽:形容塔内昏暗。

〔8〕"七星"二句:写登上塔顶,仰观天象,有塔高近天之感。七星,北斗七星,即大熊星座。河汉,银河。声西流,如闻西流之声。

〔9〕"羲和"二句:写在塔上所见:太阳西移,满目秋色。羲和,古代神话中为太阳驾车的人。少昊,古代神话中司秋之神。

〔10〕"秦山"二句:写从塔上俯视。秦山,指终南诸山,即陕西南部的秦岭山脉。忽破碎,形容其山势错杂,使人有忽若破碎之感。泾渭,二水名,至陕西高陵区汇合,自古有泾水清而渭水浊,合流后仍然清浊分明之说。一说,泾浊而渭清。不可求,即指清浊难辨。

〔11〕"俯视"二句:是说眼下一片濛濛,看不清长安景象。但,只是。一气,天地浑沌一色。皇州,指都城长安。

〔12〕"回首"二句:以虞舜比喻唐太宗,惋惜唐太宗励精图治的清明政治已难追寻。虞舜,古代传说中的帝王,即舜,虞是国号。苍梧,即九嶷山,在今湖南宁远县,相传舜葬于此。这是比拟葬唐太宗的昭陵。云正愁,是表示追思而不可及的忧思。

〔13〕"惜哉"二句:用周穆王到昆仑山与西王母在瑶池宴饮的传说(《穆天子传》),讽刺唐玄宗和杨贵妃在骊山寻欢作乐,耽于声色。惜,伤心。晏,晚。昆仑丘,昆仑山,传说西王母所居之地。

〔14〕"黄鹄(hú胡)"二句:以黄鹄为喻,意思是贤能志士受排斥,

33

纷纷离去。黄鹄,传说中的大鸟,一飞千里,比喻贤能之士。何所投,意思是无处投奔。这里含自伤失意的意思。

〔15〕"君看"二句:意思是朝廷中趋炎附势的官员,都是各谋私利,不以国家为念。随阳雁,亦称"阳鸟",即雁,以其秋天由北而南,春天由南而北得名。这里用以比喻逢迎唐玄宗的官僚。稻粱谋,为利禄谋算。

曲江三章,章五句[1]

其一

曲江萧条秋气高[2],菱荷枯折随风涛,游子空嗟垂二毛[3]!白石素沙亦相荡,哀鸿独叫求其曹[4]。

〔1〕曲江在长安南郊,以水流曲折而得名,是唐开元以来的游览胜地。唐李肇《国史补》载,当时考中进士的人都要在曲江亭宴饮庆贺,叫做曲江会。杜甫于天宝十载(751)献《三大礼赋》,希望得到皇帝赏识、任用,然仅得到了集贤院待制的空名义,次年应诏试文章,也无结果。这期间,他游曲江,感于仕途失意,遂有此作。这种七言五句的格式,是杜甫的创体。

〔2〕这首诗是借秋天曲江景物萧索,抒写个人落拓不遇的悲哀。

〔3〕游子:指自己。垂二毛:年纪将老。二毛:指头发已有黑白二色。

〔4〕"白石"二句:以水下的白石、素沙被水流冲击而动荡,孤雁哀鸣似寻其伴侣,暗喻作者落泊孤独的境况。素沙,白沙。曹,同类。

其二

即事非今亦非古[1],长歌激越捎林莽[2]。比屋豪华固难数[3]。吾人甘作心似灰[4],弟侄何伤泪如雨[5]?

　　[1] 这首诗是说放歌自遣,对富贵并不计较。语似达观,实为忧愤之词。即事:即事吟诗,就眼前事咏怀。这三章诗,既不是今体,又不是古体,所以说"非今亦非古"。
　　[2] 长歌:引声而歌。长,犹长吟、长啸之长。捎:拂。莽:丛草。
　　[3] 比屋豪华:形容富贵家之多。比,相接次。因为多,所以说"难数"。
　　[4] 心似灰:语出《庄子·齐物论》:"形固可使如槁木,而心固可使如死灰乎?"这里是对功名富贵已心灰意冷。说"甘作",正表明并没有"心似灰",亦是愤懑语。
　　[5] 何伤:不必伤心。

其三

自断此生休问天[1],杜曲幸有桑麻田[2]。故将移住南山边[3]。短衣匹马随李广,看射猛虎终残年[4]。

　　[1] 这首诗表示料定此生只能回祖籍隐居度馀年。休问天:不必问天命如何。
　　[2] 杜曲:在长安城南,杜甫的祖籍。

〔3〕南山:指终南山。杜曲在终南山麓,所以称"南山边"。

〔4〕"短衣"二句:汉代名将李广闲居蓝田时,曾到南山打猎射虎(《史记·李将军列传》)。蓝田与杜曲相距不远,杜甫也喜欢骑射,多年前游齐鲁、梁宋时曾"呼鹰"、"逐兽",所以这里有此联想。残年,犹馀生。

贫交行〔1〕

翻手作云覆手雨〔2〕,纷纷轻薄何须数〔3〕?君不见管鲍贫时交〔4〕,此道今人弃如土。

〔1〕杜甫困居长安多年,未能入仕,没有得到亲友的提携、帮助,不免有世态炎凉、人情淡薄之感。这首诗抒发的就是这种感慨,语言虽简短,却颇有广泛的概括性。

〔2〕"翻手"句:比喻人反复无常。

〔3〕轻薄:指人情不敦厚。何须数(shǔ暑):不须计数,意思是多得不可胜数。

〔4〕管鲍:春秋时的管仲和鲍叔牙。管仲和鲍叔牙曾一起经商,赚了钱,管仲总是多拿些。鲍叔牙知道管仲家贫,并不介意。管仲曾说:生我者父母,知我者鲍子。后经鲍叔牙推荐,管仲做了宰相,帮助齐桓公使齐国成为五个富强的诸侯国之一(《史记·管晏列传》)。后世便以管仲和鲍叔牙为交友的典范。

丽人行[1]

三月三日天气新[2],长安水边多丽人[3]。态浓意远淑且真[4],肌理细腻骨肉匀[5]。绣罗衣裳照暮春[6],蹙金孔雀银麒麟[7]。头上何所有?翠为䓍叶垂鬓唇[8];背后何所见?珠压腰衱稳称身[9]。就中云幕椒房亲,赐名大国虢与秦[10]。紫驼之峰出翠釜,水精之盘行素鳞[11]。犀箸厌饫久未下,鸾刀缕切空纷纶[12]。黄门飞鞚不动尘,御厨络绎送八珍[13]。箫管哀吟感鬼神,宾从杂遝实要津[14]。后来鞍马何逡巡,当轩下马入锦茵[15]。杨花雪落覆白蘋,青鸟飞去衔红巾[16]。炙手可热势绝伦,慎莫近前丞相嗔[17]!

〔1〕唐玄宗天宝初年,杨贵妃得宠,三姊并封国夫人,兄杨国忠于天宝十一载(752)为右丞相兼吏部尚书,势倾天下,擅权乱政,朝政日益腐败。这首诗当作于天宝十二载(753)春。全诗就杨氏姊妹游曲江,写其服饰豪华,饮食精美,声乐、宾客相随,其势焰,炙手可热,不着一讽刺语,而意在言外,句句都含讽刺之意。题目是杜甫自拟的乐府新题。

〔2〕三月三日:为上巳日。古代习俗,人们在这天要到水边洗除不祥,后来变为到水边宴饮、游春的一个节日。唐代开元以来,长安士女多在这日游赏曲江。

〔3〕水边:这里指长安东南的曲江和芙蓉苑。丽人:泛指一般贵妇。

〔4〕态浓:姿态浓艳。意远:神情娴雅。淑且真:贤淑而不做作。这里是说反话,即所谓皮里阳秋。

〔5〕肌理:皮肤纹理。骨肉:指身材高矮、肥瘦。匀:匀称。

〔6〕绣罗:刺绣的丝绸衣裳。照暮春:与晚春的风光相辉映,形容衣服华丽。

〔7〕"蹙(cù促)金"句:承上句,点明衣服上所绣,有金线绣出的孔雀,有银线绣出的麒麟。蹙金,刺绣的一种方法,用金线缕织成图案,纹理紧凑。赵牧自称其诗:"蹙金结绣,而无痕迹。"(王定保《唐摭言·海叙不遇》)

〔8〕翠:翡翠。匌(gē鸽)叶:妇女发髻上的花饰。鬓唇:鬓边。

〔9〕珠压腰衱(jié结):裙带上镶缀着珍珠。腰衱,裙带。稳称身:十分稳贴合体。以上为第一段,写游曲江的贵妇人的姿态、服饰华贵。

〔10〕"就中"二句:从贵妇人中突出点明杨氏姊妹。就中:其中。云幕,形容帐幕重重如云。椒房,汉代皇后的宫室,以椒末和入泥中涂壁,后来便称后妃的宫室为"椒房"。这里说"椒房亲",即后妃的亲属,隐指杨贵妃的姊妹。赐名,指天宝七载(748)杨贵妃三姊"并封国夫人,大姊封韩国夫人,三姊封虢(guó掴)国夫人,八姊封秦国夫人。"(《旧唐书·杨贵妃传》)

〔11〕"紫驼(tuó驮)"二句:写饮食精贵。紫驼之峰,即驼峰,一种珍贵食品。驼,同"驼"。翠釜,以玉为饰的锅。水精,水晶。行,古代所谓"行炙"之省略,逐次传递的意思。素鳞,白色的鱼。

〔12〕"犀箸"二句:是说杨氏姊妹骄奢非常,食品虽精美,却感到厌腻,不动筷子。犀箸,用犀牛角镶饰的筷子。厌饫(yù育),吃腻了。鸾刀,刀环系铃的刀。缕切,细切。空纷纶,意思是厨师们白忙了一阵子。

〔13〕"黄门"二句:是说皇帝命宦官送来许多珍贵食品。黄门,宦官,太监。鞚,马勒头。飞鞚,即驰马。不动尘,形容马跑得很稳。络绎,接连不断。八珍,八种珍贵美食。这里是泛指。

〔14〕"箫管"二句:写杨氏姊妹游春有鼓乐相随,还带着宾客、仆从

一大伙人。杂遝(tà榻),众多的样子。实要津,双关语,实写杨氏姊妹游春一行人堆满了道路,又暗喻杨家及其趋从者占据了朝廷要职。要津,即要路津,见前《奉赠韦左丞丈二十二韵》注〔12〕。以上为第二段,写杨氏姊妹游春之骄奢。

〔15〕"后来"二句:写杨国忠最后缓辔而来,神气十足,不顾兄妹男女之嫌,径直进入贵妇人车中。后来鞍马,隐指杨国忠。逡(qūn群阴平)巡,徘徊徐行的样子,引申为大模大样,旁若无人。锦茵,锦绣垫褥。

〔16〕"杨花"二句:影射杨国忠于虢国夫人的暧昧关系。《旧唐书·杨贵妃传》:"国忠私于虢国,而不避雄狐之刺,每入朝或联镳方驾,不施帷幔。"古有"杨花入水化为萍"(《广雅》)的说法。北魏胡太后与杨白花私通,有情词《杨白花歌》:"春风一夜入闺闼,杨花飘荡落南家……秋来春去双燕子,愿衔杨花入窠里。"杜甫在这里化用其意,以杨花覆白蘋隐喻杨氏兄妹淫乱。青鸟,传说中西王母的侍者,又有青鸟传情之说。这里说"飞去衔红巾",是暗喻杨氏兄妹传递私情。

〔17〕"炙手"二句:是说杨氏势倾天下,且莫靠近。承上二句而言,还隐含不要窥见其私情的意思。炙(zhì治)手可热,热得烫手,比喻势焰极盛。绝伦,无可比拟。丞相,指杨国忠。嗔(chēn琛),怒。以上为第三段,用比、兴手法,写杨国忠盛气凌人,道德败坏,不知羞耻。

送高三十五书记〔1〕

崆峒小麦熟,且愿休王师〔2〕。请公问主将,焉用穷荒为〔3〕?
饥鹰未饱肉,侧翅随人飞〔4〕。高生跨鞍马,有似幽并儿〔5〕。
脱身簿尉中,始与捶楚辞〔6〕。借问今何官,触热向武威〔7〕?

答云一书记,所愧国士知[8]。人实不易知,更须慎其仪[9]。十年出幕府,自可持旌麾[10]。此行既特达,足以慰所思[11]。男儿功名遂,亦在老大时[12]。常恨结欢浅[13],各在天一涯。又如参与商,惨惨中肠悲[14]。惊风吹鸿鹄,不得相追随[15]。黄尘翳沙漠,念子何当归[16]?边城有馀力,早寄从军诗[17]。

〔1〕这首诗作于天宝十二载(753)夏。高三十五:即高适,排行三十五。书记:时高适为河西节度使哥舒翰掌书记。《新唐书·百官志四下》:"掌书记,掌朝觐、聘问、慰荐、祭祀、祈祝之文与号令升绌之事。"时高适离京返河西、陇右,杜甫赋此诗送别。浦起龙评曰:"通首看来,时事忧危之情,朋友规切之谊,临歧颂祷、赠处执别之忱,蔼然具见于此诗。"(《读杜心解》卷一之一)

〔2〕崆峒:山名,在今甘肃平凉市西,唐属陇右道。《资治通鉴》卷二百一十五载:天宝六载,"(哥舒翰)累功至陇右节度副使。每岁积石军麦熟,吐蕃辄来获之,无能御者,边人谓之'吐蕃麦庄'。翰先伏兵于其侧,虏至,断其后,夹击之,无一人得返者,自是不敢复来。"崆峒小麦指此。杜甫《寄高三十五书记》诗云:"主将收才子,崆峒足凯歌。"亦此意也。休:休兵。王师:指唐军。

〔3〕公:指高适。主将:指哥舒翰。穷荒:边远贫瘠之地。《资治通鉴》卷二百一十六载:天宝八载,"上命陇右节度使哥舒翰帅陇右、河西及突厥阿布思兵,益以朔方、河东兵,凡六万三千,攻吐蕃石堡城","唐士卒死者数万,果如王忠嗣之言。顷之,翰又遣兵于赤岭西开屯田,以谪卒二千戍龙驹岛,冬冰合,吐蕃大集,戍者尽没"。首四句请适劝翰休兵息民,莫因麦庄一捷而黩武穷荒,乃送别本旨。

〔4〕饥鹰:喻高适。《旧唐书·高适传》:"适少濩落,不事生业,家贫,客于梁宋,以求丐取给。"又《三国志·魏书·吕布传》载曹操喻吕布为人曰:"譬如养鹰,饥则为用,饱则扬去。"穷而依人,有似饥鹰,故曰"未饱肉"、"随人飞"。

〔5〕跨鞍马:指从戎。幽:今河北之地;并:今山西之地。其地多健儿。曹植《白马篇》:"白马饰金羁,连翩西北驰。借问谁家子?幽并游侠儿。"杜诗化用此数句。

〔6〕脱身簿尉:指高适由封丘县尉为哥舒翰掌书记。捶楚:指杖刑。捶,通"箠",杖也;楚,荆木。高适《封丘作》诗:"只言小邑无所为,公门百事皆有期。拜迎官长心欲碎,鞭挞黎庶令人悲。"适不忍为此,今去官依翰为书记,不再鞭挞百姓,故曰"始与捶楚辞"。

〔7〕触热:冒着炎热。时当夏天,故云。武威,郡名,今属甘肃。时为河西节度使治所。

〔8〕国士:全国推仰之士。《史记·刺客列传》:豫让曰:"臣事范、中行氏,范、中行氏皆众人遇我,我故众人报之。至于智伯,国士遇我,我故国士报之。"此指翰以国士待适。故高适《登陇》诗云:"浅才登一命,孤剑通万里。岂不思故乡?从来感知己。"

〔9〕慎其仪:谓慎言慎行,敬谨从事。杜甫对哥舒翰的看法,与高适不尽相同。翰粗暴嗜杀,适豪放慷慨,故二句戒其敬谨事翰。

〔10〕幕府:军府。古时军旅居止无常,遂以帐幕为府署,故称幕府。旌麾:帅旗。二句是鼓励高适的话。谓其若干年后,出于幕府,可自以为帅,独当一面。

〔11〕特达:犹特出,喻前途远大。二句承上两句,谓高适将飞黄腾达,足以慰已所望。后甫《寄高三十五书记》诗云:"闻君已朱绂,且得慰蹉跎。"即此意。

〔12〕功名遂:功成名就。老大时:时适已五十三岁,故云。

〔13〕以下抒惜别之情。浅:形容时间短暂。

〔14〕参商:二星名。参西商东,参东商西,此出彼没,永不相见。此喻双方分手后难得相见。甫《赠卫八处士》云:"人生不相见,动如参与商。"惨惨,悲戚的样子。

〔15〕惊风:疾风。鸿鹄:即天鹅。常喻志向远大者。此喻高适高举远引,恨己不能追随而去。

〔16〕翳:遮蔽。子:指高适。何当:何时。

〔17〕边城:指武威。馀力:犹馀暇。从军诗:曹操西征张鲁,侍中王粲随行,作五言《从军诗》。高适随哥舒翰西征,又能诗,故嘱其学王粲作《从军诗》见寄,以慰相思。

陪郑广文游何将军山林十首(选四)〔1〕

其二〔2〕

百顷风潭上,千章夏木清〔3〕。卑枝低结子,接叶暗巢莺〔4〕。鲜鲫银丝脍,香芹碧涧羹〔5〕。翻疑舵楼底,晚饭越中行〔6〕。

〔1〕这组诗为天宝十二载(753)夏作。郑广文:即郑虔。天宝年间曾为广文馆博士,故称。《唐会要·广文馆》:"天宝九载七月十三日置,领国子监进士业者。博士、助教各一人,品秩同太学。以郑虔为博士,至今呼郑虔为郑广文。"何将军:未详何人。山林:即园林、庄园。何将军山林:故址相传在今西安市长安区(即韦曲)东南的何家营。

〔2〕这首诗记山林景物之胜。

〔3〕百顷:言水面广大。章:大树。风潭覆以夏木,见其萧森可爱。

〔4〕卑枝:树枝低垂。曹丕《芙蓉池作》诗:"卑枝拂羽盖,修条摩苍天。"接叶:叶叶相接。

〔5〕脍:细切之肉。银丝:喻指鲜脍色白而细长。芹:楚葵,又名水英。可作羹。

〔6〕舵楼:有叠层的游船。杜甫早年曾漫游吴越,念念不忘,今何将军山林之景似之,见羹脍而思越,亦犹张翰见秋风起,而思吴中鲈脍莼羹也(《世说新语·识鉴》),故云"翻疑越中行"。

其五〔1〕

剩水沧江破,残山碣石开〔2〕。绿垂风折笋,红绽雨肥梅〔3〕。银甲弹筝用,金鱼换酒来〔4〕。兴移无洒扫,随意坐莓苔〔5〕。

〔1〕这首写山林胜景,豪饮雅兴。

〔2〕"剩水"二句:谓凿池引水,剩水也,而分沧江之流,故曰"沧江破";累石为山,残山也,而成碣石之状,故曰"碣石开"。残山,谓假山。碣石,山名。此泛指山。本言园中山水之小,而借沧江、碣石以形容之,顿成壮观。

〔3〕"绿垂"二句:乃倒装句式,正言之则为"风折笋而绿垂,雨肥梅而红绽"。倒装意在突出视觉效果。游人望去,绿垂垂而动者,乃风吹折之笋;红殷殷而绽者,乃雨所肥之梅。

〔4〕银甲:银制的假指甲,用以弹筝、琵琶等弦乐器,亦称拨。筝:古乐器名。金鱼:唐代三品以上官员之佩饰,刻鲤鱼形,故谓之金鱼。金鱼换酒:就像晋阮孚以金貂换酒、唐贺知章以金龟换酒一样,皆状嗜酒

43

豪兴。

〔5〕兴移:谓兴因景移。莓苔:青苔。末联总结全首:登山玩水,烹笋摘梅,听筝酌酒,随其兴之所至,无地不可坐,无景不可恋,足见宾主相忘之乐。

其九[1]

床上书连屋,阶前树拂云[2]。将军不好武,稚子总能文[3]。醒酒微风入,听诗静夜分[4]。绤衣挂萝薜,凉月白纷纷[5]。

〔1〕这首赞何将军之风雅,而见其闲逸之致。
〔2〕书连屋:言何氏积书之多。树拂云:极言树木之高。
〔3〕"将军"二句:言何氏之儒雅。不好武,则其好文可知;稚子能文,则将军更不待言。稚子:当谓何家子弟。
〔4〕夜分:夜半。二句倒装,"微风入"可以醒酒,"静夜分"犹然听诗。听诗:听将军吟诗。或谓听稚子吟诗,亦通。
〔5〕绤衣:细葛布衣。《礼记·月令》:孟夏之月,"天子始绤"。郑玄注:"初服暑服。"萝薜:女萝与薜荔,皆蔓生植物。二句言月穿萝薜,照于衣上,其光零乱。

其十[1]

幽意忽不惬,归期无奈何[2]。出门流水住,回首白云多[3]。自笑灯前舞,谁怜醉后歌[4]。只应与朋好,风雨亦来过[5]。

〔1〕这首乃十章总结,有恋恋惜别,再期重游之意。

〔2〕幽意:犹幽兴。惬(qiè怯):快意。所以不惬者,以有归期故也。

〔3〕"出门"二句:极写恋恋不舍之情。谓一出何氏之园,流水似若停住不动,回首则见白云更多,人皆爱流水与白云,奈何使我舍此而去!

〔4〕"自笑"二句:灯前舞,醉后歌,皆为在何园宴饮时得意狂放之态。而今一去,复有谁怜?

〔5〕朋好:指郑广文。后作者与郑虔又重游何将军山林,写有《重过何氏五首》。过:造访。

醉 时 歌[1]

诸公衮衮登台省[2],广文先生官独冷[3]。甲第纷纷厌粱肉[4],广文先生饭不足。先生有道出羲皇[5],先生有才过屈宋[6]。德尊一代常坎轲,名垂万古知何用[7]?杜陵野客人更嗤[8],被褐短窄鬓如丝[9]。日籴太仓五升米[10],时赴郑老同襟期[11]。得钱即相觅,沽酒不复疑[12]。忘形到尔汝[13],痛饮真吾师[14]。清夜沉沉动春酌,灯前细雨檐花落[15]。但觉高歌有鬼神[16],焉知饿死填沟壑[17]。相如逸才亲涤器,子云识字终投阁[18]。先生早赋归去来,石田茅屋荒苍苔[19]。儒术于我何有哉?孔丘盗跖俱尘埃[20]!不须闻此意惨怆,生前相遇且衔杯[21]!

〔1〕诗题下原注:"赠广文馆博士郑虔。"郑虔是杜甫好友,诗、书、

画俱佳,唐玄宗称之为"三绝"。见前《陪郑广文游何将军山林十首》之一注〔1〕。杜甫另有《戏简郑广文虔,兼呈苏司业》诗,描写了这位博士的清贫、嗜酒的状况。这首诗约作于天宝十三载(754)春。这时,杜甫已困居长安七年,尚未谋到一官半职,满腹牢骚。诗即就郑虔和自己的遭遇,抒发不满和苦闷,纵笔直书,酣畅淋漓。

〔2〕衮衮:多而连续不断。台省:朝廷的重要机构。台,指御史台。省,指当时的中书省、尚书省和门下省,简称三省。

〔3〕广文先生:指郑虔。郑虔任广文馆博士,时称"郑广文"(《新唐书·郑虔传》)。冷:清冷、清淡,指官职不重要,俸禄微薄。

〔4〕甲第:汉初赐贵族官僚住宅,有"甲乙次第"之别,后来便以"甲第"指权贵富豪之家。厌:同"餍",饱足。梁肉:指肥美的饭食。粱,是粟的一种。

〔5〕出:出自、出于。羲皇:伏羲氏,传说中的古帝王,据说曾创造文字,教民畋渔畜牧。

〔6〕屈宋:屈原、宋玉,战国时期楚辞的代表作家。

〔7〕"德尊"二句:为郑虔品德高尚却落拓不遇而愤慨。德尊一代:品行高尚为当世所尊重。坎轲,同"坎坷",本指车行不顺利,比喻人遭遇困顿。以上八句讲郑虔。

〔8〕杜陵野客:杜甫自称。杜甫在长安时期曾住于杜陵附近。参见前《投简咸华两县诸子》注〔5〕。嗤:讥笑。

〔9〕褐(hè 贺):粗布衣。古时平民百姓穿"褐",开始做官叫"释褐"。说"被褐"就表示没有官职。

〔10〕籴(dí 笛):买入谷米。太仓:朝廷的粮仓。天宝十二载(753)秋,长安久雨,米价昂贵,朝廷拨出十万石太仓米出售。所以,杜甫要籴太仓米生活。

〔11〕襟期:犹怀抱。同襟期,是说和郑虔胸怀一致,气味相合。

〔12〕"得钱"二句：意思是有钱就找郑虔沽酒共饮。不复疑，不再考虑别的事情。

〔13〕忘形：就是亲密无间，不拘形迹。到尔汝：达到彼此毫不客气，径直地你我相称，不顾礼貌的程度。

〔14〕"痛饮"句：意思是只要喝得痛快就尊之为师。这是故作醉中忘形语。

〔15〕"清夜"二句：写夜饮的光景。沉沉，指夜深人静。檐花，王嗣奭《杜臆》谓："檐水落，而灯光映之如银花。"诗题《醉时歌》，此句写雨夜张灯痛饮光景，解"檐花"为檐水，颇切合题意，切合情景。

〔16〕高歌：即放歌，指吟诗抒怀。有鬼神：犹有鬼神相助，即"诗成若有神"的意思。

〔17〕填沟壑：死于贫困。

〔18〕"相如"二句：是说自古有才学的人多不得志，甚至辱身得祸。相如，司马相如，西汉著名辞赋家。他落泊时，曾在临邛卖酒，妻子卓文君"当垆"，他"与保佣杂作，涤器于市中"（《史记·司马相如列传》）。子云：扬雄的字。他是汉代著名文人，曾教刘棻作奇字，刘棻因献符命（叙述祥瑞征兆为皇帝歌功颂德的文章）被王莽治罪，他受牵连，使者收捕时，他从天禄阁上"自投下，几死"（《汉书·扬雄传》）。以上十六句写二人意气相投，一起痛饮遣怀的情况。

〔19〕"先生"二句：劝郑虔学陶渊明，弃官归田。归去来，晋朝诗人陶渊明辞彭泽令，归园田隐居，作《归去来兮辞》。石田，极薄瘠的田。《易林》："石田无稼，苦费功力。"这里是说虽贫寒、地薄，犹可隐居。

〔20〕"儒术"二句：牢骚语，意思是才学无益，即便如孔子，也像盗跖一样死后化为尘埃。儒术，不专指儒家学说，是泛指文学、政治诸方面的才学。

〔21〕"不须"二句：是说应采取达观态度，还是痛饮几杯吧！闻此，

指上两句话。惨怆,悲伤。衔杯,喝酒。最后六句是就自己和郑虔的遭遇发牢骚,愤懑不平,又无可奈何。

城西陂泛舟[1]

青蛾皓齿在楼船,横笛短箫悲远天[2]。春风自信牙樯动,迟日徐看锦缆牵[3]。鱼吹细浪摇歌扇,燕蹴飞花落舞筵[4]。不有小舟能荡桨,百壶那送酒如泉[5]。

〔1〕这首诗为天宝十三载(754)春作。城西陂(bēi 杯),即渼陂。因在鄠县(今陕西西安市鄠邑区)城西五里,故云。黄光升曰:"此诗形容泛舟兴致,艳而不淫,丽而有则,自非他人游赏诗可及也。"(《杜律注解》卷上)

〔2〕青蛾皓齿:代指歌妓。青蛾,指眉。楼船:大而叠层的游船。悲远天:言其声音嘹亮直彻云霄。悲谓清韵微妙之极。二句写楼船箫笛,意取汉武帝《秋风辞》。

〔3〕"春风"二句:写春天风恬日丽之景,优游闲适之意。自信:自任、听任之意,言不烦人力。樯:船桅杆。缆:维舟之绳。牙樯锦缆,形其华奢。迟日:犹春日。《诗·豳风·七月》:"春日迟迟。"毛传:"迟迟,舒缓也。"

〔4〕"鱼吹"二句:写舟中歌舞之妙,直使鸟飞鱼跃。上句"鱼吹细浪",言画舸移春,纤波不动,正清歌按拍之时;游鱼吹浪,映扇影而微摇。下句"燕蹴飞花",言花因燕蹴而飞,适堕舞筵之前;花影衣香,荡成春色。

〔5〕"不有"二句:极写宴游豪饮之兴。言楼船载歌舞,船上酒食,全仗小舟输送。能荡桨,赞小舟迅捷。百壶,谓送酒之频。如泉,言酒之多,饮之豪。

渼陂行[1]

岑参兄弟皆好奇[2],携我远来游渼陂。天地黯惨忽异色,波涛万顷堆琉璃[3]。琉璃汗漫泛舟入,事殊兴极忧思集[4]。鼍作鲸吞不复知,恶风白浪何嗟及[5]。主人锦帆相为开,舟子喜甚无氛埃[6]。凫鹥散乱棹讴发,丝管啁啾空翠来[7]。沉竿续蔓深莫测,菱叶荷花静如拭[8]。宛在中流渤澥清,下归无极终南黑[9]。半陂已南纯浸山,动影袅窕冲融间[10]。船舷暝戛云际寺,水面月出蓝田关[11]。此时骊龙亦吐珠,冯夷击鼓群龙趋[12]。湘妃汉女出歌舞,金支翠旗光有无[13]。咫尺但愁雷雨至,苍茫不晓神灵意[14]。少壮几时奈老何,向来哀乐何其多[15]。

〔1〕这首诗是杜甫天宝十三载(754)未授官时作。诗写与岑参兄弟同游渼陂所见所感,景色瑰丽,光怪陆离,奇诡变化,恍惚万状,突出一个"奇"字,而人生哀乐寓其间。渼陂(měi bēi 美碑),在今陕西西安市鄠邑区。程大昌《雍录》卷六:"渼陂,在鄠县西五里,源出终南山,有五味陂,陂鱼甚美,因加水而以为名,其周一十四里,北流入涝水。"

〔2〕岑参:南阳(今属河南)人,当时著名诗人,与杜甫交好,时在长安,往来颇密。岑参排行二十七,有亲兄弟五人。好奇:好寻奇探胜。

《唐才子传》卷三:"(参)放情山水,故常怀逸念,奇造幽致。"

〔3〕黤(yǎn 掩)惨:天色昏暗的样子。黤,青黑色。忽异色:天色骤变。堆琉璃:谓波涛涌起。琉璃,喻水之清澈。

〔4〕汗漫:水势浩瀚的样子。事殊兴极:天已异色而犹泛舟,奇情奇景,故曰"事殊兴极"。事殊:指所历奇险。兴:兴致。忧思集:即指下"鼍作"二句所云。

〔5〕鼍(tuó 驼)作鲸吞:极言风涛惊险。鼍,一名鼍龙,又名猪婆龙,今称扬子鳄。作:起。不复知:不可知。何嗟及:犹嗟何及。《诗·王风·中谷有蓷》:"啜其泣矣,何嗟及矣。"朱熹《诗集传》卷四:"何嗟及矣,言事已至此,末如之何,穷之甚也。"

〔6〕主人:指岑参兄弟。舟子:船夫。氛埃:尘雾。

〔7〕凫:野鸭。鹥(yī 医):即鸥,一名水鸮。皆为水鸟。棹讴:即棹歌,为船工行船时所唱之歌。丝:指弦乐器,如琴、瑟、琵琶之类。管:指管乐器,如箫、笛、笙之类。啁啾(zhōu jiū 周究):细碎的声音,此指各种乐器合奏声。空翠来:谓云开而青天出。

〔8〕沉竿续蔓:既有菱叶荷花,则陂水不深可知。而谓沉竿续蔓深莫测,乃极言之,故有人解作"言戏测其深也"。或解作沉竿与水中之蔓相续,则太泥。静:洁净。拭:揩,擦。静如拭,极写菱荷之洁净鲜艳。

〔9〕宛在中流:《诗·秦风·蒹葭》:"宛在水中央。"渤澥清:极言陂水之空旷澄澈。渤澥(xiè 蟹),即渤海。又通谓之沧海。终南:即终南山,在长安南,渼陂源于此。无极:无尽,无底。下归无极:承上"深莫测"来,言水底但见终南山影之黑而已,故下句即接"纯浸山"。

〔10〕袅窕:动摇不定的样子。冲融:陂水深广的样子。

〔11〕舷:船边。暝:日晚。戛(jiá 荚):摩擦之声。云际寺:指云际山大定寺,在鄠县东南六十里。蓝田关:即秦峣关,在渼陂东南,蓝田县东南九十八里。二句皆指水中倒影而言,云际之寺,远影落波,船舷经

过,如与相戛,月映水中,如出蓝田关上。

〔12〕骊龙:古谓黑色之龙。《庄子·列御寇》:"夫千金之珠,必在九重之渊,而骊龙颔下。"冯(píng 平)夷:水神名,又名冰夷、无夷、冯迟。曹植《洛神赋》:"冯夷鸣鼓。"

〔13〕湘妃:传说中舜之二妃娥皇、女英。以舜南巡不返,遂沉湘水而死,故曰"湘妃"。汉女:传说中汉水之神女。《诗·周南·汉广》:"汉有游女,不可求思。"曹植《洛神赋》:"从南湘之二妃,携汉滨之游女。"金支:犹金枝。《汉书·礼乐志》载《安世房中歌》:"金支秀华,庶旄翠旌。"注引臣瓒曰:"乐上众饰,有流溯羽葆,以黄金为支,其首敷散,若草木之秀华也。"翠旗:以翠羽所饰之旌旗。光有无:言光或隐或现。以上四句极力描摹月出而乐作的奇丽景象,灯火遥映闪烁,犹如骊龙吐珠,远闻音乐间作,恰似冯夷击鼓,晚舟纷渡,宛若群龙争趋,美人歌舞,依稀湘妃汉女,服饰鲜丽,仿佛金支翠旗,置身其间,恍若神游异境。

〔14〕咫尺:周尺八寸曰咫。此喻距离之近,亦喻时间短暂。苍茫:旷远迷茫的样子。神灵:谓司雷雨之神。

〔15〕"少壮"二句:用汉武帝《秋风辞》"欢乐极兮哀情多,少壮几时兮奈老何"。此诗首叙鼍作鲸吞之可忧,中叙凫鹥菱荷与湘妃汉女之乐,末忧雷雨忽至,则又为之而愁。遂由自然的变化莫测而联想到人生之哀乐无常,感慨无限。

九日寄岑参[1]

出门复入门,雨脚但如旧[2]。所向泥活活[3],思君令人瘦。沉吟坐西轩,饭食错昏昼[4]。寸步曲江头[5],难为一相就[6]。吁嗟乎苍生,稼穑不可救。安得诛云师,畴能补天漏[7]？大明韬日月[8]，旷野号禽兽[9]。君子强逶迤[10]，小人困驰骤[11]。维南有崇山，恐与川浸溜[12]。是节东篱菊，纷披为谁秀[13]？岑生多新诗，性亦嗜醇酎[14]。采采黄金花，何由满衣袖[15]？

〔1〕这首诗作于天宝十三载(754)的重阳节(九月初九日)。这年秋天，长安阴雨不止。岑参，作者诗友，当时已辞去安西节度使幕府书记职，返回长安。杜甫以诗代柬，表示为阴雨所阻，不得造访饮酒赏菊为憾。诗中有忧雨悯农之意，也隐含对朝政"阴阳失度"的讥讽。

〔2〕"出门"二句：是说为阴雨所阻，欲出门而不能。雨脚，雨丝。如杜甫《茅屋为秋风所破歌》："雨脚如麻未断绝。"

〔3〕活(guō 锅)活：口语，形容地上有积水，泥泞不堪。

〔4〕"饭食"句：因连天阴雨不辨昏昼，以至吃饭时间错乱。

〔5〕寸步：形容路程极近。曲江头：岑参的寓所所在地方。

〔6〕"难为"句：难于作一次拜访。就，即就位、就学之"就"，这里指去拜访。以上写苦雨而思念岑参。

〔7〕"安得"二句：承上两句，对淫雨不止表示无可奈何。云师，传说中布云之神。畴(chóu 愁)，谁。补天漏，古人想象中以天为具体之物，犹屋舍，以下雨为天漏，故有"补天漏"以止雨之说。

〔8〕"大明"句：主语、谓语倒装，意思是日月无光。大明，指日月光辉。韬(tāo 滔)，隐匿。

〔9〕号：吼叫。

〔10〕君子：指朝廷官员，也就是有车马的富贵之人。强：勉强。逶迤(wēi yí 威移)：同"委蛇"，从容自得的样子。

〔11〕小人：指普通百姓。困驰骤：是说跋涉不便，难于疾行。以上

八句写淫雨成灾,兼寓讥讽。

〔12〕"维南"二句:极言久雨积水犹如大川巨浸,终南山几欲被大水漂走。维,句首语助词。崇山,高山,指长安南面的终南山。川浸,水流而趋海者曰川,深积而成渊者曰浸。溜,水流漂急。

〔13〕"是节"二句:是说今年重阳节,菊花盛开而无人观赏。纷披,花叶茂盛的样子。无人观赏,菊花空开得特别好,所以说"为谁秀"。以上四句隐由陶渊明《饮酒》诗"采菊东篱下,悠然见南山"两句化出,反其意而用之,感慨佳节失常,大煞风景。

〔14〕"岑生"二句:是说岑参喜吟诗,嗜美酒。醇酎(chún zhòu 纯宙),重酿的美酒。《西京杂记》:"正月旦造酒,八月成,名曰九酝,一名醇酎。"

〔15〕"采采"二句:为岑参惋惜,不能饮酒赏菊,一尽诗人之雅兴。采采,盛多的样子。黄金花,指菊花。何由,怎能。唐代文人有重阳节饮酒、采菊的习俗,杜牧《九日齐山登高》诗:"尘世难逢开口笑,菊花须插满头归。但将酩酊酬佳节,不用登临叹落辉。"可证。所以,这里有"何由满衣袖"的惋惜语。以上八句为第三段,就诗人伤时节的特性,代为诗友怅惘。

秋雨叹三首[1]

其一[2]

雨中百草秋烂死,阶下决明颜色鲜[3]。著叶满枝翠羽盖,开花无数黄金钱[4]。凉风萧萧吹汝急,恐汝后时难独立[5]。

堂上书生空白头,临风三嗅馨香泣[6]。

〔1〕天宝十三载(754)秋,从八月到十月霖雨六十馀日,田稼失收,"长安垣屋颓坏殆尽,物价暴贵,人多乏食"(《旧唐书·玄宗纪》)。权相杨国忠隐瞒灾情,曾拣取生长较好的禾苗献给唐玄宗,说:"雨虽多,不害稼也。"(《资治通鉴》卷二百一十七)杜甫这三首诗是就久雨成灾而发,间用比、赋,或自伤,或忧民,兼寓讥刺时政之意。

〔2〕这一首是假物寓意,自伤老大无成。

〔3〕决明:决明草,豆科植物,初夏生苗,七月开黄花,其子入药,可以明目,故名。

〔4〕"著叶"二句:写决明草叶茂花繁,青翠鲜艳。羽盖,用鸟羽制作的车盖。这里是形容决明草枝叶茂盛。

〔5〕"凉风"二句:忧虑秋风劲吹中的决明草,恐怕难以经受日后严霜的摧残。汝,指决明草。后时,日后,指晚秋霜寒。

〔6〕"堂上"二句:由决明草联想自己老大无成,同病相怜,感伤而哭泣。堂上书生,杜甫自指。馨香,决明花的芳香。

其二[1]

阑风长雨秋纷纷[2],四海八荒同一云[3]。去马来牛不复辨[4],浊泾清渭何当分[5]?禾头生耳黍穗黑[6],农夫田父无消息[7]。城中斗米换衾裯[8],相许宁论两相值[9]?

〔1〕这一首写久雨伤稼,城中米价昂贵。

〔2〕阑风:谓薰风阑尽,将变而为凉风。阑,残尽。长(zhàng丈)

雨:久雨。长,多馀。杨万里《过八尺遇雨》其一:"节里无多好天色,阑风长雨饯残年。"本此。

〔3〕四海八荒:指整个天下。八荒:古人想象中大地的边远处。《汉书·陈胜项籍传赞》颜师古注:"八荒,八方荒忽极远之地。"同一云:同一片云,意即都在下雨。

〔4〕"去马"句:化用《庄子·秋水篇》的话:"秋水时至,百川灌河,泾流之大,两涘(sì 四)渚崖之间,不辨牛马。"意思是雨水过多,河流宽阔,连对岸牛马都分不清楚。

〔5〕浊泾清渭:见前《同诸公登慈恩寺塔》注〔10〕。何当:安得,怎能。

〔6〕禾头生耳:连续阴雨,禾头生出新芽,卷曲如耳形。汉崔寔《农家谚》记俚谚云:"秋甲子雨,禾头生耳。"禾,谷子。

〔7〕无消息:没有信息,意即不知其如何。

〔8〕"城中"句:是说长安缺粮,米价昂贵。衾裯:被子。

〔9〕"相许"句:紧承上句,是说人们为饥馑所迫,哪里还顾及斗米和衾裯的价值是否相当?

其三〔1〕

长安布衣谁比数〔2〕,反锁衡门守环堵〔3〕。老夫不出长蓬蒿,稚子无忧走风雨〔4〕。雨声飕飕催早寒,胡雁翅湿高飞难〔5〕。秋来未曾见白日,泥污后土何时干〔6〕?

〔1〕这一首写自己为久雨所困,穷愁潦倒,无可奈何。

〔2〕长安布衣:杜甫久居长安,未能做官,所以以此自谓。布衣:指

没有做官的人。谁比数：比不上别人，自伤落泊的意思。比数：相比，相等。司马迁《报任少卿书》："刑馀之人，无所比数。"

〔3〕衡门：以横木权作门。环堵：只有四面土墙的屋。两者都形容贫穷简陋的房舍。

〔4〕"老夫"二句：前句写自己为霖雨所困，后句以小孩子的天真无忧反衬为霖雨所困的苦境。

〔5〕"胡雁"句：写胡雁在雨中翅湿难飞的景象，暗喻自己不得上进的困境。

〔6〕"秋来"二句：化用宋玉《九辩》中"皇天淫溢而秋霖兮，后土何时而得干"之句，慨叹霖雨不止。可能兼有寓意。后土，大地。

投赠哥舒开府翰二十韵[1]

今代麒麟阁，何人第一功[2]。君王自神武，驾驭必英雄[3]。
开府当朝杰，论兵迈古风[4]。先锋百战在，略地两隅空[5]。
青海无传箭，天山早挂弓[6]。廉颇仍走敌，魏绛已和戎[7]。
每惜河湟弃，新兼节制通[8]。智谋垂睿想，出入冠诸公[9]。
日月低秦树，乾坤绕汉宫[10]。胡人愁逐北，宛马又从东[11]。
受命边沙远，归来御席同[12]。轩墀曾宠鹤，畋猎旧非熊[13]。
茅土加名数，山河誓始终[14]。策行遗战伐，契合动昭融[15]。
勋业青冥上，交亲气概中[16]。未为珠履客，已见白头翁[17]。
壮节初题柱，生涯独转蓬[18]。几年春草歇，今日暮途穷[19]。
军事留孙楚，行间识吕蒙[20]。防身一长剑，将欲倚崆峒[21]。

〔1〕这首诗是天宝十三载(754)冬作。时哥舒翰自陇右归京,杜甫投赠此诗,盛称哥舒功业与荣宠,冀其荐拔。全诗开合变化,极有气势,而格律严整,自中规矩。诗所言哥舒翰事,皆有史据,并非虚誉溢美,最见杜诗所谓"诗史"本色。哥舒翰天宝十一载加开府仪同三司,故称"开府"。

〔2〕麒麟阁:汉阁名,在未央宫内。汉宣帝甘露三年,画功臣霍光等十一人图像于阁。亦省称"麟阁"。第一功:《史记·萧相国世家》载,汉高祖刘邦夺得天下后,论功行封,以萧何为第一功。唐高宗总章元年(668),以太原元从西府功臣分为第一功、第二功二等官。诗以第一功属翰,欲其远比开国功臣。

〔3〕君王:指玄宗。神武:神明而威武。《书·大禹谟》:"帝德广运,乃圣乃神,乃武乃文。"《汉书·刑法志》:"汉兴,高祖躬神武之材,行宽仁之厚,总揽英雄,以诛秦、项。"此以神武归美玄宗。驾驭(yù玉):驱使、控制。亦作"驾御"。《三国志·吴书·张昭传》:"夫为人君者,谓能驾御英雄,驱使群贤。"英雄:指哥舒翰。

〔4〕当朝杰:语本《晋书·庾衮传》:"君若当朝,则社稷之臣欤!"《新唐书·哥舒翰传》:"翰能读《左氏春秋》、《汉书》,通大义。疏财,多施予,故士归心。"此所谓"论兵迈古风"。论兵,讨论用兵。迈,超过。以下则申述之。

〔5〕"先锋"二句:谓翰英勇善战。《新唐书·哥舒翰传》载:"吐蕃盗边,与翰遇苦拔海。吐蕃枝其军为三行,从山差池下,翰持半段枪迎击,所向辄披靡,名盖军中。"《旧唐书·哥舒翰传》亦记吐蕃掠麦陇右,哥舒翰大败之一事。见前《送高三十五书记》注〔2〕。两隅,指河西、陇右而言。翰以陇右节度使兼河西节度使。

〔6〕"青海"二句:《旧唐书·哥舒翰传》:天宝六载,哥舒翰代王忠嗣为陇右节度支度营田副大使,知节度事。"明年,筑神威军于青海上,

57

吐蕃至,攻破之;又筑城于青海中龙驹岛,有白龙见,遂名为应龙城。吐蕃屏迹,不敢近青海。"故曰"无传箭"。传箭,箭即更筹。起兵以传箭为号。无传箭,谓无警。翰筑城青海,吐蕃不敢近,故云。天山,在陇右道伊州北(今新疆维吾尔自治区哈密市),一名白山,亦称祁连山。《旧唐书·哥舒翰传》:"吐蕃保石堡城,路远而险,久不拔。(天宝)八载,以朔方、河东群牧十万众委翰总统攻石堡城。翰使麾下将高秀岩、张守瑜进攻,不旬日而拔之。"石堡城亦属陇右道。挂弓:言休兵。

〔7〕廉颇:战国赵良将,年老尚能大破燕军,封信平君,假相国。翰年已老,故以廉颇比之。走敌:即破敌。魏绛和戎:《左传·襄公四年》载:晋魏绛说悼公,和戎有五利,公悦,使绛盟诸戎,赐女乐、歌钟。天宝十二载,赐翰音乐、田园,与魏绛赐乐事相类,故以为比。

〔8〕河湟:指黄河、湟水两流域地。亦统谓西戎地曰"河湟"。金城公主嫁吐蕃后,河西九曲之地遂为吐蕃所有,故曰"河湟弃"。天宝十二载,哥舒翰进封凉国公,加河西节度使,收复河源九曲之地。《资治通鉴》唐玄宗天宝十二载亦云:"是时中国盛强,自安远门西尽唐境万二千里,闾阎相望,桑麻翳野,天下称富庶者无如陇右。"翰兼陇右、河西节度使,收复陇右故地,故曰"新兼节制通"。

〔9〕垂睿想:谓其邀宠眷。睿(ruì 瑞),通达,明智。《书·洪范》:"思曰睿","睿作圣"。后常用为称颂皇帝的套语。出入:谓其经略陇右、河西。吐蕃陷石堡城,天宝初令皇甫惟明、王忠嗣等为陇右、河西节度使,皆不能克。天宝八载,翰攻拔之。故曰"冠诸公"。

〔10〕"日月"二句:盛赞哥舒收复之功。谓翰能布朝廷威德于四夷,使其归顺唐朝,其功甚伟。唐都关中,故曰"秦树"。日月低秦树:谓哥舒之功可比日月,低照秦树。乾坤:犹言天下。汉宫:喻唐室。

〔11〕胡人:指吐蕃等。逐北:追击败走之敌。宛马:大宛所出千里马。《史记·乐书》:"后伐大宛得千里马,马名蒲梢,次作以为歌。歌诗

曰:'天马来兮从西极,经万里兮归有德。承灵威兮降外国,涉流沙兮归有服。'"二句言翰威名远扬,故胡人畏服,宛马复来。

〔12〕边沙远:翰受命守陇右、河西,故曰"边沙远"。御席同:天宝十一载冬,翰来朝,玄宗命高力士等于京城东驸马崔惠童池亭赐宴,故曰"御席同"。

〔13〕宠鹤:《左传·闵公二年》:"卫懿公好鹤,鹤有乘轩者。"轩,大夫所乘之车。畋猎:打猎。非熊:用文王遇吕尚(姜太公)事。《艺文类聚·产业部下·田猎》引《六韬》云:"文王卜:'田于渭阳,将大得。非熊非罴,天遣汝师。以之佐昌,施及三王。'大吉。王乃斋三日,乘田车,驾田马,于渭之阳,见吕尚坐以渔,文王劳而问焉。"宠鹤、非熊,指翰收复河湟言。初吐蕃入寇河湟,王君㚟等不能捍御,止勒兵蹑后,亦邀非常功赏,故以鹤不战而有乘轩之宠为比;而如翰者,乃畋猎之非熊也,故以吕尚比之。

〔14〕"茅土"二句:谓翰封王食邑。茅土,《史记·三王世家》:"受兹青社。"裴骃《集解》引张晏曰:"王者以五色土为太社,封四方诸侯,各以其方色土与之,苴以白茅,归以立社。"司马贞《索隐》引蔡邕《独断》曰:"若封东方诸侯,则割青土,藉以白茅,授之以立社,谓之'茅土'。"名数,谓户籍。山河誓,《史记·高祖功臣侯者年表》:"古者人臣功有五品,以德立宗庙定社稷曰勋……封爵之誓曰:'使河如带,泰山若厉。国以永宁,爰及苗裔。'"裴骃《集解》引应劭曰:"封爵之誓,国家欲使功臣传祚无穷。"故曰"山河誓始终"。据《旧唐书·哥舒翰传》载:"(天宝)十二载,进封凉国公,食实封三百户,加河西节度使,寻封西平郡王。""十三载,拜太子太保,更加实封三百户。"

〔15〕策行:计策得行。遗:弃。言翰以计谋用兵,不假战伐,故曰"遗"。契合:投合,融洽。昭融:光明,长远。《诗·大雅·既醉》:"昭明有融。"二句谓翰安边策行而无事战伐,君臣契合而动协天心。翰之得

君,光明俊伟,非以诡道求进。

〔16〕勋业:功业。青冥:青天。《旧唐书·哥舒翰传》云:"翰家富于财,倜傥任侠,好然诺,纵蒲酒。""疏财重气,士多归之。"王忠嗣被劾,翰"仍极言救忠嗣,上起入禁中,翰叩头随之而前,言词慷慨,声泪俱下,帝感而宽之,贬忠嗣为汉阳太守,朝廷义而壮之。"此即为"交亲气概中"之注脚。

〔17〕珠履客:《史记·春申君列传》:"春申君客三千馀人,其上客皆蹑珠履。"珠履:缀珠的鞋。二句自叹身老不遇,言己未为翰上客而已头白矣。

〔18〕题柱:常璩《华阳国志·蜀志·蜀郡州治》:"城北十里有升仙桥,有送客观,司马相如初入长安,题市门曰:'不乘赤车驷马,不过汝下也。'"《太平御览》卷七十三引作"题桥柱"。岑参《升仙桥》诗:"长桥题柱去,犹是未达时。"转蓬,飞蓬。上句忆昔壮志,下句悲今沦落。

〔19〕"几年"二句:言光阴虚掷,迟暮无成。途穷,用阮籍事(见《晋书·阮籍传》)。穷,尽。

〔20〕"军事"二句:谓翰能识拔部下。《晋书·孙楚传》:"年四十馀,始参镇东军事","复参石苞骠骑军事。楚既负其材气,颇侮易于苞,初至,长揖曰:'天子命我参卿军事。'"按翰曾奏严武为节度判官,吕諲为度支判官,高适、萧昕为掌书记,皆委之军事。行间:行伍之间。吕蒙:三国吴名将。《三国志·吴书·吕蒙传》:"(孙)策召见奇之,引置左右。"后遂成大功。又《吴主传》:"纳鲁肃于凡品,是其聪也;拔吕蒙于行阵,是其明也。"据《册府元龟·帝王部·明赏二》载:天宝十三载三月,翰为其部将王思礼、郭英乂、曲环等十几人论功加封,所谓拔之"行间"也。

〔21〕长剑:宋玉《大言赋》:"长剑耿耿倚天外。"王维《送张判官赴河西》:"慷慨倚长剑,高歌一送君。"崆峒:山名,在陇右道。二句言作者

意欲参翰军幕,冀其识拔。

天育骠骑歌[1]

吾闻天子之马走千里,今之画图无乃是[2]!是何意态雄且杰,骏尾萧梢朔风起[3]。毛为绿缥两耳黄,眼有紫焰双瞳方[4]。矫矫龙性合变化,卓立天骨森开张[5]。伊昔太仆张景顺,监牧攻驹阅清峻[6]。遂令大奴字天育,别养骥子怜神骏[7]。当时四十万匹马,张公叹其材尽下[8]。故独写真传世人,见之座右久更新[9]。年多物化空形影,呜呼健步无由骋[10]。如今岂无騕褭与骅骝?时无王良伯乐死即休[11]!

〔1〕这首诗当作于天宝十三载(754)。诗题一作《天育骠图歌》。天育,马厩名,养天子之马。骠骑:犹飞骑。诗由真马说到画马,又从画马说到真马,最后从画马空存,翻出异材常有,惜无识材之人。实以马自喻,抒发了抱负不得施展的愤慨。

〔2〕天子之马:《穆天子传》卷一:"天子之马走千里。"指穆王八骏。无乃:岂非、莫非,系推测之词。

〔3〕是何:与"无乃"相呼应,意在证明己之推测。是,指画马。意态:犹神态。雄则气盛,杰则超群。意态雄杰,与其《骢马行》"雄姿逸态"意同。萧梢:摇尾貌。朔风起:朔风为之吹起。

〔4〕缥:淡青色。两耳黄:《穆天子传》卷一"绿耳",郭璞注:"魏时鲜卑献千里马,白色而两耳黄,名曰黄耳。"紫焰:《太平御览·兽部八》引《相马经》曰:"眼欲得高巨,眼睛欲如悬铃紫艳光明。"双瞳方,双瞳呈

方形。

〔5〕矫矫:桀骜超群的样子。龙性,旧谓天马乃神龙之类,故云。颜延之《五君咏·嵇中散》:"龙性谁能驯。"变化:指多姿多态。天骨:天生就雄伟骨干。张九龄《狮子赞序》:"其天骨雄诡,材力杰异,得金精之刚,为毛群之特。"森:盛。开张:开扩,开展。二句即颜延之《赭白马赋》"异体峰生,殊相逸发"意。

〔6〕伊昔:从前。太仆:官名,掌舆马及牧畜之事。《新唐书·兵志》:"马者,兵之用也;监牧,所以蕃马也,其制起于近世……其官领以太仆。"张景顺:张说《大唐开元十三年陇右监牧颂德碑》:"(玄宗)顾谓太仆少卿兼秦州都督监牧都副使张景顺曰:'吾马几何?其蕃育卿之力也。'对曰:'帝之福也,仲(王毛仲)之令也,臣何力之有?'因具上其状,帝用嘉焉。"攻驹:谓驯养马驹。攻,攻治,即训练。驹,泛指幼马。《周礼·夏官》:"教駣,攻驹。"郑玄注:"攻驹,制其蹄啮者。"张说《颂德碑》所谓"攻驹教駣,讲驭臧仆,刻之剔之,羁之策之。"阅:检阅。清峻:谓马之骨相清瘦峭峻。

〔7〕大奴:《汉书·昌邑王传》:"使大奴善以衣车载女子。"颜师古注:"凡言大奴者,谓奴之尤长大者也。"此指牧马之人。字:养育。郄昂《岐邠泾宁四州八马坊颂碑》:"我有唐之新造国也,于赤岸泽仅得牝牡三千匹,命太仆张万岁傍陇右驯字之。四十年间,孳息成七十万六千匹。"别养:单独驯养。《唐六典·太仆寺》:"诸牧监,掌群牧孳课之事。""凡马有左右监以别其粗良,以数纪为名而著其簿籍,细马之监称左,粗马之监称右。"《新唐书·兵志》亦云:"八坊之马为四十八监,而马多地狭不能容,又析八监列布河西丰旷之野,凡马五千为上监,三千为中监,馀为下监。监皆有左、右,因地为之名。"骥子:良马。此指骠骑。神骏:亦作"神俊",指马神态骏逸。《世说新语·言语》:"支道林(遁)尝养数匹马,或言道人畜马不韵,支曰:'贫道重其神骏。'"杜甫《韦讽录事宅观

曹将军画马图歌》:"可怜九马争神骏,顾视清高气深稳。借问苦心爱者谁?后有韦讽前支遁。"可作此句注脚。

〔8〕四十万匹马:张说《颂德碑》:"(开元)元年牧马二十四万匹,十三年乃四十三万匹。"又颂曰:"皇天考牧兮圣之君,四十三万兮马为群。"张公,即张景顺。材尽下:都是驽马,以反衬骠骑之神骏。

〔9〕写真:画像,即前言"画图"。此二句点明独画骠骑良马,因为爱赏,故挂之座右,观看不厌,历久弥新。

〔10〕物化:化为异物,是谓真马已死。《庄子·天道》:"知天乐者,其生也天行,其死也物化。"骠骑已死,画图空存,故曰"空形影"。画马虽好,但不能健步驰骋,故慨叹"无由骋"。

〔11〕骙衮(yǎo niǎo 咬鸟)、骅骝:皆良马名。王良:春秋时善御马者。伯乐:春秋时善相马者。《吕氏春秋·观表篇》:"古之善相马者,若赵之王良、秦之伯乐、九方堙,尤尽其妙矣。"死即休:犹云但死而已,正有无限感慨。

前出塞九首〔1〕

其一〔2〕

戚戚去故里,悠悠赴交河〔3〕。公家有程期,亡命婴祸罗〔4〕。君已富土境,开边一何多〔5〕!弃绝父母恩,吞声行负戈〔6〕。

〔1〕汉乐府有《出塞曲》、《入塞曲》,原是以边疆战斗生活为题材的

歌曲。杜甫用此乐府旧题来写时事,先后有两组诗,这一组先作,故题"前出塞"。唐玄宗天宝以来,经常在西北边疆地区用兵,主要是征服肇事东扰的吐蕃,其次是抵制东来争夺控制西域诸国的大食(古阿拉伯帝国)军,连年战争,损伤严重,为此不断征调关中等地的壮丁从军戍边。这组诗大约作于天宝末年。诗中通过一个士卒从军边塞十年的遭遇感受,时以反讽语调,讥刺唐玄宗好大喜功,开边黩武。全诗前后连贯,结构紧凑,浑然成为一体。

〔2〕这首写初别父母出征远戍的情景。

〔3〕悠悠:形容道路遥远。如《古诗十九首》:"回车驾言迈,悠悠涉长道。"交河,唐时西部边陲一个驻军地点,曾为安西都护府的驻地,在今新疆维吾尔自治区吐鲁蕃市西。

〔4〕"公家"二句:假设语,是说官家规定了行军期限,逃跑要被抓来惩治。当时实行府兵制,按户籍征兵,所以不得逃脱。亡命,脱名籍而逃亡。婴,触犯。祸罗,灾祸的罗网,指法网。

〔5〕"君已"二句:抱怨唐玄宗肆意开边。君,皇帝,指唐玄宗。富土境,是说朝廷直接管辖的疆土已很多。一何多,意思是很多。

〔6〕吞声:声将发而强止之。语本鲍照《拟行路难》:"心非木石岂无感,吞声踯躅不敢言。"

其二[1]

出门日已远,不受徒旅欺[2]。骨肉恩岂断?男儿死无时[3]。走马脱辔头,手中挑青丝[4]。捷下万仞冈,俯身试搴旗[5]。

〔1〕这首写行军日久,离家日远,生命随时不保,在练兵中转而轻生,不顾危险。

〔2〕"不受"句:承上句而说,意思是行程日远,入伍日久,也便不受伙伴的欺负。徒旅:指军中伙伴。据杜佑《通典》卷一百四十九:唐代军队里常有"恃己力强,欺傲伙人,全无长幼,兼笞挞懦弱,减削粮食衣资"的现象,所以这里讲及此等事。

〔3〕"骨肉"二句:是说骨肉之情固然没有断绝,由于做士卒随时有生命的危险,所以便顾不到了。骨肉恩,指父母养育之恩情。死无时,说不定什么时候就会死亡。

〔4〕"走马"二句:骑马奔驰不用络头,手上只拨动缰绳。脱,去掉。辔(pèi 配)头,马络头。挑,拨动,意思是不紧握。青丝,指缰绳。这二句与以下二句都是摹写出征士卒由于感到"死无时"而轻生冒险行为。

〔5〕"捷下"二句:从高冈上飞驰而下,俯身作拔取敌人军旗的演习。捷下,疾驰而下。仞(rèn 刃),古代以八尺为一仞;一说七尺。搴(qiān 千)旗,拔取敌人军旗。古代战争不外是冲锋陷阵,斩将搴旗。因为并不是实战,所以这里说"试搴旗"。

其三〔1〕

磨刀呜咽水,水赤刃伤手。欲轻断肠声,心绪乱已久〔2〕。丈夫誓许国,愤惋复何有〔3〕?功名图麒麟〔4〕,战骨当速朽〔5〕。

〔1〕这首写途中心绪烦乱,强以慷慨自励抑制悲伤,适见其沉痛,形成对功名的反讽和对朝廷开边征兵的不满。

〔2〕"磨刀"四句:北朝民歌《陇头歌辞》:"陇头流水,鸣声呜咽。遥望秦川,心肝断绝。"四句化用其意,意思是:本来想竭力不让陇头水声引起思乡的哀愁,无奈心烦意乱,磨刀伤手,血染红流水。婉转刻画,无限

悲伤。呜咽水,即指陇头水。陇头,即陇山,在今陕西陇县。轻,轻忽,只当没有听见。断肠声,指宛如呜咽、令人断肠的陇头水声。

〔3〕"丈夫"二句:男子汉既然决心报国,还有什么愤恨呢?丈夫,犹男儿。许国,把生命献给国家(朝廷)。愤惋,愤懑而怨恨。这两句和下两句都是貌似激昂慷慨,实则是愤慨语。

〔4〕图:画图,这里作动词用。麒麟:麒麟阁。汉宣帝曾让人把霍光、苏武等十八人的像画于麒麟阁上,以示褒扬功臣。见《汉书·苏武传》。后多以"麟阁"表示以功勋获得最高荣誉。

〔5〕"战骨"句:承上句,是说战死、骨朽也是值得的。中间置一"当"字,见得这种豪言壮语,实际是愤懑语。

其四〔1〕

送徒既有长〔2〕,远戍亦有身〔3〕。生死向前去,不劳吏怒嗔〔4〕。路逢相识人,附书与六亲〔5〕。哀哉两决绝〔6〕,不复同苦辛〔7〕。

〔1〕这首前四句表示对军吏驱迫的不满,后四句为不得与家中亲人重见而悲伤。

〔2〕徒:征夫。长:头目,指押送征夫的军吏。

〔3〕"远戍"句:意思是远戍边疆的人,也是人。言外之意是应受到尊重,不可随意打骂。

〔4〕"生死"二句:反讥军吏的话,是说自会不顾生死地向前赶路,勿须怒斥。嗔(chēn 琛),也是怒,引申为呵斥。

〔5〕附书:捎信。六亲:指父、母、兄、弟、妻、子,泛指家中亲人。

〔6〕两决绝:指与家中亲人彼此永别。决绝,同"诀绝",永远不得再相见。

〔7〕同苦辛:意思是在一起共同生活。

其五〔1〕

迢迢万馀里,领我赴三军〔2〕。军中异苦乐,主将宁尽闻〔3〕?隔河见胡骑〔4〕,倏忽数百群〔5〕。我始为奴仆,几时树功勋〔6〕?

〔1〕这首写初到边疆,感慨军中官兵对立,苦乐不均,下层士卒无法建树功勋。

〔2〕三军:军队的通称。

〔3〕"军中"二句:是说军中地位不平等,苦乐不均,高高在上的主将不会知道其间的情况。异苦乐,苦乐不同,指大小头目们擅作威福,下层士卒备受驱使、凌辱。宁,怎能,即不能。

〔4〕胡骑(jì记):胡人的骑兵。

〔5〕倏(shū书)忽:形容极快。数百群:极言众多。

〔6〕"我始"二句:是说初来如奴仆,终日为头目们所役使,没有机会立功。树,建立。

其六〔1〕

挽弓当挽强,用箭当用长。射人先射马,擒贼先擒王〔2〕。杀人亦有限,立国自有疆〔3〕。苟能制侵陵,岂在多杀伤〔4〕。

〔1〕这首借戍卒口表述,反对扩边和兴兵滥杀。

〔2〕"射人"二句:马倒则人束手就擒,所以要先射马;贼首就擒则群贼溃散,所以要先擒王。以上四句是用比兴手法,由前三句引出第四句"擒贼先擒王"。这第四句是这首诗的核心,下面四句是由之生发出来。

〔3〕"杀人"二句:是说杀伤应有个限度,国家本来就有疆界。背面的意思是不要兴兵扩张疆土。

〔4〕"苟能"二句:是说如果能够有办法制止侵犯,何必大肆杀伤。侵陵,侵犯。陵,与"凌"通。

其七〔1〕

驱马天雨雪,军行入高山。径危抱寒石〔2〕,指落曾冰间〔3〕。已去汉月远〔4〕,何时筑城还〔5〕?浮云暮南征,可望不可攀〔6〕。

〔1〕这首写严寒中在高山戍守筑城的艰苦和思乡的忧愁。

〔2〕"径危"句:是说山路险峭,行进必须手扳着冰冷的岩石。危,高而险。抱,这里是扳、攀的意思。

〔3〕指:手指。曾(céng 层)冰:层冰,积厚的冰。曾,同"层"。

〔4〕汉月:指中国内地。因汉代国势强盛,影响深远,故后来以汉为中国的代称。

〔5〕筑城:当时西北边疆地区地广人稀,边疆将帅曾为驻军而修筑军城。如哥舒翰曾在青海一带屡筑军城,以抵御吐蕃。故这里言及筑城。

〔6〕"浮云"二句:写傍晚望云而思乡,慨叹不得归故乡。征,行,意

思是飘过。攀,攀附。

其八[1]

单于寇我垒[2],百里风尘昏。雄剑四五动[3],彼军为我奔。虏其名王归,系颈授辕门[4]。潜身备行列,一胜何足论[5]!

〔1〕这首写临敌奋勇战斗,擒其首领,身为士卒,也无足称道。

〔2〕单(chán)于:本是汉代匈奴族酋长的名称,这里泛指边疆部族首领。寇:侵犯。垒:军营、阵地。

〔3〕雄剑:古代传说,楚国著名铸剑师干将曾铸成雌雄二剑,这里以"雄剑"泛指武器。四五动:接连挥动,意思是奋力厮杀。动:挥动。

〔4〕虏:俘获。名王:指边疆部族著名的酋长。授:献。辕门:即主将军门。军行以车为阵,辕相向为门,故曰辕门。

〔5〕"潜身"二句:似豪壮,实为牢骚语。潜身,犹屈身,含位卑而不为人知之意。备,备位,充数的意思。行列,即队伍。不足论,不足道。这里所说"备行列"、"何足论",都是反话,悻悻然之情溢于言表。

其九[1]

从军十馀年,能无分寸功[2]?众人贵苟得[3],欲语羞雷同[4]。中原有斗争,况在狄与戎[5]?丈夫四方志,安可辞固穷[6]?

〔1〕这首写从军十年,屡有战功,由于不会投机取巧,因而仍屈身

士卒间。

〔2〕能无:哪能没有,意即有。杜甫《秦州杂诗》之第二十首:"晒药能无妇?应门幸有儿。"分寸功:极言立功甚微。这句话的意思是打过许多仗,立了不少功。

〔3〕众人:指那些冒功邀赏的人。贵:重视,追求。苟得:苟且获取,意思是不择手段地获取功名利禄。

〔4〕羞:耻于。雷同:原出《礼记·曲礼》:"毋剿说,毋雷同。"二字原意是雷响时四下里有应声,后来用来说明意见、作品或做法同别人一样。

〔5〕"中原"二句:是说中原人尚为争权争利而斗,何况边疆地方的人!狄(dí笛),古代对北部边疆部族的称呼。戎,古代对西部边疆部族的称呼。这里均是泛指边区部族。

〔6〕"丈夫"二句:也是无可奈何地故作壮语,以自慰自嘲,转成牢骚。四方志,远大志向,这里指为国戍边而言。固穷,语本《论语·卫灵公》:"君子固穷。"意为安于穷困境遇。前置"安辞"二字,见得是以自嘲口吻发牢骚。

奉先刘少府新画山水障歌[1]

堂上不合生枫树,怪底江山起烟雾[2]。闻君扫却赤县图[3],乘兴遣画沧洲趣[4]。画师亦无数,好手不可遇。对此融心神[5],知君重毫素[6]。岂但祁岳与郑虔[7],笔迹远过杨契丹[8]。得非玄圃裂,无乃潇湘翻[9]。悄然坐我天姥下,耳边已似闻清猿[10]。反思前夜风雨急,乃是蒲城鬼神入[11]。元气淋漓障犹湿,真宰上诉天应泣[12]。野亭春还杂花远,渔翁暝踏孤舟立[13]。沧浪水深青溟阔[14],欹岸侧岛秋毫末[15]。不见湘妃鼓瑟时,至今斑竹临江活[16]。刘侯天机精[17],爱画入骨髓。自有两儿郎,挥洒亦莫比[18]。大儿聪明到[19],能添老树巅崖里。小儿心孔开[20],貌得山僧及童子[21]。若耶溪,云门寺[22],吾独胡为在泥滓?青鞋布袜从此始[23]。

〔1〕据《文苑英华》注,这首诗为"奉先尉刘单宅作"。刘单显然是这位少府(县尉的尊称)的姓名。天宝十三载(754),长安米贵,杜甫送妻子往奉先(今陕西蒲城县)寄居。这首咏刘单所绘山水画的诗,当作于此时。诗从乍见画障而惊奇开始,中间摹写画中景物、意境,细致入微,最后以观画而思托身世外作结,运笔灵活,气韵贯注,对后来的题画、咏画诗有一定影响。山水障,即画有山水景物的屏障,犹今之屏风。

〔2〕"堂上"二句:写初见刘单堂上山水屏障而惊诧。堂上不应有山水景物,故曰"不合"。这是以画为真,含意是赞扬画中景物逼真。怪底,惊得。表惊怪。

〔3〕君:指刘单。扫却:画完,画过。扫,有挥笔书画之义。赤县图:唐时,县分等级,京邑属县有赤、有畿。这里所说"图"当是描绘奉先山水的另一幅画。

〔4〕沧洲趣:指刘单新作山水画障有隐逸之情趣。语本谢朓《之宣城出新林浦向板桥》诗:"既欢怀禄情,复协沧洲趣。"沧洲,指隐居高士居住的水滨。

〔5〕此:指山水屏障。融心神:心旷神逸的意思。融,明,和谐。

〔6〕君:指刘单。重毫素:嗜爱书画艺术。毫素:指毛笔和素绢,以

书画工具,指代书画艺术。

〔7〕祁岳:唐朝名画家,名见朱景玄《唐朝名画录》,事迹不详。郑虔:见前《醉时歌》注〔1〕。

〔8〕杨契丹:隋朝名画家,事见张彦远《历代名画记》等。

〔9〕"得非"二句:用惊奇语气,赞扬刘单所画山水神奇秀美,逼似玄圃和潇湘。得非,莫不是。玄圃,亦作县圃,传说中昆仑山巅仙人所居的地方。无乃,不就是吗。潇湘,湖南的潇水、湘水,在零陵汇合,通称"潇湘"。这里用"裂"、"翻"二字,极言得逼真,犹如剪割而来、飞跃而至的真山真水。

〔10〕"悄然"二句:是说这幅山水画引起作者的遐想,仿佛又重游天姥山。悄然,犹说不知不觉。天姥(mǔ 母),山名,在浙江新昌县境。杜甫青年时代游吴越,曾到天姥山。其《壮游》诗曾有"归帆拂天姥"之句。清猿,叫声凄清的猴子。

〔11〕"反思"二句:拟想昨夜刘单作画时已惊风雨、动鬼神。反思:回想,回忆。蒲城,奉先县旧名。因唐睿宗李旦死后葬于蒲城西城西北之桥陵,遂改名奉先。

〔12〕"元气"二句:就山水屏障为新作,赞扬此画笔法流畅,气势奔放,可感动上天。障犹湿,是说墨迹未干。因"犹湿",遂生发出"天应泣"的联想。真宰,指天神。

〔13〕"野亭"二句:写画面山中有野亭、杂花,水中有孤舟、渔翁,一派春日薄暮时的景象。春还,春回大地。暝(míng 铭),暮夜。

〔14〕"沧浪"句:形容画中水深且广阔无际。沧浪:语本《孟子·离娄上》,后来多用于形容水色极清。青溟,青色的大海。

〔15〕攲(qī 七):倾斜。侧:旁边,不在中央。秋毫末:指所画岸、岛等景物细致入微。

〔16〕"不见"二句:写画面上江岸有竹林。湘妃:传说中舜的两个

妃子——娥皇、女英。舜死后,二妃痛哭,泪珠洒落在竹子上形成斑点,名湘妃竹。见张华《博物志》。鼓瑟,语出《楚辞·远游》"使湘灵鼓瑟兮"。湘灵,即湘妃。

〔17〕刘侯:指刘单。天机:犹言灵性。以下八句赞刘单和参与作画的刘单二子。

〔18〕挥洒:挥笔洒墨,指作画。莫比:无人可比。

〔19〕聪明到:犹说聪明极了。到,至,极。

〔20〕心孔开:心眼儿精灵。心孔,心窍,心眼。

〔21〕貌(mào 帽):即现在的"描"字,指描摹人物形象。唐人多作此用法,如杜甫《丹青引》:"先帝御马玉花骢,画工如山貌不同。""即今漂泊干戈际,屡貌寻常行路人。"

〔22〕若耶溪:在今浙江绍兴市南若耶山下。云门寺:临若耶溪,风景幽美。

〔23〕"吾独"二句:作者谓被画中有"沧洲趣"之山水所感染,向往寄迹山水的隐居生活。本意还在于烘托刘单所画山水幽美,令人心往神驰。泥滓,犹污泥浊水,比喻当时社会。青鞋布袜,山林隐者的穿着。

自京赴奉先县咏怀五百字[1]

杜陵有布衣[2],老大意转拙[3]。许身一何愚,窃比稷与契[4]。居然成濩落[5],白首甘契阔[6]。盖棺事则已,此志常觊豁[7]。穷年忧黎元[8],叹息肠内热[9]。取笑同学翁,浩歌弥激烈[10]。非无江海志[11],萧洒送日月[12]。生逢尧舜君[13],不忍便永诀[14]。当今廊庙具,构厦岂云缺[15]。葵藿倾太阳，物性固莫夺[16]。顾惟蝼蚁辈，但自求其穴[17]。胡为慕大鲸，辄拟偃溟渤[18]？以兹误生理[19]，独耻事干谒[20]。兀兀遂至今[21]，忍为尘埃没[22]！终愧巢与由[23]，未能易其节[24]。沉饮聊自遣[25]，放歌破愁绝[26]。岁暮百草零[27]，疾风高冈裂。天衢阴峥嵘[28]，客子中夜发[29]。霜严衣带断，直指不得结[30]。凌晨过骊山[31]，御榻在嵽嵲[32]。蚩尤塞寒空[33]，蹴踏崖谷滑[34]。瑶池气郁律[35]，羽林相摩戛[36]。君臣留欢娱[37]，乐动殷胶葛[38]。赐浴皆长缨[39]，与宴非短褐[40]。彤庭所分帛[41]，本自寒女出；鞭挞其夫家，聚敛贡城阙[42]。圣人筐篚恩，实欲邦国活[43]。臣如忽至理[44]，君岂弃此物[45]？多士盈朝廷，仁者宜战栗[46]。况闻内金盘[47]，尽在卫霍室[48]。中堂有神仙，烟雾蒙玉质[49]。煖客貂鼠裘[50]，悲管逐清瑟[51]。劝客驼蹄羹[52]，霜橙压香橘[53]。朱门酒肉臭，路有冻死骨[54]。荣枯咫尺异[55]，惆怅难再述[56]！北辕就泾渭[57]，官渡又改辙[58]。群冰从西下，极目高崒兀[59]。疑是崆峒来，恐触天柱折[60]。河梁幸未坼[61]，枝撑声窸窣[62]。行旅相攀援[63]，川广不可越。老妻寄异县[64]，十口隔风雪。谁能久不顾？庶往共饥渴[65]。入门闻号咷[66]，幼子饿已卒[67]。吾宁舍一哀[68]，里巷亦呜咽[69]。所愧为人父，无食致夭折[70]。岂知秋禾登[71]，贫窭有仓卒[72]。生常免租税，名不隶征伐[73]。抚迹犹酸辛[74]，平人固骚屑[75]。默思失业徒[76]，因念远戍卒[77]。

忧端齐终南[78],澒洞不可掇[79]!

〔1〕这首诗作于天宝十四载(755)十一月,正是安史之乱爆发前夕。杜甫从长安到奉先(今陕西蒲城县)探望妻子,其时玄宗正带着杨贵妃在骊山华清宫享乐,他途经山下,忧愤交集,到家后便就沿途见闻感受,写出了这首长诗。全诗以议论为主,杂以叙事,议论有所自,叙事有所归,个人的怀抱,朝政的废弛,黎民的困苦,叙写得层次分明,语言洗练而富有概括力。

〔2〕杜陵布衣:作者自称,见前《醉时歌》注〔8〕。布衣:平民。实际上杜甫此时刚任右卫率府兵曹参军,很不满意,曾作《官定后戏赠》诗解嘲。这里仍自称"布衣",见得他没有把这个参军当作官。

〔3〕老大:作者自谓,这年他四十四岁。意:思想、志趣。转:反而。拙:拙笨,这里指不通世故。实则是反话,意思是不同流俗。

〔4〕"许身"二句:承上句"意转拙",申述自己的抱负。许身,期望自己。一何,何等,多么。窃,自己的谦称。稷(jì记)、契(xiè谢),都是传说中尧舜时代的贤臣。稷,即后稷,曾教民稼穑。契,曾佐禹治水。

〔5〕濩(huò货)落:亦写作"廓落"、"瓠落",大而无用的意思。《庄子·逍遥游》:"瓠落无所容。"

〔6〕契阔:劳苦。

〔7〕"盖棺"二句:意思是死亡则已,只要活着就总是要追求实现既定的志向。盖棺,指死亡。已,停止。觊豁(jì huò 记货),希望达到目的。

〔8〕穷年:犹终年,整年。黎元:百姓。

〔9〕肠内热:内心焦急。

〔10〕"取笑"二句:意思是志向坚定,不顾别人的讥笑。"翁"字在这里含嘲讽意味。浩歌,犹高歌。弥,更加。

〔11〕江海志:放浪江海、避世隐居的志向。

〔12〕萧洒:同"潇洒",无拘无束的样子。

〔13〕尧舜君:尧舜一样的皇帝,这里是恭维唐玄宗。

〔14〕"不忍"句:承上句,是说不忍远离皇帝而隐居。永诀,长别。以上四句是用抑扬法,表示对皇帝的尊敬和依恋。

〔15〕"当今"二句:意思是朝廷哪里缺少栋梁之臣?廊庙,指朝廷。具,器物,材料,比喻朝中大臣。构厦,比喻成就治国大业。这里用诘问句,是为引出并强调下面两句。

〔16〕"葵藿"二句:以葵藿向日为喻,表明自己对皇帝依恋忠诚,是发自天性。葵,冬葵,古代的一种蔬菜。藿,豆叶。二者都有倾叶向日的特性。所以古人常用作下对上表示忠诚渴慕之词。曹植《求通亲表》:"若葵藿之倾叶,太阳虽不为之回光,然终向之者,诚也。"这里即用其意。固,本来。夺,强使改变。

〔17〕"顾惟"二句:自念是蝼蚁一般的人,只要有个安居之所就可以了。这也是自谦自抑的话。顾惟,唐人诗中多是表自念、自谓之意,如杜甫《寄题江外草堂》:"顾惟鲁钝姿,岂识悔吝先!"白居易《贺雨》拟皇帝口吻:"顾惟眇眇德,遽有巍然功。"穴,就蝼蚁而言,意为住所。

〔18〕"胡为"二句:承上两句,是说本来不应羡慕大鲸,总想到大海中游憩。胡为,为何。辄拟,总打算。偃(yǎn眼),伏卧,休息。溟渤,指大海。

〔19〕兹:此,指上两句所说"慕大鲸"之意。生理:生计,营生之道。

〔20〕耻:耻于,羞于。事干谒:做钻营请托之事。

〔21〕兀兀:同"矻(kū枯)矻",劳苦的样子。

〔22〕忍:是"岂忍"的省词。尘埃没:没于尘埃中,意思是被埋没,没有为朝廷所用。

〔23〕巢:巢父。由:许由。二人都是传说中尧时的隐士。见《高士传》。这里说"终愧",意思是自己没有像他们一样去做隐士。

〔24〕易其节:没有改变自己的志向、节操。

〔25〕沉饮:沉溺于饮酒。

〔26〕放歌:指作诗。愁绝:极度忧愁。以上为全诗第一段,抒写自己的政治抱负和不得志的感慨。

〔27〕零:凋谢。

〔28〕天衢(qú渠):天空。阴峥嵘:阴云特别浓重。峥嵘:本为山势高峻的样子,可引申为深险、深邃。

〔29〕客子:旅居在外的人,这里是作者自称。发:出发。

〔30〕"霜严"二句:是说夜间霜重,非常寒冷,手指冻得僵直,衣带断了都无法系结。

〔31〕凌晨:天刚亮。骊(lí梨)山:在今陕西临潼县,距长安六十里。骊山有温泉,唐玄宗置温泉宫,天宝六载(747)改名华清宫,每年十月带着杨贵妃及其姊妹来此避寒,寻欢作乐。

〔32〕御榻(tà踏):皇帝用的床,这里用以代指唐玄宗。嵽嵲(dié niè 迭聂):山高峻。

〔33〕蚩(chī吃)尤:上古神话中的人物,说他同黄帝作战,曾作大雾以迷惑对方。这里用其名指代大雾。

〔34〕蹴(cù促)踏:用脚踩,这里指一脚高一脚低地走路。

〔35〕瑶池:神话传说中西王母宴会的场所,这里指骊山华清宫温泉。郁律:水气蒸腾的样子。

〔36〕羽林:即羽林军,皇帝的卫队。摩戛(jiá荚):形容卫士众多。摩,是指人与人相摩触。戛,是指所持兵器相碰撞。

〔37〕留欢娱:留在那里娱乐。

〔38〕"乐动"句:是说音乐声响彻云霄。殷(yǐn引),震动声很大。胶葛,亦作樛葛,旷远的样子,指天空广阔无边。

〔39〕赐浴:皇帝恩赐在骊山温泉沐浴。长缨:长的帽带,这里指代

77

贵族官僚。《明皇杂录》:唐玄宗在华清宫置"长汤(温泉浴池)数十,赐从臣浴"。

〔40〕与宴:参加宴会。短褐:粗布短衣,指平民。

〔41〕彤庭:指朝廷。彤是朱红色,封建时代宫殿多用朱红色涂饰,故云彤庭。帛:泛指丝织品。

〔42〕"聚敛"句:紧承上句,是说将横征暴敛的金帛献到京城里。聚敛,搜刮。城阙,本为城门上的建筑物,这里指京城。

〔43〕"圣人"二句:是说皇帝赏赐金帛,其实是为勉励官员效力,使国家兴盛。圣人,古代恭维皇帝的习用语。筐篚恩,指皇帝赏赐金帛之恩。筐和篚,原是盛物品的竹器,这里用以指代皇帝赏赐的物品。

〔44〕忽:忽视,轻视。至理:天经地义的道理,指前面两句所说的道理。

〔45〕"君岂"句:就上句而说,是说皇帝哪里是要白白扔掉这些物品。此物,即指上文"彤庭所分帛"。

〔46〕"多士"二句:总承上八句,是说朝廷中真正为国为民的官员应当因"分帛"而惶恐不安,尽心职守。多士,指众官员。仁者,指能体恤民苦的官员。战栗(lì丽),战抖,引申有警惕的意思。

〔47〕内金盘:泛指宫廷中贵重器物。内:大内,指皇帝宫禁。

〔48〕卫霍:卫青和霍去病。他们都是汉武帝时的外戚。这里喻指杨国忠兄弟姊妹。

〔49〕"中堂"二句:形容杨国忠兄妹之家,姬侍众多,室中香烟缭绕,望之若神仙。神仙,唐代人常用以比喻美女、歌妓。烟雾,杜诗中另有八处用此二字,都是指云烟、雾气。这里是指富贵人家室中薰香所生的烟。玉质,指肌肤洁白的美女。

〔50〕煖客:给宾客穿上轻暖的貂鼠皮袄。煖,同"暖"。貂(diāo刁)鼠:一种毛皮贵重的哺乳类小兽,种类颇多。裘:皮衣。

〔51〕"悲管"句:是说管弦乐齐奏。悲、清,都是形容音乐声。管,指管乐器。瑟(sè色),为弦乐器。逐,伴奏。

〔52〕劝客:敬客。驼蹄羹(gēng耕):用骆驼蹄做成的肉汤,旧时所谓八珍之一。

〔53〕霜橙:极新鲜的橙子。霜:指色泽鲜亮。压:堆积,叠压。以上八句写贵戚如杨国忠家之豪奢。《旧唐书·杨贵妃传》记:由于杨贵妃得宠,杨国忠兄妹五家,"甲第洞开,僭拟宫掖。车马仆舆,照耀京邑,递相夸尚。每构一堂,费逾千万计"。"玄宗每年十月幸华清宫,国忠姊妹五家扈从。每家为一队,着一色衣。五家合队,照映如百花之焕发,而遗钿坠舄,瑟瑟珠翠,灿烂芳馥于路。"当时外戚和贵族官僚之豪奢,可见一斑。

〔54〕"朱门"二句:由上述富贵之家联系社会有冻馁而死的情况,做形象地对照。朱门,指贵族官僚之家。古时,贵族官僚宅第的大门都涂以红漆。

〔55〕"荣枯"句:就上两句而发,是说朱门内外,相距不远,却有荣枯鲜明的差别。荣,荣华,荣盛。枯,指贫困憔悴。咫(zhǐ纸)尺,形容距离极近。咫,八寸。

〔56〕"惆怅"句:是说悲伤得不能再述说。惆怅(chóu chàng愁唱),感伤。以上为全诗第二段,写路经骊山的感想。

〔57〕北辕:车辕向北,即车向北走。就:靠近。泾渭:见前《同诸公登慈恩寺塔》注〔10〕。

〔58〕官渡:官家设置的渡口。改辙:改道,这里指渡口改了地方。

〔59〕极目:尽眼力望去。崒(cù促)兀:高而险的样子,这里形容冰涌如山。

〔60〕"疑是"二句:承上句,形容河中层冰似从崆峒山流来,来势凶猛,担心撞断了天柱。崆峒(kōng tóng空童),山名,在今甘肃平凉市西

79

天柱:神话传说中支撑天的柱子。《淮南子·天文训》:"共工与颛顼争为帝,怒而触不周之山,天柱折,地维绝。"

〔61〕河梁:桥。坼(chè彻):裂开。

〔62〕枝撑:指桥的支柱。窸窣(xī sū西苏):象声词,表示细小的摩擦声,这里是指桥的支柱摇动发出的声响。

〔63〕行旅:行人。相攀援:互相牵扶着。

〔64〕寄:寄居。异县:他县,这里指奉先县。

〔65〕"庶往"句:是说希望去和妻子一起过艰苦生活。庶,表示希望、意愿的副词。

〔66〕号咷(táo桃):大声哭。

〔67〕卒:死。

〔68〕舍一哀:意即强忍住悲伤。

〔69〕里巷:指里巷邻人。呜咽(yè夜):哭泣声。

〔70〕夭折:人幼年死亡。

〔71〕登:庄稼成熟。

〔72〕贫窭(jù巨):贫穷人。仓卒(cù促):匆忙,这里指发生突然事故,即指幼子夭折。

〔73〕"生常"二句:唐代,皇亲贵戚、有品爵官员的直系亲属和本身有官职者,均免征赋役。见《唐六典》卷三。杜甫的祖父杜审言在武则天时为膳部员外郎,所以自谓"生常免租税,名不隶征伐"。生,生来。隶,属于。征伐,征讨,这里指被征从军打仗。

〔74〕抚迹:历数过去的事。抚,循。迹,指人生经历。

〔75〕平人:平民。唐代人避唐太宗李世民讳,改民为人。固:本应。骚屑:本为形容风吹的声音,这里引申为惊惶不安。

〔76〕失业徒:无业者,指失去土地的农民或无业可就的工匠。

〔77〕远戍卒:远去守卫边疆的士兵。

〔78〕忧端:忧思的头绪。齐终南:和终南山一样高。终南山在长安南,为秦岭山脉主峰。

〔79〕澒(hòng 红去声)洞:广阔无际的样子,这里形容忧思深广。掇(duō 多):收拾。以上为全诗第三段,写到奉先后由家庭不幸所引起的感慨。

后出塞五首〔1〕

其一〔2〕

男儿生世间,及壮当封侯。战伐有功业〔3〕,焉能守旧丘〔4〕。召幕赴蓟门〔5〕,军动不可留。千金装马鞭,百金装刀头〔6〕。闾里送我行〔7〕,亲戚拥道周〔8〕。斑白居上列〔9〕,酒酣进庶羞〔10〕。少年别有赠,含笑看吴钩〔11〕。

〔1〕这组诗当作于天宝十四载(755)冬,安禄山起兵叛唐后不久。诗中通过一个士兵自述其从应募从军去河北,到最后逃归的见闻感受,写出唐玄宗好大喜功,宠信安禄山,使之位益崇,气益骄,养痈遗患,终于导致其叛乱。表现方法基本上与《前出塞九首》相同,五首亦浑然一体,而诗中人物情绪及全诗格调,却变感伤为豪壮,变委婉为明快。

〔2〕第一首写应募从军,与亲友壮别。

〔3〕战伐:犹征伐、征战。

〔4〕守旧丘:意为终老故乡,碌碌无为。旧丘:故土,故乡。

〔5〕召募:指应召入募当兵。唐代从开元十年(722)实行募兵制。蓟门:指幽州范阳郡,当时属渔阳节度使管辖。唐代幽州城址在今北京市西南。

〔6〕"千金"二句:学《木兰诗》句法,夸饰马匹、兵器精美。

〔7〕闾里:指街坊邻居。

〔8〕道周:路旁边。

〔9〕斑白:头发花白的老人。居上列:坐在上位。

〔10〕庶羞:多种菜肴。品多为"庶",肴美为"羞"。

〔11〕"少年"二句:是说少年朋友赠以宝刀,勉励立功疆场,兴致更高。别,特别,与众不同。吴钩,春秋时吴国所造的一种弯形的刀。见《吴越春秋》。后通用作宝刀名。

其二〔1〕

朝进东门营,暮上河阳桥〔2〕。落日照大旗,马鸣风萧萧〔3〕。平沙列万幕〔4〕,部伍各见招〔5〕。中天悬明月,令严夜寂寥〔6〕。悲笳数声动〔7〕,壮士惨不骄〔8〕。借问大将谁?恐是霍嫖姚〔9〕。

〔1〕第二首写行军宿营景象:壮阔、森严。开头二句亦仿《木兰诗》句法。

〔2〕东门营:洛阳城东门的军营。河阳桥:架在河阳(今河南孟州市)黄河上的浮桥,为当时通往河北的要津。

〔3〕"落日"二句:杜诗名句。写傍晚行军途中,景象壮观,有声有色。萧萧,形容风声,或形容马鸣。杜诗中,二义互用。此处兼有二义,

写众马嘶鸣,借遒劲的晚风而愈显得爽豁,飒然一派肃杀之气。

〔4〕平沙:平旷的沙场,这里指旷野。列:按一定的方位和距离排列。幕:军队宿营的帐篷。

〔5〕"部伍"句:是说宿营时士兵按各自的部伍集合在一起。部伍,古时军队的基层组织。见:被。

〔6〕"令严"句:是说军令森严,夜中万幕寂然无声。寂寥,寂静。

〔7〕笳:北方乐器,古时军中用于静营的号令。笳声悲壮,所以称"悲笳"。

〔8〕"壮士"句:是说因军令森严,不敢放肆,遂惨然不乐。

〔9〕恐是:揣度之词。霍嫖姚:汉代名将霍去病,汉武帝时为嫖姚校尉。嫖姚:亦作"剽姚"。

其三〔1〕

古人重守边,今人重高勋〔2〕。岂知英雄主,出师亘长云〔3〕。六合已一家〔4〕,四夷且孤军〔5〕。遂使貔虎士〔6〕,奋身勇所闻〔7〕。拔剑击大荒〔8〕,日收胡马群〔9〕。誓开玄冥北,持以奉吾君〔10〕。

〔1〕第三首讥议皇帝好武,边将生事。

〔2〕古人:指古代的将帅。重守边:重在保卫疆土。今人:指当时的边将,如安禄山之流。重高勋:与"重守边"相对,意为只图假功邀赏,位高爵显。

〔3〕"岂知"二句:讥讽皇帝好大喜功,屡屡出兵。英雄主,指唐玄宗,讽其好武。亘长云,形容不断出兵,如绵延不断的云。

〔4〕六合:指天地四方。一家:意思是四方混一。

〔5〕"四夷"句:意思是四夷各自孤立。且,只,但。如杜甫《送高三十五书记》诗:"崆峒小麦熟,且愿休王师。"这里说"且孤军",犹只孤军,意为不过孤军而已。

〔6〕貔(pí皮)虎士:像貔、虎一样勇猛的战士。貔,豹类猛兽。

〔7〕勇:勇往。所闻:所闻之指令,即军令所指的地方。

〔8〕大荒:指边远荒凉地方。

〔9〕"日收"句:是说掳获北方边疆族的马匹。收,掳获。《安禄山事迹》记:"禄山包藏祸心,畜单于护真大马习战斗者数万匹。"可见这句并非泛泛而言。

〔10〕"誓开"二句:摹拟边将口吻,表示要开拓北方疆土,献给皇帝。玄冥北,指极北的地方。玄冥,传说中的北方水神。《淮南子·天文训》:"北方水也,其帝颛顼,其佐玄冥。"

其四〔1〕

献凯日继踵,两蕃静无虞〔2〕。渔阳豪侠地〔3〕,击鼓吹笙竽。云帆转辽海,粳稻来东吴〔4〕。越罗与楚练,照耀舆台躯〔5〕。主将位益崇〔6〕,气骄凌上都〔7〕。边人不敢议,议者死路衢〔8〕。

〔1〕第四首写边将邀功获宠,皇帝赏赐极厚,日益骄横。

〔2〕献凯:向朝廷献俘报捷。继踵(zhǒng肿):前后接连不断。实指安禄山事。史载,天宝中安禄山曾多次奏捷邀赏,如天宝十一载,诱降突厥阿布思部落,以"其男女一万口送于京师";十三载又奏击破奚、契丹,虏其王李日越;十四载,又奏击破奚、契丹,"遣其子安庆绪,献奚、契

丹及同罗、阿布思等生口三千人,金银锦罽,驼马戎车,布于阙下,玄宗大悦"。见《安禄山事迹》、《新唐书·安禄山传》。两蕃:指奚与契丹。《旧唐书·北狄传》:奚与契丹"递为表里,号曰两蕃"。蕃,同"番"。静无虞:意为两蕃被击败,边疆地区安定,无可忧虑。

〔3〕渔阳:唐渔阳郡,治所在今天津蓟州区。当时,安禄山镇范阳,治蓟。豪侠地:指其地尚武,多豪侠之士。

〔4〕"云帆"二句:是说朝廷由海道经辽海转运来东吴的稻米。杜甫《昔游》诗:"幽燕盛用武,供给亦劳哉。吴门转粟帛,泛海凌蓬莱。"可为本诗之注脚。云帆,指运输船之多。辽海,辽河流域南临渤海,故名。粳(jīng 京),一种无黏性的稻米。东吴,指长江下游一带。

〔5〕"越罗"二句:意思是边将的奴仆们都穿着越地的罗和楚地的练。罗、练都是贵重丝织衣料。这种丝织物有光彩,所以说"照耀"。舆、台,古代奴仆一类地位低下的人。这里指安禄山的爪牙、奴仆。《旧唐书·玄宗纪》:天宝十三载,安禄山奏先后讨契丹立功将士,请"超三资"(打破规定的上、中、下三种资历)酬功授官,于是"授将军者五百人,中将者二千人"。杜甫这两句诗,大概就此事而发。

〔6〕主将:指安禄山。位益崇:官位日益升高。史载:天宝元年,安禄山为平卢节度使;三载,又兼范阳节度使;六载,晋御史大夫,封柳城郡公;九载,进爵东平郡王;十载,又兼河东节度使;十三载,加尚书左仆射、闲厩群牧使(《旧唐书·安禄山传》)。

〔7〕"气骄"句:是说安禄山气焰嚣张,不把朝廷放在眼里。凌,欺凌。上都,指京都长安。《安禄山事迹》:玄宗派宦官持"玺书召禄山,禄山踞床不起,但云'圣人安稳'。"此仅为一例。

〔8〕"边人"二句:是说安禄山统治严酷、暴虐。边人,指安禄山管辖地区的人。死路衢(qú 渠),被杀于道中。其实,何止是"边人",中原地区有"言禄山反者,玄宗缚送禄山",以致"道路相目,无敢言者"(《安

禄山事迹》)。

其五[1]

我本良家子,出师亦多门[2]。将骄益愁思[3],身贵何足论[4]!跃马二十年,恐孤明主恩[5]。坐见幽州骑,长驱河洛昏[6]。中夜间道归[7],故里但空村。恶名幸免脱,穷老无儿孙[8]。

〔1〕第五首写不满安禄山之叛乱而逃归故乡。

〔2〕良家子:殷实清白人家的子弟。汉代称医、商、百工之外的人家为"良家"(《汉书·地理志》如淳注),又称"从军不在七科谪(流谪边塞之七类)内者,谓之良家子。"(《汉书·李广传》王先谦补注)"出师"句:是说发生过多种名目的战事。言外之意为不少次是故意生事,个中可见边将的野心。多门,多家、多方。语原出《左传·襄公三十年》:"晋政多门。"意为政令出于多家。杜诗数次用此二字,如《送韦讽上阆州录事参军》:"诛求何多门";《白马》:"丧乱死多门",亦为多家、多方之意。

〔3〕"将骄"句:是说主将骄横,自己更加忧虑。

〔4〕"身贵"句:承上句说,意思是事关重大,个人立功封侯的事就不足挂齿了。

〔5〕跃马:指驰驱战场。

〔6〕"坐见"二句:是说眼看着安禄山的队伍长驱直入河洛一带。坐,枉自,徒然地。幽州骑(jì寄),指安禄山的军队。河洛,指黄河和洛水流域一带。安禄山起兵叛唐,直下河洛,河阳、洛阳地方战斗激烈,烟尘蔽天,所以说"河洛昏"。

〔7〕中夜:半夜。间道:犹说抄小道。归:指逃回故乡。

〔8〕"恶名"二句:是说幸而摆脱从逆的恶名,就孤身一人地老死故乡吧!

月夜〔1〕

今夜鄜州月,闺中只独看〔2〕。遥怜小儿女,未解忆长安〔3〕。香雾云鬟湿,清辉玉臂寒〔4〕,何时倚虚幌,双照泪痕干〔5〕。

〔1〕唐肃宗至德元载(756)六月,杜甫把家眷安置在鄜(fū 夫)州的羌村,八月听到肃宗即位灵武的消息,只身从鄜州奔向灵武,途中为安史叛军所俘,押回长安。这首思念家人的诗,即作于沦陷的长安。

〔2〕"今夜"二句:不直接写自己月夜思亲,而借想象之笔写在鄜州的妻子对月独看的孤苦,体会深切,更见思念之深切。鄜州,今陕西富县。

〔3〕"未解"句:指小儿女不懂得母亲"忆长安"的心情,亦指小儿女不知思念陷身长安的父亲。上承首联,正见闺中"独看"的孤苦。

〔4〕"香雾"二句:进一步想象妻子独自望月的凄凉。发鬟被夜雾浸湿,双臂生寒,表明夜已深,"望"已久。古人通称妇女的头发为云鬟或云髻,发香透入雾气,故说"香雾"。清辉,指月光。

〔5〕"何时"二句:表示对未来团聚的期待。虚幌,透明的薄帷幔。

悲陈陶〔1〕

孟冬十郡良家子〔2〕,血作陈陶泽中水〔3〕。野旷天清无战声,四万义军同日死[4]。群胡归来血洗箭,仍唱胡歌饮都市[5]。都人回面向北啼,日夜更望官军至[6]。

[1] 唐肃宗至德元载(756)十月,宰相房琯(guǎn 管)率兵进攻盘踞长安的安史叛军,二十一日战于陈陶斜,官军大败,死伤四万馀人。作者时陷身长安,哀陈陶之役的惨败,因作此诗。诗全用叙事,哀痛寓于其中。陈陶,即陈陶斜,一名陈陶泽,在今陕西咸阳市东。

[2] 孟冬:旧历十月。十郡良家子:指从西北数郡(今陕西一带)新征的士兵。良家子,犹说好人家子弟。见前《后出塞》其五注[2]。

[3] "血作"句:写官军伤亡惨重。

[4] "野旷"二句:写官军覆没之实况。《资治通鉴》卷二百一十九记:"琯效古法,用战车,以牛车二千乘,马、步夹之。贼顺风鼓噪,牛皆震骇。贼纵火焚之,人畜大乱,官军死伤者四万馀人,存者数千而已。""野旷天清无战声",即形容官军死伤殆尽。义军,指官军。作者认为官军是为国而战,故作此称。

[5] "群胡"二句:写安史叛军之骄横,带着沾满血迹的兵器,回到长安市上狂欢纵饮,令人愤慨。群胡,指安史叛军。血洗箭,兵器上沾满了血,像血洗过的一样。箭,指代各种兵器。

[6] "都人"二句:写长安民众亟盼官军到来。当时,肃宗迁至彭原(今甘肃庆阳市西峰区),地处长安西北,所以说"回面向北啼"。《资治通鉴》卷二百一十八载:"民间盛传太子北收兵,来取长安,长安民日夜望之。"

悲青坂[1]

我军青坂在东门[2],天寒饮马太白窟[3]。黄头奚儿日向西[4],数骑弯弓敢驰突。山雪河冰晚萧瑟,青是烽烟白是骨[5]。焉得附书与我军:忍待明年莫仓卒[6]!

[1] 陈陶斜败后,房琯率馀部与叛军对垒,由于肃宗派作监军的宦官邢延恩催促,匆忙再次出战,又大败于青坂(bǎn 板)。这首诗当作于闻讯之时。诗中一方面对官军遭致惨败表示痛惜,一方面希望官军不要轻易出战,应坚守以待来年。全诗选用"窟"、"突"、"骨"、"卒"几个入声字作韵脚,有助于表达沉重、悲愤的情感。青坂:约是距陈陶斜不远的一个地方。

[2] 军:作动词用,意为驻军、屯兵。东门:驻军之地。

[3] "天寒"句:写官军在严寒中依山而拒守的困境。汉末陈琳《饮马长城窟行》:"饮马长城窟,水寒伤马骨。"这里袭用其意。太白,山名,在今陕西太白县,这里泛指山地。窟,孔穴,指水塘。

[4] 黄头奚儿:指安史叛军。黄头:唐时东北部族室韦部族的一个部落,称黄头室韦。奚:亦为东北部族。《安禄山事迹》记:安禄山反,发同罗、奚、契丹、室韦曳落河之众,号父子军。日向西:天天向西进攻。

[5] "山雪"二句:写官军战败后战场的悲惨荒凉景象。萧瑟,形容景色荒凉。烽烟,古代边防报警点起烟火,白日用烟,夜间用火。这里指战火之馀烟。

[6] "焉得"二句:是说要传信给官军,应坚守以待明年,不要仓促应战。附书,托人带信。我军,指官军。仓卒(cù 促),同"仓猝"。

对雪[1]

战哭多新鬼[2],愁吟独老翁[3]。乱云低薄暮,急雪舞回风[4]。瓢弃樽无绿,炉存火似红[5]。数州消息断[6],愁坐正书空[7]。

〔1〕至德元载(756)冬,安史叛军其势正锐,官军连吃败仗。作者困居长安,十分愁苦,故有此诗。
〔2〕"战哭"句:指官军在陈陶、青坂诸战役惨败,死伤甚多。
〔3〕老翁:作者自称。是年杜甫四十五岁。
〔4〕"乱云"二句:云低天暗,旋风舞雪。写景,亦喻世乱时危,令人忧苦。薄暮,傍晚。回风,旋风。
〔5〕"瓢弃"二句:形容自己生活贫困。瓢,指酒瓢。樽(zūn 尊),古代盛酒的器具,形似大口的罐子。无绿,即无酒。酒色绿,故以"绿"代酒。火似红,是说生不起火,炉子空放在那里,好像燃着火似的。
〔6〕数州:指安史乱军波及的地区。
〔7〕书空:用手指在空中比划写字。《世说新语·黜免》:殷浩被罢官,终日书空"咄咄怪事"四字。这里用以表示内心极度苦闷。

春望[1]

国破山河在[2],城春草木深[3]。感时花溅泪,恨别鸟惊心[4]。烽火连三月[5],家书抵万金[6]。白头搔更短,浑欲不胜簪[7]。

〔1〕至德二载(757)三月,作者仍陷身叛军占据的长安,眼见山河依旧而国事变迁,春色满城却一片荒凉,触景生情,写了这首感伤时事、

怀念家人的名篇。

〔2〕山河在:只有山河依旧。极言破败严重,山河之外更无馀物。

〔3〕草木深:草木横生,可见人迹稀少,景象荒凉。

〔4〕"感时"二句:离乱之世,感时恨别,禁不住见花流泪,闻鸟惊心。"感时"承上句、"恨别"启下联。

〔5〕烽火:指战事。连三月:接连三个月。至德二载(757)正月到三月,潼关、睢阳一线,太原河东一带,都有反复的激战。又一解,是说连逢两个三月,即从去年到今年战火一直未断。

〔6〕抵万金:极言家信珍贵难得。抵,当。

〔7〕"白头"二句:搔头忧思,斑白头发更日益稀少,简直要插不住簪子了。浑欲,简直要,几乎要。簪,古人用作束发的长针。

塞芦子〔1〕

五城何迢迢〔2〕,迢迢隔河水〔3〕。边兵尽东征〔4〕,城内空荆杞〔5〕。思明割怀卫〔6〕,秀岩西未已〔7〕。回略大荒来〔8〕,崤函盖虚尔〔9〕。延州秦北户,关防犹可倚〔10〕。焉得一万人,疾驱塞芦子?岐有薛大夫〔11〕,旁制山贼起〔12〕。近闻昆戎徒,为退三百里〔13〕。芦关扼两寇〔14〕,深意实在此。谁能叫帝阍〔15〕,胡行速如鬼〔16〕!

〔1〕这首诗作于至德二载(757)春。这年正月,叛军史思明、高秀岩部合兵十万围攻太原,企图夺得太原后,长驱西进。肃宗驻地彭原(今甘肃庆阳市西峰区)、凤翔(今属陕西)一带受到威胁。杜甫认为应迅速

派兵扼守由太原西来的通道芦子关(约在今陕西延安市安塞区西北),挡住安史叛军西犯,故诗题为《塞芦子》。此诗"筹时条议,剀切敷陈"(王嗣奭《杜臆》),直如一篇奏议文。

〔2〕五城:指定远(今宁夏平罗)、丰安(今宁夏中卫),及中、西、东三个受降城(都在今内蒙古自治区),均属朔方节度使管辖。迢迢:形容极遥远。

〔3〕隔河水:五城均在黄河东北方,故云。

〔4〕边兵:边塞驻军。尽东征:都调到东边去抵御安史叛军。

〔5〕空:空虚。荆杞:见前《兵车行》注〔11〕。

〔6〕思明:史思明,宁夷州突厥族人,原为安禄山亲信部将,与安禄山一起发动叛乱,攻占河北,被安封为范阳节度使,此时正西攻太原。割怀卫:离开怀州、卫州。割,割舍,引申为离开。怀州(治所在今河南沁阳市)与卫州(治所在今河南卫辉市),俱属河北道。

〔7〕秀岩:高秀岩,本为唐将,属哥舒翰部下,后投降安禄山,被安封为河东节度使,此时正从大同发兵进攻太原。西未已:不停地向西进犯。已,停止。

〔8〕"回略"句:承上两句,是说叛军要从西北边荒地带迂回进攻。《资治通鉴》卷二百一十九:"思明以为太原指掌可取,既得之,当遂长驱取朔方、河、陇。"可见叛军当时意图确如诗中所说。回略,迂回包抄。大荒,荒远地方,即指西北五城一带。

〔9〕崤函:崤山(在今河南卢氏县北)、函谷关(在今河南灵宝市南)之合称,是从中原去陕西必经的要隘险关。贾谊《过秦论》云:"秦孝公据崤函之固。"当时,崤函已在叛军之手,这里当是借指可资固守的关隘。盖虚尔:殆为虚设了。盖,表测度的语助词。

〔10〕"延州"二句:正面说"塞芦子"的必要。延州,治所在今延安市,芦子关为延州属地。秦北户,为关中地区北方的门户。秦,指今陕西

省一带,古为秦国。关防,驻兵防守的关隘。

〔11〕岐:扶风郡,治所在今陕西扶风县。扶风为古代岐周之地。薛大夫:薛景仙,唐肃宗即位,命为扶风太守,坚守其地,一直保持江淮至灵武和成都的通道无阻。

〔12〕"旁制"句:是说薛景仙还抑制住这一带的山贼,使他们不敢起而响应安史叛军。旁,侧边。制,制服,控制。

〔13〕"近闻"二句:指前数月叛军派兵攻扶风,为薛景仙击退一事。《资治通鉴》卷二百一十八:"(至德元载七月)贼遣兵寇扶风,薛景仙击却之。"昆戎,古代西方族名,这里指安史叛军。

〔14〕两寇:指史思明、高秀岩。

〔15〕"谁能"句:希望有人能去报知朝廷。叫,扣。帝阍,宫门。《旧唐书·韩思复传》:"帝阍九重,涂远千里。"

〔16〕"胡行"句:紧接上句,正面说叛军行动诡秘迅速,背面的意思是应赶快派兵扼守芦子关。胡,指安史叛军。

哀江头[1]

少陵野老吞声哭[2],春日潜行曲江曲[3]。江头宫殿锁千门,细柳新蒲为谁绿[4]?忆昔霓旌下南苑,苑中万物生颜色[5]。昭阳殿里第一人,同辇随君侍君侧[6]。辇前才人带弓箭[7],白马嚼啮黄金勒[8]。翻身向天仰射云[9],一笑正坠双飞翼[10]。明眸皓齿今何在[11]?血污游魂归不得[12]。清渭东流剑阁深,去住彼此无消息[13]。人生有情泪沾臆,江花江草岂终极[14]!黄昏胡骑尘满城,欲往城南望城北〔15〕。

〔1〕这首诗作于至德二载(757)春。江,指曲江,在长安城东南,为达官贵人及文士游春之所。乱前,杜甫有多首游曲江诗,曾目睹贵戚游曲江之骄奢。如今长安为叛军占领,胡骑满城,曲江头千门紧锁,一片冷落。杜甫面对此景,心情沉痛,追述昔日杨贵妃受宠幸之极,却落得京城沦陷,马嵬赐死,唐玄宗去蜀的下场,感慨中寓有借鉴之意。诗的写法是从现实追述过去,再回到现实,其中有叙事,有抒情;有粗笔概述,有精细描摹,收放自如,深浅合宜。

〔2〕少陵野老:作者自称。少陵是汉宣帝、许皇后陵,在杜陵附近,杜甫曾居住过。吞声哭:哭时不敢出声。

〔3〕潜行:在外面偷偷地行走。其时叛军盘踞长安,杜甫怕叛军寻衅,故这样说。曲江曲:曲江弯曲僻静处。

〔4〕"江头"二句:写此时江边萧条冷落:虽有细柳新蒲,却殿门尽锁,无人欣赏。蒲,蒲柳,即水杨。

〔5〕"忆昔"二句:回忆从前玄宗携杨贵妃游南苑之盛况。霓旌,霓虹般彩色的旗帜,指天子的旗饰仪仗。南苑,即芙蓉苑,在曲江之南。生颜色,犹说增添光彩。

〔6〕"昭阳"二句:写杨贵妃受唐玄宗特别宠爱。昭阳殿,汉成帝皇后赵飞燕所居宫殿,这里借指杨贵妃所居宫殿。唐人诗中往往以赵飞燕喻指杨贵妃,如李白《清平调》其二:"借问汉宫谁得似,可怜飞燕倚新妆。"白居易《长恨歌》:"昭阳殿里恩爱绝。"第一人,谓最得宠的人。李白《宫中行乐词》:"宫中谁第一,飞燕在昭阳。"辇(niǎn 捻),皇帝乘的车。

〔7〕才人:宫中女官名。带弓箭:唐制,皇帝巡幸,宫中扈从者骑马挟弓矢(见《旧唐书·王才人传》)。

〔8〕啮(niè 聂):咬。勒:带嚼口的马笼头。因为用黄金为饰,故名黄金勒。

〔9〕射云:射入云中,极言射得高。

〔10〕"一笑"句:是说才人射中飞鸟,贵妃为之一笑。双飞翼,双飞鸟。以上六句写安史乱前的事,隐寓讥讽,并与下文唐玄宗、杨贵妃悲惨结局形成对照。

〔11〕明眸皓齿:形容女子美貌,指杨贵妃。眸,瞳子,俗称眼珠子。

〔12〕"血污"句:指杨贵妃缢死于马嵬驿事。天宝十五载(756)六月,唐玄宗从长安出奔,打算入蜀,经过马嵬驿(在今陕西兴平市),陈玄礼等实行兵谏,先杀杨国忠,又迫使玄宗下令缢死杨贵妃。见《资治通鉴》卷二百一十八。

〔13〕"清渭"二句:是说渭水之滨埋葬杨贵妃,唐玄宗由剑阁去成都,一生一死,彼此永无消息。清渭,渭水,世称"泾水浊而渭水清",故云。剑阁,在今四川剑阁县北,玄宗入蜀所经过之地。去住,谓一死一生。

〔14〕"人生"二句:抒发感慨。花草无知,年年依旧;人生有情,对世事的巨变不禁伤心落泪。

〔15〕"欲往"句:极言伤心,精神恍惚。望城北,向城北,往城北走。又一解:望城北是指盼望王朝官军。胡震亨《唐音癸签》卷二十二:"灵武所在,正在长安之北……望城北,冀王师之至耳。"

一百五日夜对月〔1〕

无家对寒食,有泪如金波〔2〕。斫却月中桂,清光应更多〔3〕。
仳离放红蕊,想象颦青蛾〔4〕。牛女漫愁思,秋期犹渡河。〔5〕

95

〔1〕这首诗是至德二载(757)寒食节杜甫陷贼长安时对月思家而作。造语新奇,布局严整。一百五日:冬至后一百零五天为寒食,在清明前二日。是日禁火而寒食,为中国传统节日。

〔2〕无家:时杜甫陷居长安,故云。金波:月映波中,如金光闪烁。此借波说泪。起二句对起,三四散承,谓之"偷春格"。

〔3〕斫(zhuó浊):用刀、斧砍。斫却,砍掉。月中桂:传说月中有桂树。《酉阳杂俎》前集卷一:"月桂高五百丈,下有一人常斫之,树创随合。人姓吴名刚,西河人,学仙有过,谪令伐树。"二句隐喻平定安史叛乱,盼望家人团圆、国家统一意。

〔4〕仳(pǐ匹)离:夫妻离散。红蕊:红花。颦(pín贫)青蛾:皱眉头。青蛾,谓女子之眉。因夫妻不在一起,不能亲见,故曰"想象"。

〔5〕牛女:牛郎织女。漫愁思:犹言漫漫相思之愁。河:天河。传说每年七月七日夜牛女渡河相会。二句谓牛女犹能秋期相会,而自己却不能。深切地表达了渴望夫妻团圆的心情。

喜达行在所三首[1]

其一

西忆岐阳信,无人遂却回[2]。眼穿当落日[3],心死著寒灰[4]。雾树行相引,连山望忽开[5]。所亲惊老瘦[6],辛苦贼中来[7]。

〔1〕至德二载(757)二月,唐肃宗从彭原(今甘肃庆阳市西峰区)迁驻凤翔。四月,杜甫逃出长安,步行到达肃宗的驻地,即所谓"行在";五月十六日被任命为左拾遗。这组诗作于任职后不久。从长安到凤翔,历尽艰险,诗人为逃脱叛军的控制而狂喜,回忆困居长安的痛苦而感慨,进入朝廷心情振作,向往复兴。这组诗写出了他这种悲喜交集的心情。

〔2〕"西忆"二句:追述陷身长安时急切盼望朝廷的消息。西忆,思念西方。岐阳,岐山之南,指凤翔。凤翔在长安西方。遂,终,竟。却回,返回,指从凤翔回到长安。

〔3〕眼穿:即所谓望眼欲穿,表示等待之急切。当落日:面对落日。日落西方,时肃宗的"行在"亦在西方,故云。

〔4〕"心死"句:是说本已绝望,复又存希望。著寒灰,意为死灰复燃。著,犹"着火"之"着"。寒灰,袭用鲍照《赠故人马骄》诗"寒灰灭更燃"之意。

〔5〕"雾树"二句:写投奔凤翔途中情况。行相引,是说雾树指引着自己前行。望忽开,形容山路曲折,疑无路而眼前又突现通道。

〔6〕"所亲"句:写到达凤翔情况。所亲,指平素的亲友。惊老瘦,为作者的老瘦而惊讶,表明陷贼以来,又经一路奔波,人憔悴得厉害。

〔7〕"辛苦"句:是亲友慰问语。

其二

愁思胡笳夕,凄凉汉苑春〔1〕。生还今日事〔2〕,间道暂时人〔3〕。司隶章初睹,南阳气已新〔4〕。喜心翻倒极,呜咽泪沾巾〔5〕。

〔1〕"愁思"二句:写困居长安时内心凄苦:胡笳声充耳,增人忧思;

宫苑萧索,触目荒凉。胡笳,西北地区的一种管乐器。汉苑,以汉代唐,指长安的宫苑。苑,古代帝王的园林。

〔2〕"生还"句:意思是昨日还不敢说能否活着回来。还,指回到朝廷所在地方。

〔3〕间道:偏僻小道。由于是"潜行",故不敢走大路。暂时人:是说身处危险中,朝不保夕。

〔4〕"司隶"二句:用汉光武帝刘秀故事称扬唐肃宗有中兴之气象。《后汉书·光武纪》载:刘秀称帝前曾为司隶校尉(掌纠察京师百官及所辖附近各郡),一举恢复西汉王朝各种规章制度。这里是借以喻指唐肃宗治国有章法。由于杜甫初至凤翔行在,所以说"初睹"。《光武纪》又载:刘秀初起于南阳(今河南南阳市),有望气者(古代方士)苏伯阿至,说:"佳气哉!郁郁葱葱。"这里说"南阳气已新",便是喻指肃宗所在凤翔有新气象。

〔5〕"喜心"二句:承上两句,谓自己喜极而落泪。翻倒极,完全翻转了,指翻喜为悲。沾巾,泪水沾湿了佩巾。

其三

死去凭谁报[1]?归来始自怜[2]。犹瞻太白雪,喜遇武功天[3]。影静千官里,心苏七校前[4]。今朝汉社稷[5],新数中兴年[6]。

〔1〕"死去"句:追述途中如若死去也无人得知。凭谁报:有谁能报信呢?

〔2〕"归来"句:是说回到凤翔,想起沿途的惊险,才觉得可怕。自怜,这里是自惜的意思。

〔3〕"犹瞻"二句:写脱险而归,有重见天日的感觉。太白,山名,在今陕西太白县,最高峰终年积雪。武功,今陕西武功县。当时武功一带有郭子仪所率官军驻守。杜甫逃至武功,便进入唐王朝保有的地方,犹如得天日,故曰喜遇。

〔4〕"影静"二句:写授官后入朝的感觉。影,身影,指自己。静,严肃,安详。千官,泛指众官员。《汉书·严助传》颜师古注:"千官犹百官也,多言之耳。"此处指文官。苏,醒,复活。七校,汉武帝时设中垒、屯骑、步兵、越骑、长水、射声、虎贲七校尉。见《汉书·刑法志》颜师古注。此处指武官。

〔5〕汉:喻指唐王朝。社稷(jì记):土神和谷神,指代国家。

〔6〕新:开始。数(shǔ暑):口语数得着、称得上的意思。中兴:指王朝衰而再兴,如周宣王、汉光武帝。唐肃宗即位于安史之乱中,杜甫对唐王朝抱有再兴的期望,故用此语。

述怀[1]

去年潼关破[2],妻子隔绝久[3]。今夏草木长,脱身得西走[4]。麻鞋见天子[5],衣袖露两肘。朝廷愍生还[6],亲故伤老丑[7]。涕泪受拾遗,流离主恩厚[8]。柴门虽得去,未忍即开口[9]。寄书问三川[10],不知家在否?比闻同罹祸[11],杀戮到鸡狗。山中漏茅屋,谁复依户牖[12]。摧颓苍松根,地冷骨未朽[13]。几人全性命,尽室岂相偶[14]?嶔岑猛虎场[15],郁结回我首[16]。自寄一封书,今已十月后[17]。反畏消息来,寸心亦何有[18]!汉运初中兴[19],生平老耽酒[20]。沉思欢会处,恐作穷独叟[21]。

〔1〕这首诗是至德二载(757)五月杜甫任左拾遗后写的。他与家人分别已近一年,自己经过陷贼的苦难,终于回到朝廷,有了官职,寄居鄜州的妻子儿女却全无消息,鄜州一带又受到过叛军的蹂躏,吉凶未卜。这首诗就是抒写对妻子儿女的思念和忧虑。

〔2〕"去年"句:至德元载(756)六月,安禄山攻占潼关。七月,杜甫离开妻子儿女去灵武,途中被俘,到现在将近一年。

〔3〕隔绝:分离而不通音讯。

〔4〕西走:指西去凤翔。

〔5〕麻鞋:麻做的鞋。唐时,富贵人已不穿着。说"麻鞋见天子",正见其窘困。

〔6〕愍:同"悯",怜悯,同情。

〔7〕亲故:亲朋旧交。老丑:形容憔悴。

〔8〕"涕泪"二句:是说流离中受任左拾遗,对君主的厚恩感激涕零。拾遗,指左拾遗,是从八品的谏官,可接近皇帝,参与朝议,上书言事。

〔9〕"柴门"二句:是说本可回家探视,但因国难当头,又刚刚受职,不好意思提出。柴门,用树枝做的门,常指代贫苦人家。这里指作者寄居鄜州的家。

〔10〕三川:鄜州三川县(今陕西富县南),杜甫家人寄居地方。

〔11〕比闻:近来听说。罹祸:遭祸,指遭受叛军的祸害。

〔12〕"山中"二句:承上"杀戮到鸡狗",意思是不知道住山村破草屋的家人还有没人活着。户牖(yǒu 有):门窗,引申为门户。这两句和以下四句都是作者的推想。

〔13〕"摧颓"二句:意思是松树根下尸骨横陈,但愿地冷而骨未朽。

摧残,摧毁,指人被伤害。夏日而说"地冷",含期愿之意,即希望还能收得妻子的骨头。

〔14〕"几人"二句:是说没有几个人能保全性命,全家团聚岂有可能? 尽室,全家。相偶,相聚一起。

〔15〕嶔(qīn 钦)岑:山高的样子。猛虎场:喻指鄜州曾为叛军蹂躏。

〔16〕郁结:忧愁盘踞胸中。回我首:摇头叹气。

〔17〕十月后:是说寄信已十个多月。

〔18〕"反畏"二句:写疑惧心情。盼望有消息,反而又害怕传来不好的消息,心里不知如何是好。寸心,犹说区区之心。

〔19〕汉运:以汉喻唐,指唐王朝的气运。初中兴:是说肃宗即位后已初见中兴的气象。

〔20〕"生平"句:承上句说:国运已见转机,本可以像平素一样爱喝酒。平生,平素,往常。耽酒,嗜酒。此句是为结句作一波澜。

〔21〕"沉思"二句:是说思想起来,到了日后太平该欢会之时,恐怕自己成了孤独老头。意思是恐怕家人都不在人世。欢会处,指天下太平时。穷独叟,贫穷孤独的老人。

月〔1〕

天上秋期近,人间月影清。入河蟾不没,捣药兔长生〔2〕。只益丹心苦,能添白发明〔3〕。干戈知满地,休照国西营〔4〕。

〔1〕这首诗为至德二载(757)七月作。时长安未复,寇氛尚炽,故对月忧国,丹心益苦。

〔2〕蟾(chán 缠)：蟾蜍，即癞虾蟆。传说月中有蟾蜍和白兔。晋傅玄《拟天问》："月中何有？白兔捣药。"白兔捣药的说法，是魏晋人的拟想。考之汉代石刻画像，月中捣药的乃是蟾蜍，详见袁珂《古神话选释·羿与嫦娥》。

〔3〕"只益"二句：接上，因"蟾不没"、"兔长生"，叛军势盛，故忧国之心益苦，更增发亮的白发。益，更加、增加。

〔4〕国：指国都长安。时肃宗行在所在凤翔，在长安以西，故曰"国西营"。月象征团圆，今干戈满地，长安沦陷，人不得团聚，国不得完整，恐唐军将士见月而悲，故曰"休照"。

羌村三首〔1〕

其一

峥嵘赤云西〔2〕，日脚下平地〔3〕。柴门鸟雀噪〔4〕，归客千里至〔5〕。妻孥怪我在，惊定还拭泪〔6〕。世乱遭飘荡，生还偶然遂〔7〕。邻人满墙头，感叹亦歔欷〔8〕。夜阑更秉烛〔9〕，相对如梦寐〔10〕。

〔1〕至德二载(757)五月，房琯罢相。杜甫任左拾遗，上书为房琯辩护，得罪肃宗。闰八月，肃宗令杜甫去鄜州探家，实际是借机停职放归。这组诗作于到鄜州家中后。杜甫经过失散流离，一旦回家，妻子惊喜，娇儿依偎，邻人感叹，对个人和国家的前途的忧虑，都朴实、真挚地写

了出来。羌村,在鄜州城北,杜甫家人寄居在那里。旧址在今陕西富县岔口乡大申号村。第一首写刚归家的情景。

〔2〕峥嵘:山高的样子,这里是形容云之形状。赤云:云为落日映红,故云。

〔3〕日脚:日从云隙间透射到地面的光线。陈后主《隋渠》诗:"日脚沉云外。"即为此句之所本。

〔4〕柴门:见前《述怀》注〔9〕。鸟雀噪:雀,应作"鹊",古人有"乾鹊噪而行至"之语(陆贾《新语》)。

〔5〕归客:杜甫自指。

〔6〕"妻孥"二句:是说妻孥初见,惊讶后悲喜交集。妻孥,妻与子。怪我在,惊讶我还活着。久不音信,乍相见,出乎意外,以致不敢相信。惊定,惊疑过后心情平定下来。还拭泪,又不禁动情落泪。拭,擦。

〔7〕"世乱"二句:写自己的感触,也是对妻孥惊怪、拭泪作解释。生还,活着回来。偶然遂,不过偶然如此而已。遂,成功,得意。

〔8〕歔欷(xū xī 虚希):亦作"嘘唏",哽咽,感叹。

〔9〕夜阑:夜深。更秉烛:前烛燃尽,再点一支烛。意为长久不眠。秉烛,持烛,这里是掌烛的意思。

〔10〕"相对"句:痴坐相对,还感觉如在梦中。梦寐,睡梦之中。

其二〔1〕

晚岁迫偷生〔2〕,还家少欢趣〔3〕。娇儿不离膝,畏我复却去〔4〕。忆昔好追凉,故绕池边树〔5〕。萧萧北风劲〔6〕,抚事煎百虑〔7〕。赖知禾黍收,已觉糟床注〔8〕。如今足斟酌,且用慰迟暮〔9〕。

〔1〕第二首写回家后复杂心情。

〔2〕晚岁：老年。杜甫这年四十六岁，由于心情抑郁，在此前后写的诗中，往往自称"老翁"。迫偷生：近乎苟安偷生。这是就实际是被放归而言。迫，接近。

〔3〕少欢趣：承上句说，由于仕途上受挫折，所以郁郁寡欢。

〔4〕"娇儿"二句：写幼子的依恋情状。娇儿，爱子，指幼子宗武，乳名骥子。杜甫困居长安时，曾在《忆幼子》、《遣兴》等诗中写到他。"畏我复却去"，是说幼子生怕自己再离家远去。却：退，离。

〔5〕"忆昔"二句：回想一年前的情景。去年六月，杜甫携家来鄜州寄居，滞留多日方离家奔灵武。好（hào 浩）追凉，喜欢乘凉。当时正值炎暑，故有此回忆。故，犹说"故故"，意即屡屡，常常。绕池边树，在水池边树下漫步。

〔6〕"萧萧"句：写当前景。萧萧，形容风声。《楚辞·九怀·蓄英》："秋风兮萧萧。"这里用其意，寓萧瑟之感。

〔7〕抚事：思忖已往之事。煎百虑：是说许多方面的事情使自己忧心如焚。

〔8〕"赖知"二句：是说幸亏禾黍有收，可以酿酒。禾黍，《文苑英华》本作"黍秋"，黍、秋均为酿酒原料，似于文义为长。糟床，造酒器具。注，流下。这两句是想象之语，为下面结句做铺垫。

〔9〕"如今"二句：无可奈何的自慰，个中寓有牢骚。且，姑且。迟暮，晚年。

其三[1]

群鸡正乱叫，客至鸡斗争。驱鸡上树木，始闻扣柴荆[2]。父老四五人，问我久远行[3]。手中各有携，倾榼浊复清[4]。

苦辞"酒味薄[5]，黍地无人耕[6]。兵革既未息[7]，儿童尽东征[8]。"请为父老歌，艰难愧深情[9]。歌罢仰天叹，四座泪纵横[10]。

〔1〕第三首写父老登门慰问，为战争未息而感伤。

〔2〕柴荆：犹柴门，指简陋的家门。

〔3〕问：慰问。《诗·邶风·简兮》："问我诸姑，遂及伯姊。"

〔4〕倾榼（kē科）：从酒器中倒出酒。榼：古代盛酒的器具。浊复清：有浊酒，也有清酒。

〔5〕苦辞：竭力地谦称。"酒味薄"连同以下三句，都是父老的话。

〔6〕"黍地"句：是说"酒味薄"的原因，在于顾不上种黍子，黍米少。

〔7〕"兵革"句：由上句引出，是说战争没有停止。兵革，兵器和衣甲，指代战争。

〔8〕儿童：指未成年的男孩子。未成年的都被征去，成年的壮丁自然是早已征尽。

〔9〕"请为"二句：是说以歌诗来回报父老的慰问，为父老的深情而感愧。艰难，指父老们生活艰难，酒来之不易。

〔10〕四座：所有在座的人。泪纵横：泪流满面。

北征[1]

皇帝二载秋，闰八月初吉[2]。杜子将北征[3]，苍茫问家室[4]。维时遭艰虞，朝野少暇日[5]。顾惭恩私被，诏许归蓬荜[6]。拜辞诣阙下[7]，怵惕久未出[8]。虽乏谏诤姿，恐君有遗失[9]。君诚中兴主,经纬固密勿[10]。东胡反未已[11],臣甫愤所切[12]。挥涕恋行在,道途犹恍惚[13]。乾坤含疮痍[14],忧虞何时毕[15]？靡靡逾阡陌[16],人烟眇萧瑟[17]。所遇多被伤,呻吟更流血[18]。回首凤翔县,旌旗晚明灭[19]。前登寒山重[20],屡得饮马窟[21]。邠郊入地底,泾水中荡潏[22]。猛虎立我前,苍崖吼时裂[23]。菊垂今秋花,石载古车辙[24]。青云动高兴[25],幽事亦可悦[26]。山果多琐细[27],罗生杂橡栗[28]。或红如丹砂[29],或黑如点漆[30]。雨露之所濡[31],甘苦齐结实[32]。缅思桃源内,益叹身世拙[33]。坡陀望鄘畤[34],岩谷互出没。我行已水滨,我仆犹木末[35]。鸱枭鸣黄桑,野鼠拱乱穴。夜深经战场,寒月照白骨。潼关百万师,往者散何卒[36]！遂令半秦民,残害为异物[37]。况我堕胡尘[38],及归尽华发[39]。经年至茅屋[40],妻子衣百结[41]。恸哭松声回,悲泉共幽咽[42]。生平所娇儿,颜色白胜雪[43]。见耶背面啼[44],垢腻脚不袜[45]。床前两小女,补绽才过膝[46]。海图坼波涛,旧绣移曲折[47]。天吴及紫凤,颠倒在裋褐[48]。老夫情怀恶,呕泄卧数日。那无囊中帛,救汝寒凛栗[49]。粉黛亦解包,衾裯稍罗列[50]。瘦妻面复光[51],痴女头自栉[52]。学母无不为,晓妆随手抹;移时施朱铅,狼藉画眉阔[53]。生还对童稚,似欲忘饥渴[54]。问事竞挽须,谁能即嗔喝[55]。翻思在贼愁,甘受杂乱聒[56]。新归且慰意,生理焉得说[57]！至尊尚蒙尘[58],几日休练卒[59]。仰观天色改,坐觉妖氛豁[60]。阴风西北来,惨澹随回纥[61]。其王愿助顺[62],其俗善驰突[63]。送兵五千人,驱马一万匹[64]。此辈少为贵[65],四方服勇决[66]。所用皆鹰腾[67],破敌过箭疾[68]。圣心颇虚伫,时议气欲夺[69]。伊洛指掌收,西京不足拔[70]。官军请深入,蓄锐可俱发[71]。此举开青徐[72],旋瞻略恒碣[73]。昊天积霜露,正气有肃杀[74]。祸转亡胡岁,势成擒胡月[75]。胡命岂能久?皇纲未宜绝[76]!忆昨狼狈初,事与古先别[77]。奸臣竟菹醢,同恶随荡析[78]。不闻夏殷衰,中自诛褒妲[79]。周汉获再兴,宣光果明哲[80]。桓桓陈将军[81],仗钺奋忠烈[82]。微尔人尽非,于今国犹活[83]。凄凉大同殿,寂寞白兽闼[84]。都人望翠华[85],佳气向金阙[86]。园陵固有神[87],扫洒数不缺[88]。煌煌太宗业,树立甚宏达[89]!

〔1〕这首诗是至德二载(757)秋,杜甫自凤翔归鄜州后作。鄜州在凤翔东北方,"征"是远行,所以题为"北征"。诗题下原有注:"归至凤翔,墨制放往鄜州作。"墨制,即墨敕,墨写的诏书。全诗共一百四十句,七百字,是杜甫最长的一首五言古诗。诗中将归途和归家后所经历、感触,以及对时事的意见,迤逦写来,有散文的铺陈,也有诗的凝练,结构完整,层次分明,转折自然。

〔2〕"皇帝"二句:写初放回家的时间。皇帝,指肃宗。载,即年。当时尚沿用天宝以来的旧习,称年为载。初吉,朔日,即旧历初一。

〔3〕杜子:杜甫自称。子:古代男子的通称。

〔4〕苍茫:旷远迷茫。因不知家人存亡情况,故有此感。问:探望。

〔5〕"维时"二句:是说国家正当艰难之时,官民都不闲暇。维,发语词。艰虞,艰难忧患。朝野,朝里的官员和民间百姓。这两句和以下六句是写动身前的心情。

〔6〕"顾惭"二句:是说皇帝诏令自己回家探亲。顾惭,自感惭愧。恩私被,意为皇恩独加予自己。被,加予。这是当时做臣民的习用语词。蓬荜(bì 必),蓬门荜户的省略,指贫寒人家的住处。这里指杜甫寄居鄜州的家。

〔7〕诣:到。阙下:指朝廷。阙:皇宫门前建筑物。

〔8〕怵惕(chù tì 处替):惶恐不安。久未出:意思是留恋不忍离去。

〔9〕"虽乏"二句:是说自己虽然没有敢于冒死谏诤的品质,但也恐怕皇帝有想不到的地方,无人劝谏。杜甫当时任左拾遗,所以这样说。谏诤,以下对上的直言无讳的规劝。姿,风度,可引申为品格。

〔10〕"君诚"二句:颂扬肃宗李亨的话。中兴:见前《喜达行在所》第三首注〔6〕。经纬,治理。《左传·昭公二十九年》:"夫晋国将守唐叔之所受法度,以经纬其民。"密勿:即黾勉,勤勉谨慎。

〔11〕东胡:指安史叛军。反未已:安禄山已被其子安庆绪所杀,安庆绪仍僭号称帝,长安、洛阳两京都还在叛军手里。

〔12〕臣甫:杜甫自称。愤所切:愤恨最深切的事。指上句所云"东胡反未已"。

〔13〕"挥涕"二句:写临行时依恋之情。涕,眼泪。行在,天子出行所居之处。恍惚,心神不安的状态。

〔14〕乾坤:天地的代称,指人世间。疮痍:犹言创伤,指战乱对社会的破坏。

〔15〕忧虞:忧虑。毕:完了。以上是第一段,写临行时感时、忧国、恋君的心情。

〔16〕靡靡:慢腾腾地走。《诗·王风·黍离》:"行迈靡靡,中心摇

摇。"毛传:"靡靡,犹迟迟也。"逾:越过。阡陌:田间的小道。南北叫阡,东西称陌。

〔17〕人烟眇:人烟稀少。萧瑟:犹言萧条,形容战乱冷落。

〔18〕"所遇"二句:是说路上遇上的多是战乱中受伤的人。被伤,即受伤。

〔19〕明灭:指旌旗忽隐忽现,忽明忽暗。杜甫另一首《雨》又有"明灭洲景微"句,也是形容雨后景物忽明忽暗。

〔20〕寒山:闰八月已入深秋,山间有寒意,故称。重(chóng虫),重叠,指山峰有远近层次。

〔21〕屡得:屡屡可见。饮(yìn 印)马窟:行军中饮马的水坑、水洼。汉末陈琳有《饮马长城窟行》,后多用以写战地。

〔22〕"邠郊"二句:邠(bīn 宾):邠州(今陕西彬县),泾水流经州境北部地势低凹处,故有这种描写。荡潏(jué 决),河水涌流的样子。

〔23〕"猛虎"二句:写行经山中有野兽出没,吼声大得令人恐惧。后《彭衙行》也写到此种情景:"痴女饥咬我,啼畏虎狼闻。"苍崖,苍青色山崖。

〔24〕"菊垂"二句:是说路旁野菊花正开,岩石上辙迹可辨。作者奔走山间,心有忧惧;景物可观,亦不免有些兴致。载,意为印着。"载"字又作"戴"、"带",义同。

〔25〕青云:指高空。作者身在山上走,故有此感。高兴:高远的兴致。杜甫《九日曲江》诗:"晚来高兴尽。"义同。

〔26〕幽事:幽微之事,指幽僻山间的景物。

〔27〕琐细:细小。

〔28〕罗生:罗列丛生。橡栗:橡树的果实,即栎实。

〔29〕丹砂:即朱砂。

〔30〕点漆:形容小的山果黑而发亮。

〔31〕濡(rú 如):沾湿、滋润。

〔32〕甘苦:指甜的山果和苦的山果。

〔33〕"缅思"二句:写眼前景物引起的遐想和感叹。缅思,遥想。桃源,即桃花源,晋朝诗人陶渊明的《桃花源诗并记》中描写的一处与世隔绝、无王税、无战乱的乐园。益叹,更加叹息。拙,笨。

〔34〕坡陀(tuó 驼):亦作"陂陀",山陵倾斜不平的样子。晋张协《登北邙赋》:"尔乃地势㟪崘,丘墟陂陀。"鄜畤(zhì 志):指鄜州。春秋时,秦文公设畤祭白帝(西方之神)于鄜。见《汉书·郊祀志》。后来因称鄜州为鄜畤。畤:古代诸侯祭天地五帝的祭坛。

〔35〕"我行"二句:写地势,亦见其心情。是说归家心切,步行迅速,自己已到了山下水边,仆人还在山上。木末,树梢,指眼中之高处。

〔36〕"潼关"二句:至德元载(756),哥舒翰率二十万大军守潼关,杨国忠迫其匆促出战,被叛军击败,全军覆没。百万,夸张的说法,极言其多。往者,过去的事情,指潼关之败。散何卒(cù 促),溃败得何以那么快。卒,同"猝",急剧,突然。

〔37〕"遂令"二句:承上二句,是说陕西一带半数黎民惨遭杀害。秦,见前《塞芦子》注〔10〕。为异物,化为鬼类,指死。

〔38〕堕胡尘:指一年前为叛军俘虏,身陷长安。堕:落入。

〔39〕及归:指从长安逃归凤翔。华发:头发花白。以上是第二段,写归途中所见所感。

〔40〕经年:经过了一个年头。杜甫去年秋离家,今年秋回到鄜州家中。茅屋:指自己的家。

〔41〕衣百结:穿着打了许多补钉的衣服。

〔42〕"恸哭"二句:痛哭声中有松涛声相回应,悲哀的泉水随人一起抽泣。幽咽,低微而不顺畅的声音。白居易《琵琶行》用"幽咽泉流水下滩"形容受阻遏的流水声。这里是形容泉声和哭声。

〔43〕颜色:指肤色。白胜雪:比雪还白,意思是无血色。

〔44〕耶:同"爷",称父亲的口语。背面啼:背过脸去哭。写其很懂事,不忍惹父亲伤心。

〔45〕垢(gòu 构)腻:身上很多污垢,形容肮脏。与上文"白胜雪"成对比。不袜:没穿袜子。袜,此处用作动词。

〔46〕补绽(zhàn 站):缝补,指缝过的衣裳。才过膝:是说旧衣裳已短小。

〔47〕"海图"二句:是说孩子们穿的是缝补过的衣裳,原来衣料上的海水波涛的图案被拆裂、错置。坼(chè 彻),裂开。

〔48〕"天吴"二句:补说经过拼凑的衣服上,天吴和紫凤的图像也弄颠倒了。天吴,神话中的水神,"八首,人面,虎身,十尾"(《山海经·大荒东经》)。裋褐(shù hè 树贺),指粗陋的衣服。《汉书·禹贡传》颜师古注:"裋者,谓童竖所著布长襦也。褐,毛布之衣也。"

〔49〕"那无"二句:意思是无奈没有足够的布帛做衣服,让孩子们不受寒冷。那,犹奈,怎奈。杜甫《送郭中丞三十韵》:"渐衰那此别,忍泪独含情。""那"字用法与此同。无囊之帛,极言其少,不敷应用。下文说"稍罗列",可见还有些布帛。凛(lǐn 林上声)栗,因寒冷而发抖。

〔50〕"粉黛"二句:是说打开包袱,摆出粉脂、被子和帐子。黛,古代妇女用以画眉的青黑色颜料。衾(qīn 钦),被子。裯(chóu 愁),帐子。稍,逐次。

〔51〕面复光:脸上又有了光彩。

〔52〕栉(zhì 至):梳、篦的总称,这里作动词用,指梳头。

〔53〕"学母"四句:写女儿的天真。无不为:指尽学母亲梳妆的动作。随手抹,信手涂抹,形容不会梳妆。移时,过了一段时间。施朱铅,擦胭脂、涂铅粉。狼藉,散乱。画眉阔,把眉毛画得很粗。

〔54〕"生还"二句:就自己说,脱险回家,看到天真的孩子们,似乎

连饥渴都忘掉了。

〔55〕"问事"二句:写儿女娇痴之态。竞挽须,争着上前拉扯胡须。嗔(chēn 臣阴平)喝,怒加喝斥。

〔56〕"翻思"二句:回想起陷身叛军时的忧愁,现在受孩子们吵闹也心甘情愿。杂乱聒(guō 锅),乱吵乱嚷。

〔57〕"新归"二句:意谓刚回家,姑且心意安适一下,还谈不到个人生计问题。生理,犹言生计。如杜甫《引水》诗:"人生留滞生理难。"这里说"焉得说",是为引出下文以战乱未平为忧。以上是第三段,写初归家与妻子儿女团聚情况。

〔58〕至尊:古时对帝王的称谓,这里指唐肃宗。蒙尘:特指皇帝逃亡在外,蒙受风尘之苦。语出《左传·僖公二十四年》:"天子蒙尘于外,敢不奔向官守?"

〔59〕几日:意为何日?休练卒:停止练兵即结束战争的意思。

〔60〕"仰观"二句:意谓时局已有好转的迹象。妖氛豁,意思是妖氛散尽,天宇澄清。妖氛,比喻叛军气焰。豁,开朗,引申为空无。《广雅·释诂》:"豁,空也。"

〔61〕"阴风"二句:形容回纥兵的勇猛。惨澹,暗淡无光,形容回纥兵带有阴森肃杀之气。回纥(hé 河),古代民族名,初时为突厥的一支,唐时在鄂尔浑河(今蒙古人民共和国西部)建汗国,唐末灭亡。唐肃宗曾听从郭子仪的建议,借回纥兵平定安史之乱。见《资治通鉴》卷二百二十。

〔62〕其王:指回纥王怀仁可汗。助顺:指帮助唐王朝平叛。史载:这年九月,怀仁可汗派其子叶护率兵帮助唐王朝收复长安。见《资治通鉴》卷二百二十。

〔63〕善驰突:长于骑马冲锋作战。

〔64〕"送兵"二句:指回纥派来援军。史载,当时叶护率回纥兵四

千馀入援。说"五千人",是举其成数。回纥兵每人用马两匹,故云"一万匹"。

〔65〕此辈:指回纥兵。少为贵:意思是以少为贵,少可用其剽悍,多则难约束,贻后患。

〔66〕服勇决:佩服回纥兵骁勇果敢。

〔67〕所用:指所任用的将士。鹰腾:形容回纥兵之迅猛,如鹰鸷之飞腾搏击。

〔68〕过箭疾:比射出的箭还快。过:超过。

〔69〕"圣心"二句:是说肃宗决意借用回纥兵,朝臣有不赞成者也不敢谏阻。圣心,皇帝之意。虚伫(zhù 住),虚心期待。气欲夺,指不敢说不同意见。因害怕而丧气叫"夺气"。《尉缭子·战威》:"民之所以战者,气也。气实则斗,气夺则走。"

〔70〕"伊洛"二句:写胜利在望,洛阳、长安唾手可收复。伊洛,流经洛阳的伊水、洛水,指代洛阳。指掌收,极言可轻易收复。《晋书·文帝纪》:"取蜀如指掌。"西京,长安。不足拔,禁不住一攻便可拔取。

〔71〕"官军"二句:是说官军应乘胜向敌方纵深进攻,精锐之师可共同出击。可,一作"伺",并通。

〔72〕此举:指上述此次进军。开青徐:攻下青州、徐州一带地方。青,青州,治所在今山东青州市。徐,徐州,治所在今江苏徐州市。

〔73〕旋瞻:不久便可看到。略:攻占。恒碣:指山西、河北一带叛军根据地。恒,恒山,在今山西北部。碣,碣石山,在今河北东北部。

〔74〕"昊天"二句:意谓秋天正是兴师杀敌的季节。昊(hào 浩)天,天的泛称,这里指秋天。正气,严正之气,这里指朝廷平定叛乱是正义的。肃杀,《汉书·礼乐志》:"秋气肃杀。"指寒露严霜之摧损草木。这里是说唐王朝出兵平叛,正应合节令。

〔75〕"祸转"二句:意谓安史叛军已临灭亡之命运。祸转,灾祸转

移。亡胡岁,消灭叛军之时。下句"擒胡月",义同。

〔76〕皇纲:王朝的纲纪、国运。未宜绝:不应断绝。以上第四段,写对时局的关心,对平叛形势的展望。

〔77〕"忆昨"二句:追忆安史叛乱之初期。狼狈:形容困顿窘迫。指安史叛军攻陷长安,玄宗仓皇出走的困窘情况。"与古先别",是引出下文叙诛杀奸臣、赐杨贵妃自缢事。古先,古帝先王。

〔78〕"奸臣"二句:指诛杀杨国忠等。玄宗仓卒出逃,行至马嵬驿,士兵哗变,迫使玄宗下令诛杀杨国忠。奸臣,指杨国忠等。菹醢(zū hǎi租海),剁成肉酱。同恶,指杨氏家族、党羽。史载:兵变时,国忠子杨暄、御史大夫魏方进,以及韩国、秦国夫人,均同时被杀。见《资治通鉴》卷二百一十八。荡析,消除净尽。

〔79〕"不闻"二句:是说没有听说夏、殷、周等朝末代国君,肯自动诛杀宠爱的美人。杜甫认为玄宗能顺从民意除掉杨贵妃,是"与古先别",所以说"不闻",即没有听说过。夏殷,就下文看,是举以概括夏、殷、周三代。中自,犹说自动。褒妲(dá达),褒姒和妲己。就上句"殷周"二字看,是举以概括夏末的妹喜。殷末的妲己和周末的褒姒。这三人分别是夏桀、殷纣和周幽王宠爱的美女。

〔80〕"周汉"二句:是说由于周宣王和光武帝的贤明,周、汉两朝才得以中兴。这是以周、汉喻唐朝,以周宣王和光武帝比拟唐肃宗,表示期望唐王朝中兴。

〔81〕"桓桓"句:由此以下四句是赞扬陈玄礼除掉奸臣,有功于国。桓桓,威武的样子。陈将军,即陈玄礼。当时,陈玄礼为左龙武大将军,扈从玄宗出逃,至马嵬驿,他顺从将士意愿,倡议诛杀杨国忠,并迫使玄宗令人缢死杨贵妃。

〔82〕仗钺(yuè越):指卫护皇帝。钺,大斧,古代兵器,多作仪仗用。忠烈:指对王朝忠诚刚直。

〔83〕"微尔"二句：赞扬陈玄礼的话，意为如果没有你，人事不堪设想；由于你，国家才至今存在。微，无，非。人尽非，人事尽非，指唐王朝灭亡。

〔84〕"凄凉"二句：感叹沦陷中的长安故宫。大同殿，在长安南苑兴庆宫勤政楼北，是唐玄宗经常会见大臣的地方。白兽闼(tà 踏)，即白兽门，为唐宫禁苑南门。

〔85〕都人：京城中人。望翠华：意为盼望皇帝早日归来。翠华，皇帝仪仗中饰有翠绿色羽毛的旌旗。

〔86〕佳气：指复兴气象。见前《喜达行在所三首》之二注〔4〕。金阙：以金为饰的阙门，指代皇帝、朝廷。

〔87〕园陵：指唐代先帝的陵墓，在长安一带。

〔88〕"扫洒"句：意谓肃宗即将收复长安，洒扫陵园，举行祭礼。数，礼数。

〔89〕"煌煌"二句：是说唐太宗开创的辉煌帝业，极为宏伟盛大。意在表明唐王朝中兴在即，寓勉励肃宗之意。煌煌，光明、辉煌。业，业绩，指创造唐王朝。唐王朝为太宗李世民所开创，故云"太宗业"。宏达，宏伟昌盛。以上是第五段，以颂扬唐帝、祝愿中兴为全诗总结。

彭衙行[1]

忆昔避贼初[2]，北走经险艰。夜深彭衙道[3]，月照白水山[4]。尽室久徒步，逢人多厚颜[5]。参差谷鸟鸣[6]，不见游子还[7]。痴女饥咬我，啼畏虎狼闻。怀中掩其口，反侧声愈嗔[8]。小儿强解事[9],故索苦李餐[10]。一旬半雷雨,泥泞相牵攀[11]。既无御雨备[12],径滑衣又寒。有时经契阔,竟日数里间[13]。野果充馃粮,卑枝成屋椽[14]。早行石上水,暮宿天边烟[15]。少留同家洼[16],欲出芦子关[17]。故人有孙宰[18],高义薄曾云[19]。延客已曛黑,张灯启重门[20]。暖汤濯我足[21],剪纸招我魂[22]。从此出妻孥,相视涕阑干[23]。众雏烂熳睡[24],唤起沾盘飧[25]。誓将与夫子,永结为弟昆[26]。遂空所坐堂,安居奉我欢[27]。谁肯艰难际,豁达露心肝[28]?别来岁月周[29],胡羯仍构患[30]。何当有翅翎,飞去堕尔前[31]?

〔1〕彭衙,白水县(今陕西白水县)的古名。唐李吉甫《元和郡县志》:"同州白水县,汉彭衙县地,春秋秦晋战于彭衙是也。"至德元载(756)五月,杜甫携家由奉先逃往白水。六月,潼关失守,白水告急,杜甫一家仓皇逃往鄜州,途中久雨,行进困难,受到住在同家洼的友人孙宰的接待。至德二载闰八月,杜甫由凤翔回鄜州探视家人,路经同家洼之西,写了这首诗,追忆去年之事,感谢孙宰的盛情。

〔2〕"忆昔"句:指去年六月避兵乱事。

〔3〕彭衙道:行在彭衙的路上。

〔4〕白水山:白水县的山。

〔5〕"尽室"二句:是说全家人长途跋涉,非常狼狈,见人感到难为情。尽室,全家。厚颜,羞惭。《尚书·五子之歌》:"郁陶乎予心,颜厚有忸怩。"孔安国注:"颜厚,色愧。""厚颜"同"颜厚"。

〔6〕参差(cēn cī 岑阴平疵):不整齐的样子。这里指鸟儿上下翻飞。

〔7〕游子:指逃难外出的人。还:指回家。只闻鸟鸣,少见人迹,见

得一路荒凉。

〔8〕"反侧"句:是说强掩住女儿的嘴,她在怀中挣扎,哭得更加厉害。反侧,反复转动身体,指挣扎状。嗔:这里指怒哭声。

〔9〕强(qiǎng抢)解事:稍懂事。强:稍微。

〔10〕故:犹故故,常常。索:寻求。苦李:一种野生李子。

〔11〕"一旬"二句:是说十天中有一半是雷雨天,全家在泥泞里相互牵扶着行走。

〔12〕御雨备:指雨具。备:设备。

〔13〕"有时"二句:有时候经过难走的地方,一整天只能走几里路。契(qiè挈)阔,劳苦,这里形容路途难走。竟日,一整天。

〔14〕"野果"二句:是说以野果充饥,在树下住宿。餱(hóu喉)粮,干粮。卑枝,低树枝。椽(chuán船),放在梁上架屋顶的木条。成屋椽,是拟想之语。

〔15〕"早行"二句:形容行进困难,山中荒凉。石上水,指山道上有积水。天边烟,指山间雾气。说"天边",极言其广阔。

〔16〕同家洼:作者友人孙宰住的村子,当在白水县境内。

〔17〕芦子关:见前《塞芦子》注〔1〕。

〔18〕故人:老朋友。孙宰:生平不详,也可能任过县令一类的官,因尊称"宰"。

〔19〕薄曾云:上接云天,形容义气之高。薄:迫近。曾(céng层):同"层"。

〔20〕"延客"二句:是说孙宰邀请作者到家中住宿。延,邀请。曛黑,日落天色昏暗。启重(chóng虫)门,打开层层门户。

〔21〕濯(zhuó浊):洗。

〔22〕"剪纸"句:这是说主人对在途中受惊险的作者一家多方安慰。剪纸作旐(zhào兆)进行招魂,为古代民俗。而诗中意在说明主人

关心备至,事则未必实有。

〔23〕"从此"二句:是说孙宰又唤出家人,彼此相见都流下眼泪。从此,接着。涕阑干,涕泪纵横的样子。

〔24〕众雏:指小孩子们。烂熳睡:形容孩子们睡得很坦然,表明已疲惫之极。

〔25〕沾盘飧(sūn孙):吃晚饭。沾:分得。飧:晚饭。

〔26〕"誓将"二句:孙宰对杜甫说的话,意思是要结为永久兄弟。夫子,对对方的尊称。弟昆,犹说弟兄。

〔27〕"遂空"二句:是说孙宰将接待客人的房间空出来,让作者安然住下。奉,给予。

〔28〕"谁肯"二句:总结以上十四句,进一步表示自己的感激和感慨。豁达,待人宽厚。露心肝,推心置腹,极言坦诚。

〔29〕别来:指与孙宰分别以后。岁月周:为时已一周年。

〔30〕胡羯(jié节):犹说胡人,指安史叛军。羯:我国古代族名,匈奴的一别支。构患:制造灾祸。语本王粲《七哀诗》:"西京乱无象,豺狼方遘患。"遘,通"构"。

〔31〕"何当"二句:表示思念之深。何当,安得,怎能。翅翎,翅膀。翎,羽毛。堕,落下。尔,指孙宰。

送郑十八虔贬台州司户,伤其临老陷贼之故,阙为面别,情见于诗[1]

郑公樗散鬓成丝[2],酒后常称老画师[3]。万里伤心严谴日,百年垂死中兴时[4]。苍惶已就长途往,邂逅无端出钱迟^[5]。便与先生应永诀,九重泉路尽交期^[6]。

〔1〕这首诗作于至德二载(757)十二月。郑虔,排行十八。安史之乱,虔陷贼中,伪授水部郎中,称疾未就,并潜以密章达灵武。长安收复,陷贼官吏分六等定罪,郑虔被贬台州(今浙江临海)司户参军。杜甫因故未能亲自送行话别,遂赋此诗以寄意,对郑虔遭遇深表同情。诗写生离死别之悲,满纸泪痕,深挚感人。

〔2〕樗(chū 出):落叶乔木,即臭椿树。《庄子·逍遥游》:"吾有大树,人谓之樗,其大本拥肿而不中绳墨,其小枝卷曲而不中规矩。立之塗,匠者不顾。"樗为不材之木,无所可用。樗散,比喻材不合世用。

〔3〕常称:虔自称。郑虔善画,玄宗尝称其诗、书、画为"郑虔三绝"。但唐代画师地位甚卑,不受重视。老画师,乃牢骚话。

〔4〕万里:极言其远,指贬台州。严谴:严厉处分。百年:指人的一生。垂死:时虔已年老,又被流贬万里之外,恐怕是死之将近了,观末二句更可知。时两京收复,故曰"中兴时"。人生百年,孰能无死,死亦何足惜,独惜其垂死于中兴之时,殊为可伤。

〔5〕苍惶:同"仓皇",匆忙,仓促。就:就道,启程。邂逅:不期而遇,偶然碰到。无端:指意外事故。饯:饯别。二句申明"阙为面别"的原因。

〔6〕永诀:即死别。九重泉路:犹言九泉之下。交期:言生前恐难再见,只等死后相逢。情见乎词,无限沉痛。

春宿左省^[1]

花隐掖垣暮,啾啾栖鸟过^[2]。星临万户动,月傍九霄多〔3〕。不寝听金钥,因风想玉珂〔4〕。明朝有封事,数问夜如何〔5〕?

〔1〕这首诗为乾元元年(758)春作。宿是宿直,即今所谓值夜班。左省,即门下省。据《唐六典》卷七载:东内大明宫宣政殿前有两廊,各有门,其东曰日华,日华之东为门下省,故称东省,亦称左省。杜甫时任左拾遗,属门下省,故题曰"左省"。明唐元竑称此诗为"五言近体中之精妙者"(《杜诗捃》卷一)。所谓"精妙",即指全诗章法谨严,针线细密,情景交融,含蓄蕴藉,宛如一件耐人观赏的精致工艺品。

〔2〕"花隐"二句:写薄暮之景,字字点题。掖垣,本谓宫殿围墙。唐代门下、中书两省称左右掖垣,此指左掖,点题中"左省"。花、鸟点"春"。啾(jiū究)啾,象声词。此指鸟鸣声。

〔3〕"星临"二句:写夜中之景。临,照临。万户,指宫中之门。"九霄",语意双关,一谓天穹高远,一喻帝居尊崇。君门深邃,宫殿高耸云霄,与月为近,故得月独多。二句生动地写出了帝居之夜的特异景象。

〔4〕"不寝"二句:写作者宿直时的心理状态。金钥,即金锁。指宫门之锁。玉珂,即马铃,以贝饰之,色白如玉,振动有声。百官早朝乘马鸣玉珂,今闻风吹檐间铎鸣,有似玉珂,故因而联及。

〔5〕"明朝"二句:交代"不寝"的原因。封事,即密封的章奏。唐代拾遗,掌供奉讽谏,大事廷议,小则上封事。数(shuò朔),屡次。夜如何,《诗·小雅·庭燎》:"夜如何其?夜未央。"后四句正化用《庭燎》诗意,贴切自然,全不露斧凿痕迹。

曲江二首[1]

其一

一片花飞减却春,风飘万点正愁人[2]。且看欲尽花经眼,莫厌伤多酒入唇[3]。江上小堂巢翡翠,苑边高冢卧麒麟[4]。细推物理须行乐,何用浮名绊此身[5]!

[1] 这组诗作于乾元元年(758)春,时杜甫任左拾遗。二诗借写暮春游曲江所见荒凉景象,抒发了内心的抑郁苦闷,看似伤春,实是忧伤家国,感事惜时。

[2] 减却:减去。万点:指落花。方回《瀛奎律髓》卷十:"第一句、第二句绝妙。一片花飞且不可,况于万点乎?"

[3] 欲尽花:将尽之花。经眼:犹过眼。伤多酒:因悲伤而过多的饮酒。前加"莫厌",意即痛饮,亦以酒浇愁之意。

[4] 翡翠:鸟名。苑:指芙蓉苑,在曲江西南。冢:坟墓。麒麟:传说中的瑞兽名。此指石麒麟。安史乱中,曲江建筑多被毁,公卿多被杀。翠鸟在堂上构巢,表明堂中无人,石麒麟仆卧冢下,表明冢废不修,一片荒凉景象。

[5] 物理:事物盛衰变化之理。盛衰无常,故当及时行乐。浮名,虚名。绊:羁绊,比喻束缚。此指做一名小小的拾遗,并不能起到拾遗补阙的作用,不过是徒具虚名。与其让此官缠身,反不如弃官而去,及时饮酒行乐。

其二

朝回日日典春衣,每日江头尽醉归[1]。酒债寻常行处有,人生七十古来稀[2]。穿花蛱蝶深深见,点水蜻蜓款款飞[3]。传语风光共流转,暂时相赏莫相违[4]。

〔1〕朝回:退朝回来。典:典当。仇兆鳌《杜诗详注》卷六:"朝回典衣,贫也。典现在春衣,贫甚矣。且日日典衣,贫益甚矣。"典春衣是为买醉归。江头:指曲江。

〔2〕寻常:平常。行处:到处。可见欠债酒店不止一处。下句申明纵酒之由,含有人生几何,须及时行乐之意。

〔3〕蛱蝶:蝴蝶。深深见:谓忽隐忽现。见,同"现"。款款飞:谓飞上飞下。款款,舒缓貌。蛱蝶恋花,回环来往,故曰"穿";蜻蜓蘸水,一触即起,故曰"点"。

〔4〕传语:寄语,转告。共流转:犹共盘桓。莫相违:谓春光不要抛人而去。仇兆鳌曰:"但恐现在风光瞥眼易过,故又作留春之词。"

义鹘行[1]

阴崖二苍鹰[2],养子黑柏颠[3]。白蛇登其巢,吞噬恣朝餐[4]。雄飞远求食,雌者鸣辛酸。力强不可制,黄口无半存[5]。其父从西归[6],翻身入长烟[7]。斯须领健鹘[8],痛愤寄所宣[9]。斗上捩孤影,噭哮来九天[10]。修鳞脱远枝[11],巨颡拆老拳[12]。高空得蹭蹬,短草辞蜿蜒[13]。折尾能一掉[14],饱肠皆已穿。生虽灭众雏,死亦垂千年[15]。物情有报复,快意贵目前[16]。兹实鸷鸟最,急难心烱然[17];功成失所往,用舍何其贤[18]!近经潏水湄[19],此事樵夫传。飘萧觉素发,凛欲冲儒冠[20]。人生许与分,只在顾盼间[21]。聊为义鹘行,用激壮士肝[22]。

〔1〕这首寓言诗,当是至德二载(757)十一月到乾元元年(758)六月杜甫在长安任左拾遗期间所作。诗中写一健鹘(hú 胡,鹰类猛禽,又名隼)为受害的苍鹰复仇,搏杀白蛇,赞扬其急人难、除恶类、功成隐去的品德,末云用以激励"壮士",旨意是明显的。

〔2〕阴崖:背阳的山崖,犹说山崖的阴处。

〔3〕"养子"句:养育小鹰雏于阴森的柏树顶上。宋苏辙《复次烟字韵答黄庭坚》诗:"与君共愧知时鹤,养子先依黑柏颠。"后句即本此。

〔4〕吞噬(shì 誓):吞食。恣:放肆。朝餐:早饭。

〔5〕"力强"二句:是说白蛇凶恶,雌鹰无力制止,雏鹰被吞食过半。黄口,指雏鸟。《孔子家语·六本》:"孔子见罗雀者,所得皆黄口小雀。"

〔6〕其父:指飞往远处寻食的雄鹰。

〔7〕"翻身"句:是说雄鹰见巢中惨景,翻身飞向高空。长烟,指空中,浮云。

〔8〕斯须:一会儿。领:引来。健鹘:雄健的鹘鸟。

〔9〕"痛愤"句:意思是雄鹰向健鹘倾诉了痛愤。宣,发泄,倾吐。

〔10〕"斗上"二句:写健鹘迅猛搏击的动态。斗:通"陡",突然。捩(liè 列),扭转。嚄哮(jiào xiāo 叫消),厉声长鸣。嚄、哮,都有大声号叫的意思。九天,天的最高处。古人认为天有九重,故称。

〔11〕"修鳞"句：写白蛇被击从高树上掉下来。此下八句，均写健鹘击死白蛇。修鳞，指白蛇。修，长。

〔12〕巨颡(sāng嗓)：指大的蛇头。颡，额。拆：同"坼(chè彻)"，绽裂。老拳：指健鹘有力的爪。

〔13〕"高空"二句：是说白蛇在空中尚能挣扎，落到地上便无力爬行了。蹭蹬，见前《奉赠韦左丞丈二十二韵》注〔21〕，这里是垂死挣扎之意。辞蜿蜒，意为不能再爬行。蜿蜒：蛇爬行的样子。

〔14〕折尾：指蛇跌断的尾巴。掉，摇动。

〔15〕垂千年：垂鉴千年。这里含讽刺意味。

〔16〕"物情"二句：意为按事物的情理，善恶恩仇都要受到报复，令人快意的是白蛇之恶立即遭到惩罚。物情，事物的常情。报复，古代人对报恩、复仇都称报复。《三国志·蜀书·法正传》："一餐之德，睚眦之怨，无不报复。"这里指复仇。

〔17〕"兹实"二句：是说这只健鹘实在杰出，救人危难，光明，磊落。兹，此。急难，急人之难，即别人有危难，急于去救助。炯(jiǒng窘)然，光明的样子。

〔18〕"功成"二句：赞扬健鹘应时而出，功成隐去，品德高洁。失所往，不知其去向，即隐去。用舍，语本《论语·述而》："用之则行，舍之则藏。"意即进退出处。

〔19〕潏(jué决)水：流经长安杜陵附近，汇入渭水。湄：水边。

〔20〕"飘萧"二句：写自己听了义鹘故事，肃然起敬。飘萧，稀疏的样子。素发，白发。凛(lǐn廪)，形容严肃而敬畏的神态。

〔21〕"人生"二句：是说一个人能否仗义助人，只表现于片刻之时。许与，应人请求给人帮助。分，情分。顾盼间，极言时间很短。

〔22〕"聊为"二句：说明作此诗用意在激励人之见义勇为精神。肝，心肠，情怀。

洗兵马[1]

中兴诸将收山东[2],捷书夜报清昼同[3]。河广传闻一苇过[4],胡危命在破竹中[5]。只残邺城不日得[6],独任朔方无限功[7]。京师皆骑汗血马,回纥餧肉葡萄宫[8]。已喜皇威清海岱[9],常思仙仗过崆峒[10]。三年笛里关山月[11],万国兵前草木风[12]。成王功大心转小[13],郭相谋深古来少[14]。司徒清鉴悬明镜[15],尚书气与秋天杳[16]。二三豪俊为时出[17],整顿乾坤济时了[18]。东走无复忆鲈鱼[19],南飞觉有安巢鸟[20]。青春复随冠冕入,紫禁正耐烟花绕[21]。鹤驾通宵凤辇备,鸡鸣问寝龙楼晓[22]。攀龙附凤势莫当,天下尽化为侯王[23]。汝等岂知蒙帝力[24]?时来不得夸身强[25]。关中既留萧丞相[26],幕下复用张子房[27]。张公一生江海客,身长九尺须眉苍[28];征起适遇风云会,扶颠始知筹策良[29]。青袍白马更何有[30]?后汉今周喜再昌[31]。寸地尺天皆入贡,奇祥异瑞争来送[32]。不知何国致白环,复道诸山得银瓮[33]。隐士休歌紫芝曲[34],词人解撰河清颂[35]。田家望望惜雨干,布谷处处催春种[36]。淇上健儿归莫懒,城南思妇愁多梦[37]。安得壮士挽天河,净洗甲兵长不用[38]!

〔1〕诗题下原注:"收京后作。"大约作于乾元元年(758)三月。这时,东、西两京收复,唐官军继续进击叛军,捷报频传。杜甫以为胜利在即,和平有望,情不自禁地写了这首诗。诗中热情洋溢地写出了军事上的节节胜利,颂扬了整顿乾坤的将相,也顺笔讥刺了乘机揽权、媚主的新贵,结末表达出对天下升平的憧憬。洗兵马,就是净洗甲兵,永不使用的意思。诗是七言古体,中间用了许多工稳的对句;全诗四次换韵,每韵十二句,整齐而有变化,可见是精心结撰之作。

〔2〕中兴诸将:就下文看,指的是成王李俶、郭子仪等。他们统军击破叛军,王朝赖以中兴,故用此称。收山东:泛指收复华山以东一带。史载:至德二载十二月,"郭子仪还东都,经营河北。""虽相州未下,河北率为唐有矣。"(《资治通鉴》卷二百二十)当时,河北属"山东"地区。

〔3〕"捷书"句:是说捷报昼夜不断。清昼,白天。

〔4〕"河广"句:以传闻语,谓官军很容易渡过黄河。《诗·卫风·河广》:"谁谓河广,一苇杭之。"此处用其意。河,指黄河。苇,芦苇。喻指小船。杭,通"航"(《初学记·地部》引诗作"航"),渡过。

〔5〕"胡危"句:是说官军节节胜利,势如破竹,叛军濒临灭亡。史载:乾元元年三月,安庆绪仓皇北走,人心离散。见《资治通鉴》卷二百二十。

〔6〕只残:仅剩下。邺(yè夜)城:即相州,今河南安阳市。当时,相州尚在叛军占领下,杜甫认为不久便将收复,所以说"不日得"。

〔7〕"独任"句:是说只任用郭子仪的朔方军便能成大功。朔方,指郭子仪及其统率的朔方军。当时郭子仪任司徒兼中书令、朔方节度副使。

〔8〕"京师"二句:是说回纥兵来长安者甚多,备受肃宗的优待。在"独任"句后接写此二句,表明对朝廷大量借用回纥兵有所疑虑。《资治通鉴》卷二百二十载:至德二载十月,"回纥叶护自东京还……上与宴于

宣政殿。叶护奏以军中马少,请留其兵于沙苑,自归取马……上赐而遣之。"这两句诗大概即针对此事。汗血马:见前《高都护骢马行》注〔11〕,这里借指回纥马。馁,同"喂"。葡萄宫,汉代宫名,汉元帝曾于此宴匈奴单于,这里喻指唐宣政殿。

〔9〕清海岱:扫清了山东一带叛军。海岱,东海、泰山,指今山东一带。见前《登兖州城楼》注〔4〕。

〔10〕"常思"句:追述当初肃宗即位时之危难,寓安不忘危之意。仙仗,指皇帝的仪仗。崆峒,山名,在今甘肃境内,肃宗即位前由马嵬驿往灵武曾经过。

〔11〕"三年"句:是说三年来战事不断,士卒饱经征战之苦。关山月,汉乐府横吹曲调名,据说歌辞多为戍边士卒伤别怀乡之情,已亡佚。

〔12〕"万国"句:形容各地遭受战争惊扰,人心惶惶不安。万国,犹言各方、各地。草木风,即风声鹤唳,草木皆兵的意思。

〔13〕成王:肃宗的太子李俶,即后来的代宗。收复两京时,他任主帅。乾元元年二月,由楚王徙封成王。

〔14〕郭相:郭子仪,时任中书令,居相位。《郭子仪东京畿山东河南诸道元帅制》称他"识度弘远,谋略冲深"(《唐大诏令集》)。

〔15〕司徒:指李光弼,时加官检校司徒。清鉴:指识见明察。悬明镜:是对李光弼"清鉴"的形容。

〔16〕尚书:指王思礼,时任兵部尚书。气:气度。秋天杳(yǎo咬):像秋天长空一样高远爽朗。杜甫后来在《八哀诗》中,也称赞王思礼是"爽气春淅沥"(《赠司空王公思礼》)。

〔17〕二三豪俊:指上面提到的李俶、郭子仪、李光弼、王思礼等人。为时出:应时而出。

〔18〕乾坤:天地,天下,指国家。济时:救助时局的危难。了:完成。

〔19〕"东走"句:是说局势已趋安定,为官的不必思乡归隐了。《世

说新语·识鉴》载:晋张翰"去洛,见秋风起,因思吴中菰菜、莼羹、鲈鱼脍……遂命驾便归"。张翰当时为齐王东曹掾,不愿做官是为了避祸。这句诗是反用其意。

〔20〕"南飞"句:意思是流离失所的人可以回家过安定生活了。曹操《短歌行》:"月明星稀,乌鹊南飞,绕树三匝,何枝可依?"是用乌鹊无枝可依比喻人之流离。这里也是反用其意。

〔21〕"青春"二句:写收京后恢复百官朝贺的气象。贾至《早朝大明宫呈两省僚友》:"银烛朝天紫陌长,禁城春色晓苍苍。"诗意与此相似。冠冕(miǎn免),指上朝的群臣。古代大夫以上的官员的礼帽叫"冕"。紫禁,皇宫。古时以紫微星垣比喻皇帝住处,故称皇宫为紫禁宫。正耐,正相宜。烟花,指朝贺时点燃的香烟。杜甫《奉和贾至舍人早朝大明宫》也有"朝罢香烟携满袖"的句子。

〔22〕"鹤驾"二句:是说肃宗每日黎明向退位的玄宗问安。鹤驾,太子所乘之车。传说周灵王太子晋乘白鹤仙去(见《列仙传》),故有此称。凤辇,皇帝所乘之车。问寝,问候起居。龙楼,皇帝住处,此指玄宗所居兴庆宫。史载:肃宗即位制文:"复宗庙于函雒,迎上皇于巴蜀,导銮舆而反正,朝寝门以问安,朕愿足矣。"(《杜诗详注》卷六引《博议》)即此二句之所本。

〔23〕"攀龙"二句:指李辅国等依仗在灵武拥立肃宗之功,又攀附张淑妃,飞扬跋扈,势倾朝野。《汉书·叙传》有"攀龙附凤,并乘天衢","云起龙骧,化为侯"之句。这里化用其语,形容李辅国等依附后妃升迁得势。

〔24〕汝等:直斥李辅国等人。蒙帝力:受到皇帝的宠用。

〔25〕时来:适逢其时。时:指时运。夸身强:夸耀自己有本事。

〔26〕"关中"句:推重房琯。刘邦为汉王时,萧何为丞相;后来刘邦引兵向东,萧何留守关中,建立大功。房琯曾为肃宗宰相,虽已罢相位,

仍留在关中,故以萧何作比,希望肃宗再次起用。

〔27〕"幕下"句:推重张镐。张子房:张良,刘邦的重要谋臣,屡出奇计,后封留侯。这里借指张镐。以下四句,都是写张镐。

〔28〕"张公"二句:是说张镐半生未入仕,相貌魁伟。江海客,放情江海的隐逸之士。

〔29〕"征起"二句:是说张镐以布衣起用,在国家危难之际提出过很好的策略。征起,指天宝十四载,张镐以隐逸被召拜左拾遗。风云会,风云际会之省称,指在动乱时代明君与贤臣的遇合。这里指肃宗与张镐的遇合。《旧唐书》本传:张镐随玄宗去蜀,肃宗即位后,奉命至行在,在凤翔"奏议多有弘益"。扶巅,扶救国家之危难。筹策,出谋献策。

〔30〕"青袍"句:意为安史之乱不难平灭。南朝梁武帝时,侯景作乱,乱军都骑白马,穿青衣,以应所谓"青丝白马寿阳来"的童谣(《南史·侯景传》)。这里是以侯景叛军喻指安史叛军。何有,意为没有什么,即不难战胜。

〔31〕"后汉"句:以历史上的中兴之主汉光武帝和周宣王比喻唐肃宗。再昌,重新昌盛,犹说中兴。

〔32〕"寸地"二句:是说天下朝贡,各地竞献祥瑞器物。

〔33〕"不知"二句:承上句"祥瑞"而言。白环、银瓮,都是传说中祥瑞之物。《竹书纪年》云:"帝舜九年,西王母来朝,献白环、玉玦。"《杜诗详注》卷六引《孝经援神契》云:"神灵滋液,有银瓮,不汲自满。"杜甫在这里用了"不知"、"复道"两词,可见是不相信的,对当时以献祥瑞媚主的事情颇有不满。

〔34〕"隐士"句:是说隐士们不必以避世为尚了。紫芝曲,据说是秦朝末年隐士商山四皓(hào 浩,老翁的代称)所作的歌。见《高士传》。

〔35〕"词人"句:是说文学之士意识到应当写歌颂天下太平的诗文了。河清颂,南朝宋文帝时,黄河水清,时人以为天下太平的吉兆,鲍照

作《河清颂》。见《南史·宋临川王道规传》。这里借以泛指歌颂太平的诗文。

〔36〕"田家"二句：写时值春耕，偏遇干旱，农民盼望雨水。望望，如说眼巴巴地，形容盼雨的心态。布谷，布谷鸟。

〔37〕"淇上"二句：是说士兵的妻子怀念出去打仗的丈夫，希望围攻邺城的战士早日胜利归来。淇上，淇水之滨，指邺城一带地方。思妇，出征士兵的妻子。

〔38〕"安得"二句：表示早日结束战乱、长久和平的愿望。安得，希望之词。挽天河，谓倾银河之水。净洗甲兵，洗净铠甲，示永不再用。

至德二载，甫自京金光门出，间道归凤翔。乾元初，从左拾遗移华州掾，与亲故别，因出此门，有悲往事[1]

此道昔归顺，西郊胡正繁[2]。至今犹破胆，应有未招魂[3]。近侍归京邑，移官岂至尊[4]？无才日衰老，驻马望千门[5]。

〔1〕这首诗作于乾元元年（758）六月。时杜甫因疏救房琯获罪，由左拾遗贬为华州（今陕西华州区）司功参军。至德二载（757）四月，杜甫曾冒险经金光门逃出长安，从荒僻小道窜归凤翔。五月十六日，被肃宗授为左拾遗。时隔一年，长安收复，自己却又被贬下放，再出金光门，从此离开长安。回首往事，兼悲今事，感慨万千，遂赋此诗。诗写得委婉曲折，缠绵悱恻，很是得体。金光门，唐长安外郭城西面有三门：北曰开远门，中曰金光门，南曰延平门。华州在长安东，甫西出金光门，正是为了

与"亲故"告别。亲故,亲友故旧。掾(yuàn 愿),州官的属吏。

〔2〕此道:指西出金光门之道。归顺:脱离安史叛军窜归凤翔行在所。胡:即指安史叛军。

〔3〕"至今"二句:谓至今回想起来,尚觉胆战心惊,惊魂未定。

〔4〕近侍:指左拾遗。京邑:指华州。华州去京师不远,故云。移官:指贬官。至尊:指肃宗。因不便直斥皇帝,有意为其回护,故曰"移官岂至尊"?

〔5〕"无才"二句:不怨皇帝,只好归咎于自己"无才衰老"。时杜甫四十七岁。千门,指宫殿。杜甫《哀江头》云:"江头宫殿锁千门。"后《夕烽》诗云:"闻道蓬莱殿,千门立马看。"驻马,犹立马。杜甫忠君爱国,恋阙情深,故临行立马回望,不忍遽去。

九日蓝田崔氏庄[1]

老去悲秋强自宽,兴来今日尽君欢[2]。羞将短发还吹帽,笑倩旁人为正冠[3]。蓝水远从千涧落,玉山高并两峰寒[4]。明年此会知谁健?醉把茱萸子细看[5]。

〔1〕此当是乾元元年(758)出为华州司功参军时至蓝田而作。蓝田县,唐属京兆府,故城在今陕西蓝田县西,去华州八十里。九日,即九月九日重阳节。诗写九日聚会,悲秋叹老,意颇颓唐,语则老健。

〔2〕悲秋:宋玉《九辩》:"悲哉秋之为气也!"强自宽:强自宽解。兴:兴致。浦起龙曰:"老去、兴来,一篇纲领。"

〔3〕"羞将"二句:翻用孟嘉落帽事。《晋书·孟嘉传》:"(嘉)为征

西桓温参军,温甚重之。九月九日,温燕龙山,僚佐毕集。时佐吏并著戎服,有风至,吹嘉帽堕落,嘉不之觉。温使左右勿言,欲观其举止。嘉良久如厕,温令取还之,命孙盛作文嘲嘉,著嘉坐处。嘉还见,即答之,其文甚美,四坐嗟叹。"杨万里《诚斋诗话》引林谦之曰:"孟嘉以落帽为风流,少陵以不落为风流,翻尽古人公案,最为妙法。"倩(qiàn欠),使。

〔4〕蓝水:亦称蓝溪,即灞水。源出陕西商州区西北秦岭,西北流入蓝田县界。玉山:即蓝田山,一名覆车山,在县东二十八里。玉山去华山近,故曰"高并两峰"。"寒"字见秋景萧瑟意。

〔5〕茱萸(zhū yú 朱于):植物名,有浓烈香气。古时风俗,九月九日佩戴茱萸,以祛邪避灾。《西京杂记》卷三:"九月九日,佩茱萸,食蓬饵,饮菊花酒,令人长寿。"《艺文类聚》卷四引周处《风土记》:"九月九日……折茱萸房以插头,言辟除恶气而御初寒。"王维《九月九日忆山东兄弟》诗:"遥知兄弟登高处,遍插茱萸少一人。"子细:同"仔细"。结联设问,意味深长。

观安西兵过赴关中待命二首〔1〕

其一

四镇富精锐〔2〕,摧锋皆绝伦〔3〕。还闻献士卒〔4〕,足以静风尘〔5〕。老马夜知道〔6〕,苍鹰饥著人〔7〕。临危经久战,用急始如神〔8〕。

〔1〕唐肃宗乾元元年(758)六月,李嗣业为怀州刺史,充镇西北庭行营节度使。八月,奉命率镇西(原称安西)都护府所属军队东来,同郭子仪等共讨安庆绪。杜甫此时任华州司功参军,看到内有边疆民族官兵的李嗣业部过境,有感写成这两首诗。诗中称赞安西兵骁勇善战,军纪整肃,流露平定安史叛军有望的情绪。安西是唐代都护府名,府治初在今新疆维吾尔自治区吐鲁番附近,后改在龟兹(qiū cí 秋慈,在今新疆维吾尔自治区库车、沙雅两县之间),管辖于阗(tián 田,今新疆维吾尔自治区和田市)以西、波斯以东十六都护府。唐肃宗至德年间改称镇西都护府。杜甫在这里仍用旧称。关中是指东至函谷关、西至散关、南至武关、北至萧关中间一带,约当今陕西南部地方。

〔2〕四镇:指龟兹、于阗、碎叶(今吉尔吉斯斯坦的托克马克市附近)、疏勒(今新疆维吾尔自治区疏勒县)四都督府,均属安西都护府管辖。富精锐:多精锐部队。

〔3〕摧锋:即冲锋陷阵。绝伦:无与伦比。

〔4〕"还闻"句:是说李嗣业率安西兵赴关中。还闻:又闻。不久前李嗣业曾率安西兵参加收复长安的战役,故云。率兵报效朝廷,所以说"献士卒"。

〔5〕静风尘:平定战乱。静:作动词用,净扫的意思。

〔6〕"老马"句:即"老马识途"的意思。《韩非子·说难》:"(齐)桓公伐孤竹返,迷惑失道。管仲曰:'老马之智可用也。'乃放老马而随之,遂得道焉。"这里是比喻李嗣业所率安西兵久经战场,惯于战斗,可堪重托。

〔7〕"苍鹰"句:《晋书·慕容垂载记》:"垂犹鹰也,饥则附人,饱便高飏。"这里用其意,比喻安西兵乐于为朝廷效力。著人,即附人,意思是依附主人,愿为之所用。

〔8〕"临危"二句:是说李嗣业所率安西兵久经战斗,能临危不惧;

紧急关头,才显出神奇之勇。

其二

奇兵不在众,万马救中原[1]。谈笑无河北[2],心肝奉至尊[3]。孤云随杀气,飞鸟避辕门[4]。竟日留欢乐,城池未觉喧[5]。

〔1〕"奇兵"二句:是说安西兵骁勇善战,万马即可平定中原。"奇兵不在众",本意是兵贵出奇制胜,而不在多少,这里是借以称赞安西兵善战。中原,指黄河中下游地区,当时正为战区。

〔2〕"谈笑"句:与李白《永王东巡歌》"谈笑静胡沙",意思相同。谈笑,形容视若等闲,可轻易取得。无,视若无物的意思。河北,唐代河北道,领孟、怀、幽、蓟等二十九州。当时,河北为安史叛军占据,幽、蓟一带更是安史叛军的老巢,所以借指安史叛军。

〔3〕"心肝"句:披沥肝胆,报效皇帝。奉,奉献。至尊,指皇帝,这里指唐肃宗李亨。

〔4〕"孤云"二句:形容过境安西兵军威振肃,号令森严。因安西兵是行军过境,所以说"云随杀气"。辕门,见前《前出塞九首》第八首注〔4〕。

〔5〕"竟日"二句:赞美安西兵军纪严明,过境不扰民,百姓欢欣,城无喧闹之声。《旧唐书·李嗣业传》载:"李嗣业自安西统众万里,威令肃严,所过郡县,秋毫不犯。"杜诗和史书一致,当系实情。

赠卫八处士[1]

人生不相见,动如参与商[2]。今夕复何夕,共此灯烛光[3]。少年能几时,鬓发各已苍[4]。访旧半为鬼,惊呼热中肠[5]。焉知二十载,重上君子堂[6]!昔别君未婚,儿女忽成行。怡然敬父执[7],问我来何方。问答未及已,驱儿罗酒浆[8]。夜雨剪春韭,新炊间黄粱[9]。主称会面难,一举累十觞[10]。十觞亦不醉,感子故意长[11]。明日隔山岳,世事两茫茫[12]!

〔1〕杜甫于乾元元年(758)六月贬官,出任华州司功参军,冬赴洛阳。次年春由洛阳回华州,途中过卫八处士家。这首诗叙写与卫八处士久别而于战乱中重逢的喜悦和感慨,后半篇幅写老友热情款待,绘声绘色,平易自然。卫八:名字不详,"八"是兄弟排行次第。处士:没有做官的读书人。

〔2〕动如:往往就像。参(shēn 身)与商:二星名。两星在天体上距离约一百八十度,此出则彼没,两不相见,古人常用两星比喻人分离难得相见。

〔3〕"今夕"二句:难得相见而意外重逢,因对今夕的聚会感到惊喜。《诗·唐风·绸缪》:"今夕何夕,见此良人!"

〔4〕"鬓发"句:是说彼此都已年老。苍,灰白色。

〔5〕"访旧"二句:是说访问故旧,半数已死去,令人惊心而痛苦。热中肠,犹《自京赴奉先县咏怀五百字》:"叹息肠内热",内心焦躁不安

的意思。

〔6〕君子:对人的尊称,这里指卫八。

〔7〕怡然:高兴的样子。父执:父亲的朋友。执:执友,志同道合的人。

〔8〕罗:陈列,摆出。酒浆:指酒肴。

〔9〕"新炊"句:新煮的米中还掺入些黄米。间(jiàn 建),掺杂。黄粱,黄米,掺合米饭中取其香味可口。这里特表示主人殷勤之意。

〔10〕累十觞(shāng 商):接连喝了够十杯酒。觞:古代的酒杯。

〔11〕子:指主人卫八。故意:故交情意,即所谓老友之情。

〔12〕"明日"二句:意思是明天又要分别,世事难料,后会无期。

新安吏[1]

客行新安道[2],喧呼闻点兵[3]。借问新安吏,"县小更无丁。府帖昨夜下,次选中男行[4]。""中男绝短小,何以守王城[5]?"肥男有母送,瘦男独伶俜[6]。白水暮东流,青山犹哭声。"莫自使眼枯[7],收汝泪纵横。眼枯即见骨,天地终无情[8]。我军取相州,日夕望其平。岂意贼难料,归军星散营[9]。就粮近故垒,练卒依旧京;掘壕不到水,牧马役亦轻[10]。况乃王师顺,抚养甚分明[11]。送行勿泣血[12],仆射如父兄[13]。"

〔1〕这首诗和《潼关吏》、《石壕吏》、《新婚别》、《垂老别》、《无家别》共六首,习惯上称"三吏"、"三别",皆作于乾元二年(759)。去年冬,

郭子仪、李光弼等九节度使,以兵六十万围攻相州(今河南安阳市)的安史叛军,相持未下。这年三月,一战而败,诸节度使溃归本镇。洛阳一带临近前线,形势紧张,唐王朝为补充兵力又大肆征兵。这时,杜甫由洛阳折回华州,就沿途的见闻感受,作成这一组诗,通过几个侧面反映出安史之乱给百姓造成的惨重苦难,也写出个人的忧思,为百姓被强征而家破人亡痛心,为平叛又只好安慰、勉励百姓去应役打仗。这六首诗在艺术表现上,继承了古乐府诗的传统,题旨寓于情节和人物言行的客观叙写中:"'三吏'夹带问答叙事,'三别'纯托送者、行者之词。"(浦起龙《读杜心解》)这首《新安吏》写新安(今河南新安县)壮丁已经抽光,未成年的"丁男"也被强征去当兵,同样是同情混合着劝慰。

〔2〕客:犹行人,这里是作者自称。

〔3〕点兵:按征兵名册点名集合。

〔4〕"县小"三句:新安县吏回答"客"询问的话。《旧唐书·食货志》:唐高祖武德七年颁发律令,"男女始生者为黄,四岁为小,十六为中男,二十一为丁,六十为老"。天宝三载又改"十八为中男,二十二为丁"。更,再。府帖,指征兵的文书。唐代实行府兵制,故称"府帖"。次,按次序。

〔5〕"中男"二句:是"客"对强征"中男"提出的疑问。绝,极。短小,即矮小。王城,指洛阳。周代曾将洛邑称作"王城"(《汉书·地理志》)。

〔6〕伶俜(líng pīng 零乒):孤单一人。

〔7〕使眼枯:哭干眼泪。这句以下,都是"客"宽慰送行的母亲们的话。

〔8〕"眼枯"二句:意思是即使眼睛哭得干枯到露出骨头,也是无用的。天地,这里用法与杜甫《白水县崔少府十九翁高斋三十韵》中"天地有顺逆"一句相同,指现实世界。当时正处在国难时危之际,强征未成年

的男子去打仗,也是无可奈何的事,所以说"终无情"。

〔9〕"我军"四句:追溯相州战役失败的情况。史载:郭子仪等九节度使围攻相州叛军安庆绪部,自冬涉春,城中叛军粮尽,且夕便可攻下。由于朝廷未委任统帅,没有统一的指挥,城久未下,军心涣散,再加上史思明引军增援安庆绪,从背后抄掠,官军也发生粮荒,以致三月一战,双方各自溃退。见《资治通鉴》卷二百二十一。所谓"贼难料",就是指这种战事骤然变化的情况。平,指攻克。星散,形容败军溃散。

〔10〕"就粮"四句:从被征新兵去处无有危难、劳役不重方面安抚。就粮,到有粮可吃的地方去。故垒,旧日的营垒。练卒,练兵。旧京,指洛阳。不到水,是说战壕挖得很浅,劳役不重。

〔11〕"况乃"二句:进一步从官军方面做安慰。顺:指顺应天理民意,师出有名。抚养,指将官爱护士卒。分明,显然。

〔12〕泣血:哭泣无声而出血,形容极度悲伤。

〔13〕仆射(yè 业):官职名,在唐朝相当于宰相。这里指郭子仪。如父兄:谓郭子仪对士卒爱护备至。

石壕吏[1]

暮投石壕村[2],有吏夜捉人。老翁逾墙走,老妇出看门[3]。吏呼一何怒[4],妇啼一何苦!听妇前致词[5]:"三男邺城戍[6]。一男附书至[7],二男新战死。存者且偷生[8],死者长已矣[9]。室中更无人,惟有乳下孙[10]。有孙母未去,出入无完裙。老妪力虽衰[11],请从吏夜归。急应河阳役[12],犹得备晨炊[13]。"夜久语声绝,如闻泣幽咽[14]。天明登前途,独与老翁别[15]。

〔1〕石壕村,在今河南三门峡市陕州区观音堂镇。诗全用白描手法,叙写一幕县吏夜晚抓兵情况:一家三个儿子早已被征去打仗,其中两个业已战死,老汉闻声而逃避,老妇只好挺身应役。通过这一家的苦难遭遇,以及县吏抓兵的凶恶相,反映出了安史之乱中百姓苦难之深重。
〔2〕投:指投宿。
〔3〕"老妇"句:是说老妇出门来支应抓兵的县吏。
〔4〕一何:何等,多么。一,语助词。
〔5〕致词:述说。如《陌上桑》:"罗敷前致词。"
〔6〕邺(yè夜)城:即相州。以下十三句都是老妇的话。
〔7〕附书:捎信。
〔8〕偷生:苟且活着。极言生存之艰难,朝不保夕。
〔9〕长已矣:永远完了。
〔10〕乳下孙:正吃奶的孙子。
〔11〕老妪(yù语):老妇。这里是老妇自称。
〔12〕"急应"句:急去河阳军营服役。河阳,今河南孟州市。相州失败后,河阳是前线重要防地。
〔13〕"犹得"句:是说还能够为你们做早饭。备,置备,制作。
〔14〕幽咽(yè业):本是形容水流不通畅若断若续、若有若无的声音,通常引申为抽泣声。
〔15〕"独与"句:表明老妇竟真的被抓去了。

潼关吏[1]

士卒何草草[2],筑城潼关道。大城铁不如[3],小城万丈馀。

借问潼关吏,"修关还备胡〔4〕"。要我下马行〔5〕,为我指山隅〔6〕:"连云列战格〔7〕,飞鸟不能逾〔8〕。胡来但自守,岂复忧西都〔9〕?丈人视要处〔10〕,窄狭容单车。艰难奋长戟〔11〕,千古用一夫〔12〕。""哀哉桃林战,百万化为鱼〔13〕。请嘱防关将,慎勿学哥舒〔14〕!"

〔1〕潼关是洛阳通往长安的重要关口。自相州溃败后,洛阳面临再度失陷的危险。这首诗是作者自洛阳路经潼关时写的,描写士卒正加紧筑城,官吏很以关势险固自负。作者以三年前哥舒翰失败的教训,告诫守关将领勿蹈覆辙。

〔2〕草草:劳苦的样子。《诗·小雅·巷伯》:"骄人好好,劳人草草。"

〔3〕铁不如:城极坚固,胜过铁。

〔4〕"修关"句:潼关吏的话。还:仍然。三年前潼关一度失守,所以用"还"字。备:防备。胡:指安史叛军。

〔5〕要(yāo腰):邀请。

〔6〕山隅(yú于):山脚。潼关依山而建。"指山隅",意在引出下边潼关形势险要易守难攻的话。

〔7〕连云:形容潼关地势高接云天。列:排列。战格:战时防御敌人的栅栏。由此以下八句是潼关吏的话。

〔8〕逾:越过。

〔9〕西都:唐代都城长安,与东都洛阳对称。

〔10〕丈人:犹老人家,对长者的尊称。要处:险要地方。

〔11〕艰难:指战争形势危急之时。戟(jǐ己):古代一种兵器,长杆,头上有月芽状或枝状的利刃。

〔12〕"千古"句:是说自古以来只要一人把关便可拒敌。形容关险可守。夫,指男子汉。

〔13〕"哀哉"二句:作者追述三年前桃林之战的失败。史载:天宝十五载(756)六月,安禄山进攻潼关,守将哥舒翰本拟据险固守,但杨国忠怂恿唐玄宗派宦官督促哥舒翰出战,结果大败,丧师二十万,许多士卒淹死于黄河里(《旧唐书·哥舒翰传》)。桃林,桃林塞,指河南灵宝市以西至潼关一带。化为鱼,意即淹死于河中。

〔14〕哥舒:指哥舒翰,他是唐西突厥哥舒部后裔,居安西(今新疆维吾尔自治区吐鲁番、库车一带),以军功擢陇右节度使。安史之战起,召为兵马元帅,守潼关不利,陷贼被害(《旧唐书·哥舒翰传》)。

新婚别[1]

兔丝附蓬麻,引蔓故不长[2]。嫁女与征夫[3],不如弃路旁。结发为君妻,席不暖君床。暮婚晨告别,无乃太匆忙[4]。君行虽不远,守边赴河阳。妾身未分明,何以拜姑嫜[5]?父母养我时,日夜令我藏[6]。生女有所归[7],嫁狗亦得将[8]。君今往死地,沉痛迫中肠[9]。誓欲随君去,形势反苍皇[10]。勿为新婚念,努力事戎行[11]。妇人在军中,兵气恐不扬[12]。自嗟贫家女,久致罗襦裳[13]。罗襦不复施,对君洗红妆[14]。仰视百鸟飞,大小必双翔。人事多错迕[15],与君永相望。

〔1〕一对新婚夫妇,结婚的第二天,丈夫便被征赴前线。全诗是新

娘子的泣别词,哀怨、体贴、勉励、自誓,曲尽其情,深挚感人。

〔2〕"兔丝"二句:是用兔丝和蓬麻为比兴,引起下文对"嫁女与征夫"的这种婚姻不幸的诅咒。兔丝,即兔丝子,蔓生植物,依附别的植物生长。古代常用来比喻妇女婚后之依附丈夫。蓬与麻都不壮大,兔丝附生其上自然不会有长蔓。这里说"不长"是比喻不能白头偕老。蔓(wàn万),细长能缠绕的茎。

〔3〕征夫:远行的人,这里指出征的人。

〔4〕无乃:岂不是。

〔5〕"妾身"二句:古代礼俗,女子婚后第二天才正式拜见公婆,从此媳妇的身分才算确定。此女子与丈夫是暮婚晨别,尚未正式拜见公婆,所以身分"未分明"。姑嫜,婆婆和公公。古代称丈夫的母亲为姑,父亲为嫜。

〔6〕"父母"二句:是说未嫁时严守"男女大防",深居闺房。这里说及此事,表示懂礼节,守妇规。

〔7〕归:古代女子出嫁称"归"。

〔8〕"嫁狗"句:俗说"嫁鸡随鸡,嫁狗随狗"的意思。得将,必得随顺。将,依随,顺从。

〔9〕"沉痛"句:痛断肝肠的意思。迫,压迫。中肠,犹内心。

〔10〕"形势"句:紧承上句,是说事情反而闹坏了。苍皇,急剧变化的意思,这里指引起麻烦。

〔11〕事:从事,致力。戎行(háng航):军队。

〔12〕"兵气"句:意思是恐怕士卒斗志不高。古代认为军中有妇女,会引起士兵思家等许多麻烦事,缺乏斗志。李陵与单于战,陵曰:"吾士气稍衰,而鼓不起者,何也?军中岂有女子乎!"(《汉书·李陵传》)杜诗本此。

〔13〕"久致"句:承上句,是说由于家贫,很长时期才置办起丝绸的

嫁衣。致,置办、制作。罗,丝织品的一种。襦(rú如),短衣。裳,下衣。

〔14〕"罗襦"二句:不再穿那件丝绸衣裳,并且当面洗去脸上的脂粉。这是表示别离后生活寡趣,坚贞等待丈夫归来。施,使用。红妆,指脂粉一类女子化妆品。

〔15〕错迕(wǔ五):错杂、违误,这里指生活遭遇坎坷。

垂老别〔1〕

四郊未宁静〔2〕,垂老不得安。子孙阵亡尽,焉用独身完〔3〕。投杖出门去〔4〕,同行为辛酸〔5〕。幸有牙齿存,所悲骨髓干。男儿既介胄〔6〕,长揖别上官〔7〕。老妻卧路啼,岁暮衣裳单。孰知是死别,且复伤其寒〔8〕。此去必不归,还闻劝加餐〔9〕。土门壁甚坚〔10〕,杏园度亦难〔11〕。势异邺城下,纵死时犹宽〔12〕。人生有离合,岂择衰盛端〔13〕?忆昔少壮日,迟回竟长叹〔14〕。万国尽征戍,烽火被冈峦〔15〕。积尸草木腥,流血川原丹〔16〕。何乡为乐土,安敢尚盘桓〔17〕?弃绝蓬室居〔18〕,塌然摧肺肝〔19〕。

〔1〕这首诗写一位"子孙阵亡尽"的老人被征从军,愤而前去的情景。全诗为老人自述,他的倔强性格和愤激心情,以及与老妻互怜互慰的心理,揣摹得细致、深切。老人始而慷慨自奋,终而自为宽解,正愈见其沉痛,更有艺术感染力。垂老:临近老年。

〔2〕四郊:古代以京邑周围四百里地方为郊,这里指洛阳一带。

《礼记·曲礼上》:"四郊多垒。"即此句所本。

〔3〕焉用:何用,何须。独完:独自活着。完:保全。

〔4〕投杖:丢掉拄棍。含有忿然的意味。

〔5〕同行:指其他被征的人。

〔6〕介胄(zhòu 宙):古代的战衣。介:甲,护身的军服。胄:头盔(kuī 亏)。这里都作动词用。

〔7〕长揖(yī 衣):古代相见和辞别的礼节,做法是拱手高举,自上而下。以上数句表明虽老弱而忿然从军,悲愤寓于慷慨中。

〔8〕"孰知"二句:是说明知此去再难相见,还是为老妻衣服单薄伤心。孰知,即熟知、明知。死别,即永别,将赴死地而永远分离。且,尚且。其,指老妻。

〔9〕劝加餐:勉励多吃饭,保重身体。这是转述老妻的嘱咐,所以说"还闻"。以上四句是写老夫妻临别时相互关怀,依依难舍。

〔10〕土门:其地大约在河阳附近,为当时唐官军驻守的据点。

〔11〕杏园:杏园镇,在今河南汲县,有黄河渡口,称杏园渡。度亦难:是说敌人不容易由此渡河。度,同"渡"。

〔12〕"势异"二句:承前两句"壁甚坚"、"度亦难",揣度这次去前线可以固守,与上次围攻邺城之战事不同,纵使战死也要拖延一些时间。宽,宽裕,这里指时间拖长。

〔13〕"人生"二句:人生难免有离合,哪管老年和壮年。岂择,哪能选择,含有身不由己,无可奈何的意思。衰盛,指老年和壮年。这里是复词偏义,实指老年。端,犹口语中的"头",指事物之开头和结尾。

〔14〕"忆昔"二句:回忆起少壮时太平年月,不禁徘徊感叹。迟回,徘徊。竟,终于。以上八句是半宽慰老妻半宽慰自己,而毕竟不能免于悲痛。

〔15〕烽火:古代边防报警的烟火,后常指战火。被:覆盖。冈峦:连

绵的山。冈:山脊。

〔16〕"积尸"二句:极言战争杀伤之多。川原,河流和原野。丹,红色,这里是染红的意思。

〔17〕盘桓:犹徘徊,流连不去的意思。

〔18〕蓬室:简陋的茅屋。

〔19〕塌然:犹颓然,毁伤的样子。摧肺肝:形容悲痛之极。这最后八句是说到处是战争,偷生不得,只好沉痛离家而去。

无家别〔1〕

寂寞天宝后〔2〕,园庐但蒿藜〔3〕。我里百馀家〔4〕,世乱各东西〔5〕。存者无消息,死者为尘泥〔6〕。贱子因阵败〔7〕,归来寻旧蹊〔8〕。久行见空巷,日瘦气惨凄〔9〕。但对狐与狸,竖毛怒我啼〔10〕。四邻何所有?一二老寡妻。宿鸟恋本枝,安辞且穷栖〔11〕。方春独荷锄,日暮还灌畦〔12〕。县吏知我至,召令习鼓鞞〔13〕。虽从本州役〔14〕,内顾无所携〔15〕。近行止一身,远去终转迷〔16〕。家乡既荡尽,远近理亦齐〔17〕。永痛长病母〔18〕,五年委沟豀〔19〕。生我不得力,终身两酸嘶〔20〕。人生无家别,何以为蒸黎〔21〕?

〔1〕一个在相州溃败后逃归故乡的士兵,又被征服役,孤单一身,无人可以告别,所以叫做"无家别"。全诗为这个士兵的自述:乡村荒凉,人烟几至绝迹,幸存者也难免重征服役,可见战乱之深重和唐王朝征兵已到了竭泽而渔的地步,叙述委婉,却只有怨憝而无宽勉之意了。

〔2〕"寂寞"句:从战乱说起。寂寞,指战乱造成的萧条荒凉。安禄山起兵叛乱在唐玄宗天宝十四载冬,陷河北诸郡及河南洛阳一带,次年六月入潼关、陷长安。七月,肃宗即位灵武,改元至德。安史之乱发生以来,至九节度使之师溃败于邺城,洛阳一带破坏惨重,征丁拉夫也特别严重。所以这里不说天宝末,而说"天宝后"。

〔3〕但:仅只。蒿藜(lí 梨):《汉书·郊祀志》:"嘉禾不生,蓬蒿藜莠茂焉。"蒿,指野草。藜,指野菜。

〔4〕里:乡里、里巷。

〔5〕各东西:各自东逃西散。

〔6〕为尘泥:一作"委尘泥",指死亡。

〔7〕贱子:诗中人谦称自己。阵败:战败,指相州战役失败。

〔8〕旧蹊(xī 西):旧路。前面着一"寻"字,极言故乡遭战乱,已非旧观。

〔9〕日瘦:形容太阳暗淡无光,意思如《汉书·刘向传》所说"寒日无青光"。

〔10〕"但对"二句:承上两句,写"空巷"无人,狐狸等野兽横行,偶见人来便盯住狂叫。

〔11〕"宿鸟"二句:是说像鸟留恋故枝一样,人总是留恋故乡,虽穷苦仍不愿离去。宿鸟,栖宿的鸟。本枝,原来止宿的树枝。安辞,意即不辞。且穷栖,姑且穷困地住下去。

〔12〕"方春"二句:承上句"且穷栖",是说只好独自不违农时地耕种,聊以度日。方春,正当春天。灌畦(qí 旗),浇菜园。

〔13〕习鼓鼙(pí 皮):指入伍操练军事。鼓鼙,战鼓,借指军事。

〔14〕从本州役:在本地方当兵服役。

〔15〕无所携:没有要告别的人。携,当为"攜"的借用字。《广雅·释诂》:"攜,离也。"

〔16〕"近行"二句:是说只在本州服役,又无牵挂,远行他乡就难说怎样了。终转迷,意思是最后不知落到何等地步。这表面上是自以为幸,实则是为下面两句做铺垫。

〔17〕"家乡"二句:既然是家乡一无所有,一无所依,远行或近行反正是一样。这是写无家别的沉痛心情。荡尽,涤荡净尽,空无一物。齐:同,都一样。

〔18〕"永痛"句:追忆已死去的长年卧病的母亲。

〔19〕五年:从安史之乱爆发到此,正为五年。委沟豀:指死后未得安葬。委,抛弃。

〔20〕"生我"二句:承上两句而发,以母亲生前未受到自己很好的奉养为恨事。不得力,指未得儿子的奉养。两,指母子双方。酸嘶(sī思),因悲伤而声音嘶哑。

〔21〕"人生"二句:以沉痛诘问语结束全诗,意思是弄到无家可别的情况,做百姓的怎么还能活下去?蒸黎,百姓,民众。蒸,众。黎,朱熹《诗集传》:"黎,黑也,秦言黔首。"

夏日叹[1]

夏日出东北,陵天经中街[2]。朱光彻厚地[3],郁蒸何由开[4]?上苍久无雷,无乃号令乖[5]!雨降不濡物,良田起黄埃[6]。飞鸟苦热死,池鱼涸其泥[7]。万人尚流冗,举目惟蒿莱[8]。至今大河北,化作虎与豺[9]。浩荡想幽蓟,王师安在哉[10]?对食不能餐,我心殊未谐[11]。眇然贞观初,难与数子偕[12]!

〔1〕唐肃宗乾元二年(759)夏,正值相州溃败之后,关中一带久旱无雨,灾荒严重,大量饥民流离失所。杜甫时在华州,写成本篇和下一首《夏夜叹》。

〔2〕"夏日"二句:从夏季天象说起。夏季日出在寅时前后。寅属东北方,所以说"出东北"。陵天,升上天空。中衢,中道,古人指日行的轨道。夏至日太阳直射地球北回归线,中午正当或近于我国大部分地区的天顶,所以说"经中衢"。

〔3〕朱光:指日光。彻厚地:晒透厚厚的大地。

〔4〕郁蒸:犹闷热。开:散释。以上四句写夏日炎热。

〔5〕"上苍"二句:以上天久无雷,言天意反常。《后汉书·郎𫖮传》:"《易传》曰:'当雷不雷,太阳弱也。'……雷者号令,其德生养。"这里用其意。当时,李辅国依附淑妃张良娣,权倾朝野,事无大小皆由其任意决定(《旧唐书·李辅国传》)。这里说"号令乖",似兼寓讥刺朝政失度的意思。无乃,不就是,反诘语气。乖,违背、反常。

〔6〕"雨降"二句:写久旱成灾,即使偶降小雨也滋润不了庄稼,田地干旱得竟至黄尘飞扬。濡(rú 如),湿润。

〔7〕"飞鸟"二句:是说旱得鸟死鱼涸(hé 合)。涸,犹干,指河泊池渊无水。池涸,池鱼自然临于死境。以上六句写干旱严重景象。

〔8〕"万人"二句:是说灾害使得万民逃荒流散,田园一片荒凉。尚,犹,仍然。流冗(rǒng 荣上声),流离失所,无业可就。举目,是说所见皆是。惟蒿莱:田园荒凉景象。这两句中用一"尚"字,说明人民流离已非一日,这就自然地由忧旱灾联系到伤战乱、忧时政。

〔9〕"至今"二句:是说河北地区仍然是虎狼横行。大河:指黄河。虎与豺,指安史叛军。说"化作",意味着这原来是一片好端端的地方,安禄山、史思明之流原本是唐王朝豢养起来的,见得朝廷是不能辞其

咎的。

〔10〕"浩荡"二句：想到幽、蓟二郡，不禁愤慨而忧愁。幽蓟，即幽州（范阳郡）和蓟州（渔阳郡），安禄山积蓄力量、发动叛乱的巢穴之地。问"王师安在哉?"是忧愤之语,愤的是朝廷无能,让安史叛军长期盘踞幽、蓟二郡,忧的是相州溃败,朝廷无力平息叛乱,收复二郡。

〔11〕未谐：指心情不愉快、不安稳。谐：和谐,安稳。

〔12〕"眇（miǎo秒）然"二句：伤今思古,慨叹朝廷无贤能大臣。眇然,形容远视、遥想。贞观,唐太宗李世民的年号。那时,房玄龄、杜如晦、魏徵等相继为相,在政治、经济方面有所改革和发展,政权稳定,史称"贞观之治"。杜甫感到当时朝政腐败,战乱不已,所以向往"贞观之治",感慨朝廷执政的官僚难与房玄龄等人相提并论。偕,同。

夏夜叹[1]

永日不可暮[2]，炎蒸毒中肠[3]。安得万里风，飘飘吹我裳[4]？昊天出华月[5]，茂林延疏光[6]。仲夏苦夜短[7]，开轩纳微凉[8]。虚明见纤毫[9]，羽虫亦飞扬[10]。物情无巨细,自适固其常[11]。念彼荷戈士[12]，穷年守边疆[13]。何由一洗濯？执热互相望[14]。竟夕击刁斗[15]，喧声连万方。青紫虽被体[16]，不如早还乡。北城悲笳发[17]，鹳鹤号且翔[18]。况复烦促倦,激烈思时康[19]。

〔1〕这首诗与前《夏日叹》作于同时。诗由炎夏苦热,夜晚纳凉,联想到戍边兵士的劳苦,表现了诗人对国事的关心和对升平之世的向往。

〔2〕永日:夏日昼长,故称夏日为永日。永,长。不可暮:是说夏日长得似乎盼不到日落天晚。

〔3〕毒中肠:犹说热得心肺焦不可耐。毒,害。中肠,内心。

〔4〕"安得"二句:盼风来驱炎解热。万里风:万里劲吹的风。以上四句写夏日盼暮思风。

〔5〕昊(hào 浩)天:夏天。《尔雅·释天》:"夏为昊天。"李巡《尔雅注》:"夏,万物盛壮,其气昊大,故曰昊天。"华月:明月。

〔6〕"茂林"句:树木茂密,所以庭院中月光稀疏。延,招来。

〔7〕仲夏:夏季第二月,即阴历五月。夏季昼长夜短,白昼炎热,夜晚清凉宜人,故有"苦夜短"之感。

〔8〕轩:指窗。

〔9〕虚明:月夜的明亮。陶潜《辛丑岁七月赴假还江陵,夜行涂口》:"凉风起将夕,夜景湛虚明。"

〔10〕羽虫:指夜飞的萤火虫等。以上六句写夏夜清凉,宜人宜物。

〔11〕"物情"二句:是说物类不论大小,它们都愿意舒适自得,这本来是情理之常。自适,自适其适,意思就是使自己舒适。固,本来。这两句承上引出关于"物情"的议论,启下面八句写戍边士卒的劳苦。

〔12〕荷戈士:指戍卒。荷,负,扛着。戈,古代一种长柄横刃兵器。

〔13〕穷年:犹整年,一年到头。

〔14〕"何由"二句:上下句倒装,意思是戍边士卒酷热难忍,你看我,我看你,没有办法洗个澡以爽身解热。《诗·大雅·桑柔》:"谁能执热,逝不以濯?"这里是反用其意。洗濯(zhuó 酌),洗涤,沐浴。执热,段玉裁《经韵楼集·诗执热解》:"执热,犹触热、苦热。"

〔15〕竟夕:整夜。刁斗:古代军营中用铜做的镬(jiāo 焦,三足有柄的容器)。白天用它做饭,夜晚敲击作警戒。

〔16〕青紫:封建官僚衣服的颜色,常用来指官职。史载:至德二载,

郭子仪败于清渠,便以官爵为诱饵收集散兵游勇,"凡应募入军者,一切衣金紫"(《资治通鉴》卷二百一十九)。这句大概就此而言。

〔17〕北城:指华州。笳(jiā加):这里指军营中的号角。

〔18〕鹳(guàn贯)鹤:指鹳,一种水鸟,长嘴,能捕鱼。号且翔:说明夜尽又苦于炎热。

〔19〕"况复"二句:是说当苦于炎热而焦躁厌烦的时候,特别强烈地盼望战乱平息,社会安定。况复,更加,表示推进一层的意思。烦促,烦闷,心情焦躁。倦,厌倦。

佳人[1]

绝代有佳人,幽居在空谷[2]。自云良家子,零落依草木[3]。关中昔丧乱[4],兄弟遭杀戮。官高何足论?不得收骨肉[5]。世情恶衰歇,万事随转烛[6]。夫婿轻薄儿[7],新人美如玉。合昏尚知时,鸳鸯不独宿。但见新人笑,那闻旧人哭[8]!在山泉水清,出山泉水浊[9]。侍婢卖珠回,牵萝补茅屋[10]。摘花不插发,采柏动盈掬[11]。天寒翠袖薄,日暮倚修竹[12]。

〔1〕这首诗为乾元二年(759)秋在秦州作。诗借弃妇命运,寄寓身世之感。诗中佳人的形象,典型而又独特,可怜而又可敬。国难当头,家庭破败,个人被弃,遭遇是悲惨的,对一个弱女子来说,又是难以承受的。女主人公的难能可贵之处,就是在难以忍受的重重打击之下,没有乞怜之态,更无沉沦之想,而是坚贞自守,自强不息。在佳人这一艺术形象身

上,寄寓了诗人自己的感慨和理想。

〔2〕"绝代"二句:上句言其色之美,下句喻其品之高。绝代,犹绝世,举世无双。《汉书·外戚传上》载李延年歌:"北方有佳人,绝世而独立。"幽居:隐居。《礼记·儒行》:"幽居而不淫。"空谷,幽深的山谷。亦含"空谷人如玉"意。《诗·小雅·白驹》:"皎皎白驹,在彼空谷。生刍一束,其人如玉。"

〔3〕良家子:清白人家的女子。据后"官高"句,则佳人出于官宦人家。零落:犹飘零。草木:犹山野。依草木,应上"幽居空谷"。

〔4〕丧乱:指安史之乱。

〔5〕"官高"二句:谓连兄弟的尸骨都不能收殓,官高又有何用?

〔6〕世情:世态人情。恶(wù 务):厌恶,嫌弃。衰歇:衰败失势。转烛:比喻世事变幻,富贵无常。亦喻时间变化迅速,转瞬即逝。《佛说贫穷老公经》:"昼夜七日七夕,水浆断绝,小有气息,命在转烛。"

〔7〕轻薄儿:谓夫婿喜新厌旧。

〔8〕合昏:即夜合花,又名合欢花,朝开夜合,故曰"知时"。鸳鸯:水鸟,雌雄不相离。江总《闺怨篇》:"池上鸳鸯不独宿。"新人:指新妇。旧人:指弃妇,佳人自谓。四句谓花鸟尚且有情有义,而夫婿却喜新厌旧,正见其"轻薄"。

〔9〕"在山"二句:徐增《而庵说唐诗》卷一云:"此二句,见谁则知我?泉水,佳人自喻;山,喻夫婿之家。妇人在夫家,为夫所爱,即是在山之泉水,世便谓是清的;妇人为夫所弃,不在夫家,即是出山之泉水,世便谓是浊的。"

〔10〕"侍婢"二句:极写佳人生活之艰苦凄凉。侍婢卖珠,见其生活拮据。补茅屋,见其所居破败。萝,即女萝,一种藤类植物。

〔11〕"摘花"二句:花以插发,而佳人却摘而不插,说明无心修饰。亦"岂无膏沐?谁适为容"(《诗·卫风·伯兮》)之意。柏实味苦,自不

能食,但却常常采满一把,有清苦自甘、其苦自知意。动,常常。掬(jū居),两手捧取。

〔12〕翠袖:泛指佳人衣着。修竹:长竹。竹有节而挺立,以喻佳人的坚贞操守。

遣兴五首(选一)〔1〕

朔风飘胡雁〔2〕,惨澹带砂砾〔3〕。长林何萧萧〔4〕,秋草萋更碧〔5〕。北里富熏天,高楼夜吹笛〔6〕。焉知南邻客〔7〕,九月犹絺绤〔8〕!

〔1〕遣兴,就是有所感触,作诗排遣抒发。古人常用作诗题。这五首诗在取材上不尽相同,带有杂感性质,这里选的是第一首,是写深秋长安贫富悬殊的情况。诗大约是唐肃宗乾元二年(759),杜甫在秦州追忆长安的社会情况而写的。

〔2〕朔风:北风。胡雁:雁居塞北,古称胡地,故云。

〔3〕"惨澹(dàn淡)"句:砂砾飞扬,天色暗淡无光。惨澹:形容天色昏暗。砾(lì历):碎石。

〔4〕萧萧:风吹树木发出的声响。

〔5〕"秋草"句:《古诗十九首·东城高且广》:"回风动地起,秋草萋已绿。"这里即用其意。萋,草茂盛的样子。以上四句均就"朔风"写秋日凄凉景象。

〔6〕"北里"二句:写豪富之家日夜寻欢作乐。北里:指达官贵人之家。晋左思《咏史》诗:"南邻击钟磬,北里吹笙竽。"王维《田园乐》诗中

说:"厌见千门万户,经过北里南邻。"即本之于左思《咏史》。杜甫这里有所改变,照左思诗意,北里、南邻均指富贵之家,而这首诗则仅用"北里"指代富贵之家,下面所说的"南邻",改指自己和贫穷人家。熏天,形容气焰之盛。

〔7〕焉知:哪里知道。这是用疑问词增强与上两句对比的语气。

〔8〕绨绤(chī xì 痴细):葛布做的夏天衣服。精曰绨,粗曰绤。九月犹穿着葛布夏衣,见得贫困得尚无御寒衣物。

秦州杂诗二十首(选三)〔1〕

其一

满目悲生事,因人作远游〔2〕。迟回度陇怯〔3〕,浩荡及关愁〔4〕。水落鱼龙夜,山空鸟鼠秋〔5〕。西征问烽火〔6〕,心折此淹留〔7〕。

〔1〕这组诗是唐肃宗乾元二年(759)秋,杜甫从华州弃官携家流寓秦州(今甘肃天水市)时的作品。诗就随时的感触写成,这里选的是其中的第一、第四和第二十首。这一首写赴秦州的心情。

〔2〕"满目"二句:写赴秦州原因。关中大饥,加之安史叛军再度猖獗,华州又面临战火,无法生活,所以远行投奔亲友。说"满目",是谓那一带百姓都难以谋生,也包括自己一家。生事:犹生计。因人,犹依人。时杜甫有侄杜佐居秦州东柯谷,杜甫在秦州有《示侄佐》、《佐还山后寄

三首》。还有好友赞公,当时由长安放逐到秦州安置。杜甫写有《宿赞公房》、《西枝村寻置草堂地夜宿赞公土室二首》等诗。说明"因人"当指杜佐和赞公等。

〔3〕"迟回"句:是说陇阪高大,山路迂回,崎岖难行,使人胆怯而犹豫徘徊。迟回,犹徘徊。陇,陇山,亦名陇阪,绵亘于今陕西宝鸡、陇县和甘肃天水、秦安等地。

〔4〕"浩荡"句:意思是到了关塞,使人顿增离故乡日远、前途茫茫之感,不禁无限忧愁。浩荡,旷远无际,这里是形容忧愁之大。关,指陇关,即大震关,在今陕西陇县西。

〔5〕"水落"二句:写途中景,又兼记时地。夜晚渡河,别无所见,唯觉水浅;日行深山中,万木凋零,故有"山空"之感。两句皆切秋景。鱼龙,川名,今名北河。鸟鼠,山名,在今甘肃渭源县。两者都是去秦州途中的实际地名。这里用来既点明所经之地,又使途中所见之景物跃然纸上。

〔6〕西征:即西行。杜甫由华州往秦州是向西走,故云。烽火:见前《垂老别》注〔15〕。这时秦州西面吐蕃统治者常伺机东来劫掠扰乱,杜甫西行自然很担心前面有无战事,所以说"问烽火"。

〔7〕"心折"句:承上句,意思是这里仍非乐土,心惊胆战,只好留在秦州,而又不欲久留。心折,心中摧伤,形容极度惊恐、伤心。语从江淹《恨赋》"意夺神骇,心折骨惊"化出。淹留,停留。

其四[1]

鼓角缘边郡[2],川原欲夜时[3]。秋听殷地发[4],风散入云悲[5]。抱叶寒蝉静,归山独鸟迟[6]。万方声一概,吾道竟何之[7]?

〔1〕这一首写在秦州闻鼓角声而感慨到处不安宁。

〔2〕鼓角:鼓声和角声,古代军中用以记时。《文献通考·乐考》引《卫公兵法》:"军城及野营行军在外,日出没时,挝鼓千槌,三百三十三搥为一通;鼓音止,角音动,吹十三声为一叠,三角三鼓而昏明毕。"缘边郡,是说鼓角声响遍这边城的四方。缘,顺,沿。边郡,指秦州。

〔3〕川原:平原。

〔4〕"秋听"句:形容鼓声震地,殷殷然,好似雷声发自地中一般。殷:雷声。

〔5〕"风散"句:是说角声随风上入云霄,悲凉动人。

〔6〕"抱叶"二句:是说闻鼓角声,寒蝉抱叶,独鸟归山,万物寂然。蝉抱叶、鸟归山,都是秋天傍晚景象。这里写此二事都是为兴起下面两句感慨。

〔7〕"万方"二句:意思是到处都不安宁,自己还能到哪个地方去呢?杜甫原为避乱而来,这里仍鼓角连天,并不安宁,所以有这种感慨。一概,全都一样。之,往。

其二十[1]

唐尧真自圣,野老复何知[2]?晒药能无妇?应门亦有儿[3]。藏书闻禹穴,读记忆仇池[4]。为报鸳行旧,鹪鹩在一枝[5]。

〔1〕这一首是发泄因不被皇帝信任而羁栖秦州的牢骚。

〔2〕"唐尧"二句:言皇帝真是个天生的圣君,我这个野老懂得什么

呢？唐尧:指唐肃宗。自圣:本自圣明。这里说"真自圣",言外之意就是不须听从朝臣的谏议了。杜甫曾作过左拾遗,因谏议不合唐肃宗的心意而被贬官。可见,这二句表面上是颂扬皇帝,自认无知,而实际上是牢骚话。

〔3〕"晒药"二句:是说自己流落秦州,生活也过得满好,有妻子帮助晒药,有儿子为之应门。晒药,采集药草,晒干备用。能无,能够没有？应门,照应门户。应,应接。这二句同下面四句,都是以强作怡然自得的话语,表露内心对现实处境的不满。

〔4〕"藏书"二句:意思是在这里不是没有事做,访名胜,探古迹,也可资赏心悦目。禹穴,指现在甘肃永靖县的炳灵寺石窟。传说"藏书五筩"。读记,阅读记载山川名胜的书。仇池,山名,在秦州西同谷县(今甘肃成县)境,本名仇维,绝壁峭崿,上有池百顷,故名仇池(《三秦记》)。

〔5〕"为报"二句:意思是告诉昔日朝廷中同僚,自己像一只小鸟筑巢山林,隐居起来了。鸳行(háng杭),一作鹓行,犹朝班,朝廷官僚上朝的行列,古人用以代指朝官。旧,故友。鹪鹩(jiāo liáo焦聊),小鸟。《庄子·逍遥游》:"鹪鹩巢于深林,不过一枝。"这里是用来比喻自己。

梦李白二首[1]

其一

死别已吞声,生别常恻恻[2]。江南瘴疠地[3],逐客无消息[4]。故人入我梦,明我长相忆[5]。恐非平生魂,路远不可测[6]。魂来枫林青,魂返关塞黑[7]。君今在罗网,何以有羽翼〔8〕？落月满屋梁,犹疑照颜色〔9〕。水深波浪阔,无使蛟龙得〔10〕!

〔1〕这二首诗是唐肃宗乾元二年(759)秋,杜甫流寓秦州时所作。李白曾被永王李璘罗致幕中。李璘失败被杀,李白也受牵连下狱,并在乾元元年(758)流放夜郎(今贵州桐梓县)。此时,李白已经在流放途中遇赦放还,而杜甫却没有听到消息,因而经常忧思,多次成梦。诗写这种心境,表现了对李白不幸遭遇的深切同情和关怀。李白为朝廷罪犯,又是借梦写忧思,故多作扑朔迷离语。

〔2〕"死别"二句:以死别与生别相比较,极言生别之悽苦。死别虽然痛苦之至,却也止于吞声一恸,而生别生死未卜,不禁时时挂念,则忧痛无休止。已,止。恻(cè 册)恻,形容悲痛。

〔3〕江南:大江以南地区,包括李白系狱的浔阳(今江西九江市)和流放的夜郎。瘴疠(zhàng lì 账丽)地:江南湿热,多瘟疫,所以古代有这种说法。瘴疠,南方暑湿地出现的病。

〔4〕逐客:被朝廷放逐的人,这里指李白。

〔5〕"故人"二句:是说李白进入自己梦中,见得他晓知自己相念之切。故人,指李白。明,晓,知。

〔6〕"恐非"二句:意思是梦中的李白,恐已不是往日的生魂,是耶,非耶? 二人相距甚远,难以臆断。这是写梦中恍惚,担心李白已死,表现对李白命运的关切。

〔7〕"魂来"二句:想象李白魂来自江南,又自秦州而返。从江南至秦州,路途遥远,魂来魂往,不辞劳苦,说明李白与自己友情深挚。枫林青,江南夜景。《楚辞·招魂》:"湛湛江水兮上有枫","魂兮归来哀江南"。这里用此意。关塞黑,秦陇一带多关塞,时在夜间,所以说"黑"。

〔8〕"君今"二句:重申上面"恐非平生魂"一句的意思,是说如果人

梦的果真是李白的生魂,那么,他身遭法网,哪里能脱身而来呢?这仍是写对李白的关切。罗网,比喻法网。有羽翼,比喻往来自由。

〔9〕"落月"二句:是说梦虽醒,而梦中李白的容貌仿佛仍在目前。颜色,指李白的容貌。

〔10〕"水深"二句:承上句"犹疑照颜色",作叮咛保重语。波浪阔,形容路途艰险,暗喻李白当时得罪朝廷的政治处境。蛟龙,这里用来比喻必置李白于死地的人。

其二

浮云终日行,游子久不至〔1〕。三夜频梦君,情亲见君意〔2〕。告归常局促〔3〕,苦道"来不易"〔4〕:江湖多风波,舟楫恐失坠!"出门搔白首,若负平生志〔5〕。冠盖满京华,斯人独憔悴〔6〕。孰云网恢恢〔7〕?将老身反累〔8〕。千秋万岁名,寂寞身后事〔9〕。

〔1〕"浮云"二句:古人常以浮云比游子,因其飘荡无定是一样的,所以又有"浮云蔽白日,游子不顾返"(《古诗十九首》)的感慨。这里就是用这个意思作为起兴。游子,指李白。

〔2〕"三夜"二句:意思是李白虽久不至,但几个夜晚频来入梦,足见李白对自己情意亲厚真挚。这同前一首说由李白入梦见得他晓知自己对他的思念,是一事作彼此二面说,都是意在说明两人友情深挚。

〔3〕告归:犹辞别。局促:不安,形容不愿遽然离去。由此以下六句,写梦中李白的苦情,忧路远,伤坎坷。

〔4〕"苦道"三句:代拟梦中李白告归时说的道路险恶的话。失坠,

舟覆落水。

〔5〕"出门"二句:摹拟梦中李白临行时搔着斑白头发,似在惋惜年已将老,没有能实现平生抱负的神情。实际上借梦境代抒李白壮志未遂的心事。

〔6〕"冠盖"二句:这二句与下四句均为李白遭遇坎坷表示不平之感。冠盖,冠,本是古人戴在头上的弁和冕的总名。盖,是指车上所张的伞。因冠和盖都是达官贵人才具有的,所以常用此二字代指达官贵人。京华,即京城。斯人,此人。在用法上有赞叹的意思,这里指李白。憔悴,困苦不堪。

〔7〕网恢恢:语本《老子》第七十三章:"天网恢恢,疏而不漏。"意思是天道无边,作恶必受惩罚,没有人能逃脱。这里加反诘语气词,说"孰云",即谁说,意思是哪里有所谓"天网恢恢"那种事。恢恢,宽广的样子。

〔8〕将老:李白时年五十九岁,故云。累:同"缧",因罪而被大索捆绑,指李白被系狱流放。

〔9〕"千秋"二句:意思是尽管李白能享千古盛名,而现在却遭遇不幸,身后之名又何补于生前呢!这反映了杜甫对李白既深知其人品、诗作俱高,必名垂千古,又十分同情其身世之不幸。寂寞,指死后无知无为的境界,杜甫《解闷十二首》:"先帝贵妃俱寂寞。"《过津口》:"圣贤两寂寞。"身后,即死后。

天末怀李白[1]

凉风起天末[2],君子意如何[3]?鸿雁几时到[4]?江湖秋水多[5]!文章憎命达,魑魅喜人过[6]。应共冤魂语,投诗赠汨罗[7]。

[1] 这首诗约作于《梦李白二首》之后不久,由于听到李白流放夜郎途中遇赦放还,正游湖南,因而又写了这首诗。李白虽被赦,但已吃了苦头,冤也未雪。杜甫在诗中表示深切怀念和同情。时杜甫在秦州,地处边塞,与李白天各一方,所以题目中用了"天末"二字。
[2] 凉风:秋风。《周书·时训》:"立秋之日凉风至。"
[3] 君子:指李白。意:心情。
[4] 鸿雁:比喻书信。几时到:表示盼望李白寄来书信。
[5] "江湖"句:意思是风波多险阻,行路艰难。李白时正流落江湘,故云。
[6] "文章"二句:对李白的遭遇表示同情和愤懑。前一句犹说"诗能穷人",是对李白才高失意的愤语。后一句是以魑魅(chī mèi 痴妹)喜欢乘人经过其侧抓住吃掉为比喻,言人事险恶,示意李白系狱流放是受人诬陷。憎,憎恶、忌恨。达,通达。魑魅,传说中害人的怪物。
[7] "应共"二句:是说李白受谗含冤,同屈原一样。屈原被谗,放逐江南,投汨罗江而死。李白正游湖南,所以正应过汨罗江投诗给屈原的冤魂,同其一诉冤屈。冤魂,指屈原。汨(mì 密)罗,汨罗江,流经今湖南平江、汨罗等地,汨罗市北部汨罗江传说是屈原投水处。

月夜忆舍弟[1]

戍鼓断人行[2],边秋一雁声[3]。露从今夜白[4],月是故乡明[5]。有弟皆分散,无家问死生[6]。寄书长不达,况乃未休兵[7]。

〔1〕杜甫兄弟五人,他居长,四个弟弟名颖、观、丰、占。唐肃宗乾元二年(759)秋,诗人寓居秦州,只有杜占在身边,其馀散处在河南、山东。这首诗抒写他对不在身边的诸弟的怀念,感慨战乱造成兄弟离散,音信不通。舍弟,对人称自己弟弟的谦词。

〔2〕"戍鼓"句:写秦州在战乱中的紧张气氛。此时,史思明叛军在黄河南北很猖獗,西面吐蕃也不时侵扰,所以秦州比较紧张。戍鼓,戍楼上的更鼓。断人行,指实行宵禁,更鼓响过,禁止行人。

〔3〕"边秋"句:是说在边地秋夜里只听到孤雁的叫声。这里写雁声,既明白点出季节,又切"兄弟雁行"的意思,以引起所要写的忆弟的情怀。一雁,犹言孤雁。孤雁失群,使人联想起兄弟分散。

〔4〕"露从"句:意思是今天又恰逢白露节,时序变易,更添秋深怀人之思。

〔5〕"月是"句:意思是月色还是故乡的月色,因而望月思乡,引起流离之感。

〔6〕"有弟"二句:是说兄弟分散,洛阳老家已经无人,就更无从知道他们的生死情况。

〔7〕"寄书"二句:意思是书信常常寄不到,正是由于战事还在进行,这就更令人牵肠挂肚了。况乃,何况是。

捣衣[1]

亦知戍不返,秋至拭清砧[2]。已近苦寒月,况经长别心[3]。

宁辞捣衣倦,一寄塞垣深[4]。用尽闺中力,君听空外音[5]!

〔1〕这首诗约作于唐肃宗乾元二年(759)秋。时安史之乱未平,又要防备吐蕃侵扰,人民大量被征从军,去防河戍边。这首诗借前人捣衣词的题目和写法,托为捣衣戍妇之词,反映了战乱中人民痛苦的一个侧面。捣衣,在唐代是两女子对立,共执一杵(捣衣棒),动作像舂米那样。

〔2〕"亦知"二句:诗开始既就戍妇心情描写。知从戍丈夫不得返,前加一"亦"字,见得思念良久,惦念至深。难以望其归来,故秋方至便想到要为之"捣衣"。拭,拂拭。清,有寒意。砧(zhēn真),捣衣石。

〔3〕"已近"二句:承首句"戍不归",申述对从戍丈夫的思念心情。一则临近苦寒的月份,二则经久离别,自然非常挂念。

〔4〕"宁辞"二句:承次句"拭清砧",是说不辞捣衣的劳累,以寄往边塞。宁辞,岂辞,意即不辞。塞垣,边城,指丈夫戍守的地方。深,远处。

〔5〕"用尽"二句:意思是戍妇不辞劳苦,用尽力气,捣衣声声,响彻天外,从戍的丈夫该会听到吧!以声寓情,语极含蓄,深切思念之情见于言外。君,指从戍人。音,指捣衣声。

空 囊[1]

翠柏苦犹食,明霞高可餐[2]。世人共卤莽,吾道属艰难[3]。
不爨井晨冻,无衣床夜寒[4]。囊空恐羞涩,留得一钱看[5]。

〔1〕唐肃宗乾元二年(759)冬,杜甫客居秦州,没有经济来源,生活

非常困难,有感而写了这首诗。诗咏清贫,含诙谐自嘲的意味,虽有夸大,但也在一定程度上反映了他当时的生活困苦情况。囊,指钱袋。

〔2〕"翠柏"二句:是说没有饭吃,只好像仙人那样食柏餐霞。前句用古代仙人以松柏之实为食的传说。刘向《列仙传》说:"赤松子好食柏实,齿落更生。"翠柏,指柏实,即柏子。后句用司马相如《大人赋》说帝王之仙"呼吸沆瀣餐朝霞"句的词语。明霞,即指朝霞。这里说柏子虽苦而"犹食",见得并非要作仙人,而是迫于没有饭吃。说朝霞"可餐",说明并非以"餐朝霞"为飘飘然,不过是自嘲无食而已。浦起龙《读杜心解》说:"俗语嘲不食者为升仙",这两句"即此意"。

〔3〕"世人"二句:说"空囊"的原故,意思是世人多粗疏,不明道理,唯利是图;像我这样立身行事,就只能过艰难困苦生活。这是牢骚话。卤莽,即鲁莽,粗疏无知。道,即处世之道,指作者不同流俗的品行。

〔4〕"不爨(cuàn窜)"二句:写无食无衣的艰难情况。爨,犹炊,举火做饭。不举火做饭,自然用不着到井上破冰打水。床夜寒,是说没有被褥,腹馁体寒,睡下之后,连床也暖不过来。

〔5〕"囊空"二句:用"阮囊羞涩"的故事自解自嘲。晋代阮孚游会稽,带着一个皂色的囊。有人问他:"囊中何物?"他说:"但有一钱守囊,恐其羞涩。"(《韵府群玉》引)

发秦州〔1〕

我衰更懒拙,生事不自谋〔2〕。无食问乐土,无衣思南州〔3〕。汉源十月交〔4〕,天气凉如秋;草木未黄落,况闻山水幽。栗亭名更佳〔5〕,下有良田畴〔6〕。充肠多薯蓣〔7〕,崖蜜亦易求^[8]。密竹复冬笋，清池可方舟^[9]。虽伤旅寓远，庶遂平生游^[10]。此邦俯要冲^[11]，实恐人事稠^[12]。应接非本性，登临未销忧^[13]。溪谷无异石，塞田始微收^[14]。岂复慰老夫，惘然难久留^[15]。日色隐孤戍^[16]，乌啼满城头^[17]。中宵驱车去，饮马寒塘流^[18]。磊落星月高，苍茫云雾浮^[19]。大哉乾坤内，吾道长悠悠^[20]！

〔1〕这首诗题下原注："乾元二年，自秦州赴同谷县纪行。"杜甫在乾元二年(759)秋，为避乱和解决生活问题流寓秦州，不久又携家南行去同谷(今甘肃成县)。途中写纪行诗十二首，《发秦州》是第一首，诗中写他离开秦州的原因和心情，感慨为生活所迫不得不辗转流徙。

〔2〕"我衰"二句：杜甫这年四十八岁。一个政治上不得志，弃官流寓外地的文人，自然无法解决生计问题。这里说"衰"而"懒拙"，是失意落魄的牢骚话。生事，犹生计，即衣食之事。不自谋，不能自谋，要依赖别人资助。

〔3〕"无食"二句：意思是离秦州去同谷是为了解决衣食问题。乐土，安乐的地方。语本《诗·魏风·硕鼠》："逝将去女(汝)，适彼乐土，乐土乐土，爰得我所。"南州，犹南方，指同谷。同谷位于秦州南，气候较温和，所以说"无衣思南州"。

〔4〕汉源：指同谷，那里是西汉水(入嘉陵江)的发源地。自此以下十二句是说同谷气候和暖，物产丰富，虽偏远而可旅居。

〔5〕栗亭：镇名，在同谷东五十里，今徽县境内。

〔6〕田畴：田亩。畴，耕治之田。

〔7〕薯蓣(yù 预)：山药。有野生、家生二种，这里指野生的。

〔8〕崖蜜：一种野蜂酿于山崖间的蜜，又名石蜜。

〔9〕方舟：两舟并行。方，并，作动词用。清池可以两舟并行，见得池面宽广，足资游览。

〔10〕"虽伤"二句：总承上文所说同谷的美好，谓同谷虽较秦州更远离故乡，却适遂平生喜游览的兴致。伤旅寓远，是说缺点在于流寓远方，很不惬意。伤，伤于、病于。庶，表示希望或推断的词。意同或许，或可。遂，遂愿、实现。

〔11〕此邦：指秦州。俯要冲：是说秦州为陇右地区的要地，俯临通往西北的要道。自此以下八句，写决定离开秦州的因由。

〔12〕人事稠：人事应酬频繁。稠，多。

〔13〕"应接"二句：承上句"人事稠"，说自己平生不喜欢送往迎来；登临又无秀丽山水消忧解愁。

〔14〕"溪谷"二句：是说山无奇石异景可供观赏；山田贫瘠收成微薄，难以谋食。塞田，关塞地方的田地。始，才、仅。

〔15〕"岂复"二句：总承上文所说秦州的缺点，谓没有可留恋的，只有前往同谷了。惘然，心绪不佳的样子。

〔16〕"日色"句：太阳隐没于戍楼之后，即日落的意思。孤戍：孤零零的戍楼。以下六句写从秦州出发的情景。

〔17〕"乌啼"句：乌鸦聚集城上啼鸣。这是写黄昏时的景象。

〔18〕"中宵"四句：写半夜启程情况。中宵，半夜。古人出远门往往半夜动身。驱车上路，要使马喝足水，时在十月，所以说"饮马寒塘流"。

〔19〕"磊落"二句：写启程时的景象，星月分明，云雾苍茫。这里隐寓前途苍茫，以兴起最后两句感慨。磊落，错落分明的样子。

〔20〕"大哉"二句：意思是天地无限辽阔，自己征途漫长，不知何时可以休止，前面说同谷宜人，心向往之，而启程时又慨叹身世寥落，见得去同谷仍是不得已的，个中包含着政治失意、抱负不能实现的悲哀。乾

坤,天地。

龙门镇[1]

细泉兼轻冰,沮洳栈道湿[2]。不辞辛苦行,迫此短景急[3]。石门云雪隘[4],古镇峰峦集[5]。旌竿暮惨澹,风水白刃涩[6]。胡马屯成皋[7],防虞此何及[8]?嗟尔远戍人,山寒夜中泣[9]。

〔1〕这首诗是唐肃宗乾元二年(759)冬,杜甫自秦州往同谷途中写的纪行诗之一。龙门镇在今甘肃成县西七十里,现名府城。诗写经过龙门镇的艰苦行程,对在那里置兵戍守表示不满,对戍守兵士表示同情。

〔2〕"细泉"二句:写初冬栈道有泉水和薄冰,湿滑难行。轻冰,犹薄冰。沮洳(jù rù 巨入),低洼泥泞。栈道,傍山架木而成的山路。

〔3〕"不辞"二句:是说不辞辛苦走这样湿滑难行的栈道,是迫于冬季日短,时间紧促。短景,冬季日短,故云。景,日光。以上四句写行程艰苦。

〔4〕石门:龙门镇处在两高山间,形势如门。云雪隘:龙门镇山势拔地接天,上有堆云,下有积雪,显得天狭地窄。

〔5〕古镇:指龙门镇。峰峦集:山峰聚集,即四面环山的意思。

〔6〕"旌竿"二句:写镇中驻守之兵毫无战斗气氛。旌(jīng 京),用羽毛装饰的旗,这里指军旗。惨澹(dàn 旦),暗淡无色。白刃,指兵士的刀枪。涩(sè 色),钝。这里指刀枪久经风雨已锈得不光滑不锋利。以

上四句写镇上所见:形势险要,驻军无用而怠惰。

〔7〕"胡马"句:是说安史叛军正屯集河洛一带。史载:这年九月,史思明再次攻陷洛阳,并占领了齐、汝、郑、滑四州。这里就是指此事。成皋(gāo高),今河南荥(xíng刑)阳市。

〔8〕"防虞"句:承上句,是说离敌很远,在这龙门镇设防有什么用。防虞,防患。虞,忧患。何及,哪能够得上,无济于事的意思。

〔9〕"嗟尔"二句:慨叹远离家乡的戍卒,白白在这寒夜荒山中受苦。尔,你们,指远戍人。

石 龛[1]

熊罴咆我东,虎豹号我西;我后鬼长啸,我前狨又啼[2]。天寒昏无日,山远道路迷[3]。驱车石龛下,仲冬见虹蜺[4]。伐竹者谁子[5]?悲歌上云梯[6]。为官采美箭,五岁供梁齐[7];苦云"直箠尽,无以应提携[8]"。奈何渔阳骑,飒飒惊蒸黎[9]!

〔1〕石龛(kān堪)是凿山而成的石窟。这里是杜甫从秦州到同谷途中经过的一个地方。诗的前半部分用夸张的手法写石龛一带的荒野险恶的情况,后半部分写所见当地人民为残酷徭役所迫,连年累月攀山伐竹的苦痛。

〔2〕"熊罴"四句:写行经荒山,全无人迹,左右前后,时见凶兽怪物。罴(pí皮),一种大熊。咆(páo袍),咆哮,兽类怒叫。鬼,指传说中的山鬼。这里说鬼长啸于后,只是一种恐怖心情的反映,与作者同

时写的《青阳峡》诗中说"魑魅啸有风"一样。狨(róng容),猿猴类动物。陈藏器《本草》:"狨生山(指秦岭)南山谷中,似猴而大,毛长,黄赤色。"

〔3〕"天寒"二句:写天色昏暗,山深路迷,景象非常凄惨阴森。昏无日,昏暗无光。日,指日光。

〔4〕仲冬:冬季的第二月,即旧历十一月。虹蜺:即虹霓。蜺(ní尼),同霓,虹的外环,也称副虹。冬季一般无虹,如果出现,古时认为是反常现象。作者写到这种反常现象,一是增强行经荒山野岭的惊恐气氛,二是兴起下面伤战乱——社会的反常现象。

〔5〕伐:砍伐。谁子:什么人。

〔6〕云梯:登山的石阶陡路。

〔7〕"为官"二句:是对上面设问的回答。意思是经过询问,知道他们从安史叛乱以来,一直在为官府采造箭杆的竹子,供应军用。五岁,五年,从天宝十四年冬安史之乱爆发,到这时将近五年。梁齐,今河南山东一带、安史之乱中两军持久相争的战区。这里是以地名代指在那里作战的唐王朝的军队。

〔8〕"苦云"二句:借伐竹人的话,诉说他们的苦痛;可作箭杆的竹子都砍尽了,无法送交以应军用。苦云,痛苦地说。簳(gǎn敢),适用作箭杆的小竹。提携,携带,用手提着。

〔9〕"奈何"二句:意思是怎么办呢? 安史叛军还在猖獗,使百姓惊恐不安。渔阳骑(jì记),指安史叛军。渔阳,见前《后出塞五首》第四首注〔3〕。骑,骑兵。飒(sà萨)飒,风声,这里形容骑兵奔驰声。这时,安史叛军气焰仍很盛。杜甫对伐竹人受徭役压榨的苦痛有所同情,但使他最忧心的还是战乱未息,所以最后仍落在忧虑时事上。蒸黎,百姓、民众。见前《无家别》注〔21〕。

乾元中寓居同谷县作歌七首[1]

其一

有客有客字子美[2]，白头乱发垂过耳。岁拾橡栗随狙公[3]，天寒日暮山谷里。中原无书归不得，手脚冻皴皮肉死[4]。呜呼一歌兮歌已哀[5]，悲风为我从天来。

〔1〕这组诗是杜甫在唐肃宗乾元二年（759）冬暂住同谷（今甘肃成县）时写的。各首内容不相同，多是慨叹生活艰难，骨肉离散，政治上不得意，其中虽不无因牢骚而夸张的地方，但在一定程度上反映了他当时的困苦境遇。合七篇为一个整体，继承了东汉张衡《四愁诗》、蔡琰（yǎn演）《胡笳十八拍》等作品的写作方式，但不是呆板的模仿，而是有所变化。第一首写流寓同谷，生活艰难，至拾橡子为食。

〔2〕客，杜甫自称。子美，杜甫的字。

〔3〕岁：年，这里指一年将尽时。杜甫居同谷是在十一月，故云。橡（xiàng）栗：橡树的果实，也叫橡子，旧社会穷苦人民常用来充饥。狙（jū居）公：养猴的人。狙是一种大猴。橡子本是猴子的食物，所以说"随狙公"。

〔4〕皴（cūn村）：皮肤受冻而干裂。皮肉死：指皮肉冻得失掉知觉，好像死了一样。

〔5〕呜呼：感叹词。兮（xī希）：语助，相当于现在的"啊"。

其二[1]

长镵长镵白木柄[2],我生托子以为命[3]。黄独无苗山雪盛[4],短衣数挽不掩胫[5]。此时与子空归来,男呻女吟四壁静[6]。呜呼二歌兮歌始放[7],闾里为我色惆怅[8]。

〔1〕第二首写全家陷于冻馁的情况。
〔2〕镵(chán 蝉):铁制尖头掘土器,有长木柄,所以也称长镵。
〔3〕"我生"句:意思是我就靠你这长镵来活命了。子,你,这里指长镵。为命,犹言活命。为,治。
〔4〕"黄独"句:是说遍地积雪,黄独也难找到。黄独,野生植物,地下茎为球状,肉白皮黄,蒸熟可食,也叫土芋。陈藏器《本草》:"黄独遇霜雪,枯无苗。"无苗可寻,自然就难以挖到。
〔5〕"短衣"句:是说无衣御寒,穿着夏天的短衣,拼命想扯得长一些也遮不住下腿。挽,牵引,拉。数挽,就是不住地拉。胫(jìng 净),小腿。
〔6〕"此时"二句:挖不到黄独,只好扛着镵空空而归,连黄独也没得吃,妻、子饥饿难忍,不断呻吟。写"男呻女吟",却不说嘈杂,反而说"四壁静",见得空无所有,唯束手待毙而已。景象非常凄惨。
〔7〕歌始放:忍不住放声悲歌。
〔8〕闾(lǘ 驴)里:邻居。闾,本义是巷口的门。色惆怅(chóu chàng 愁畅):脸上现出悲愁的表现。

其三[1]

有弟有弟在远方[2],三人各瘦何人强[3]?生别展转不相见,胡尘暗天道路长[4]。东飞鴐鹅后鹙鸧,安得送我置汝旁[5]?呜呼三歌兮歌三发,汝归何处收兄骨[6]?

〔1〕第三首悲叹兄弟离散。

〔2〕杜甫有四个兄弟,除幼弟在身边,其他三人分散在山东、河南。见前《月夜寄舍弟》注〔1〕。

〔3〕各瘦:每个人都瘦。强:健壮。

〔4〕"生别"二句:是说由于安史之乱,不断流徙,所以彼此远离,不得相见。展转,即辗转,不断转移。胡尘暗天,指安史叛乱,天下大乱。

〔5〕"东飞"二句:上句说"道路长",所以这里借见众鸟连翩东飞,从而生出欲乘之去见诸弟的幻想,表示思念之切。鴐(jiā加)鹅,一种野鹅,似雁而大。鹙鸧(qiū cāng秋仓),两种水鸟。鹙似鹤而大,鸧似雁而黑。安得,怎能,表示愿望的意思。汝,你、你们,指三个弟弟。

〔6〕"汝归"句:是说你们纵然能回到故乡,还不知到哪里去收我的骨头呢?这是从忆弟再回到自身逃难异乡上,慨叹归期无望,兄弟难于重见。话说得十分凄惨。

其四[1]

有妹有妹在钟离[2],良人早殁诸孤痴[3]。长淮浪高蛟龙怒,十年不见来何时[4]?扁舟欲往箭满眼,杳杳南国多旌旗[5]。呜呼四歌兮歌四奏,林猿为我啼清昼[6]。

〔1〕第四首怀念孀居的妹妹。

〔2〕"有妹"句:杜甫有妹嫁韦氏,前年有《元日寄韦氏妹》:"近闻韦

氏妹,迎在汉钟离。"钟离,今安徽凤阳县。

〔3〕"良人"句:写其妹的情况,丈夫已死,几个孩子很小。良人,丈夫。殁,死。诸孤,几个死了父亲的孩子。痴,幼稚、不懂事。

〔4〕"长淮"二句:是说其妹在淮南,由于道路艰险,一直未能回来。长淮,即淮河。蛟龙怒,形容水路艰险。蛟是传说中龙一类动物。

〔5〕"扁舟"二句:是从自己方面说,想去探视,偏又遇上战乱而未能成行。箭满眼、多旌旗,都是指战争。杳(yǎo咬)杳,遥远。南国,江南。这里说"南国多旌旗",是指永王李璘事件。

〔6〕清昼:凄清的白天。古诗中多好写猿夜啼,这里说"啼清昼",意思是自己的愁苦境遇连猿都感动了。

其五〔1〕

四山多风溪水急,寒雨飒飒枯树湿。黄蒿古城云不开,白狐跳梁黄狐立〔2〕。我生何为在穷谷?中夜起坐万感集〔3〕。呜呼五歌兮歌正长,魂招不来归故乡〔4〕。

〔1〕第五首写流寓荒凉古城,百感交集。

〔2〕"四山"四句:描绘同谷古城在荒山中,阴雨连绵,人烟稀少,野兽猖狂。飒(sà萨)飒,形容风雨声。黄蒿(hāo好阴平),一种野草,常借以写荒凉景象。云不开,久阴,天色昏暗。跳梁,跳跃,常作贬意,犹上蹿下跳。

〔3〕"我生"二句:是说流落到这么一种荒凉的地方,夜不能寐,不禁感慨万端。何为,干什么?借疑问口气抒发感慨。中夜,半夜。

〔4〕"魂招"句:意思是流寓于此,令人丧魂失魄,所以如此,是魂魄早已飞向故乡,招也招不来。这是写思故乡心情的急切。我国古代有招

魂之说,对死者、活人均可用。《楚辞·招魂》:"魂兮归来,反故居些。"这里是化用其词,翻古出新。

其六[1]

南有龙兮在山湫[2],古木茏苁枝相樛[3]。木叶黄落龙正蛰[4],蝮蛇东来水上游[5]。我行怪此安敢出[6],拔剑欲斩且复休[7]。呜呼六歌兮歌思迟[8],溪壑为我回春姿[9]!

〔1〕第六首借咏同谷万丈潭,用龙蛰(zhé 哲)蛇游为喻,抒发对现实中好人潜藏,恶人横行,而自己又无能为力的牢骚。
〔2〕湫(qiū 秋):水池,这里指同谷的万丈潭。杜甫另有《万丈潭》诗。《方舆胜览》:"万丈潭在同谷县东南七里,俗传有龙自潭飞出。"
〔3〕茏苁(lǒng zǒng 龙总):山高的样子,这里形容树高。樛(jiū 纠):树木弯曲交缠。
〔4〕蛰:动物在天冷时冬眠,蜷伏着不吃也不动。
〔5〕蝮(fù 付)蛇:一种毒蛇。
〔6〕"我行"句:是说我们看见蝮蛇在水上游,只能畏而不出。我行,犹说"我等"、"吾辈"。
〔7〕"拔剑"句:欲拔剑斩蛇而又顾虑多端,未敢下手。
〔8〕迟:从容、舒缓。
〔9〕"溪壑"句:表示渴望春回大地,山清水秀,龙腾蛇匿。这其中寄托着渴望社会安定的意思。

其七[1]

男儿生不成名身已老[2],三年饥走荒山道[3]。长安卿相多少年,富贵应须致身早[4]。山中儒生旧相识,但话宿昔伤怀抱[5]。呜呼七歌兮悄终曲[6],仰视皇天白日速[7]。

〔1〕第七首是以自叹功名未就,落泊荒山古城作结。

〔2〕"男儿"句:杜甫这年已四十八岁,政治失意,所以说"生不成名身已老"。

〔3〕"三年"句:杜甫从唐肃宗至德元载(756)六月安史叛军攻陷潼关开始,到现在流寓同谷,三年来不断逃难。

〔4〕"长安"二句:意思是朝廷中多是少年新贵,可见要想富贵就应早早地钻营。这是牢骚话。长安卿相,朝廷执政官僚。致身,致力仕途。

〔5〕"山中"二句:是说在这山中和一些旧相识者,谈起往日的事情便感伤不已。儒生,读书人。旧相识,杜甫晚年所作《长沙送李十一衔》诗云:"与子避地西康州,洞庭相逢十二秋。"西康州,即同谷。可见当时流寓同谷的有过去的旧友。宿昔,往日。伤怀抱,内心忧伤。

〔6〕悄:无声。终曲:歌曲完了。

〔7〕皇天:天。白日速:太阳运行快,意思是时不待人。

发同谷县[1]

贤有不黔突,圣有不暖席[2]。况我饥愚人,焉能尚安宅[3]?始来兹山中,休驾喜地僻[4]。奈何迫物累,一岁四行役[5]。忡忡去绝境[6],杳杳更远适[7]。停骖龙潭云,回首虎崖石[8]。临歧别数子,握手泪再滴。交情无旧深,穷老多惨戚^[9]。平生懒拙意,偶值栖遁迹^[10]。去住与愿违,仰惭林间翮^[11]。

〔1〕这首诗题下原注:"乾元二年(759)十二月一日,自陇右赴剑南纪行。"杜甫到同谷,生活更为艰难,只住了一个多月,便携家属启程入蜀。旅途中又写了十二首纪行诗,这是第一首。诗中写他被迫更加远去的痛苦心情,说明生活上确实到了绝境。

〔2〕"贤有"二句:语本《文子》:"墨子无黔突,孔子无暖席。"意思是"贤"如墨翟,"圣"如孔丘,生活尚不得安定。不黔突,烟囱未熏黑,意思是流徙不定。黔,黑色。突,灶孔,即烟囱。不暖席,是说未能安居,即"席不暇暖"之意。

〔3〕"况我"二句:承上二句,意思是何况我这愚笨得不能自谋生路致遭饥饿的人,哪里能久久安居呢?焉,疑问词,哪里。尚,久远。安宅,即安居。

〔4〕"始来"二句:意思是初到同谷,因喜欢这里僻静,才停留下来。兹山中,指同谷,同谷四周多山,故云。兹,此。休驾,犹言解驾而休息,就是停留的意思。

〔5〕"奈何"二句:是说无奈为衣食之累所逼迫,一年之中就四次转徙。物累,指衣食之累。杜甫这年春天由洛阳回华州,秋天从华州到秦州,不久又从秦州来同谷,如今又离开同谷前往剑南,所以说"四行役"。

〔6〕忡(chōng 充)忡:忧虑不安的样子。去:离开。绝境:极好的地方。语本陶渊明《桃花源记》:"来此绝境,不复出焉。"

〔7〕杳(yǎo 咬)杳:形容去处遥远渺茫。适:往。

〔8〕"停骖(cān 餐)"二句:承上文"绝境",写留恋不忍径去。停骖,停住马车。骖,原指三马驾车。龙潭,在同谷县东南七里有龙峡,其旁有潭名万丈潭。回首,表示留恋。虎崖,同谷西有虎穴,杜甫《寄赞上

人》诗"徘徊虎穴上",即虎崖。

〔9〕"临歧"四句:意思是与同谷送行者分手,都几番落泪;虽然不是深交旧知,但顾念我穷老,心自悲伤。歧,歧路,指分别处。旧深,旧知深交。惨戚,悲伤。

〔10〕"平生"二句:是说生性懒惰拙笨,乐于养拙自处,偶然能在同谷这个地方隐居似地住下来,是非常适宜的。意在引出下文。栖遁,隐居避世。迹,行迹。

〔11〕"去住"二句:紧承上文,意思是为衣食所迫,去留都不能随心所愿;看看林间自由自在的飞鸟,深感自惭不如。翮(hé核),羽茎,这里用以指代鸟。

水会渡〔1〕

山行有常程,中夜尚未安〔2〕。微月没已久〔3〕,崖倾路何难〔4〕!大江动我前,汹若溟渤宽〔5〕。篙师暗理楫,歌笑轻波澜〔6〕。霜浓木石滑,风急手足寒。入舟已千忧,陟巘仍万盘〔7〕。回眺积水外,始知众星乾〔8〕。远游令人瘦,衰疾惭加餐〔9〕。

〔1〕唐肃宗乾元二年(759)十二月,杜甫从同谷起程赴成都,途中写了十二首纪行诗,此为其中之一。水会渡是嘉陵江上游的一个渡口。诗中写夜半从山行到渡江,复登岸山行,情景从实际感受中展示出来,真切生动。

〔2〕"山行"二句:意思是走山路,行程有常规,途中少人烟,不能够

随地休止住宿,所以夜半时分仍在赶路。常程,一定的里程。安,指住宿。

〔3〕微月:指上弦月。上弦月,入夜已在西方,时至半夜自然是"没已久"了。

〔4〕何难:即何其难,也就是非常难。

〔5〕"大江"二句:是说山行路断,突见前面江水奔流,波涛汹涌,宽阔无边。大江,指嘉陵江。溟渤,大海。夜间昏暗,难见对岸,故有"若溟渤宽"的感觉。

〔6〕"篙师"二句:写乘船渡江。船夫划着船,歌唱谈笑自若,根本没有把汹涌的波涛放在心上。理楫(jí 集),划着桨,就是操舟。理,由本义"治"引申为操、使的意思,如理棹、理舟楫。因时在夜间,所以说"暗理楫"。轻,轻心,不在意。这里说船夫"轻波澜",正见得波澜不可"轻",是从反面写江流险急。

〔7〕"陟巇(zhì yǎn 治衍)"句:写舍舟登岸,复攀登迂回的山路。陟巇,攀登险峻的大山。万盘,形容山路极迂回难行。

〔8〕"回眺"二句:意思是说在舟中见满江星斗,天水不分,登山回视江外,这才看出星斗原在天上。积水,古代有"积水成海"、"积水成渊"之语,是说水多;杜甫诗中常用以指代江水,如《白盐山》:"卓立群峰外,蟠根积水边。"乾(qián 钱),《说文·乙部》:"乾,上出也。"此处指繁星冒出。

〔9〕"远游"二句:慨叹旅途劳累,由于衰病不能多餐,更加瘦弱。惭加餐,是说本应加餐,却反而不能加餐。

剑门[1]

惟天有设险[2],剑门天下壮。连山抱西南,石角皆北向[3]。

两崖崇墉倚,刻画城郭状[4]。一夫怒临关,百万未可傍[5]。珠玉走中原,岷峨气悽怆[6]。三皇五帝前[7],鸡犬各相放[8]。后王尚柔远,职贡道已丧[9]。至令英雄人,高视见霸王[10]。并吞与割据,极力不相让[11]。吾将罪真宰,意欲铲叠嶂[12]。恐此复偶然,临风默惆怅[13]!

〔1〕这首诗也是杜甫在唐肃宗乾元二年(759)十二月从同谷往成都途中写的纪行诗之一。剑门,即大剑山,在今四川剑阁县。大小剑山间,有栈道三十里,叫做剑阁。山高路险,为四川北面的门户。诗首先咏叹剑门地势险要,进而议论秦汉以来在赋贡的名目下蜀地财物流入中原,最后表示担心重现历史上的割据局面,因而惆怅不已。

〔2〕"惟天"句:只有天能设置这般险要(形势)。惟,独是。有,具有。

〔3〕"连山"二句:用拟人化手法写剑门一带山脉形状,"抱西南"、"皆北向",暗喻中原和蜀地是相联系而不可分割的。石角,山峰的巨石。

〔4〕"两崖"二句:是说两边山崖像高墙,互相依傍,构成城郭的样子。崖(yá牙),高山的边。崇墉(yōng庸),高的城墙,形容两崖。城郭,城,指都邑四周用作防御的墙垣。郭,指外城。

〔5〕"一夫"二句:即张载《剑阁铭》所说"一人荷戟,万夫趑趄";李白《蜀道难》所说"一夫当关,万夫莫开"的意思。关,指剑门山,山壁中断如关口。傍,靠近。

〔6〕"珠玉"二句:意思是蜀地的财物由这里送往中原,蜀地人民便穷困乏用,连岷山、峨嵋山都为之悲伤。珠玉,一作"珠帛",指征敛的财物。中原,黄河中游地带,这里指代京都——朝廷所在地。岷峨(mín é

民俄),岷山和峨嵋山,岷山在四川北部,峨嵋山在四川中南部。悽怆,悲伤。

〔7〕三皇五帝:传说中最古的一些帝王。三皇:说法不一,一般指燧人、伏羲、神农。见班固《白虎通》。五帝:指黄帝、颛顼(zhuān xū 专虚)、帝喾(kù 库)、帝尧、帝舜。(《史记·五帝本纪》)

〔8〕"鸡犬"句:形容上古时代民风淳朴,没有侵夺偷窃之类的事情,家禽放到外面也不会丢失。语本晋潘岳《西征赋》:"浑鸡犬而乱放,各识家而竞入。"

〔9〕"后王"二句:意思是后来的帝王对边远地区采取安抚政策,责令各地向朝廷进献贡物,便已丧失了上古政治上的淳朴。后王,指夏、商、周三代的帝王。柔远,语出《尚书·舜典》:"柔远能迩。"指对边远地区实行安抚怀柔政策。职贡,《周礼》:"制其职,各以其所能;制其贡,各以其所有。"意思就是规定各地方担负一定的劳役,按时交纳一定的贡物。也就是劳役和赋税。道,指上文所说先王时"鸡犬各相放"的政治。

〔10〕"至令"二句:承上两句,意思是这样一来,就使一些人物产生兴王图霸的野心。至令,一作"至今"。英雄人,指秦惠文王伐蜀以后的争王霸的统治者,语含讽刺的意味。高视,看得高,这里是野心大的意思。霸王,霸是割据,王是兼并天下。

〔11〕"并吞"二句:申述上两句,是说那些兴王图霸的"英雄人",王如汉光武刘秀,霸如称白帝的公孙述等,为并吞、割据,相互争斗。

〔12〕"吾将"二句:意思是将要问罪于天,削平剑门这个险要关山,使欲霸者无险可据,王者用不着并吞,中国再没有"并吞与割据"的斗争。罪,作动词用,问罪、谴责。真宰,指上帝,天。诗开始就说"唯天有设险",所以这里有"罪真宰"的话。叠嶂(zhàng 账),重叠的高山。嶂,高而险的山。

〔13〕"恐此"二句:幻想毕竟不能实现,剑门山是不能削平的,所以

最后还是担心现在可能重现历史上那种分裂割据的现象,不禁临风惆怅不已。此,指据险割据。偶然,这里有可能的意思。

成都府[1]

翳翳桑榆日[2],照我征衣裳[3]。我行山川异,忽在天一方[4]。但逢新人民[5],未卜见故乡[6]。大江东流去,游子日月长[7]。曾城填华屋[8],季冬树木苍。喧然名都会,吹箫间笙簧[9]。信美无与适[10],侧身望川梁[11]。鸟雀夜各归,中原杳茫茫[12]。初月出不高,众星尚争光[13]。自古有羁旅,我何苦哀伤[14]!

〔1〕这首诗作于唐肃宗乾元二年(759)十二月,杜甫由同谷到达成都时。诗中写了初到成都的新鲜之感和美观繁华的都市风光,但却充满了羁旅之思。

〔2〕翳(yì义)翳:朦胧的样子。桑榆日:将落的太阳。《初学记·天部上》引《淮南子》云:"日西垂景在树端,谓之桑榆。"

〔3〕征衣裳:行装。尚着行装,见得初到。

〔4〕"我行"二句:是说半年来从华州到秦州、同谷,最后到了成都,沿途景物各自不同;没料到现在竟然到了远离故乡三千馀里的地方,可谓"忽在天一方"。

〔5〕"但逢"句:意思是所见成都居民,衣着、言语和风俗与中原有所差异,给自己一种新颖的感觉。

〔6〕"未卜"句:很难预料何日能重返故乡。

〔7〕"大江"二句:以江水东流,兴起自己漂泊之感。大江,指岷江。岷江经成都附近向东南流去,所以说"东流去"。游子,指自己。岁月如川流不息,归期很难预料,自己恐怕将继续长时期地过游子的生涯,所以说"日月长"。

〔8〕曾(céng层)城:指成都有大城、小城。曾,同"层",是重叠的意思。填:充满。华屋:建筑华美的房屋。

〔9〕"喧然"二句:是说成都是有名的都市,人声沸腾,众乐交奏。喧然,形容声音杂乱。间(jiàn建),混杂。笙,古乐器,有十二管。簧(huáng黄),乐器中借以发出声响的铜制或竹制的薄片。

〔10〕"信美"句:意思是这里虽然确实好,但也无从安然自适。信美,确实好。如王粲《登楼赋》:"虽信美而非吾土兮,曾何足以少留。"无与适,犹说没有个着落,如杜甫《白水县崔少府十九翁高斋三十韵》:"客从南县来,浩荡无与适。"

〔11〕"侧身"句:承上句,因为"无与适",所以心情不安地望着河桥。侧身,语本《毛诗·大雅·云汉序》,辗转不安的意思。望川梁,看着河桥,表示想回家乡。

〔12〕"鸟雀"二句:以鸟雀归巢,兴起自己家乡遥远不得归的忧愁。中原,杜甫家在洛阳,属中原地区。杳茫茫,形容极其遥远,看不到形影。

〔13〕"初月"二句:写入夜所见景象。见得忧思满怀,不能入睡。初月、众星,都是实景。初月,初升之月。杜甫从同谷出发在十二月初一,到成都当已过中旬,为下弦月,所以说"出不高","众星尚争光"。旧注以为寓时事,指肃宗即位不久,群盗尚猖獗。

〔14〕"自古"二句:是自宽自慰的话。实际上是一种抒情手法,说"何苦哀伤",正是形容"哀伤"之甚"苦"。

堂成[1]

背郭堂成荫白茅[2],缘江路熟俯青郊[3]。桤林碍日吟风叶,笼竹和烟滴露梢[4]。暂止飞乌将数子,频来语燕定新巢[5]。旁人错比扬雄宅,懒惰无心作解嘲[6]。

[1] 唐肃宗上元元年(760)春,杜甫靠亲友的帮助,在成都西郊浣花溪畔构筑了草堂。这首诗写草堂初成,环境幽美,表现了他多年逃难始得安居的愉快心情。然而毕竟是流寓,所以最后又透露出不愿久居的心意。

[2] 背郭:背负城郭。作者草堂在成都城西南浣花溪畔,故云。杜甫《卜居》诗说:"浣花溪水水西头,主人为卜林塘幽。"可证。荫白茅:屋顶上用白茅草苫盖。

[3] 缘江:顺着江。江,指浣花溪。草堂在浣花溪畔,溪与锦江(岷江的支流,流经成都城西南,今名府河)相通,所以称江。俯青郊:是说草堂地势较高,可眺望田野。时在春天,青麦盖地,所以说"青郊"。

[4] "桤林"二句:写草堂木竹茂密而有幽趣。桤(qī妻),成都平原常见树木,三年便可成荫。碍日,指枝叶茂密,遮住阳光。吟风叶,风吹枝叶作响,好似吟啸。笼竹,四川方言,指慈竹。和烟,指竹叶茂密,积绿如烟。滴露梢,竹梢滴下露珠,形容极为清新。

[5] "暂止"二句:写飞乌来草堂栖止,燕子也来营巢,寄寓作者携妻子儿女得以在此安居的喜悦心情。将,携带。数子,指小乌。燕子不住地叫唤,所以称"语燕"。定新巢,犹言筑新巢。定是安设的意思。

〔6〕"旁人"二句：意思是自己卜居成都西郊，构造草堂，不过是暂时安身，并无久居之意，与汉代的扬雄不一样。扬雄是汉代著名的辞赋家，其宅第在成都西南隅，名"草玄堂"。扬雄在汉哀帝时闭门著《太玄经》，受到别人嘲笑，他便写了《解嘲》一文。见《汉书·扬雄传》。扬雄是蜀人，而杜甫是流寓在成都，所以说"错比"，既然旁人不了解自己的心情，自己也懒得像扬雄那样作"解嘲"的文章了。

为农[1]

锦里烟尘外[2]，江村八九家[3]。圆荷浮小叶，细麦落轻花[4]。卜宅从兹老[5]，为农去国赊[6]。远惭勾漏令，不得问丹砂[7]。

〔1〕这首诗作于唐肃宗上元元年(760)春末。这时杜甫已住进了成都浣花溪畔的草堂。诗用"为农"作题，一方面反映了他逃难数年、生活暂时安定的喜悦闲适的情绪，另一方面也流露着政治上失意而远离朝廷的感慨。

〔2〕锦里：成都号锦官城，亦称锦里。见《华阳国志》。烟尘外：是说大部分地区有战争，而成都却安宁。烟尘：通常指战争。

〔3〕江村：泛指江河溪水边的村庄。这里所说"江"，指锦江支流浣花溪。

〔4〕"圆荷"二句：写江村景物佳美，见得作者心情闲适。上承"烟尘外"，下启"卜宅"、"为农"，并非漫不经心地随意点染。

〔5〕卜宅：即卜居，选择住处。从兹老：在这里住到老。杜甫多年来

为逃难而奔波,吃尽苦头,得此宁静的江村安居下来,所以产生在此终老的想法。

〔6〕"为农"句:意思是在这里作农民固然很好,但离长安可就远了。这表明他仍未忘怀朝廷,丢掉"致君尧舜"的抱负。国,指国都长安。赊(shā 杀),远。如杜甫《入乔口》:"漠漠旧京远,迟迟归路赊。"

〔7〕"远惭"二句:承上句"去国赊"之感,说自己不能像晋代的葛洪那样炼成丹砂,超世成仙。勾漏令,晋代葛洪,曾为炼丹请为勾漏令。见前《赠李白》注〔3〕。葛洪是古人,所以说"远惭"。说"惭",并非真惭,而是反话,与前面《自京赴奉先县咏怀五百字》中说"终愧巢与由,未能易其节",是一样的意思。

蜀 相〔1〕

丞相祠堂何处寻?锦官城外柏森森〔2〕。映阶碧草自春色,隔叶黄鹂空好音〔3〕。三顾频烦天下计〔4〕,两朝开济老臣心〔5〕。出师未捷身先死〔6〕,长使英雄泪满襟〔7〕。

〔1〕蜀相是指三国时代蜀国丞相诸葛亮。这首诗是唐肃宗上元元年(760)春,杜甫初游成都诸葛亮祠所作。诗从祠堂所在写起,次写祠堂景物,后倾吐对开创大业、挽救时局而"鞠躬尽瘁"的诸葛亮无限仰慕,并对他的"出师未捷身先死"表示深深的惋惜。

〔2〕"丞相"二句:以自问自答起句,点出祠堂地点,见得久已倾慕思游,并非漫不经心地来观赏景致。丞相祠,在成都,今称武侯祠。锦官城,成都城的西南部,古为主管织锦官员所居,所以后来称成都为锦官

城。见《华阳国志》。森森,形容祠堂柏树茂盛。这里点出柏树,是由于相传为诸葛亮所手种。

〔3〕"映阶"二句:写祠内景物,兼寓凄凉之感。意思是:诸葛亮已成古人,现在只见阶下春草自绿;只闻树丛中黄鹂徒然发出好听的叫声。句中着"自"、"空"两字,含意深远,有不胜仰慕与悽怆之感。黄鹂,黄莺。

〔4〕"三顾"句:追思诸葛亮受刘备"三顾"而出山的事迹。诸葛亮《出师表》云:"先帝不以臣卑鄙,猥自枉屈,三顾臣于草庐之中,谘臣以当世之事。"这句即指此事。三顾,三次访问。频烦,频繁,指反复谘询、商议。天下计:天下大计。指诸葛亮《隆中对》中所规划的占据荆州、益州,内修政理,外结好孙权,待机进攻曹操,统一天下的策略(《三国志·蜀书·诸葛亮传》)。

〔5〕"两朝"句:概述诸葛亮辅佐刘备创业、辅佐刘禅守成的业绩,赞扬其"鞠躬尽瘁"的精神。两朝,指蜀先主刘备和后主刘禅两代。开济,开是创业;济是成事。老臣心,指诸葛亮一生尽忠蜀国,不遗馀力的精神。

〔6〕"出师"句:是说诸葛亮多次率领军队伐魏,未获成功,在蜀汉建兴十四年(234)秋,病死于五丈原(在今陕西岐山县)军中。

〔7〕"长使"句:承上句,谓诸葛亮大业未成便死掉了,长期使后代有志之士感到惋惜,不禁伤心流泪。

江村[1]

清江一曲抱村流,长夏江村事事幽[2]。自去自来堂上燕,相亲相近水中鸥[3]。老妻画纸为棋局,稚子敲针作钓钩[4]。

但有故人供禄米[5],微躯此外更何求[6]?

〔1〕这首诗是杜甫在唐肃宗上元元年(760)夏天写的。诗写他住在成都草堂,环境幽静,生活安闲,妻、子也自得其乐,表现了一种悠然自得的情调。

〔2〕"清江"二句:清澈的江水曲折地绕村而流;长长的夏日,江村中事事都显得安闲。江,指浣花溪。抱,环绕。幽,沉静、安闲。事事幽,指下面四句所说。

〔3〕"自去"二句:分写村中和水上禽鸟都自由自在,从容安闲。这是景物之"幽"。相亲相近,指群鸥相互依随,和气无争。

〔4〕"老妻"二句:是说老妻、幼子都有各自的乐趣。这是人事之"幽"。棋局,即棋盘。为棋局、作钓钩,都切合老少各自的身分,又切合江村特点。

〔5〕"但有"句:从《文苑英华》本,有些本子作"多病所须惟药物"。仇兆鳌《杜诗详注》说:"局字物字,叠用入声,当从《英华》为是;且禄米分给,包得妻子在内。"意见可取。杜甫在成都确实仰赖亲友资助,并且上面写"老妻"、"稚子"两句,见得无饥馑之忧,这句紧接说"但有故人供禄米",文理连贯通顺。但有,只要有。

〔6〕"微躯"句:承上句,也是总结全诗,意思是有亲友资助,生活在这幽雅的江村里,别的还有什么要求呢?这里表现的是怡然自足的情绪。微躯,犹言贱体,是谦词。

狂夫[1]

万里桥西一草堂,百花潭水即沧浪[2]。风含翠篠娟娟净,雨浥红蕖冉冉香〔3〕。厚禄故人书断绝〔4〕,恒饥稚子色凄凉〔5〕。欲填沟壑惟疏放〔6〕,自笑狂夫老更狂〔7〕。

〔1〕这首诗约作于唐肃宗上元元年(760)夏,时作者居成都草堂。诗首先用朴素的语言,写草堂附近景色秀丽;然后写客中少助,生活艰难,疏放自处;最后以自笑作结。以"狂夫"命题,见得环境虽堪自适,但穷居无聊,作者并不甘心。

〔2〕"万里"二句:写草堂所在,含环境宜人的意思。万里桥:在成都南门外,草堂就在其西面。百花潭,《太平寰宇记》:"杜甫宅在西郭外,接浣花溪,地名百花潭。"沧浪,原出《孟子·离娄上》所引古歌:"沧浪之水清兮,可以濯我缨;沧浪之水浊兮,可以濯我足。"即沧浪,是说百花潭即如沧浪之水,宜于洗濯、垂钓,是隐居的好地方。

〔3〕"风含"二句,描绘草堂一带微风细雨中的景色。风含,经风吹拂。翠筱(xiǎo 小),绿竹。筱是细竹子。娟娟,秀美的样子。净,洁净、颜色鲜明。雨浥(yì 义),受雨滋润。蕖(qú 渠),荷花。冉(rǎn 染)冉,轻轻地,慢慢地。上句言风,写潭上景,而着一"净"字,见得有雨。下句言雨,而着一"香"字,见得有风。

〔4〕厚禄:指做大官。官高自然俸禄多。书断绝:连书信都没有,自然谈不到生活上的支援了。

〔5〕恒饥:经常挨饿。色凄凉:面带愁容。

〔6〕"欲填"句:是说穷困得要死了,就更无所顾忌,无所拘束。欲,将要。填沟壑,死后尸体抛在山沟里。疏放,和"狂"同义,意思是任性,不受拘束。

〔7〕狂夫:自由散漫,不循常规的人。这里指自己。老更狂:由上句"惟疏放"引申而来。

恨别[1]

洛城一别四千里[2],胡骑长驱五六年[3]。草木变衰行剑外[4],兵戈阻绝老江边[5]。思家步月清宵立,忆弟看云白日眠[6]。闻道河阳近乘胜,司徒急为破幽燕[7]。

〔1〕这首诗作于唐肃宗上元元年(760)夏。这年四月,李光弼继怀州战役的胜利,又破史思明军于河阳西渚。杜甫在成都听到捷报,抚今追昔,感慨不已。诗抒写当时的心情:自战乱以来,辗转逃难,漂泊四川,思家忆弟,痛苦不堪,所以迫切希望尽快平定安史之乱,结束骨肉分离的局面。

〔2〕洛城:即洛阳。杜甫一直把洛阳看作故乡,题作"恨别",所以由它说起。成都离洛阳三千多里,说"四千里"是约数,言其远。一作"三千里"。

〔3〕胡骑(jì寄):指安史叛军。从天宝十四载(755)冬安禄山叛乱,到杜甫漂泊至成都已经五年多,所以说"五六年"。这句是说恨别之久及其原因。

〔4〕"草木"句:追述上年冬天在草木凋零的时候来到四川。剑外,也叫剑南,即剑门以南的地方,指今四川北中部地区。

〔5〕"兵戈"句:是说由于战乱,归乡不得,在草堂住了下来。老,用作动词,长住无期的意思。江边,指草堂所在的锦江边。

〔6〕"思家"二句:写思家忆弟的苦情。古时,人们常望月怀乡,看云思亲,这里即写此意。步月,徘徊月下。思念深切,夜不成寐,所以说

"清宵立"。忆弟,见前《月夜忆舍弟》注[1]。白日眠,白日不当眠而眠,见得忧思之甚,生活反常。

〔7〕"闻道"二句:由听到河阳胜利的消息,急切希望李光弼乘胜进军,收复河北,平定安史之乱。近乘胜,指这年"三月李光弼破安太清于怀州,夏四月破史思明于河阳西渚"(《资治通鉴》卷二百二十一)。司徒,指李光弼。当时李光弼为检校司徒。幽燕,指安史叛军的巢穴幽州(范阳郡)一带。幽州,古为燕地;乾元二年(759),史思明改国号为大燕,以范阳为燕京,故称"幽燕"。

野老[1]

野老篱边江岸回,柴门不正逐江开[2]。渔人网集澄潭下,估客船随返照来[3]。长路关心悲剑阁[4],片云何意傍琴台[5]?王师未报收东郡[6],城阙秋生画角哀[7]。

〔1〕这首诗也作于成都草堂,作期大约和前面《为农》、《狂夫》相近,不过已经到上元元年(760)秋天。作者从草堂门所见景物,联想到自身漂泊,安史之乱平定无期,心情也由安闲转为悲哀。自称"野老",诗成后拈以为题,也反映着他当时那种居闲而又不能安于闲居的心理状态。

〔2〕"野老"二句:从草堂临江写起。江岸曲折,随江而置门,所以"不正"。事极平常,然一经写出,正由平常中见别致。回,曲折。逐,随着。

〔3〕"渔人"二句:写水上景象,渔人群集潭中下网捕捞;商船趁夕

阳馀辉纷来停泊。澄潭:指草堂附近的百花潭。下,投下,指下网。估客,商人。返照,指夕阳光辉。夕阳西下,船来停泊,所以说"船随返照来"。杜甫《绝句四首》中说"门泊东吴万里船",可见草堂门前附近的万里桥边为船只停泊的地方。

〔4〕"长路"句:是说流落四川,故乡路遥难归,特别忧心的是剑阁的险阻。剑阁,见前《剑门》注〔1〕。由此以下四句抒写漂泊的悲哀。

〔5〕"片云"句:以片云自比,表示住在成都并非个人自愿。片云,孤云。因孤云飘荡不定,故常用来比喻游子。何意,表反诘语气,意思就是无意,不愿意。琴台,在成都浣花溪北,相传为西汉辞赋家司马相如和卓文君卖酒的地方。

〔6〕"王师"句:是说京东各郡尚未收复,安史之乱还没有平定。言外之意是欲归不能,不欲居留成都却不能不居留下去。东郡,指京城长安以东各地,包括杜甫的故乡。

〔7〕"城阙"句:承上文写心情悲哀。城阙,城楼,习惯指京城。这里指成都。原注:"至德二年(757),升成都为南京,故得称城阙。"秋生,秋天到来。画角,军中乐器,形似竹筒,彩绘为饰,所以称"画角"。哀,是说秋天到来画角声音更为凄清,使人闻之感伤。

戏题王宰画山水图歌[1]

十日画一水,五日画一石。能事不受相促迫,王宰始肯留真迹[2]。壮哉昆仑方壶图,挂君高堂之素壁[3]。巴陵洞庭日本东,赤岸水与银河通[4],中有云气随飞龙[5]。舟人渔子入浦溆,山木尽亚洪涛风[6]。尤工远势古莫比,咫尺应须论万里[7]。焉得并州快剪刀,剪取吴淞半江水[8]。

〔1〕王宰是唐代的画家,善画山水,四川人。约在唐肃宗上元元年(760),杜甫在成都去访问王宰,应邀题画,于是写了这首诗。诗用夸张的手法,赞美了画中山水的神奇和画家艺术技巧的高超。

〔2〕"能事"二句:说明上两句的缘由,意思是王宰擅画,但不肯仓促草率,只在经过充分酝酿之后,方才从容不迫地落笔。能事,所擅长之事。真迹,是说着墨生动逼真。

〔3〕"壮哉"二句:点明所题之画为巨幅的山水画。昆仑,我国西部地区的大山,古代有许多关于它的传说。方壶,传说中的东海里三座仙山之一。这里都是作为比喻,说明王宰画的是壮丽奇伟的山水。君,指王宰。素壁,白墙。

〔4〕"巴陵"二句:形容画中山水浩瀚无际,与前面两句重在写山相配合,这三句重在写水。巴陵,在今湖南岳阳市。洞庭,即洞庭湖,在今湖南北部岳阳市西。日本东,极言水势之远,直到日本东面的大海。赤岸水,为今江苏六合区东南赤岸山旁的长江水。东晋郭璞《江赋》:"鼓洪涛于赤岸。"李善注:"赤岸在广陵舆县。"广陵,即今扬州。此诗中所说地名,均非实指,所以不必拘泥。通,连接,这里形容水天一色。

〔5〕"中有"句:语本《庄子·逍遥游》:"姑射山有神人,乘云气,御飞龙,而游乎四海之外。"这里是借以形容画中天空云气流动,非常壮观。

〔6〕"舟人"二句:由整个画面到画中细部,写水上有船夫渔人归岸,风涛激荡,山中树木随着风势而倾斜。浦溆(xù 序),水边。亚,倾斜下垂。杜甫《入宅》:"花亚欲移竹。"《上巳日徐司录园林宴集》:"鬓毛垂领白,花蕊亚枝红。"均用此义。洪涛风,吹起大波涛的风。

〔7〕"尤工"二句:意思是王宰特别擅长画山水远景,咫尺的篇幅却绘出了江山万里的景象。尤工,特别擅长。咫(zhǐ止)尺,指极短的距离。咫是八寸。

〔8〕"焉得"二句:最后赞叹王宰所绘宛如真山真水,玩赏不忍释手。并州,今山西太原市,以产剪刀著名。取,语助词,附于动词之后表示动作的进行。吴淞,亦作吴松,水名,在今江苏省东南部和上海市境内。

春水生二绝〔1〕

其一

二月六夜春水生,门前小滩浑欲平〔2〕。鸬鹚鸂𪄠莫漫喜〔3〕,吾与汝曹俱眼明〔4〕。

〔1〕此当是上元二年(761)春在成都作。春水生,犹云春汛至。生,此处有涨意。第一首写见春水而喜,第二首写见水涨而忧。时用方言俗语入诗,特觉活泼生动。

〔2〕小滩:指浣花溪。浑:几乎,简直。

〔3〕鸬鹚(lú cí 卢瓷):水鸟名,俗呼鱼鹰,可捕鱼。鸂𪄠(xī chì 西赤):水鸟名,像鸳鸯,又称紫鸳鸯。莫漫喜,犹云不要太高兴了。

〔4〕汝曹,你们。俱眼明:《漫成二首》其一云:"眼边无俗物,多病也身轻。"此则有与物俱化,超然避俗之意。

其二

一夜水高二尺强[1],数日不可更禁当[2]。南市津头有船卖[3],无钱即买系篱旁[4]。

〔1〕强:多、馀。
〔2〕禁当:抵挡。谓数日内水涨愈来愈猛,水势不可抵挡,则草堂有淹没之虞,故下想到买船。杨万里《上巳》诗:"雨冷风酸数日强,老怀不可更禁当。"本此。
〔3〕津头:渡口、码头。
〔4〕"无钱"句:谓虽有船卖,但自己无钱,因此不能立即买来系在篱旁。

春夜喜雨[1]

好雨知时节,当春乃发生[2]。随风潜入夜,润物细无声[3]。野径云俱黑,江船火独明[4]。晓看红湿处,花重锦官城[5]。

〔1〕这首诗是唐肃宗上元二年(761)春,杜甫在成都草堂所作。诗人怀着喜悦的心情描写了草堂一带春夜细雨的情景和想象中雨后的艳丽景色。诗人对自然景物有细致的观察,对夜雨中的春意作了巧妙的表现,遣词准确,结构严谨,通篇给人一种洗炼、清新的感觉。

〔2〕"好雨"二句:是说正当春天万物复苏的时候,一场好雨就下起来了,它好像知道用雨的时节。两句用拟人化手法写雨,表现了作者内心的喜悦之情。乃,就。

〔3〕"随风"二句:写春雨在夜间随风悄悄降落,轻微无声地滋润着万物。"潜"字、"细"字,极见作者用词之工。潜入,暗暗地来临。

〔4〕"野径"二句:乌云覆盖着田野的小路,一片黑沉沉地,只有江船上亮着灯火。两句写作者雨夜所见。

〔5〕"晓看"二句:写作者的想象。意思是,且待明晨,看那锦官城的花朵经雨而红湿,一定更为艳丽了。红湿处,形容经雨的花。锦官城,即成都。见前《蜀相》注〔2〕。

绝句漫兴九首(选三)〔1〕

其一

眼见客愁愁不醒,无赖春色到江亭〔2〕。即遣花开深造次,便教莺语太丁宁〔3〕。

〔1〕这组诗写于唐肃宗上元二年(761),作者时在成都。九篇可能并非成于一时,而是陆续写出,抒发眼前的生活感受。题为"漫兴",意思是兴会所到随意写出;但九篇逐章相承,各有次第可寻,也不是漫不经心地凑合。所选三首,都是用拟人的手法刻划自然景色,新鲜活泼,细致生动。

〔2〕"眼见"二句:是说"春色"明知作者愁闷,却仍来临。眼见:眼见得。客,作者自谓。无赖,谓春色缠人,不速而至。江,指浣花溪,流经杜甫所住草堂附近。

〔3〕"即遣"二句:"春色"即打发花儿匆忙开放,教黄莺唱个不住。深,很。造次,急忙忙。太丁宁,过多的嘱咐。意思是由于"春色"嘱咐太多,黄莺才叫个不停。丁宁,一作"叮咛",一再嘱咐。

其二

手种桃李非无主,野老墙低还是家〔1〕。恰似春风相欺得〔2〕,夜来吹折数枝花。

〔1〕"手种"二句:是说自己栽植的桃李并非没有主人,住所简陋也算是有人之家。两句是诗人在与下文的"春风"论道理。野老,作者自指。

〔2〕"恰似"句:是说"春风"自以为可以欺负作者。相欺得,有权来欺负。"得"字用在动词后,常表示这种行为是可以的。

其七〔1〕

糁径杨花铺白毡〔2〕,点溪荷叶叠青钱〔3〕。笋根雉子无人见〔4〕,沙上凫雏傍母眠〔5〕。

〔1〕这是九首中第七首,写入夏时的景物。

〔2〕糁(sǎn 伞)径:形容散杂地落满路面,指杨花。苏辙《喜雪》诗:

"杨花糁径未春馀。"即本此。糁,原意为饭粒,引申为散粒、铺散的意思。杨花:即柳絮。

〔3〕"点溪"句:意思是初出水的圆荷小叶点缀在河面,像重叠的青钱。青钱,古代的一种青铜钱。

〔4〕雉(zhì治)子:小野鸡。因为体小,所以伏在笋旁难以让人看见。

〔5〕凫(fú扶):野鸭。傍:靠。

江畔独步寻花七绝句(选二)[1]

其五[2]

黄师塔前江水东[3],春光懒困倚微风[4]。桃花一簇开无主,可爱深红爱浅红[5]?

〔1〕这组诗约作于唐肃宗上元二年(761)春。杜甫这期间在成都草堂写的绝句,多用方言俗语。描绘繁花盛开情景,具有通俗新颖、生动活泼的特点。

〔2〕这首诗写观黄师塔前桃花。

〔3〕黄师塔:指一姓黄和尚墓塔。唐宋时,四川人称僧侣为师,其葬处均建塔,称之为"师塔"。见陆游《老学庵笔记》卷九。

〔4〕"春光"句:是说春光妩媚,令人懒倦,所以在塔前的微风中少憩。倚微风,犹临微风,就是在微风中的意思。

〔5〕"桃花"二句：桃花丛聚盛开，任人观赏；看花人是深爱红色的，还是爱浅红色的呢？极写花开繁盛，均极艳丽可爱。可，这里作疑问词。

其六〔1〕

黄四娘家花满蹊〔2〕，千朵万朵压枝低。留连戏蝶时时舞，自在娇莺恰恰啼〔3〕。

〔1〕这首写观黄四娘家花。
〔2〕黄四娘：身分不详。唐代以行第称呼作为尊敬，男女皆同；对妇女则在行第后加一"娘"字。蹊：小路。
〔3〕"留连"二句：以蝶舞、莺啼烘托繁花开得十分鲜艳。留连，恋恋不去。恰恰，莺啼声。

水槛遣心二首（选一）〔1〕

去郭轩楹敞，无村眺望赊〔2〕。澄江平少岸〔3〕，幽树晚多花〔4〕。细雨鱼儿出，微风燕子斜〔5〕。城中十万户，此地两三家〔6〕。

〔1〕水槛（jiàn 建），是指草堂水榭的栏杆。这首诗写凭栏眺望所见，生动地描绘了微风细雨中的种种景物，表现了作者闲静安适的心境。大约作于唐肃宗上元二年（761）。
〔2〕"去郭"二句：是说草堂在郭外，其地宽敞，周围又无村落，可以

极目远眺。轩楹(yíng 迎),廊柱,此泛指堂廊。赊,远。

〔3〕澄江:清澈的江水。江涨水阔,几与岸平,所以说"少岸"。由此以下四句写晚眺景色。

〔4〕"幽树"句:意为幽深的树木开花的季节虽晚,但花却开得很多。

〔5〕"细雨"二句:写细雨微风中鱼游燕飞,情景十分真切。惟"细雨",鱼儿不时浮出水面;惟"微风",燕子方飞而翅斜。叶梦得《石林诗话》称赞这两句是:"缘情体物,自有天然工妙,虽巧而不见刻削之痕。"

〔6〕"城中"二句:回应第一、二句"去郭"、"无村"的意思,见得地僻境幽。

江上值水如海势,聊短述[1]

为人性僻耽佳句[2],语不惊人死不休[3]。老去诗篇浑漫与[4],春来花鸟莫深愁[5]。新添水槛共垂钓,故著浮槎替入舟[6]。焉得思如陶谢手,令渠述作与同游[7]。

〔1〕这首诗是唐肃宗上元二年(761)杜甫在成都所作。诗题说,作者见江水陡涨、其势如海的奇景,不能长吟,才姑且写此短篇。"聊短述"是题意的重点,所以篇中关于水势只简单带过,主要是用自谦的语气谈写诗的一些甘苦体会。作者自称在诗句锤炼上曾经从严要求,下过较大的功夫,后来技巧才日渐熟练,创作比较得心应手,但还是希望在艺术上能达到更高的水平。

〔2〕为人:犹言平生。性僻:性格怪僻,个性不同于一般人。耽(dān 担):沉溺,入迷。全句是自谦的话,可看出作者为了写出好诗,总要作不寻常的努力。

〔3〕"语不"句:补说上句,极言作诗用心之苦。死不休:至死不肯罢休,非改好不可。

〔4〕老去:犹言"老来",到了老年。浑:完全,简直是。漫与:随意。"聊短述"正是"浑漫与"的表现。其实也是自谦的话。事实是写诗的工力深了,偶一涉笔,便觉得心应手。

〔5〕"春来"句:紧承上句,意谓诗景渐熟,挥笔立就,不必对花鸟而苦吟愁思了。一说愁属花鸟,诗皆随意而为,即所谓"浑漫与",所以花鸟也不必担心夺其声容之美而发愁了。这也是自谦的话。

〔6〕"新添"二句:水边新添了拦板,槛外放入木筏即可作为钓舟。可见水势之大。这两句才入题写江水如海势。水槛,近水的拦板,作用与栏杆同。故,因。著,安,置备。槎(chá 茶),木筏子。

〔7〕"焉得"二句:意思是,希望才思像陶、谢一样,写出名篇巨制来。陶谢,指东晋诗人陶渊明和南朝宋代诗人谢灵运,他们诗作工于描写田园、山水等自然景物。手,能手,指有本领的人。渠,大。述作,写作。

进艇〔1〕

南京久客耕南亩〔2〕,北望伤神坐北窗〔3〕。昼引老妻乘小艇,晴看稚子浴清江。俱飞蛱蝶元相逐,并蒂芙蓉本自双〔4〕。茗饮蔗浆携所有,瓷罂无谢玉为缸〔5〕。

〔1〕当是上元二年(761)成都作。船小而长者为艇。进艇:即划小船。诗以诙谐嬉戏之词,抒写优游愉悦之情,富有生活气息。

〔2〕南京:谓成都。安史之乱,玄宗幸蜀,至德二载升成都为府,置南京,上元元年罢。诗因对仗关系,仍称南京。

〔3〕北望:指北望长安和中原地区。此时尚处战乱之中,故而"伤神"。

〔4〕蛱蝶:蝴蝶。芙蓉:即荷花。俱飞:比翼双飞。元相逐、本自双:喻夫妻相亲相爱。仇兆鳌曰:"中四,喜妻子相聚,赋而兼比。"(《杜诗详注》卷十)

〔5〕茗饮:茶水。蔗浆:蔗汁。瓷罂(yīng 英):盛流质的陶制容器,小口大肚。无谢:犹不让。二句谓所携瓷罂中盛的虽是普通的茶浆,但它并不亚于富贵人家玉缸中的美酒佳酿。

客至〔1〕

舍南舍北皆春水,但见群鸥日日来〔2〕。花径不曾缘客扫,蓬门今始为君开〔3〕。盘飧市远无兼味,樽酒家贫只旧醅〔4〕。肯与邻翁相对饮,隔篱呼取尽馀杯〔5〕。

〔1〕题下原注:"喜崔明府相过。"明府:在唐代是对县令的尊称。崔明府生平不详。诗中对崔县令的来访流露出一种意外的喜悦,表现得热情而率真,足见二人颇情投意合。这首诗大约作于唐肃宗上元二年(761)春。

〔2〕"但见"句:是说闲居草堂,惟见沙鸥天天游来。意思是很少有

人来访。但见,只见。

〔3〕"花径"二句:表示对客来特别欢迎。上句说以往客少,也不轻易接待来客。下句说客人来访深感欣慰,且不等闲视之。蓬门,编蓬为门,形容居处贫陋。

〔4〕"盘飧(sūn孙)"二句:意思是由于贫困和离市较远,没有许多菜肴,酒也只有旧酿的浊酒。飧,熟食。无兼味,犹说菜很少。樽,酒器。醅(pēi胚),没有过滤的浊酒。

〔5〕"肯与"二句:是说如愿意跟邻翁一起对坐饮酒,就隔着篱笆喊来共尽馀杯。邻翁,据杜甫《北邻》、《过南邻朱山人水亭》等诗来看,北邻是王姓县令,南邻是朱山人。他们都好喝酒。肯,能愿词。取,在这里是语助词,用于动词之后。"呼取"犹"唤得"。

宾 至[1]

幽栖地僻经过少[2],老病人扶再拜难[3]。岂有文章惊海内?漫劳车马驻江干[4]。竟日淹留佳客坐,百年粗粝腐儒餐[5]。不嫌野外无供给,乘兴还来看药栏[6]。

〔1〕这首诗作于成都草堂,时间约在唐肃宗上元二年(761)。诗中写对客人的迎送,迎的话重在自谦,送的话重在道歉。客人的形象见于字里行间:他是个故作风雅的官僚,和作者素无交谊,来访是慕诗人之名。因此,杜甫对他谦中有傲,应酬中有厌烦的意味。

〔2〕"幽栖"句:是说草堂偏僻,来访人极少。幽栖,清静的住所,指

草堂。经过,过访,来访。

〔3〕"老病"句:意思是请客人原谅礼节不周到。作者这年只五十岁。托言"老病"就含有不愿"再拜"的意思。

〔4〕"岂有"二句:意思是我的诗并没有惊动海内,空劳你到这临江的草堂相访。漫劳,空劳。车马,客人的车马,这里借指客人。江干,江边。草堂临江,所以这样说。

〔5〕"竟日"二句:意思是客人停留了一天,可是我这寒酸的书生是永远吃粗茶淡饭的。这是表示无好酒菜招待。是道歉的话,但说得很冷淡。竟日,终日,整天。淹留,久留。粝(lì 历),粗米。腐儒,犹言寒酸的读书人,作者自称。

〔6〕"不嫌"二句:承上文,是说如果不嫌饭菜不好,有兴趣就再来看我种的药草。无供给,意思是没有好酒菜款待。兴,兴趣,兴致。

赠花卿〔1〕

锦城丝管日纷纷〔2〕,半入江风半入云〔3〕。此曲只应天上有,人间能得几回闻〔4〕?

〔1〕 花卿指成都府尹崔光远的部将花惊定。唐肃宗上元二年(761)四月,梓州刺史段子璋反,攻占绵州,自称梁王。在平定段子璋之乱的战斗中,花惊定表现得非常勇猛。事后,花惊定恃功抢掠,崔光远被罢官,花惊定也没有被重用。杜甫另有一首《戏作花卿歌》,赞扬花惊定勇猛平乱。这首诗当是在花惊定的宴会上所作,赞赏席间音乐非常美妙。

〔2〕 锦城:指成都。丝管:弦乐和管乐,泛指音乐。日纷纷:见得打

胜仗后的欢庆景象。

〔3〕"半入"句:形容音乐声悠扬而随风高入云霄。

〔4〕"此曲"二句:意思是音乐非凡,人世间罕能听到。这里形容音乐美妙无比。天上,传说中的神仙世界。旧注认为是皇宫,并由此引申出这首诗是讥讽花惊定"恃功骄恣","僭用天子礼乐"而作,未免牵强附会。

石笋行〔1〕

君不见益州城西门〔2〕,陌上石笋双高蹲〔3〕。古来相传是海眼〔4〕,苔藓蚀尽波涛痕〔5〕;雨多往往得瑟瑟〔6〕,此事恍惚难明论〔7〕。恐是昔时卿相墓,立石为表今仍存〔8〕。惜哉俗态好蒙蔽〔9〕,亦如小臣媚至尊〔10〕;政化错迕失大体〔11〕,坐看倾危受厚恩〔12〕。嗟尔石笋擅虚名,后来未识犹骏奔〔13〕。安得壮士掷天外,使人不疑见本根〔14〕。

〔1〕这首诗作于唐肃宗上元二年(761)秋。当时成都有两个笋状大石,高一丈多,底围一丈左右,叫"石笋",传说是神人用以填海眼的。杜甫在诗中驳斥了关于石笋的荒诞传说,认为石笋蒙蔽百姓,正如同"小臣"蒙蔽皇帝,乱政误国一样。最后表示应除掉石笋,暗示应贬斥当政的"小臣"。

〔2〕君不见:过去的诗人所作乐府诗,常用此三字作头一句的开端。益州:汉代地名,即成都。

〔3〕陌上:田间。陌上是田间小路。高蹲:高高的蹲踞着。石笋高

一丈多,上尖下粗,所以这样说。

〔4〕"古来"句:是说自古传说石笋是镇住海眼的。海眼,《华阳风俗记》:"蜀人曰:我州之西有石笋焉,天地之堆,以镇海眼,动则洪涛大滥。"以下两句也是复述有关传说。

〔5〕"苔藓(xiǎn险)"句:意思是传说石笋原有波涛的痕迹,只是由于年岁久远,被长出的苔藓浸蚀、掩没了。苔藓,青苔之类的植物。

〔6〕"雨多"句:传说多雨的时候往往可以拾到碧珠。瑟瑟,碧珠。《成都记》载:"石笋之地,雨过必有小珠,或青黄如粟。"

〔7〕"此事"句:总括上三句,说明关于石笋的种种传说,恍恍惚惚,难以证明是真实可信的。

〔8〕"恐是"二句:作者表示自己的看法。谓石笋大概是古时蜀国卿相的墓表。卿相,古时地位最高的官员。表,标记。

〔9〕俗态:世俗的作风,指传播迷信传说。

〔10〕小臣:宦官。语出《国语·燕语》,注:"小臣,官名,掌阴事阴令(指帝王私事),阉士也。"联系当时朝政看,可能是暗指李辅国。他原为宦官,与唐肃宗的妃子张良娣相勾结,专揽朝政。媚:谄媚,取悦于人。至尊:指皇帝。

〔11〕政化:政治教化。错迕(wǔ午):错乱。

〔12〕"坐看"句:是说媚君邀宠的"小臣",对王朝的垮台危险坐视不问,只图受皇帝重用厚赏。坐看,有袖手旁观的意思。

〔13〕"嗟尔"二句:慨叹荒诞不经的传说使石笋有了名声,引得一些不知真相的人跑来观看。嗟(jiē阶),叹词。尔,你,指石笋。擅,专有。不识,指不明真相的人。骏奔,快跑,指赶着来看石笋。

〔14〕"安得"二句:希望把石笋丢到看不到的地方,使人们不再为其所惑。本根,事实真相,指石笋的底细。

石犀行[1]

君不见秦时蜀太守,刻石立作五犀牛[2]。自古虽有厌胜法,天生江水向东流[3]。蜀人矜夸一千载,泛溢不近张仪楼[4]。今日灌口损户口,此事或恐为神羞[5]!修筑堤防出众力[6],高拥木石当清秋[7]。先王作法皆正道,诡怪何得参人谋[8]?嗟尔五犀不经济,缺讹只与长川逝[9]。但见元气常调和[10],自免洪涛恣凋瘵[11]。安得壮士提天纲[12],再平水土犀奔茫[13]。

〔1〕唐肃宗上元二年(761)秋,成都地区的灌口(今在四川都江堰市)发生水灾。杜甫就传说是为镇压水怪、免除水灾而设置的石刻犀(xī希)牛,说明迷信神鬼是荒诞的,防止水灾主要靠民众出力,修筑堤坝;只要朝廷当局施政适宜,自然能够免除洪水泛滥。

〔2〕"君不见"二句:说明石犀牛是秦代李冰所立的。蜀太守,指李冰。他在秦孝文王时(公元前三世纪中叶)为蜀郡的郡守,在灌口修建了著名的都江堰水利工程,解除了岷江水患,使大量农田得以灌溉。见《史记·河渠书》。传说,他曾作了五个石犀牛,以镇伏水怪。见《华阳国志·蜀志》。

〔3〕"自古"二句:是说虽然自古就有这类镇压鬼怪的方法,但是江水东流是自然趋势。厌(yā鸭)胜,用诅咒或其他巫术方法镇压所谓鬼怪。这里就传说李冰作五石犀以镇压水怪而言。

〔4〕"蜀人"二句:意思是蜀人竟然相信迷信传说,夸说成都千年来

没有遭受水灾就是因为有这几个石犀。矜夸,夸耀。张仪楼,传说,秦惠文王时,张仪建成都城,周围十二里,高七丈;西南城楼,高百馀尺,临山瞰江,名"张仪楼"。见《华阳国志·蜀志》。这里用以指代成都。

〔5〕"今日"二句:用灌口近遭水灾的事实,驳斥上述迷信之说。损户口,指水灾淹死了许多百姓。洪水泛滥,伤人害稼,可见石犀毫无灵验。说"或恐为神羞",意思是大概要使神丢脸!

〔6〕堤防:防水堤。以下从正面谈起。

〔7〕高拥木石:指用木石筑起高堤。当清秋:以备秋季水涝为患。

〔8〕"先王"二句:意思是古代帝王治理天下,施行法令,都本之于物理人情的正常做法,如筑堤防水;而不采取诡怪荒诞之说,如作石犀以镇压水怪之类。参人谋,参与人的谋划,即就"先王作法"而言。

〔9〕"嗟尔"二句:是说这几个石犀没有什么用处,现已残缺,又移动了地方,只好让他们随江水漂走。不经济,不能经世济民,意思是对社会无益。缺,石犀原来五个,唐时只剩下三个。讹,这里如《诗·小雅·无羊》"或寝或讹"句之"讹",动的意思,指石犀也已变动了位置。逝,去,过去。

〔10〕元气:人的精气,这里指代国家的政治和经济的基本力量。调和:犹调治,调理。

〔11〕恣凋瘵(zhài 债):任意为害。瘵:病。

〔12〕提天纲:意思是抓住纲领,整顿王朝秩序。

〔13〕平水土:使水土各得其所。奔茫:逃跑。

茅屋为秋风所破歌[1]

八月秋高风怒号,卷我屋上三重茅[2],茅飞渡江洒江郊。高者挂罥长林梢[3],下者飘转沉塘坳[4]。南村群童欺我老无力,忍能对面为盗贼[5],公然抱茅入竹去,唇焦口燥呼不得[6],归来倚杖自叹息。俄顷风定云墨色,秋天漠漠向昏黑[7]。布衾多年冷似铁[8],娇儿恶卧踏里裂[9]。床头屋漏无干处,雨脚如麻未断绝[10]。自经丧乱少睡眠,长夜沾湿何由彻[11]!安得广厦千万间,大庇天下寒士俱欢颜!风雨不动安如山[12]。呜呼!何时眼前突兀见此屋,吾庐独破受冻死亦足[13]!

〔1〕肃宗上元二年(761)秋八月,一场暴风袭击了杜甫居住的浣花溪畔的草堂,卷走了屋顶覆盖的茅草,随之而来的秋雨,又淋得他床头全无干处。眼前的狼狈处境,触起了他对于战乱以来所尝痛苦的回忆,进而又联想到天下和自己一样不幸的"寒士",因此写了这首记事兼抒情的歌行体七言古诗。

〔2〕"八月"二句:写风狂屋破。秋高,犹言高秋,即秋天。三重(chóng 虫),三层。古代诗文中"三"字、"九"字往往是言其多,不一定是确指。

〔3〕挂罥(juàn 倦):挂结。长林梢:指高大的树梢上。

〔4〕塘坳(ào 傲):低洼积水的地方。

〔5〕忍能:竟忍心这样做。能,唐人口语,犹云"这样"。

〔6〕呼不得:喝止不住。

〔7〕"俄顷"二句:写风停雨起。俄顷,形容极短的时间,一会儿。漠漠,阴沉迷濛的样子。向,接近。

〔8〕"布衾(qīn 亲)"句:写生活的窘迫。布衾,布被。冷似铁,布被盖了多年,已不再松软,故有此形容。

〔9〕恶卧:睡相不好。形容稚子的痴睡无知。踏里裂:把被里子都蹬破了。

〔10〕雨脚如麻:形容雨点不间断,像垂下的麻线一样。

〔11〕"自经"二句:自从战乱以来,自己就很少睡得着觉,如今秋夜漫长,屋漏床湿,何时才能等到天亮呢!丧乱,死亡祸乱的事,这里指安史之乱。少睡眠,一面是指战乱中奔波流离很少安息,一面也指自己忧于国事,往往难于成寐,如所说"不眠忧战伐,无力正乾坤"(《宿江边阁》)。何由彻,如何等到天亮。彻,彻晓,天亮。

〔12〕"安得"三句:写作者的想象和愿望。安得:犹焉得,从哪得到。广厦(shà 啥),宽敞的大屋。庇(bì 毕),遮盖,掩护。俱欢颜:都喜笑颜开。

〔13〕"何时"二句:什么时候眼前能耸立起这些宽大的房屋,我自己即使茅庐独破,受冻至死,也是心甘情愿的。突兀(wù 悟),高耸的样子。见,同"现"。庐,房舍。

楠树为风雨所拔叹[1]

倚江楠树草堂前,故老相传二百年[2]。诛茅卜居总为此[3],五月仿佛闻寒蝉[4]。东南飘风动地至[5],江翻石走流云气[6]。干排雷雨犹力争,根断泉源岂天意[7]!沧波老树性所爱[8],浦上童童一青盖[9]。野客频留惧雪霜[10],行人不过听竽籁[11]。虎倒龙颠委榛棘,泪痕血点垂胸臆[12]。我有新诗何处吟?草堂自此无颜色[13]。

〔1〕这首诗写于肃宗上元二年(761)。草堂前面一棵枝叶繁茂的老楠树,被风吹倒,连根拔出。平静的自然界发生了这个突起的变化,不仅在作者生活中引起波澜,也使他心里有所感触。诗中写老楠树有德于人,并且把老树人格化,写其反抗挣扎,写其倒地惨象,倾诉对它的同情和惋惜。楠树,常绿乔木,产于云南、四川等地。

〔2〕"倚江"二句:写楠树的所在位置及其苍老。故老,老年人。

〔3〕"诛茅"句:因为要紧靠这棵老楠树,才除草建房选择住处于此。诛茅,除去荒草。卜居,选择住宅。

〔4〕"五月"句:是说树高叶茂,荫多气凉,声响细弱,仿佛听到寒蝉的鸣声。寒蝉,亦名寒螀,似蝉而小,深秋日暮乃鸣,声音微弱。

〔5〕飘风:暴风。动地:震动大地。

〔6〕"江翻"句:形容暴风来势的猛烈。云气:指游动的云。

〔7〕"干排"二句:写楠树与风雨的搏斗。干,树身。排,推开。犹力争,依然奋力抗争。岂天意,难道天意使其如此吗?

〔8〕"沧波"句:回想老树为风雨拔倒前,原为自己所深爱。沧波,指江水。江水呈暗绿色,故用一个"沧"字。树生江边,因称"沧波老树"。性,指自己内心。

〔9〕浦:水边。童童:树叶下垂的样子。一青盖:指树荫。老树枝叶伸张,遮雨蔽日犹如伞盖。

〔10〕野客:泛指过往路人。频留:屡次在这里停留。惧雪霜:意思是说因惧雪霜而来树下躲避。

〔11〕不过:不走开。竽籁(yú lài 鱼赖):指风吹树叶的声响,如音乐一般。"竽"是笙一类的乐器,"籁"是箫一类的乐器。

〔12〕"虎倒"二句:再写眼前,老树拔倒在乱木丛中,像有泪痕血点垂在它的胸口上。这是用拟人手法写树。虎倒龙颠,写楠树仆倒之状。杜甫常以"龙虎"形容老树,如《病柏》中也有"偃蹇龙虎姿"的句子。委

榛棘,委弃榛棘丛中。榛棘,杂乱生长的灌木丛。

〔13〕"我有"二句:写诗人自己对老楠树的痛惜之情。无颜色,这里形容凄凉而无生气。

枯棕[1]

蜀门多棕榈[2],高者十八九[3]。其皮割剥甚,虽众亦易朽[4]。徒布如云叶,青青岁寒后。交横集斧斤,凋丧先蒲柳[5]。伤时苦军乏,一物官尽取[6]。嗟尔江汉人[7],生成复何有[8]!有同枯棕木,使我沉叹久[9]。死者即已休,生者何自守[10]!啾啾黄雀啄,侧见寒蓬走[11]。念尔形影干[12],摧残没藜莠[13]。

〔1〕这是作者伤悼民间物力枯竭而写的一首五言古诗,约作于肃宗上元二年(761)。全诗可分两个部分,前一部分,是写棕榈树受到的种种摧残;后一部分,是正面描述老百姓当时遭受的横征暴敛,及其不得保全、活不下去的痛苦。以物喻人,由感叹枯棕引出对于人民苦难生活的感叹,是这首诗写法上的一个特点。棕:即棕榈,一种常绿乔木,棕毛可制刷子、绳索等;木材可做家具。

〔2〕蜀门:泛指四川地带。

〔3〕"高者"句:十分之八九都长得很高。棕榈树干高可达三丈馀。

〔4〕"其皮"二句:树皮被剥割太多,所以棕树虽多也容易枯败。其皮,指棕毛。

〔5〕"徒布"四句:棕树虽天寒后还长着青青茂盛的树叶,但由于横

加砍伐,它竟比蒲柳凋谢得还早。徒,白白地。如云叶,形容叶多如云。斤,伐木用的砍刀。蒲柳,又名水杨,是秋天很早就凋零的树木。古代诗文中常用它比喻人的体弱或早衰。

〔6〕"伤时"二句:慨叹这个战乱的时代,为军用缺乏所苦,连棕皮这样的东西都完全被官府征敛、掠夺去了。军乏,军队缺少用物。一物,指像棕皮这样的东西。《南齐书·高帝纪》:"时军容寡缺,乃编棕皮为马具。"见得割剥棕皮可供应军用。这两句是点明主题,并起承上启下的作用。

〔7〕嗟(jiē 阶):叹词。尔:你,你们。江汉人:指四川一带人。江,指长江;汉,指汉水,流入嘉陵江,因代指嘉陵江。

〔8〕"生成"句:是说地里生的和人工制成的全被官府敛去,再也没有什么了。

〔9〕沉叹:深深的叹息。

〔10〕"死者"二句:死的人就死了,活着的人又怎样保全自己呢?就像枯棕一样,遭受割剥者已经枯死,幸存下来者,还要继续遭受割剥。

〔11〕"啾(jiū 究)啾"二句:黄雀啾啾啄食,棕毛如蓬草在寒风中飞扬。兼喻伤悼老百姓的无所依托,是比兴的写法。啾啾,杂乱而细小的叫声。啄,一作"喋",义同。侧见,从旁看见。走,指如蓬草飞扬。

〔12〕形影干:指枯棕,兼喻老百姓。干:即干枯。

〔13〕没藜莠(lí yǒu 黎有):埋没在野草里。"藜"是鹤顶草,"莠"是狗尾草,这里指代荒草。

病橘[1]

群橘少生意,虽多亦奚为[2]!惜哉结实小,酸涩如棠梨[3]。

剖之尽蠹虫,采掇爽所宜[4]。纷然不适口,岂止存其皮[5]?萧萧半死叶[6],未忍别故枝[7]。玄冬霜雪积,况乃回风吹[8]。尝闻蓬莱殿,罗列潇湘姿[9]。此物岁不稔,玉食失光辉[10]。寇盗尚凭陵[11],当君减膳时[12]。汝病是天意[13],吾恐罪有司[14]。忆昔南海使,奔腾献荔枝,百马死山谷,到今耆旧悲[15]。

〔1〕这首诗写于肃宗上元二年(761)。诗人以病橘为题,写出皇帝为满足口腹之欲,勒索各地百姓贡献土产的事。诗意曲折含蓄,而讽谏弊政之意明白可见。篇末引出唐玄宗时"献荔枝"的历史教训,似在隐喻现实,谏劝肃宗。

〔2〕"群橘"二句:橘林蔫巴巴地缺少生意,这样的果树虽多又有什么用!生意,有生命力,指果树繁茂旺盛。奚,何。以下十句,描写病橘本身。

〔3〕棠梨:也叫杜梨,梨的一种,果实近球形,褐色有斑点,味酸。

〔4〕"剖之"二句:这种橘子,剥开尽是蛀虫,本不应该去采摘。蠹(dù 肚),这里指橘中蛀虫。采掇(duō 多),摘取。爽所宜,不合适。爽,失去的意思。

〔5〕"纷然"二句:橘子很多,可味道不好吃,难道仅仅要收存橘皮吗?纷然,众多的样子。存其皮,橘皮为药材,橘瓤既难吃,只剩皮还有用,故云。

〔6〕萧萧:风吹枯树叶的声音。半死叶:将死未死之叶。

〔7〕"未忍"句:形容枯叶将落未落,好像不愿与故枝分开。王嗣奭《杜臆》卷四:"偏于无知之物写出一段性情来。妙。"

〔8〕"玄冬"二句:是说严冬一到,霜雪逼,寒风吹,橘树就更难于忍

受了。两句有所寓意,写树也是喻人。玄冬,即冬天。古人以玄(黑)色配北方,以北方配冬季,因称冬天为"玄冬"。况乃,更何况。回风,旋风。

〔9〕"尝闻"二句:曾听说,在皇宫里摆出过很多橘子。意思说皇帝爱吃橘子。蓬莱殿,唐王朝宫名。据记载:玄宗开元末年,江陵曾献进乳柑橘,玄宗以十枝种在蓬莱宫,天宝十年秋结实,玄宗曾取以赏赐群臣(《太真外传》)。潇湘姿,指橘子。潇、湘为湖南二水名,其流域盛产橘子。

〔10〕"此物"二句:橘子年成歉收,皇帝的膳食就因缺少美橘而减色。此物,指橘子。不稔(rěn忍),歉收。稔,成熟。玉食,指皇帝的膳食,取"美食如玉"的意思。

〔11〕寇盗:指安史叛军。凭陵:猖獗横行的意思。

〔12〕减膳:古代皇帝遇到大灾大乱,便虚伪地宣称减少饭食,表示"自责"。

〔13〕"汝病"句:橘病适当皇帝减膳时,所以疑是天意使然。汝,指橘。

〔14〕"吾恐"句:我担心的是负责进贡的官吏会由于皇帝吃不上橘子而受到处分。罪,作动词用,治罪。有司,指负责置办贡物的官吏。

〔15〕"忆昔"四句:是借过去南海贡献荔枝酿成的悲剧,作为鉴戒并提出警告。南海使,指从南海来进贡的人。唐玄宗时,曾为杨贵妃向南海索贡荔枝,"每岁飞驰以进"(《唐国史补》)。耆(qí其)旧悲,老一辈的人还记忆犹新,感到悲伤。

不见[1]

不见李生久[2],佯狂真可哀[3]。世人皆欲杀[4],吾意独怜才^[5]。敏捷诗千首,飘零酒一杯^[6]。匡山读书处^[7],头白好归来^[8]。

〔1〕这首诗约作于肃宗上元二年(761),杜甫时在成都。作者和李白在玄宗天宝四载(745)相会于鲁郡(今山东济宁市兖州区)后,十多年没再见面。李白因永王李璘事件而流放夜郎,前年遇赦东归,去年曾到浔阳(今江西省九江市)一带。作者听到情况,但不知其详,所以诗题下原注:"近无李白消息。"诗中表达了对李白的同情和深沉怀念,并劝他回故乡读书,安度晚年。

〔2〕李生:指李白。

〔3〕佯狂:假装疯狂。李白言行放纵,不拘礼俗,在杜甫看来,是为避免别人迫害而有意的"佯狂"。

〔4〕"世人"句:是说当时很多人都认为李白该杀。可看出李白当时处境的危险。世人,指当时一般官僚。

〔5〕独怜才:独独怜惜李白的才能。

〔6〕"敏捷"二句:写李白诗才敏捷,飘零纵酒。

〔7〕匡山:指大匡山,在今四川江油。李白青少年时曾在此读书。

〔8〕头白:指年岁已老。

百忧集行^[1]

忆年十五心尚孩,健如黄犊走复来。庭前八月梨枣熟,一日上树能千回^[2]。即今倏忽已五十,坐卧只多少行立^[3]。强将笑语供主人^[4],悲见生涯百忧集^[5]。入门依旧四壁空,老妻睹我颜色同[6]。痴儿不知父子礼,叫怒索饭啼门东[7]。

〔1〕这首诗写于肃宗上元二年(761),杜甫时年五十。诗人回忆起青年时的强健活泼,深感现在已经衰老;也想到政治上终不如意,官场里得不到援引;而生活上依旧贫困,出路渺茫。诸多忧愁,齐集心头,因题诗名为"百忧集行"。

〔2〕"忆年"四句:写自己少年时活泼之状,衬出下文的"忧"字。心尚孩,童心不改。黄犊(dú 独),小黄牛。走复来,跑过去又跑过来。能千回,形容上树次数之多。

〔3〕"即今"二句:是说如今年老体弱,坐卧多而行立少。倏(shū 书)忽,极快地。

〔4〕"强将"句:意思是穷途作客,多求助于人,即使心里忧愁,也勉强装成有说有笑的样子。强(qiǎng 抢),勉强。主人,指作者所依附、求援的官僚。

〔5〕生涯:指自己的生活。

〔6〕"入门"二句:写家庭的贫穷艰难。睹我:看着我。颜色同:指夫妻两人面上同样是一片愁容。

〔7〕"痴儿"二句:写稚子饥饿索饭而叫、而怒,而啼,更见贫穷之甚,可忧之甚。

少年行[1]

马上谁家白面郎[2],临阶下马坐人床[3]。不通姓氏粗豪甚[4],指点银瓶索酒尝[5]。

[1] 此为宝应元年(762)在成都作。仇兆鳌曰:"此说少年意态神情,跃跃欲动。"(《杜诗详注》卷十)又引胡夏客曰:"此盖贵介子弟,恃其家世,而恣情放荡者。既非才流,又非侠士,徒供少陵诗料,留千古一噱耳。"
[2] 白面:面白如玉,一见即知为纨袴子弟。
[3] 床:胡床,一种可以折叠的轻便坐具。亦称交床、交椅。
[4] 不通姓氏:不报姓名。见其傲慢。
[5] 银瓶:银制酒器。仇兆鳌曰:"下马坐床,指瓶索酒,有旁若无人之状。"

遭田父泥饮,美严中丞[1]

步履随春风[2],村村自花柳[3]。田翁逼社日[4],邀我尝春酒。酒酣夸新尹[5]:"畜眼未见有[6]。"回头指大男[7]:"渠是弓弩手[8]。名在飞骑籍[9],长番岁时久[10]。前日放营农[11],辛苦救衰朽[12]。差科死则已[13],誓不举家走[14]。今年大作社[15],拾遗能住否[16]?"叫妇开大瓶,盆中为吾取[17]。感此气扬扬,须知风化首[18]。语多虽杂乱,说尹终在口[19]。朝来偶然出,自卯将及酉[20]。久客惜人情,如何拒邻叟[21]?高声索果栗[22],欲起时被肘[23]。指挥过无礼,未觉村野丑[24]。月出遮我留,仍嗔问升斗[25]。

〔1〕这首诗作于宝应元年(762)春。去年末,严武以御史中丞衔任成都尹,充剑南节度使。严武与杜甫本是旧交,来成都后曾到草堂看望杜甫,并在生活上给了很多照顾。诗中写作者被一位老农夫热情强留住饮酒的事情,借这位老农夫的话突出赞扬了严武能体恤民苦、颇得人心的"善政"。作者对老农夫的豪爽朴实刻划得颇为真切生动。泥(nì 逆)饮:执意劝酒。

〔2〕"步屣(xiè 谢)"句:穿着草鞋随便走走观赏春景。屣,木底鞋或草鞋。

〔3〕"村村"句:是说各村花柳随着节候自红自绿。

〔4〕田翁:犹田父。逼社日:临近社日。社日是古时乡村祭土神的节日,春社在立春后,秋社在立秋后。这里指春社。

〔5〕酒酣(hān 憨):酒喝得畅快。新尹:新到任的长官,指严武。

〔6〕"畜眼"句:是说生了眼睛,却从来没有见过这样的好官。畜,生长。唐宋人诗中屡见畜眼、畜耳等词语,如北宋陈师道《寄滕县李奉议》:"畜眼未见耳不闻。"《次韵苏公西湖观月听琴》:"畜耳无前闻。"

〔7〕大男:大儿子。下面九句是田父的话。

〔8〕渠:他。这里指大男。弓弩(nǔ 努)手:古时军中掌射箭的士兵。弩是一种设有机关、利用机械力量射箭的弓。

〔9〕飞骑(jì 技):唐代军队的一个兵种。其士兵也要掌握弩射的技术。见《新唐书·兵志》。籍:名册。

〔10〕长番:唐代军中士兵,分"六番"按期先后更换新兵;长时期服役,不轮番替换的,就叫做"长番"。

〔11〕放营农:从军队中放归家乡务农。

〔12〕"辛苦"句:承上句,是说使我这衰朽的老人得以摆脱辛苦的劳动。

〔13〕差科:徭役赋税。死则已:到死为止。这里是尽力而为的

意思。

〔14〕举家:全家。走:指离开家乡。

〔15〕大作社:是说社日要不同往年地大肆热闹一下。

〔16〕拾遗:田父称作者。因为,作者曾做左拾遗。

〔17〕为吾取:给我拿酒来。取,指取酒。

〔18〕"感此"二句:意思是作者颇为田父的这番意气扬扬的劲头所感动,从这里领会到做官的能够以政令化民是最重要的。风化,用好的教令使人民安居乐业、风俗淳朴。

〔19〕"说尹"句:是说田父始终口口声声地赞美新府尹严武。

〔20〕"朝来"二句:是说早晨随便出来,直到晚上还未能离开田父这里。卯,早上六时前后。酉,傍晚六时前后。

〔21〕"久客"二句:意思是在这里待了一天,是因为自己长期流寓作客,懂得珍惜人情,所以不愿意推辞田父强留饮酒的盛情。邻叟,指田父。

〔22〕"高声"句:田父大声吆喝着叫家人拿食物待客。由此以下都是描摹田父强留作者饮酒的热情率真的举动、神情。

〔23〕被肘:被拉着胳膊不放。肘:作动词用,捉肘的意思。

〔24〕"指挥"二句:意思是田父硬要作者留下来饮酒,不准告别,似乎很不讲礼节;但态度非常真诚、热情,所以只觉得率直天真,并不感到粗野。指挥,用得非常风趣,指田父强迫作者按他的心思留下来。

〔25〕"月出"二句:意思是天色已晚,田父仍留住不让走;家人问再添多少酒,他还生气地说:不必问多少,有就只管拿来。这是极写田父的兴致、慷慨。遮,遮拦,拦住。嗔(chēn 琛),生气。升斗,古人饮酒以升斗计,所以用以指饮酒的数量。

寄李十二白二十韵[1]

昔年有狂客,号尔"谪仙人"[2]。笔落惊风雨,诗成泣鬼神[3]。声名从此大,汩没一朝伸[4]。文采承殊渥[5],流传必绝伦[6]。龙舟移棹晚[7],兽锦夺袍新[8]。白日来深殿[9],青云满后尘[10]。乞归优诏许[11],遇我宿心亲[12]。未负幽栖志,兼全宠辱身[13]。剧谈怜野逸,嗜酒见天真[14]。醉舞梁园夜,行歌泗水春[15]。才高心不展,道屈善无邻[16]。处士祢衡俊,诸生原宪贫[17]。稻粱求未足,薏苡谤何频[18]!五岭炎蒸地,三危放逐臣[19]。几年遭鹏鸟,独泣向麒麟[20]。苏武元还汉,黄公岂事秦[21]?楚筵辞醴日[22],梁狱上书辰[23]。已用当时法,谁将此意陈[24]?老吟秋月下,病起暮江滨[25]。莫怪恩波隔,乘槎与问津[26]。

〔1〕李十二白就是李白,他排行第十二。李白被流放夜郎,途中遇赦放还,上元二年(761)末到当涂(今安徽当涂县)养病。唐肃宗宝应元年(762)七月,杜甫送严武入朝,由绵州(今四川绵阳市)转赴梓州(今四川三台县),不久返成都接家属来梓州。大约在此时获知李白近几年来的情况,回忆过去两人的友情,于是写了这首二十韵的排律寄赠。诗中叙述了李白一生的事迹、性格,直到晚年受诬遭罪的心情,字里行间流露着仰慕和哀怜之情。这首诗是了解李白和杜甫两位大诗人关系的宝贵资料。杜甫虽然采用了排律(八句以上的律诗)体,重对偶,尚用典,形

式上受到约束,但仍然能叙事真切,情见乎词,并不使人感到板滞晦涩。

〔2〕"昔年"二句:从李白被贺知章赞誉为"谪仙人"说起。狂客,即指贺知章,见前《饮中八仙歌》注〔2〕。他曾自称"四明狂客"(《旧唐书·贺知章传》)。四明,是指其故乡浙江鄞(yín银)县的四明山。唐孟启《本事诗·高逸》记载:李白初自蜀至长安,贺知章"闻其名,首访之。既奇其姿,复请其为文。白出《蜀道难》以示之。读未竟,称叹者数四,号为谪仙"。这里就此事而言。谪仙人,从天上贬降到人间的神仙,比喻李白姿态不凡,诗才出众。

〔3〕"笔落"二句:赞扬李白作诗敏捷,疾风骤雨都感到惊讶;李白诗篇感染力极强,连鬼神也为之感动流泪。又《本事诗·高逸》记载:贺知章读到李白的《乌栖曲》云:"此诗可以泣鬼神矣。"可见,这两句诗也是化用当时贺知章等人对李白诗的赞语。

〔4〕"声名"二句:是说李白由于受到贺知章的推奖,从埋没无闻变而声名大起。汩(gǔ)没,淹没,指无人重视。一朝,犹一日、一时。伸,伸展,得意。以上六句追述李白在开元十八年(730)第一次入长安以诗才受到文坛的注目。

〔5〕"文采"句:是说李白以文采受到唐玄宗的赏识,召为翰林供奉。殊渥(wò握),特殊的恩宠。《新唐书·李白传》:"知章言白于玄宗,召见金銮殿,奏颂一篇;赐食,帝为调羹,有诏供奉翰林。"

〔6〕"流传"句:是说李白供奉翰林期间,写了一些好诗,流传于世。绝伦,极言作品好,没人能比得上。

〔7〕"龙舟"句:指唐玄宗泛舟白莲池,召李白来作序,适逢李白喝醉了,命高力士扶他上船。见前《饮中八仙歌》注〔14〕。移棹(zhào照),指泛舟。棹是划船的工具,即桨。

〔8〕"兽锦"句:借初唐宋之问夺得锦袍的故事,比喻李白奉诏作文赋诗,压倒其他人。兽锦,织有兽形花纹的丝织物。夺袍,据《旧唐书·

宋之问传》记载：武则天游洛阳龙门，命侍从官员们赋诗，"左史东方虬（qiú 求）诗先成，则天以锦袍赐之。及之问诗成，则天称其词愈高，夺虬锦袍以赏之"。

〔9〕"白日"句：意思是李白常白日应召，到禁中幽深的宫殿里来。李白《赠从弟南平太守之遥》诗中说："承恩初入银台门，著书独在金銮殿。龙驹雕镫白玉鞍，象床绮席黄金盘。"李阳冰《草堂集序》中说：唐玄宗对李白，"置于金銮殿，出入翰林中，问以国政，潜草待诏，人无知者"。这句说的就是此种情况。

〔10〕"青云"句：意思是李白既受到唐玄宗的重视，地位荣耀，可谓青云直上，一些趋炎附势的官僚文人便甘拜后尘，趋承奉迎。这同李白《赠从弟南平太守之遥》中所说"当时笑我微贱者，却来请谒为交欢"，是一件事。青云，即上青云，比喻地位高升。后尘，比喻追随趋从的人。以上六句追述李白在天宝元年(742)第二次入长安受到唐玄宗优宠的情形。

〔11〕乞归：指天宝三载(744)，李白受张垍、高力士等权贵人物的谗毁，请求还山。优诏许：指唐玄宗诏许归山，赐金放还。优是优待、特别照顾的意思。

〔12〕遇我：指天宝三载夏，李白离开长安，在洛阳与作者相遇。宿心亲：是说彼此倾慕已久，一见面特别亲切。宿，同"夙"，素来的意思。

〔13〕"未负"二句：称赞李白乞归被放还，既没有辜负隐居自处的志趣，又能在受宠遇和受谗毁的境遇中保全自己。幽栖，隐居。宠辱，宠是得宠，被重用；辱是受辱，被排斥、遭诬陷。

〔14〕"剧谈"二句：是说两人相遇后情投意合，无拘束地畅谈，都很爱喝酒，表现出一派天真的性情。剧谈，畅谈。怜野逸，喜欢放逸，无所拘束。

〔15〕"醉舞"二句：写作者和李白同游梁宋、同游齐鲁时的情形。

梁园,西汉梁孝王刘武在睢阳(今河南商丘市)所修筑的兔园,后称梁园、梁苑。这里指代今河南开封、商丘一带。行歌:既行且歌。泗水,流经今曲阜、兖州等市。这里指代齐鲁即今山东省。以上八句写两人在天宝初年的亲密交往。

〔16〕"才高"二句:是说李白才气虽高,而志向却不得施展;遭遇坎坷,虽道德高尚也很少有人引以为同道。善无邻,反用《论语·里仁篇》"德不孤,必有邻"的意思。邻,邻人,指友好、志同道合的人。

〔17〕"处士"二句:是说李白如祢(mí 迷)衡一样,才智过人,却不得任用;只能像原宪一样,做一个贫穷的书生。处士,指没有官职的人。祢衡,东汉末文人,孔融曾上表荐举,说他才智卓越,但由于性情刚傲,得罪曹操,未被任用,后为刘表部下黄祖所杀。见《后汉书·祢衡传》。俊:才智过人。原宪,见前《奉赠韦左丞丈二十二韵》注〔24〕。

〔18〕"稻粱"二句:指李白应聘入永王李璘幕,李璘事败被杀,李白也牵连判罪。意思是李白受聘不过是为生活所迫,也并没有得到多少好处,却遭到纷至沓来的诽谤。稻粱:指生活所需。未足,不足。薏苡(yì yǐ 益椅)谤,薏苡是一种禾本科植物,种仁含淀粉,可供食用,俗称"药玉米"。《后汉书·马援传》载:马援征交趾,带回一些薏苡种,别人造谣说他带的是明珠。这里借以比喻有人诬陷李白。何频,何其频繁!

〔19〕"五岭"二句:是说李白被朝廷判罪,流放夜郎。五岭,即大庾岭、骑田岭、都庞岭、萌渚岭和越城岭,绵亘于广东、广西、江西和湖南四省交界处。炎蒸,气候酷热。三危,《尚书·舜典》:帝舜"窜(放逐)三苗于三危"。《山海经》、《水经注》等书,都说三危山在今甘肃敦煌市东。五岭和三危在这里都暗指夜郎,表明它是边远荒僻之地。

〔20〕"几年"二句:用贾谊遭贬和孔丘自伤穷途末路的故事,来形容李白含冤负屈、悲伤绝望的心情。鵩(fú 伏)鸟,即猫头鹰。西汉文人贾谊被贬为长沙王的太傅,见鵩飞进屋里,预感寿命不长,遂作《鵩鸟

223

赋》以自慰(《文选·鹏鸟赋序》)。李白从至德二载(757)定罪流放以来,大概有贾谊这种身危之感,所以说"几年遭鵬鸟"。麒麟,传说中的一种"仁兽"。春秋末,鲁哀公十四年(前418),孔丘听说鲁人打猎捕到一只麒麟,认为这是自己的政治理想难于实现的征兆,不禁哭泣起来,说:"吾道穷矣!"(《公羊传》)这里是比喻李白定罪后的境遇和心情。以上十句写李白坐永王李璘事件遭罪的情况。

〔21〕"苏武"二句:用苏武不降匈奴和夏黄公不事秦的故事,写李白并不曾依附永王而背叛朝廷。苏武,汉武帝派苏武出使北匈奴,被扣留十九年,坚持不降,最后终得归汉(《汉书·苏武传》)。黄公,即夏黄公,不肯为秦始皇所用,入商山隐居。见《史记·留侯世家》。

〔22〕"楚筵"句:用西汉穆生辞楚王刘戊的故事,比喻李白未受永王李璘的官职。楚元王刘交对穆生很尊重,穆生不会饮酒,每次宴请宾客时,都专门为之"设醴"(准备一种甜酒)。后来刘戊继位,一次忘掉"设醴",穆生认为不够尊重,于是托病辞去。见《汉书·楚元王传》。李白《经乱离后天恩流夜郎忆旧游书怀》诗有句云:"辞官不受赏",可见永王曾想加给李白一个官职,李白推辞了。

〔23〕"梁狱"句:用西汉文人邹阳在狱中上书梁孝王的故事,比喻李白在浔阳狱中也曾有文字给当道,为自己辩护。梁狱上书,西汉梁孝王刘武听信谗言,把邹阳下到狱中,邹阳在狱中上书为自己辩解,梁孝王便释放了他。见《汉书·邹阳传》。李白在狱中有《上崔相涣》等诗,并也得到了御史中丞宋若思的谅解,一度获得释放(李白有《中丞宋公以吴兵三千赴河南,军次浔阳,脱余之囚,参谋幕府,因赠之》)。但却没有取得朝廷的谅解,终于判罪流放夜郎。这里用邹阳故事,只取"狱中上书"之意,并不包括获释的内容,所以紧跟着有下面两句。

〔24〕"已用"二句:意思是既然李白当时已判了罪,还有谁把应宽宥他的建议上达朝廷呢?也就是说无人为李白辨诬伸冤。以上六句是

为李白剖白心迹。

〔25〕"老吟"二句:指李白遇赦后年纪已老,养病当涂。

〔26〕"莫怪"二句:劝慰李白不要埋怨皇帝不施恩泽,表示自己要设法向朝廷为之申诉,昭雪其所受的冤诬。恩波隔:意思是说没有沾皇帝的恩泽。乘槎,晋张华《博物志》云:"天河与海通,近世有人居海渚者,年年八月有浮槎来去,不失期。"唐宋之问《明河篇》:"明河(天河)可望不可亲,愿得乘槎一问津。"这里即用其语。李白《经乱离后天恩流夜郎忆旧游书怀,赠江夏韦太守良宰》诗末云:"扫荡六合清,仍为负霜草。日月无偏照,何由诉苍昊?"杜甫这里便是就李白的这种心情而发。

戏为六绝句[1]

其一

庾信文章老更成[2],凌云健笔意纵横[3]。今人嗤点流传赋[4],不觉前贤畏后生[5]。

〔1〕这组诗大约作于宝应元年(762)前后。是我国诗歌史上最早的一组论诗绝句。因为在创作上是一种新尝试,且又语多讽刺,所以题作"戏为"。杜甫在诗中斥责了当时一些轻薄文人对前人作品妄加讥评、嗤笑的恶劣习气,寄托了他对轻侮自己的诗作的一些后生的愤慨;同时也表述了个人的意见,即应尊重创作中"递相祖述"的历史事实,对古人和今人都要既有所"别裁",扬弃过于重视形式的齐梁诗风,又要"转

益多师",多方面学习《诗经》和屈原、宋玉以来一切优良的艺术形式和技巧。

〔2〕庾信:南北朝末期作家,见前《春日忆李白》注〔4〕。老更成:到老年创作更成熟。杜甫《咏怀古迹五首》之一:"庾信平生最萧瑟,暮年诗赋动江关。"就是"老更成"的较为具体的说明。

〔3〕"凌云"句:形容创作成熟的境界。凌云健笔:笔力雄健而高超。意纵横:思想敏捷,气势奔放。

〔4〕嗤(chī痴)点:讥笑、指责。赋:即第一句所说"文章",是兼诗和赋而言。庾信流传的名作,有《拟咏怀二十七首》等诗和《哀江南赋》。

〔5〕"不觉"句:是说庾信这类前代优秀作家,自有其成就,并不觉得他们不及今人,当畏后生。不觉:杜诗中用此二字,均为未感到,不觉得的意思,如《诸将五首》之二:"胡来不觉潼关隘。"畏后生,语本《论语·子罕篇》"后生可畏,焉知来者之不如今也"。杜甫这里是用以作反面文章。

其二

王杨卢骆当时体〔1〕,"轻薄为文"哂未休〔2〕。尔曹身与名俱灭,不废江河万古流〔3〕!

〔1〕王杨卢骆:唐初作家王勃、杨炯(jiǒng窘)、卢照邻、骆宾王,世称"四杰"。当时体:是说王、杨、卢、骆四人用的是他们那个时候的体裁、风格。即指初唐诗文已开始改变南北朝的浮艳风格,但还未完全摆脱。言外之意是时代条件使之如此,不可以妄加菲薄。

〔2〕轻薄为文:是当时人批评"四杰"文风不正的话。《旧唐书·文苑上》载裴行俭语,说"勃等虽有文才,而浮躁浅露"。大概唐代有不少

人嘲笑"四杰"的文章轻薄浮浅。哂(shěn 审):含讥刺鄙视的微笑。

〔3〕"尔曹"二句:斥责讥笑"四杰"者的话。意思是你们身死名字也随之消失,而"四杰"的作品却像长流不息的江河那样流传下去。尔曹,你们,你等。

其三

纵使卢王操墨翰,劣于汉魏近风骚[1]。龙文虎脊皆君驭[2],历块过都见尔曹[3]。

〔1〕"纵使"二句:是说"四杰"的作品即使不如汉魏作家接近《诗经》中的"国风"和屈原的《离骚》。卢王,这里代表四杰。操墨翰,指写作。汉魏,指司马迁、班固、曹操等汉魏时代的作家。

〔2〕龙文虎脊:都是汉代著名的良马。《汉书·西域传赞》:"蒲梢、龙文、鱼目、汗血之马,充于黄门。"《汉书·礼乐志》载《天马歌》曰:"虎脊两,化若鬼。"颜师古注引应劭曰:"马毛色如虎脊者,有两也。"这里比喻文笔雄健,才力出众。皆君驭:是说都可供人驾驭,使用。君:泛指。言外之意是,良马虽可充驭,但还要看你有无驾驭的才能。所以引出下文。一说,君指帝王,亦可。

〔3〕历块过都:语本王褒《圣主得贤臣颂》:"过都越国,蹶如历块。"意思是良马越过都邑如历片土,形容人才力甚高。见尔曹:意思是到历块过都的时候,就暴露出你们这些后生才力薄弱,远不如卢、王等人了,见得前贤是不可以轻薄嗤点的。尔曹,指诗中所讥轻薄文人。

其四

才力应难跨数公,凡今谁是出群雄[1]?或看翡翠兰苕上,未掣鲸鱼碧海中[2]。

〔1〕"才力"二句：慨叹当时一般文人才力薄弱，赶不上庾信和"四杰"，没有出类拔萃的作家。数公，即指上文讲到的庾信、"四杰"。凡今，所有现在的。
〔2〕"或看"二句：用形象的比喻申述上文。意思是类似描摹"翡翠兰苕(tiáo 条)上"的纤丽之作，间或有之；而咏"掣(chè 彻)鲸""碧海"的雄伟诗文，就看不到了。翡翠兰苕，语本晋郭璞《游仙诗》："翡翠戏兰苕，容色更相鲜"。翡翠是一种羽毛美观的小鸟。兰苕是兰花和苇花。掣，牵引。

其五

不薄今人爱古人，清词丽句必为邻[1]。窃攀屈宋宜方驾[2]，恐与齐梁作后尘[3]。

〔1〕"不薄"二句：是说对前辈作者不论古今，能有清词丽句便应亲近，不能排斥。为邻，接近，不加排斥。
〔2〕"窃攀"句：意思是要想追攀屈原、宋玉，就应努力与古今诗人并驾齐驱。屈宋，楚国伟大诗人屈原和他的后辈宋玉。方驾，并车而行，并驾齐驱。
〔3〕"恐与"句：紧承上句，是说如果不那样，便落入齐梁的末流。齐梁，南北朝时期南朝的两个朝代。那时文风重形式轻内容，流于浮艳。

其六

未及前贤更勿疑[1]，递相祖述复先谁[2]？别裁伪体亲风雅[3]，转益多师是汝师[4]。

　　[1] 前贤：指过去有成就的作家，包括庾信、"四杰"。轻薄后生才力薄弱，不及前贤是明显的事实，所以说："更勿疑。"
　　[2] 递相祖述：一代一代地次第沿袭、继承。复先谁：还能以谁为先，意思是不必重此轻彼。
　　[3] 别裁伪体：区别和裁去虚伪浮华的诗风。亲风雅：与前面第三首"近风骚"是一个意思。风雅：《诗经》的"国风"和"二雅"，后来用以指代《诗经》的"国风"和"二雅"中所体现的诗歌的现实主义精神。
　　[4] "转益"句：意思是不拘一时，不拘一家，多方面学习过去作家的长处，这就算找到了老师。汝，即上文所说"尔曹"。这是教导轻薄后生的话，所以说"是汝师"。元稹在《唐故检校工部员外郎杜君墓系铭》中说：杜甫"上薄风骚，下该沈、宋，古傍苏、李，气夺曹、刘，掩颜、谢之孤高，杂徐、庾之流丽，尽得古人之体势，而兼今人之所独专矣"，可见杜甫就是"转益多师"的。

闻官军收河南河北[1]

剑外忽传收蓟北[2]，初闻涕泪满衣裳。却看妻子愁何在[3]？漫卷诗书喜欲狂[4]！白日放歌须纵酒[5]，青春作伴好还乡[6]。即从巴峡穿巫峡，便下襄阳向洛阳[7]。

　　[1] 这首诗作于唐代宗广德元年（763）春。前一年冬，唐王朝的军队收复洛阳、河阳，安史叛军败走河北老巢。这年正月，史朝义（史思明

之子)自杀,叛军纷纷投降。历经七八年之久的安史之乱,终告结束。杜甫在梓州(今四川三台县)听到这个消息,惊喜若狂,冲口唱出这首七律。全诗一气呵成,感情奔放,明快自然,生动地描绘了作者乍闻胜利消息时的兴奋心情。

〔2〕剑外:四川剑门关以南的地方,也称剑南。蓟(jì 计):就是蓟州(今天津市蓟州区)。蓟北,泛指河北北部,安史之乱的发源地。

〔3〕"却看(读平声)"句:再看看身边的妻、子安然无恙,所以有"愁何在"的快慰。却看,犹言再看。

〔4〕"漫卷"句:想到即将结束漂泊依人的生涯,欢喜得也无人看书了。漫卷,胡乱地收卷起来。

〔5〕放歌:放声歌唱。纵酒:开怀痛饮。都是表示欢喜异常。白日:一作"白首"。

〔6〕"青春"句:乱定可还乡,又逢明媚的春天,一路上风和日丽,山清水秀,更令人心情欢畅。连同以下二句,都是写狂喜中的想象。

〔7〕"即从"二句:杜甫预拟的还乡路程。即:就。嘉陵江流经四川阆中一段江流曲折,古代有所谓南流如"巴"字,亦称巴江。所以,巴峡指的就是嘉陵江峡。杜甫身在梓州,首程是由涪(fú 伏)江入嘉陵江,所以说"从"。巫峡,在今重庆市巫山县东,绝壁夹长江,狭窄而险要,所以说"穿"。出峡顺流而东,所以说"下"。原注:"余田园在东都。"东都即洛阳,是最后的目的地。由湖北襄阳往洛阳,坦途陆行,所以说"向"。浮想联翩,瞬息千里,可以想见作者当时的喜悦兴奋,不能自已的心情。

九 日〔1〕

去年登高郪县北〔2〕,今日重在涪江滨〔3〕。苦遭白发不相放〔4〕,羞见黄花无数新〔5〕。世乱郁郁久为客〔6〕,路难悠悠常傍人〔7〕。酒阑却忆十年事,肠断骊山清路尘〔8〕。

〔1〕这首诗作于广德元年(763)九月九日。旧历九月九日,俗称重阳。杜甫在梓州两度重阳,想到个人长期漂泊,衣食依人,白发丛生,无限感慨。诗里写的就是这种苦闷心情。最后两句委婉地表示,造成社会大乱,使他长期流离的祸根,是唐玄宗的骄奢淫佚,沉痛中流露着一点哀怨。

〔2〕"去年"句:杜甫在宝应元年(762)重阳节曾在梓州登高,有《九日登梓州城》诗。郪(qī妻)县,唐时属梓州,故治在今四川三台县南。

〔3〕重在:又在,仍在。涪江发源于四川松潘县雪栏山,流经梓州东南,至合川县汇入嘉陵江。涪江滨:指梓州。

〔4〕"苦遭"句:时光不饶人,白发催人老。这是自然法则,人无法抗拒,所以说"苦遭",含有无可奈何的意思。不相放,不肯放过。

〔5〕"羞见"句:菊花年年重新盛开,而作者自感日见衰老,并且政治上失意,生活上困苦,因而有"羞见"之叹。黄花,菊花。

〔6〕"郁郁":心情非常悒郁。为客:漂泊外乡。

〔7〕路难:世道艰难,生活不易。悠悠:形容非常忧愁。傍(bàng棒)人:指依靠亲朋生活。

〔8〕"酒阑"二句:杜甫节日酒后,追忆往事,由世乱追溯到乱因,对唐玄宗发出埋怨。酒阑,酒尽。十年事,指天宝十四载(755)十一月,杜甫从长安赴奉先看望妻、子,路经骊山时,李隆基和杨贵妃正在华清宫"避寒",寻欢作乐,他曾大发了一顿牢骚。参看《自京赴奉先县咏怀五百字》。在杜甫看来,"世乱"、"路难"由此兆端,"为客"、"傍人"也由此造成,所以想起来感到痛彻心脾,不禁发出委婉的埋怨。清路尘,皇帝出行要清道,指唐玄宗去骊山事。

送陵州路使君赴任[1]

王室比多难,高官皆武臣[2]。幽燕通使者,岳牧用词人[3]。
国待贤良急,君当拔擢新[4]。佩刀成气象,行盖出风尘[5]。
战伐乾坤破,疮痍府库贫[6]。众寮宜洁白,万役但平均[7]。
霄汉瞻佳士,泥途任此身[8]。秋天正摇落,回首大江滨[9]。

〔1〕这首诗作于唐代宗广德元年(763)秋,时杜甫在阆(làng 浪)州(今四川阆中市)。东汉称太守为使君,在唐代就是刺史。路使君,事迹不详。诗是送他赴陵州(今四川仁寿县)而作,内容主要是晓以当时安史之乱初定,民困府贫的形势,希望他能够作一个洁白自守,赋役平均的好刺史。

〔2〕"王室"二句:是说安史战乱以来,朝廷多任用武将为高官。这里着重指当时多以武将兼任刺史,如《旧唐书·房琯传》云:"时多以武将兼领刺史,法度隳,州县廨宇并为军营,官吏侵夺百姓室屋以居,人甚弊之。"比,近时。

〔3〕"幽燕"二句:意思陡转,谓安史之乱初定,地方州郡之官就应用文人担任。幽燕:安史之乱的策源地,见前《恨别》注〔7〕。通使者:指朝廷政令可下达。即杜甫《夔府书怀四十韵》所云"使者分王命"。这年正月,幽州贼将李怀仙投降,并杀叛军首领史朝义,安史之乱结束,所以这样说。岳牧:相传,尧、舜时设置百官,有四岳、十二牧(见《尚书·周官》),后泛指州郡的长官。词人:犹文人,指路使君为文学之士。

〔4〕"国待"二句:赞美路使君的话。国家急用贤良,路使君被擢用为刺史,见得他是贤良之士。拔擢,提拔任用。新,犹初,指刚被擢用。

〔5〕"佩刀"二句:就路使君即将赴任而说的壮其行色的话。佩刀,用晋代吕虔故事。徐州刺史吕虔有佩刀,相者"以为必三公可服(佩带)"。吕虔便赠送给别驾王祥,说:"卿有公辅之望,故相与之。"(《晋书·吕虔传》)成气象,是说路君气概不凡。行盖,乘车出行。盖,车盖,指代车。汉代,太守每年八月巡视所辖各县,考核吏绩,称行部、行县。这里即指此意。路使君是在动乱之际去做官,执行刺史行县的职务,所以说"出风尘"。

〔6〕"战伐"二句:写战乱破坏之惨重,为下面两句张本。乾坤破,国家破碎。疮痍,谓由战乱、剥削造成的疾苦。府库贫,是说官府也缺钱粮。

〔7〕"众寮"二句:承上文,告诫路使君赴任后应廉洁清白,平均赋役。寮,即僚,同官为僚。这是杜甫要说的最核心的话。

〔8〕"霄汉"二句:落到送行上,意思是分别后将仰目以观您有所作为,青云直上;至于我落泊穷困也就听之任之了。霄汉,比喻路使君的地位。泥途,比喻自己落泊境遇。

〔9〕"秋天"二句:就送别季节、地点,写临别依依之情。摇落,草木凋零。大江,指嘉陵江。

征夫[1]

十室几人在,千山空自多[2]!路衢唯见哭[3],城市不闻歌。漂梗无安地[4],衔枚有荷戈[5]。官军未通蜀,吾道竟如何[6]?

〔1〕广德元年(763)秋冬之际,吐蕃东掠,入大震关(在甘肃陇西县),深入到奉天(今陕西乾县)、武功,并南侵包围了松州(今四川松潘县)。杜甫在阆中,先后写了《闻警》、《王命》和《征夫》等诗。这首诗侧重反映了四川人民大批被征调去打仗,城乡兵荒马乱的景象,以及杜甫目睹此景而惶惶不安的心情。

〔2〕"十室"二句:写战乱造成各地"十室九空"的景象,山虽多又有何用,还不是一片凄凉!几人在,很少有人。

〔3〕衢(qú渠):四通八达的路。

〔4〕"漂梗"句:杜甫自叹没有安身的地方。《说苑·正谏》:土耦(泥人)谓桃梗曰:"子,东园之桃也。刻(削)子以为梗(枝),遇天大雨,水潦并至,必浮子,泛泛乎不知所止。"杜甫漂泊四川,辗转无定,所以用"漂梗"自比。他到这里来是为了避乱,现在这里也不安定了,所以有"漂梗无安地"之感。漂梗,水中漂浮的树枝。

〔5〕"衔枚"句:见得的只是带武器的征夫。是说形势紧张,兵荒马乱。衔枚,枚形如箸,古时出兵袭击敌军,令士兵口里衔着,以免喧哗。荷(hè贺)戈,扛着兵器,这里指带着武器的征夫。

〔6〕"官军"二句:杜甫盼望唐王朝的军队来救援四川,但不能来,因而感到不知如何是好。当时,吐蕃深入到了长安,朝廷自身难保,即使有点兵力,也未必能打通入蜀的道路,何况栈道已经烧掉了。杜甫在同时间写的《王命》一诗中就说到:"汉北豺狼满,巴西道路难。"而他仍然寄希望于唐王朝,失望之馀便无可奈何。末句中的"道",指生计、出路。

有感五首（选二）[1]

其二

幽蓟馀蛇豕[2]，乾坤尚虎狼[3]。诸侯春不贡，使者日相望[4]。慎勿吞青海，无劳问越裳[5]。大君先息战，归马华山阳[6]。

[1]《有感五首》是针对朝政时局而发的一组政治诗。涉及的时事较多，可见不是一次写成，而是逐时有感而作。这里选的是第二、第三两首。前一首约作于广德元年(763)夏秋之际。河北降将李怀仙等，摇身一变而为边镇将领，拥兵握权，跋扈不驯。杜甫对此深感不安，希望代宗李豫不要重蹈玄宗的覆辙，应当息兵安民，充实关中腹地的实力。后一首当作于广德元年冬。当时，吐蕃东掠，代宗逃往陕州，宦官程元振建议迁都洛阳，由于郭子仪反对，未成。诗中表示，朝廷的稳固与否，不在于高城深池，据险可守，而在于节省用度，不过分地压榨老百姓。

[2]"幽蓟"句：安史之乱虽已平定，但祸根并未除净。蛇豕（shǐ 史），毒蛇猛兽。《左传·定公四年》："吴为封豕长蛇，以荐食上国。"这年春，河北叛将李怀仙、田承嗣投降，代宗任命他们为河北诸镇节度使，所以说"馀蛇豕"。馀，残馀。

[3]乾坤：指国家。虎狼：杜甫心目中反叛朝廷的人，如成都徐知道

拥兵叛乱,吐蕃不断东扰。

〔4〕"诸侯"二句:河北藩镇跋扈,朝廷委曲求全。春不贡,不按季节向朝廷进贡赋税。使者,朝廷派去封官晋级和催讨赋税的使臣。日相望,是说使者之多,以至于"相望于道"。由此可见朝廷的虚弱。

〔5〕"慎勿"二句:劝告代宗不要再向边疆用兵。青海,指吐蕃。越裳,古国名,在印度支那半岛,这里指南诏(今云南一带)。天宝九载以后,南诏曾一度叛唐归附吐蕃。

〔6〕"大君"二句:希望代宗息战安民,充实朝廷实力。朝廷实力强大,藩镇自然驯服。大君,唐代常用以指皇帝,此处指代宗李豫。《尚书·武成》:"归马于华山之阳,放牛于桃林之野,示天下弗服(乘用)。"这首诗里说"归马华山阳",就是不要贪求开边,追求武功的意思。

其三

洛下舟车入[1],天中贡赋均[2]。日闻红粟腐[3],寒待翠华春[4]。莫取金汤固,长令宇宙新[5]。不过行俭德[6],盗贼本王臣[7]。

〔1〕洛下:洛阳。在唐代,洛阳是水陆运输的重要枢纽,从山东、江淮等地区运送来的贡赋,都先集中洛阳,而后运往长安。舟车入:指水陆两路运输频繁。

〔2〕"天中"句:《史记·周本纪》说:"此(洛阳)天下之中,四方入贡道里均。"这句诗就是由此化出。贡赋均,各地进贡税,道路里程均等。

〔3〕"日闻"句:讽刺朝廷只知聚敛钱粮。日闻,不断听说。《史记·平准书》:"太仓(朝廷粮仓)之粟,陈陈相因(年年积存)……至腐败

不可食。"杜甫用此意,说朝廷屯积的粮食太多,不断有发霉变质的。

〔4〕"寒待"句:与上句相承相比,说饥寒中的百姓急待朝廷散发储米,以得温饱。寒,指穷苦人民。翠华,皇帝的旌旗,代指皇帝。春:比喻温暖。

〔5〕"莫取"二句:劝导朝廷不要只讲求城池坚固,重要的是不断改善天下的状况。莫取,莫凭,莫恃。金汤,即金城汤池,比喻城池坚固。宇宙新,国家气象有所改善、更新。

〔6〕"不过"句:承上句,提出"长令宇宙新"的具体措施。行俭德,节用爱民的意思。杜甫认为,皇帝不尚奢华,爱惜民物民力,轻徭薄赋,使人民安居乐业,才是治国的根本大计。不过,只是的意思。

〔7〕"盗贼"句:所谓盗贼本来是皇帝的臣民。背后的意思是,臣民是由于受压榨过重,生活不下去,才铤而走险的;只要皇帝能"行俭德",则"盗贼"自息。

发阆中〔1〕

前有毒蛇后猛虎,溪行尽日无村坞〔2〕。江风萧萧云拂地,山木惨惨天欲雨〔3〕。女病妻忧归意速,秋花锦石谁复数〔4〕?别家三月一得书〔5〕,避地何时免愁苦〔6〕?

〔1〕唐代宗广德元年(763)九月,杜甫由梓州至阆州。这首诗作于这年腊月闻"女病"由阆州复归梓州的途中。诗写途中荒凉景象和愁苦心情。诗用仄声韵,充分表达了心中的抑郁不平。

〔2〕"前有"二句:写景寓意。蛇、虎遍野,见得荒僻;水行整日不见

村庄,见得人烟稀少。村坞(wù 误),村庄。坞是小圩子。

〔3〕"江风"二句:写云低欲雨,天色昏暗;树木萧索,景象凄凉。云拂地,云随风掠地而过,说明雨意甚浓。惨惨,凄凉的样子。

〔4〕"女病"二句:是说因女病妻忧而归心似箭,故而无心观赏沿途景物。秋花,指溪边野花。锦石,溪中水底花石。谁复数:谁还再去数。浦起龙《读杜心解》说:"归梓在冬,此云秋花者,来时曾见,归路已无,途次往来,每多斯感,公是时则意急而不暇数其枯落者几处也。"解释得颇贴切。

〔5〕别家三月:时杜甫家属在梓州,他秋天来阆州,约三个月光景。

〔6〕避地:为避乱而流寓异乡。杜甫是为避安史之乱到四川来的,故云。

桃竹杖引赠章留后[1]

江心蟠石生桃竹,苍波喷浸尺度足[2]。斩根削皮如紫玉,江妃水仙惜不得[3]。梓潼使君开一束,满堂宾客皆叹息[4]。怜我老病赠两茎,出入爪甲铿有声[5]。老夫复欲东南征,乘涛鼓枻白帝城[6]。路幽必为鬼神夺,拔剑或与蛟龙争[7]。重为告曰[8]:杖兮杖兮,尔之生也甚正直,慎勿见水踊跃学变化为龙[9]。使我不得尔之扶持,灭迹于君山湖上之青峰[10]。噫!风尘澒洞兮豺虎咬人,忽失双杖兮吾将曷从[11]?

〔1〕此为广德元年(763)冬由阆州回梓州时作。桃竹,又名桃枝

竹,一名棕竹。《文选·左思〈蜀都赋〉》:"灵寿桃枝。"刘渊林注:"桃枝,竹属也,出垫江县……可以为杖。"汉垫江县,唐为石镜县,属合州,据《元和郡县图志·剑南道下·合州》载:石镜县南九里铜梁山出桃枝竹,合州土贡有桃竹箘。苏轼跋《桃竹杖引》云:"桃竹叶如棕,身如竹,密节而实中,犀理瘦骨,天成拄杖也。"(《苕溪渔隐丛话》前集卷十一)章留后,即章彝,时为梓州刺史,留后东川。章赠桃竹杖于甫,甫赠诗以答,语多赞美,而意存规讽。其诗韵散结合,构思巧妙,想象奇瑰,造语警拔。杨伦评曰:"长短句公集中仅见,字字腾掷跳跃,亦是有意出奇。"(《杜诗镜铨》卷十)

〔2〕江心:江中,当指涪江。蟠石:盘踞水中的大石。尺度足:长短适度。

〔3〕江妃:《列仙传》卷上:"江妃二女者,不知何所人也。出游于江汉之湄,逢郑交甫。见而悦之,不知其神人也。"水仙:《楚辞·远游》:"使湘灵鼓瑟兮,令海若舞冯夷。"王逸注:"冯夷,水仙人。"郭璞《江赋》:"冰夷倚浪以傲睨,江妃含嚬而绵眇。"冰夷:即冯夷。此泛指男女水神。谓桃竹之奇,连水神亦甚爱惜。

〔4〕梓潼使君:指章彝。梓州为梓潼郡,因梓潼水为名。使君:对州郡长官的尊称。一束:一捆。叹息:赞叹不已。

〔5〕两茎:两根。爪甲:因比杖为龙,故云。铿有声:桃竹节密而实中,故拄地铿然有声。

〔6〕东南征:东南游,谓将适吴楚。甫同时作有《将适吴楚留别章使君留后兼幕府诸公》诗。枻(yì义):船舷。鼓枻,即乘船。白帝城:在今重庆市奉节县东,瞿塘峡西口,去吴楚须经白帝城出三峡,故云。

〔7〕蛟龙争:《水经注·河水五》:"昔澹台子羽赍千金之璧渡河,阳侯波起,两蛟挟舟。子羽曰:'吾可以义求,不可以威劫。'操剑斩蛟。"杜暗用此典,谓其喜得竹杖而深加爱护,不使他人夺去。

〔8〕重为告曰:犹楚辞中之"乱曰"。重,有更、再之意。意有未尽,重为申说,有总结上文、突出重点的作用。

〔9〕尔:指桃竹杖。化为龙:《后汉书·费长房传》:"长房辞归,翁(壶公)与一竹杖,曰:'骑此任所之,则自至矣。既至,可以杖投葛陂中也。'……长房乘杖,须臾来归,自谓去家适经旬日,而已十馀年矣。即以杖投陂,顾视则龙也。"

〔10〕灭迹:犹绝迹、扫迹。君山:在湖南岳阳市西南洞庭湖中。《水经注·湘水》:"是山湘君之所游处,故曰君山矣。"此谓如竹杖见水化龙,我失去它的扶持,则不能东游君山胜景了。

〔11〕风尘:谓乱离。颎洞:犹弥漫,浩大无际的样子。豺虎:喻寇盗。双杖:应前"两茎"。曷(hé 河)从:何从。结句谓在漂泊乱离中,皆赖双杖,如一旦失去,则无所适从。正有无限感慨。

冬狩行[1]

君不见东川节度兵马雄[2],校猎亦似观成功[3]。夜发猛士三千人,清晨合围步骤同[4]。禽兽已毙十七八,杀声落日回苍穹[5]。幕前生致九青兕[6],驼驼嵞嵞垂玄熊[7]。东西南北百里间,仿佛蹴踏寒山空[8]。有鸟名鹲鶋[9],力不能高飞逐走蓬[10];肉味不足登鼎俎[11],胡为见羁虞罗中[12]。春蒐冬狩侯得用[13],使君五马一马骢[14]。况今摄行大将权,号令颇有前贤风[15]。飘然时危一老翁[16],十年厌见旌旗红[17]。喜君士卒甚整肃[18],为我回辔擒西戎[19]。草中狐兔尽何益,天子不在咸阳宫[20]。朝廷虽无幽王祸[21]，得不哀痛尘再蒙[22]。呜呼，得不哀痛尘再蒙！

　　[1] 这首诗是代宗广德元年(763)冬所作，时杜甫在梓州。题下原注："时梓州刺史章彝，兼侍御史，留后东川。"留后，即代理节度使职权。这年秋，吐蕃入侵，攻陷长安，代宗出奔。而章彝却兴师动众，大搞冬季校兵打猎。杜甫于是作了这首《冬狩行》，描写打猎场面之严整、壮观，似赞美而语含讽刺，篇末沉痛告诫应当关心朝廷，为国事尽力。狩(shòu寿)，冬季打猎。

　　[2] 东川节度：指章彝。

　　[3] "校猎"句：章彝校兵打猎，阵势颇雄壮，如同凯旋阅兵一样。校猎，以五校兵出猎，就是军队进行打猎比赛。观成功，冬时讲武，田猎以寓武功之意，故云。

　　[4] 合围：从四面八方围猎野兽。步骤同：谓兵卒行动一致，即后云"整肃"。以上四句写章彝校兵狩猎的军容、阵势。

　　[5] "杀声"句：用《淮南子·览冥训》中鲁阳公挥戈返日的典故，言章彝狩猎的声势震天，使得已落下去的太阳又回到天空中。苍穹(qióng穷)，天空。

　　[6] 幕：军帐。生致：活捉。青兕(sì四)：犀牛。犀牛体甚大，青色，头有独角。

　　[7] 驼(tuō拖)驼：即骆驼。嵬嵬(léi wēi 雷危)：高大的样子。垂：挂。玄熊：黑熊，猎获的野兽。

　　[8] "东西"二句：狩猎的兵马纵横践踏，仿佛将这方圆百里的山野猎获一空。蹴(cù醋)踏，践踏。因为是冬季狩猎，所以说"寒山空"。

　　[9] 鸲鹆(qú yù 渠玉)：鸟名，也写作鸲鹆，毛色纯黑，能学人言，俗称八哥。

　　[10] "力不能"句：鸲鹆力弱，飞不高，不能追逐飞蓬。走蓬，飞蓬。

蓬草遇风辄拔而旋,故名。

〔11〕"肉味"句:鹡鸰肉味不美,不能够烹作佳肴,供祭祀。鼎,古代烹煮器物,两耳三足。俎(zǔ祖),古代放置祭品的器物。

〔12〕胡为:何为,为什么。见羁(jī级):被捕捉拘系。虞:管山泽的官。罗:捕鸟的网。以上四句极言杀伤猎获之贪婪,连无用的鹡鸰也不能幸免,足见百里山空,已无剩物。

〔13〕春蒐(sōu搜):春季打猎。侯:指章彝。因为他是梓州刺史,相当于周代的诸侯。《周礼》规定春冬巡狩本是天子的事,后来诸侯也可以做。这里说"侯得用",表面上是赞美章彝举动显赫,实际上是讥刺他行为越轨。

〔14〕"使君"句:是说章彝以刺史兼侍御史,身居要职。五马:汉朝太守用五马驾车。汉乐府《陌上桑》:"使君从南来,五马立踟蹰。"可证。骢(cōng葱):青白杂色的马。《后汉书·桓典传》:"拜侍御史,常乘骢马。京师畏惮,为之语也:'行行且止,避骢马御史。'"

〔15〕"况今"二句:是说章彝兼东川留后,行使节度使的职权,发号施令,颇有以往大将的威风。摄行,执掌。大将权,指节度使的职权。以上四句渲染章彝的声势职权,暗寓讽刺之意。

〔16〕时危:时局动荡危急。一老翁:作者自谓。

〔17〕十年:从天宝十四载(755)爆发安史之乱,到作者在梓州作此诗时,将近十个年头。旌旗红:当时节度使用红色旗旛。这里是写实,兼暗喻战事。在这期间,作者饱经战乱之苦,所以有"厌见旌旗红"之感。

〔18〕整肃:整齐威严。

〔19〕"为我"句:希望章彝率军勤王,奔赴北方,去抵抗吐蕃。回辔(pèi配),回马。辔,马缰绳。西戎,指当时还在侵扰京城一带的吐蕃军队。

〔20〕"草中"二句：纵使把山中的野兽猎尽捕绝又有什么用处，而今皇帝还逃难离开了长安。狐兔，泛指野兽。天子，指代宗。咸阳，秦代都城，在长安西北。这里说"咸阳宫"是借指长安宫。

〔21〕幽王祸：指公元前771年，周幽王（西周最后一个皇帝）被犬戎杀死在骊山下。见《史记·周本纪》。

〔22〕得不：能不。尘再蒙：再蒙尘。皇帝逃亡叫"蒙尘"。见前《北征》注〔58〕。安史之乱，玄宗逃往四川；现在吐蕃进犯长安，代宗又出奔陕州，所以说"尘再蒙"。杜甫对代宗出奔，深为哀痛。篇末又用复笔，大声疾呼，感叹不已，突出了这首诗的主旨，也反映了作者对时局的忧愤心情，以及对唐王朝命运的关切。

岁 暮〔1〕

岁暮远为客〔2〕，边隅还用兵〔3〕。烟尘犯雪岭，鼓角动江城〔4〕。天地日流血〔5〕，朝廷谁请缨〔6〕？济时敢爱死？寂寞壮心惊〔7〕。

〔1〕唐代宗广德元年（763）十二月，吐蕃攻陷蜀郡西北的松（今四川松潘县）、维（今四川理县）、保（今四川理县新保关）三州。杜甫在梓州闻讯非常震动。这首诗抒发了他当时沉痛忧愤的心情。

〔2〕远为客：指自己的处境。

〔3〕边隅：偏远地区，指松、维、保三州。称作"边隅"，是对中原而言。

〔4〕"烟尘"二句：写吐蕃攻占蜀西北三州，震动很大。雪岭，松潘

县南之雪栏山,积雪终年不消,故名。江城,指作者所在的梓州。梓州在涪江滨。松、维、保三州失陷,成都、梓州一带吃紧,故云。

〔5〕"天地"句:感慨战争广泛而频繁。天地,极言到处皆有。日流血,见得战争天天在进行。

〔6〕"朝廷"句:慨叹当时官僚中无人请缨杀敌,奋身报国。谁,诘问语气,见得无人。请缨,原出西汉终军请缨的故事(见《汉书·终军传》),后来便借指将士自动请求击敌。

〔7〕"济时"二句:是说自己为挽救时局岂敢惜一死,虽不被朝廷任用,无事可做,但心情是不平静的,还有报国的壮志。爱,吝惜的意思。寂寞,犹清静,指自己流寓作客,闲居无事的处境。

天边行[1]

天边老人归未得,日暮东临大江哭[2]。陇右河源不种田,胡骑羌兵入巴蜀[3]。洪涛滔天风拔木,前飞秃鹙后鸿鹄[4]。九度附书向洛阳,十年骨肉无消息[5]。

〔1〕诗为广德二年(764)春重到阆州时作。取篇首二字为题,抒写忧时伤乱之痛与骨肉离散之悲。

〔2〕天边老人:杜甫自谓。大江,指嘉陵江。江在阆州东,故云"东临"。

〔3〕陇右:唐十道之一。河源:在今青海省境内。胡骑,指吐蕃。羌兵,指党项羌、吐谷浑、奴剌等部落。据《资治通鉴》卷二百二十三载:"(广德元年七月)吐蕃入大震关,陷兰、廓、河、鄯、洮、岷、秦、成、渭等

州,尽取河西、陇右之地。""(安史乱后)数年间,西北数十州相继沦没,自凤翔以西,邠州以北,皆为左衽矣。"故曰"不种田"。又载:"(十二月)吐蕃陷松、维、保三州及云山、新筑二城,西川节度使高适不能救,于是剑南西山诸州亦入于吐蕃矣。"故曰"入巴蜀"。又《新唐书·西域传上》:上元二年,党项"与浑、奴刺连和,寇宝鸡,杀吏民,掠财珍,焚大散关,入凤州,杀刺史萧愧"。

〔4〕秃鹙(qiū秋):一种水鸟。鸿鹄,天鹅。二句写临江所见,即景寓情。上句寓世乱之象,下句慨己不能奋飞,应上首句"归未得",起下二句思亲人。

〔5〕九度:多次。洛阳,故里所在。骨肉:指亲人。十年,自天宝十四载(755)安史之乱起,至今恰为十年。

释闷〔1〕

四海十年不解兵〔2〕,犬戎也复临咸京〔3〕。失道非关出襄野,扬鞭忽是过湖城〔4〕。豺狼塞路人断绝,烽火照夜尸纵横。天子亦应厌奔走,群公固合思升平〔5〕。但恐诛求不改辙〔6〕,闻道嬖孽能全生〔7〕。江边老翁错料事,眼暗不见风尘清〔8〕。

〔1〕这首七言排律作于唐代宗广德二年(764)春,时杜甫往来于梓州、阆州。历时八年的安史之乱刚平定,吐蕃又大举向东侵扰,并一度占领长安,代宗狼狈出奔。杜甫痛感朝政腐败,上面姑息养奸,下面横征暴敛,为唐王朝的安危而满怀愤懑。诗即抒发这种忧国心情。释闷,排遣

心内苦闷。

〔2〕十年:自天宝十四载(755)爆发安史之乱,到广德二年,首尾共十个年头。战乱一直未停息,所以说"不解兵"。

〔3〕"犬戎"句:指广德元年(763)冬,吐蕃攻占长安。犬戎,古代西部地区种族名,这里指代吐蕃。咸京,秦代都城,今陕西咸阳市,这里借指长安。长安曾被安史叛军占领过,所以说"也复"。

〔4〕"失道"二句:用典故隐喻吐蕃进攻长安,唐代宗仓皇出奔。《庄子·徐无鬼》说:黄帝为了访道,到贝茨之山去见大隗,走到襄城一带迷了路,无处问讯。失道,就是迷失道路。非关,即不相关。唐代宗是在吐蕃攻长安时逃跑避难的,与黄帝外出访道不同,所以说"非关出襄野"。《晋书·明帝纪》载:王敦屯兵芜湖,准备叛乱。晋明帝曾微服出行,骑马执七宝鞭,暗察王敦的营垒。王敦命人追赶,明帝将七宝鞭交给一个卖食物的老妇,驰马而去。追赶的人见到七宝鞭,轮流传看,稽留甚久,遂止而不追。这里说"忽是",意思是唐代宗出奔逃难,与晋明帝微服出行的情况近似,但更仓卒、狼狈。

〔5〕"天子"二句:意思是代宗大概也厌烦这种逃难奔波的生活;朝廷大臣更应当想到如何谋求天下安定。亦应,推断之词,是替代宗设想,话说得很委婉。固合,本来就应当,话中含责备之意。

〔6〕诛求:责令征敛赋税。不改辙:不改变以往的行迹、做法。这里指不停止横征暴敛。杜甫认为这是不能实现升平的事情,特别关切,所以说"但恐"。

〔7〕"闻道"句:是说唐代宗祖护权宦程元振。嬖(bì必)孽,受宠的坏人,指程元振。史载:宦官程元振受宠于唐代宗,权势甚大,恣意横行,曾诬陷名将、勋臣,引起不满,致使吐蕃侵犯长安时下诏征兵,各地都不响应。吐蕃攻陷长安,代宗出奔。太常博士柳伉上疏,请诛程

元振。代宗仅削其官爵,放归田里(《旧唐书·程元振传》)。所以说"能全生"。

〔8〕"江边"二句:承上文,慨叹朝政腐败,国家难以实现升平的局面。江边老翁,作者自谓。他当时在阆州,濒临嘉陵江,故云。错料事,指事出意料之外。作者认为应减轻征敛,斩除嬖臣,而事实却不然。说"错料事",实际上是对朝政不满而故作委婉之词,如末句说"眼暗"实际上并不"暗"。朝廷不改弦易辙,就只能"不见风尘清"了。

忆昔二首〔1〕

其一

忆昔先皇巡朔方〔2〕,千乘万骑入咸阳〔3〕。阴山骄子汗血马,长驱东胡胡走藏〔4〕。邺城反复不足怪〔5〕,关中小儿坏纪纲〔6〕,张后不乐上为忙〔7〕。至令今上犹拨乱〔8〕,劳心焦思补四方。我昔近侍叨奉引〔9〕,出兵整肃不可当〔10〕。为留猛士守未央,致使岐雍防西羌〔11〕。犬戎直来坐御床,百官跣足随天王〔12〕。愿见北地傅介子,老儒不用尚书郎〔13〕。

〔1〕这两首诗当作于唐代宗广德二年(764)春,时杜甫暂居阆州。诗取二首的第一、二字题作"忆昔",其实是感时讽今,"忆昔"是为讽今作铺垫。第一首追忆肃宗宠张后,信用宦官李辅国,致使朝政败坏,祸乱

不止,并进而讽刺代宗措置不当,遭致吐蕃进犯长安之祸。第二首追忆玄宗时的开元盛世,为今不如昔,京城遭占领破坏而感叹。

〔2〕先皇:指唐肃宗李亨。巡朔方:至德元载(756),李亨即位于灵武,灵武原为朔方节度使治所,故云。

〔3〕"千乘(shèng 圣)"句:指至德二载九月,唐王朝军收复长安,肃宗还京。咸阳,秦王朝都城,今陕西咸阳市,这里指代长安。

〔4〕"阴山"二句:是说在当时收复两京的战役中,有回纥、安西四镇兵马参加战斗,安庆绪率军逃奔河北。阴山骄子,指回纥兵。回纥居于阴山(今内蒙古自治区西部)一带。骄子,语本《汉书·匈奴传》:"北有强胡者,天之骄子也。"言其勇武善战,如得天独厚。汗血马,西域大宛国产的名马,见前《高都护骢马行》注〔11〕。胡,指安史叛军。以上四句写肃宗初继位时收复两京的盛况。

〔5〕邺城反复:指乾元元年(758)冬,唐王朝九节度使兵围安庆绪于邺城,至第二年春眼看即将攻下,而已经表示投降的史思明又叛唐,驱兵救援安庆绪,造成九节度使兵溃,安史叛军再度猖獗,攻陷洛阳。邺城之败,事出有因,史思明降而复叛,反复无常,就是一个因素;军无统帅,指挥不灵,这是唐王朝方面措置不当,所以说"不足怪"。

〔6〕关中小儿:指李辅国。《旧唐书·李辅国传》说:他本是"闲厩马家小儿,少为阉,貌陋,粗知书计,为仆事高力士"。后得肃宗信任,掌握禁兵,专揽朝政,决事"皆称敕制,无敢异议者"。所以说"坏纪纲"。纪纲:指封建王朝的法制。

〔7〕"张后"句:是说张后得宠,肃宗一味顺从,讨她欢心。《旧唐书·肃宗张皇后传》:天宝中选入太子宫为良娣。肃宗即位,册为淑妃。乾元元年(758)立为皇后。"宠遇专房,与中官李辅国持权禁中,干预政事。请谒过当,帝颇不悦,无如之何。"上为忙,写肃宗讨好张后的软骨头样子。

〔8〕今上:当今皇上,指代宗李豫。拨乱:治理乱世。拨:治。以上三句讽刺肃宗之昏庸。

〔9〕"我昔"句:指肃宗初年,杜甫曾任左拾遗,为近侍之臣,职掌进谏、扈从。叨,忝,辱,自谦之词。奉引,侍奉接引。杜甫《往在》诗:"微躯忝近臣,景从陪群公;登阶捧玉册,峨冕聆金钟。"就是他做左拾遗侍从皇帝的具体描绘。

〔10〕"出兵"句:指当时代宗以广平王拜天下兵马元帅,军队整齐而纪律严明,进讨安史叛军,势不可当,先后收复两京。

〔11〕"为留"二句:是说代宗即位后,听信宦官程元振的谗言,夺了郭子仪的兵权,留在长安,结果凤翔一带兵力单薄,受到吐蕃侵扰的威胁。为,因为。猛士,指郭子仪。未央,汉宫名,在长安,这里借指唐王朝宫殿。歧雍,凤翔一带。《旧唐书·吐蕃传》:"乾元后数年,凤翔之西,邠州之北,属为蕃戎境。"

〔12〕"犬戎"二句:指广德元年(763)十月,吐蕃东掠,代宗逃奔陕州,百官随从,长安再次被攻破。犬戎,指代吐蕃。跣(xiǎn险)足,赤脚,形容百官出奔的狼狈相。以上六句伤代宗不能振起。

〔13〕"愿见"二句:意思是希望代宗得用像傅介子一样能制敌的人,如果那样,我这个老儒可以不做官,即穷老亦无所恨。傅介子,西汉北地人。汉昭帝时,楼兰(汉时西域国名)通匈奴,杀汉使。傅介子出使楼兰,斩其王首归。见《汉书·傅介子传》。老儒,杜甫自指。不用尚书郎,用《木兰诗》原句,时杜甫召为京兆功曹参军,不赴。

其二

忆昔开元全盛日,小邑犹藏万家室〔1〕。稻米流脂粟米白,公私仓廪俱丰实〔2〕。九州道路无豺虎,远行不劳吉日出〔3〕。

齐纨鲁缟车班班,男耕女桑不相失[4]。宫中圣人奏云门[5],天下朋友皆胶漆[6]。百馀年间未灾变[7],叔孙礼乐萧何律[8]。岂闻一绢值万钱,有田种谷今流血[9]。洛阳宫殿烧焚尽,宗庙新除狐兔穴[10]。伤心不忍问耆旧,复恐初从乱离说[11]。小臣鲁钝无所能[12],朝廷记识蒙禄秩[13]。周宣中兴望我皇,洒血江汉身衰疾[14]。

〔1〕"小邑"句:极言开元年间户口繁多。藏:拥有。

〔2〕"稻米"二句:是说连年丰收,官仓充实,民家有馀粮。流脂,形容稻米颗粒饱满滋润。仓廪(lǐn 凛),粮仓。仓是谷仓;廪是米仓。

〔3〕"九州"二句:形容天下太平。豺虎,比喻"盗寇"。路无盗寇,旅途平安,自然出门不必选择什么"吉日"。史称:开元二十八年,由于"频岁丰稔",粮食很贱,天下安定,"虽行万里,不持兵刃"(《旧唐书·玄宗纪》)。

〔4〕"齐纨"二句:以山东的丝织品为例,说明手工业生产也很繁荣。齐纨鲁缟(gǎo 稿),山东一带生产的丝织品。纨是细绢;缟是白色的细绢。班班,形容繁密众多。桑,作动词用,指养蚕纺织。不相失,各得其所,各事其事。

〔5〕圣人:对皇帝的一种称呼。奏云门,是说皇帝按时作乐祭祀天地,祈求降福。云门,乐舞名。《周礼·春官·大司乐》:"舞云门以祀天神。"郑玄注谓为黄帝时所作,意思是其德如云,广被万物。这里用其意。

〔6〕"天下"句:是说当时社会风气良好,人们相互友善,关系融洽。胶漆,比喻朋友间友谊亲密,如胶似漆。《古诗十九首·客从远方来》:"以胶投漆中,谁能别离此?"

〔7〕百馀年:指从公元618年唐王朝开国,到公元741年开元末年,

共一百多年。灾变,犹灾祸。变,犹异,指反常现象。

〔8〕"叔孙"句:以汉初盛世比喻开元时期的政治。叔孙,指叔孙通,汉高帝时为博士,为汉王朝制定了各种礼仪。见《汉书·礼乐志》。萧何,汉代开国功臣。他在秦法的基础上,编制了汉律九章(《汉书·刑法志》)。

〔9〕"岂闻"二句:句中均自有对比的意思,由忆昔转为说今。意思是昔日未闻"一绢值万钱",而今却"值万钱";昔日"有田种谷",而今却成了"流血"的场所。

〔10〕"洛阳"二句:写吐蕃攻陷长安,盘据半月,烧毁宫殿。洛阳,唐代为东都,这里指代长安。宗庙,皇家祖庙。吐蕃占领长安,如狐兔般作践宗庙。这首诗作于唐王朝收复长安后不久,所以说"新除狐兔穴"。除,扫除。

〔11〕"伤心"二句:写不堪回首的心情。意思是虽伤心却不忍心询问一下长安失陷时的情景,怕年老的同僚从安禄山攻陷长安时的情况说起,惹得更加伤心。耆(qí 其)旧,年高德重者,此指过去做过京官的老人。

〔12〕小臣:杜甫自称。

〔13〕记识(zhì 志):记住。一作记忆。蒙禄秩:指补京兆功曹参军。

〔14〕"周宣"二句:表示身在四川,年老多病,内心非常哀痛,急切希望代宗像周宣王那样使王朝得到中兴。周宣,即周宣王。史载,周宣王在周厉王昏庸腐朽,因而被"国人"流放之后,励精图治,恢复周代初期的政治,平定四方,使周王朝衰而复兴。见《史记·周本纪》。我皇,指代宗。洒血,形容悲痛之极。一作洒泪。江汉,指四川一带。见前《枯棕》注〔7〕。时作者在阆州,阆州在嘉陵江中游,故云。

将赴成都草堂途中有作
先寄严郑公五首（选一）[1]

常苦沙崩损药栏,也从江槛落风湍[2]。新松恨不高千尺,恶竹应须斩万竿[3]。生理只凭黄阁老[4],衰颜欲付紫金丹[5]。三年奔走空皮骨,信有人间行路难[6]。

〔1〕唐代宗广德二年(764)春,杜甫携家在阆州,准备经长江三峡离开四川。由于严武再次任成都尹兼剑南节度使,大约有信邀他,于是决定返回成都草堂。途中作诗五首寄赠严武。严武去年封为郑国公,故称严郑公。这里选的是第四首,诗写的是有这位大官朋友的资助,便可重整草堂,安然地生活下去的欢喜心情。

〔2〕"常苦"二句:是说近年来不在草堂,药栏、江槛任风浪浸蚀,恐怕都损坏了。言外之意是需要修整。沙崩,沙岸崩塌。从,任凭。杜诗中常用此义,如《畏人》:"门径从榛草,无心待马蹄。"江槛,杜甫草堂临浣花溪,筑有水槛。见前《水槛遣心》二首。落风湍(tuān 团阴平),指水槛受风浪冲击而倾斜下沉。杜甫《水槛》诗:"苍江多风飙,云雨昼夜飞。茅轩驾巨浪,焉得不低垂。"说的就是这种情况。

〔3〕"新松"二句:是说要清理草堂中的花木。这两句形象地表达了一个爱憎分明、亲善去恶的生活哲理,意义远远超出清理花木的范围,成为杜诗中的警句。

〔4〕"生理"句:是说今后生活就依靠严武这位大官员了。生理,生计。黄阁老,唐代属中书省和门下省的官员,相称为"阁老"。严武这时

是以黄门侍郎出任成都尹兼剑南节度使的,故称之为"黄阁老"。

〔5〕"衰颜"句:紧接上句,意思是我这衰老之躯也想服药保重,多活几年了。紫金丹,道家烧炼的丹药,据说,服食可以长生。这里是借以表示一种生活乐观的情绪。

〔6〕"三年"二句:意思是严武离开四川这两三年,我往来奔走,真尝到了生活不定的苦滋味。这是从反面烘托上文,见得严武再来四川做官,自己得以安居,心里是多么欢喜、感激。三年,宝应元年(762)七月,严武入朝,杜甫送到绵州分手。接着发生了徐知道之乱,杜甫避乱去梓州,次年又到阆州,到这次返成都草堂,前后是三个年头。空皮骨,形容人瘦到极点。信有,意谓真正经受到。行路难,古乐府曲有《行路难》,这里是用现成语写自己三年奔波流离的艰难。

草堂[1]

昔我去草堂,蛮夷塞成都。今我归草堂,成都适无虞[2]。请陈初乱时[3],反复乃须臾。大将赴朝廷,群小起异图[4]。中宵斩白马,盟歃气已粗[5]。西取邛南兵[6],北断剑阁隅[7]。布衣数十人,亦拥专城居[8]。其势不两大,始闻蕃汉殊[9]。西卒却倒戈,贼臣互相诛[10]。焉知肘腋祸,自及枭獍徒[11]。义士皆痛愤[12],纪纲乱相逾[13]。一国实三公,万人欲为鱼[14]。唱和作威福,孰肯辨无辜[15]?眼前列杻械,背后吹笙竽。谈笑行杀戮,溅血满长衢[16]。到今用钺地[17],风雨闻号呼[18]。鬼妾与鬼马,色悲充尔娱[19]。国家法令在,此又足惊吁[20]。贱子且奔走,三年望东吴。

弧失暗江海,难为游五湖[21]。不忍竟舍此[22],复来薙榛芜[23]。入门四松在[24],步屧万竹疏[25]。旧犬喜我归,低徊入衣裾。邻舍喜我归,酤酒携胡芦。大官喜我来,遣骑问所须。城郭喜我来,宾客隘村墟[26]。天下尚未宁,健儿胜腐儒[27]。飘飘风尘际[28],何地置老夫[29]?于时见疣赘,骨髓幸未枯[30]。饮啄愧残生,食薇不敢馀[31]。

〔1〕唐代宗宝应元年(762)秋,杜甫送严武入朝离开成都草堂,逢徐知道之乱转赴梓州,广德二年(764)春末,由于严武再任成都尹,又返回草堂。这首诗当作于初回时。诗以草堂去来始末为线,前半部分叙述徐知道叛乱时成都混乱的情况,后半部分写天下不宁只好复归草堂的心情。作者以铺陈为主,提供了一些有关历史和他个人行迹的材料。

〔2〕"昔我"四句:概括说明草堂去来时成都治乱情况,是全诗的张本。蛮夷,指四川西部羌族。剑南兵马使徐知道是勾结川西羌兵进行叛乱的,所以说"蛮夷塞成都"。适无虞,正安定无忧。虞,忧。

〔3〕陈:陈述。初乱时:指宝应元年七月徐知道之乱初起。

〔4〕"大将"二句:是说严武应诏还朝,徐知道等乘机据成都叛乱。大将,指严武。他当时任成都尹兼剑南节度使。群小,指徐知道等。

〔5〕"中宵"二句:申述上句,写群小勾结,气势很盛。古时候人们结盟立誓,常杀白马,取其血涂在嘴唇上,表示诚意,绝不背弃,叫做"歃(shà 霎)血"。

〔6〕"西取"句:是说招引、借用邛(qióng 穷)州羌兵。邛南(今四川邛崃市)以南一带。唐时为内附的羌族居住的地方。

〔7〕"北断"句：是说徐知道拥兵剑阁，以断绝由秦入蜀的道路，形成分裂割据局面。剑阁，见前《剑门》注〔1〕。

〔8〕"布衣"二句：是说一些跟从徐知道作乱的人，虽无官职，却也当起刺史来了。专城居，指做一州的长官，汉称太守，唐称刺史，有时也沿用汉名。语本汉乐府《陌上桑》："三十侍中郎，四十专城居。"

〔9〕"其势"二句：意思是徐知道勾结羌兵，叛乱后发生内讧。不两大：意思是徐知道手下人与羌兵头目各自尊大逞强。语出《左传·庄公二十二年》："物莫能两大。"徐知道部下和羌兵相互厮杀，暴露出各怀鬼胎，所以说"始闻蕃汉殊"。

〔10〕"西卒"二句：写叛军分裂。西卒，指邛南羌兵。互相诛，指同年八月，徐知道为部下李忠厚所杀。

〔11〕"焉知"二句：承上文，是说徐知道为部下所杀，如祸起肘腋，是恶人作法自毙。肘腋，比喻事情就发生在切近自身处。枭獍（xiāo jìng 消敬），古代传说的食父食母的禽兽。《汉书·郊祀志》："枭，鸟名，食母。破镜（獍），兽名，食父。"这里比喻徐知道之类叛乱者。以上第一段写徐知道叛乱始末。

〔12〕义士：指拥护朝廷、反对叛乱的人。

〔13〕"纪纲"句：国家法纪纲常，被恣意践踏。杜甫认为这是"义士"所"痛愤"的事。逾，僭越、越轨，引申为破坏。

〔14〕"一国"二句：是说成都一带是多头统治，百姓成了各种势力所宰割的鱼肉。一国三公，意思是政令不统一。《左传·僖公五年》："一国三公，吾谁适从？"为鱼，任人宰割的意思。《史记·项羽本纪》："今人方为刀俎，我为鱼肉。"这里即本此。

〔15〕"唱和"二句：意思是彼此竞相作威作福，蹂躏百姓。唱和，亦作倡和，倡是发起，和是响应。这里含讽刺意味，指相互以"作威福"为能事。有的以诛逆为名，恣意杀戮，直到无辜的百姓，所以说"孰肯辨

无辜"。

〔16〕"眼前"四句：写叛军头目们以行凶杀人取乐。杻（chǒu 丑）械，刑具，脚镣手铐。笙竽，管乐器。吹笙竽，指奏乐。

〔17〕用钺（yuè 阅）：指杀人。钺是古代兵器，大斧。

〔18〕"风雨"句：风雨之时能听到鬼哭声。形容被枉杀者之多。

〔19〕"鬼妾"二句：是说被杀戮的人的妻妾、马匹被占有，还要含着悲痛供人取乐。鬼妾，死人的妻妾，指被杀害者的妻妾。鬼马，被杀害者的马。这里写连马也"色悲"，形容马亦有情，是拟人化的写法。尔，你、你们。这里指借平徐知道之乱以诛逆为名而为非作歹的家伙。

〔20〕"国家"二句：就上面两句所说杀人而占人妻妾而言。意思是为国家法令所不容，应大声疾呼而制裁之。以上第二段叙述徐知道之乱所引起的成都混乱景象。

〔21〕"贱子"四句：说到自身，在这三个年头里，奔走于梓州、阆州一带，欲离蜀而去东吴，由于那里也有战争而未成行。弧矢，即弓箭。东吴在长江下游，又临东海，故以"江海"指代。五湖，指太湖一带，古为吴地。古代有五湖为太湖别名之说。见《文选·江赋》李善注引《吴录》。

〔22〕舍：放弃。此，指成都草堂。

〔23〕薙（tì 替）：除去杂草。榛（zhēn 针）芜：丛生的荆棘、野草。杜甫离草堂近两个整年，所以回草堂要除杂草，清理庭院、药栏。

〔24〕四松：草堂有杜甫移植的四棵小松树。他这次回草堂，另有《四松》诗，说："览物叹衰谢，及兹慰凄凉。"这里提到"四松"也含此意。

〔25〕步屧（xiè 谢）：散步。屧是木底鞋。

〔26〕"旧犬"以下八句：仿《木兰诗》"爷娘闻女来"数句的句法，铺写草堂旧物及邻里皆欢喜的情况。大官，指严武。骑（jì 技），指骑马来

的人。隘村墟,形容成都城内外来探视问候的客人之多。隘,阻塞。以上第三段写初归草堂的喜悦心情。

〔27〕"天下"二句:转入感慨。是说战乱未息,士兵胜于迂腐的书生。腐儒,作者自指。

〔28〕风尘际:战争时代。

〔29〕"何地"句:慨叹仕途失意,不为当道所重用。

〔30〕"于时"二句:承上文,意思是自己于世无用,幸好还是活下来了。疣赘(yóu zhuì 尤缀),皮肤上长出的瘤子,常比喻多余无用的东西。《庄子·大宗师》:"彼以生为附赘悬疣。"这里用其意,自谓个人多余无用。

〔31〕"饮啄"二句:意思是自己于世无用,一饮一啄都感到惭愧,所以甘于清苦生活,不敢有所奢求。残生,就上两句概括而言。饮啄:本《庄子·养生主》所说"泽雉十步一啄,百步一饮",比喻个人要饮食。食薇,吃野菜。薇是一种野菜,嫩时可食。不敢馀,不敢不食尽,也就是不敢另求他想。最后一段是就重返草堂感慨战乱未已和个人依然落泊,口头上说自愧不完全是假,但里边也有几分牢骚。

绝句四首(选一)〔1〕

两个黄鹂鸣翠柳〔2〕,一行白鹭上青天〔3〕。窗含西岭千秋雪〔4〕,门泊东吴万里船〔5〕。

〔1〕这组诗是唐代宗广德二年(764)春,杜甫初回成都草堂时写的。这一首由近及远,而又由远及近,一句一景,构成了一幅意境优美开阔的图画,表现了诗人悠然自适的情怀。诗以对仗极工整见称。

〔2〕黄鹂(lí离):黄莺。

〔3〕白鹭:亦名鹭鸶,羽色纯白,栖息沼泽,捕食鱼类。

〔4〕窗含:是说窗对西岭,好像口含。这是修辞上的拟人格。西岭:即雪岭,见前《岁暮》注〔4〕。

〔5〕"门泊"句:杜甫《野老》诗:"柴门不正逐江开……估客船随返照来",可见草堂门外江岸为船只停泊处。东吴,前《草堂》诗说:"三年望东吴",说明他久思去蜀游吴。

绝句二首〔1〕

其一〔2〕

迟日江山丽〔3〕,春风花草香。泥融飞燕子〔4〕,沙暖睡鸳鸯。

〔1〕这两首诗是唐代宗广德二年(764)暮春在成都草堂所作。由于严武再度入蜀,杜甫生活暂时安逸,心情比较舒畅,但毕竟不能完全排除漂泊之感。诗反映的就是当时这样一种精神状态。

〔2〕这首诗前两句写景,后两句写物,不加藻饰,形象地展现了一幅春光明媚,生意盎然的美丽画面。

〔3〕迟日:春天的太阳。《诗·豳风·七月》:"春日迟迟。"

〔4〕"泥融"句:泥土黏软,燕子衔泥作巢,飞来飞去。

其二[1]

江碧鸟逾白,山青花欲然[2]。今春看又过,何日是归年[3]?

〔1〕这首诗前两句写春天的江山花鸟,后两句写由春将尽而引起的长期漂泊、还乡无日的感慨。

〔2〕花欲然:是说花红得像火要燃烧起来。语本庾信《奉和赵王隐士》诗"山花焰欲然"。然,同"燃"。

〔3〕"何日"句:是说不知道什么时候才能回故乡。

题桃树[1]

小径升堂旧不斜,五株桃树亦从遮[2]。高秋总馈贫人食,来岁还舒满眼花[3]。帘户每宜通乳燕,儿童莫信打慈鸦[4]。寡妻群盗非今日,天下车书正一家[5]。

〔1〕这首诗为广德二年(764)暮春再回成都草堂时作。"题",兼有品题、题赠之意,非题诗于桃树之上。这首诗虽题属桃树,而寓意却甚大。诗因桃树而念及天下穷人,因穷人而兼及鸦燕,因鸦燕之微而博及寡妻群盗,寓民胞物与之怀于吟花弄鸟之际,充分表达了诗人对严武重镇成都的喜悦心情和期盼国家统一、天下太平的良好愿望。

〔2〕小径升堂:即升堂小径的倒文。旧不斜:原本不斜,但因桃树遮住了去路,便使人觉得斜了。桃树长大了,枝叶遮道,但不忍剪伐,故曰

"亦从遮"。从:听任,任从。下二句即申述"亦从遮"之由。

〔3〕"高秋"二句:上句谓桃实可以救饥,下句言桃花可供观赏。馈,以物赠人。来岁,犹明年,时已晚春,花期已过,故待之明年。二句写得桃树有情,于人有恩。

〔4〕乳燕:雏燕。通:谓卷起门帘让燕子自由出入。信:任意、随手。慈鸦:即慈乌,亦称孝乌。相传此鸟初生,母哺六十日,长则反哺六十日,可谓慈孝,故名。梁武帝《孝思赋》:"慈乌反哺以报亲,在虫鸟其尚尔,况三才之令人!"故告诫儿童不要任意伤残慈鸦。

〔5〕非今日:谓已成过去,不再是今日之事了。车书一家:谓国家正走向统一。《礼记·中庸》:"今天下车同轨,书同文。"时安史之乱初平,严武再镇,蜀乱已息,太平可望,故曰"非今日"、"正一家"。

登楼[1]

花近高楼伤客心,万方多难此登临[2]。锦江春色来天地,玉垒浮云变古今[3]。北极朝廷终不改[4],西山寇盗莫相侵[5]!可怜后主还祠庙,日暮聊为梁甫吟[6]。

〔1〕这首诗作于唐代宗广德二年(764)春,时杜甫初返成都。诗写登楼远眺,为时事而无限伤心,表现了他对唐王朝安危的关切心情。

〔2〕"花近"二句:上下两句倒装。在万方多难之际登临,故景致虽佳而不禁伤心。客,作者自谓。

〔3〕"锦江"二句:写登楼眺望所见,景中有情。锦江,点明地点。杜甫草堂临近锦江。春色来天地,意即满眼春色,着一"来"字,化静为动,极为活脱。玉垒,山名,在都江堰市灌口。浮云变古今,就眼前景感

慨社会变化,即杜甫《可叹》诗"天上浮云如白衣,斯须变化如苍狗"意。

〔4〕"北极"句:指去年十月,吐蕃攻陷京城长安,代宗出奔,吐蕃立广武王承宏为帝,改元,置百官,仅十五日而退。十二月,代宗返长安。见《旧唐书·吐蕃传》。北极,北极星,比喻唐王朝很巩固。北极在天空中,人们望之似永远不动。吐蕃虽一度占领长安,立帝改元,但并未能得逞,唐王朝未亡,所以说"终不改"。

〔5〕"西山"句:指去年十二月,吐蕃攻陷四川西北部的松、维、保三州。西山,指岷山山脉。寇盗,指吐蕃。上句说"朝廷终不改",故这句紧承"莫相侵",意思是吐蕃不要再侵扰了。《杜臆》云:"曰'终不改',亦幸而不改也;曰'莫相侵',亦难保其不相侵也。'终'、'莫'二字有微意在。"体会颇深切。

〔6〕"可怜"二句:借登楼所见古迹,寄寓对时事的感慨。后主,指三国时代蜀后主,即刘备的儿子刘禅。魏邓艾灭蜀,刘禅辞庙北上,成了亡国之君。见《三国志·蜀书·后主传》。成都蜀先主庙侧有后主祠。这里说"还祠庙",意谓尚有祠庙受后人祭祀,暗喻代宗并未作亡国之君,也就是上文所说"朝廷终不改"。但能不能使唐王朝中兴,避免重蹈刘禅的覆辙,实在是令人忧虑的。所以紧接着说"日暮聊为梁甫吟",意思就是自己虽忧国,但流寓作客,远离朝廷,报国无途,也只能像未出山前的诸葛亮好吟诵《梁甫吟》一样地借诗遣怀。《三国志·蜀书》说,诸葛亮隐居隆中时,"好为《梁甫吟》"。这里指忧国忧时的诗歌。

太子张舍人遗织成褥段〔1〕

客从西北来〔2〕,遗我翠织成〔3〕。开缄风涛涌,中有掉尾鲸;透迤罗水族,琐细不足名〔4〕。客云"充君褥,承君终宴荣,空堂魑魅走,高枕形神清〔5〕"。领客珍重意,顾我非公卿。留之惧不祥,施之混柴荆〔6〕。服饰定尊卑,大哉万古程〔7〕。今我一贱老,裋褐更无营〔8〕。煌煌珠宫物,寝处祸所婴〔9〕。叹息当路子〔10〕,干戈尚纵横〔11〕。掌握有权柄,衣马自肥轻〔12〕。李鼎死岐阳,实以骄贵盈〔13〕。来瑱赐自尽,气豪直阻兵〔14〕。皆闻黄金多,坐见悔吝生〔15〕。奈何田舍翁,受此厚贶情〔16〕。锦鲸卷还客,始觉心和平。振我粗席尘,愧客茹藜羹〔17〕。

〔1〕这首诗作于唐代宗广德二年(764),时杜甫在成都严武幕中。太子张舍人,即太子舍人(侍从太子的官)张某,名字今不可考。遗(wèi畏),赠送。织成,贵重毛、丝织品。《后汉书·舆服志》:"公侯九卿以下,皆织成。"织成褥段,即用制褥子的织成。诗写谢绝张太子舍人赠送的织成褥段,是感到个人身份低微,不宜用这等贵重物品,并且举出近年来李鼎、来瑱(tiàn 天去声)遭杀身之祸的事例,说明骄奢之害。从题目中无答谢字样,第一句称"客"而不称"君",说明诗是事后感赋。史称,严武在四川"肆志逞欲,恣行猛政,穷极奢靡,赏赐无度"(《旧唐书·严武传》)。杜甫作此诗可能是借题发挥,对严武进行讽喻。

〔2〕客:指张太子舍人。

〔3〕翠:绿色。

〔4〕"开缄(jiān尖)"四句:是说打开后,见织成褥段上织有波涛、鲸鱼和各种水中动物。缄,包扎、包装。逶迤(wēi yí 威移),蜿蜒曲折的样子。罗,罗列。水族,指水中动物。不足名,不能一一说出名称,极言种类很多。

〔5〕"客云"四句:复述张太子舍人赠送褥段的话。意思是充作床

褥,可供宴后醉眠,妖魔鬼怪会见而惊逃,人则高枕无忧,形神安泰。充,充作、作为。承,供奉、承受。宴后独眠,故云"空堂"。魑魅,见前《天末怀李白》注〔6〕。

〔6〕"领客"四句:是说客人的心意非常宝贵,但我并非公卿,留之不用,怕招来灾祸;留下使用,与我这简陋房舍很不相称。顾,含"但是"的意思。施,陈设。混,混淆。柴荆,柴门荆户,指茅舍。

〔7〕"服饰"二句:意思是衣着装饰都有严格的等级规定,尊卑有别,这是万古不变的法度。万古程,永久不变的法度。

〔8〕裋褐(shù hè 树贺):一作"短褐",古时劳动者所穿的粗布短衣。更无营,是说只要有一身粗布衣服,此外更无所求。营,求。

〔9〕"煌煌"二句:是说织成褥段为宫中的禁物,我这个"贱老"睡在上面要遭灾祸的。煌煌,光明貌。珠宫,传说中的龙宫,这里指宫廷。《宋书·礼志》:"诸织成衣帽锦帐、纯金银器、云母广一寸以上物者,皆为禁物。"这里说"珠宫物",大概在唐代也是这样。在封建时代,僭用禁物是犯王法的。婴:触及、缠绕。以上十句说明谢绝织成褥段是由于与自己的身分不合。

〔10〕当路子:当道、当权者,指封建官僚。

〔11〕"干戈"句:意思是战争还没有停息。

〔12〕"掌握"二句:是说掌握了权力,自然就骑肥马、衣轻裘了。掌握,犹说在手掌中。

〔13〕"李鼎"二句:是说李鼎死于岐阳,就是因为他十分骄贵。李鼎事迹仅见于《旧唐书·肃宗纪》,说他在上元元年(760)十二月任凤翔尹兼兴、凤、陇等州节度使。次年二月,党项侵扰凤州一带,他曾引兵出击;六月升任鄯(shàn 扇)州刺史,陇右节度、营田等使。他是怎样死的,史书上没有记载。由此诗可窥知,他大约是恃功骄贵,得罪被杀于任所。岐阳,岐山之阳,指凤翔。

〔14〕"来瑱"二句:是说来瑱被朝廷赐死,是由于他盛气不驯,恃兵抗上。《旧唐书·来瑱传》:上元三年(即宝应元年,762),来瑱为邓州刺史,充山南东道襄、邓等六州节度。裴茙(róng 戎)上表称来瑱"善谋而勇,倔强难制"。代宗即位后,阴令裴茙除掉来瑱。来瑱不服,"抗表谢罪,擒茙于申口"。次年正月,贬来瑱为播州县尉,旋赐死,自杀于鄠(hù户)县,籍没其家。阻兵,语本《左传·隐公四年》"夫州吁阻兵而安忍"。阻,恃,依仗。

〔15〕"皆闻"二句:意思是听说李鼎、来瑱,都是黄金虽多,终因之遭祸,悔恨莫及。悔吝,悔恨,语本《周易·系辞上》:"悔吝者,忧虞之象也。"

〔16〕"奈何"二句:是说我一个田舍翁,怎能接受这样厚礼的情谊?奈何,怎样。贶(kuàng况),赠。以上十二句用因骄奢遭杀身之祸的事例,说明不能接受织成褥段。

〔17〕"锦鲸"四句:写谢绝织成褥段和款待张太子舍人的心情。锦鲸,指织成褥段。心和平:心安理得。振,抖。茹,吃。藜羹,用藜叶做的菜汤。这里"茹藜羹",与上文"终宴荣"对映。说"愧客",是对客人表示不能以佳肴美馔相招待而歉意,同时也是自甘于生活简朴的委婉之词。

丹青引 赠曹将军霸〔1〕

将军魏武之子孙〔2〕,于今为庶为清门〔3〕。英雄割据虽已矣,文采风流今尚存〔4〕。学书初学卫夫人〔5〕,但恨无过王右军〔6〕。丹青不知老将至,富贵于我如浮云〔7〕。开元之中常引见〔8〕,承恩数上南熏殿〔9〕。凌烟功臣少颜色〔10〕,将军下笔开生面[11]。良相头上进贤冠,猛将腰间大羽箭[12]。褒公鄂公毛发动,英姿飒爽来酣战[13]。先帝御马玉花骢[14],画工如山貌不同[15]。是日牵来赤墀下[16],迥立阊阖生长风[17]。诏谓将军拂绢素[18],意匠惨淡经营中[19]。斯须九重真龙出,一洗万古凡马空[20]。玉花却在御榻上,榻上庭前屹相向[21]。至尊含笑催赐金,圉人太仆皆惆怅[22]。弟子韩幹早入室[23],亦能画马穷殊相[24]。幹唯画肉不画骨,忍使骅骝气凋伤[25]。将军善画盖有神,必逢佳士亦写真[26]。即今漂泊干戈际,屡貌寻常行路人[27]。穷途反遭俗眼白[28],世上未有如公贫。但看古来盛名下,终日坎壈缠其身[29]。

〔1〕曹霸是与杜甫同时代的名画家。天宝年间,曾应诏画功臣像和御马图,官至左武卫将军,见《历代名画记》。安史乱后,流落四川。唐代宗广德二年(764),杜甫在成都与之相识,另有《韦讽录事宅观曹将军画马图歌》。这首诗叙述了曹霸的家世、事迹,着重描写了他应诏作画时表现出高超的艺术才能,诗末对其战乱以来的落泊境遇表示感伤。由于诗人和画家的身世近似,不免同病相怜,故而写来感慨淋漓。丹青:是绘画的颜料,所以也称画为丹青。诗中写画家遭遇,或盛或衰,都是通过作画来体现的,所以题作《丹青引》。引,本为乐府曲调名。

〔2〕"将军"句:首写曹霸为曹操的后代。将军,指曹霸。魏武,魏武帝曹操。

〔3〕庶:庶人,老百姓。清门:犹寒门,指非权贵之家。

〔4〕"英雄"二句:承上文,是说曹操割据中原的英雄事业虽已成了历史,但他在文艺上的流风馀韵却于今尚存。曹操也工诗,曹霸工画,都

在文艺上有造诣,故云。风流,流风馀韵。

〔5〕书:指书法。卫夫人:卫铄,字茂猗,东晋时的女书法家,尤擅长隶书。王羲之曾向她学习书法(见张怀瓘《书断》)。

〔6〕"但恨"句:是说在书法上没能登峰造极。王右军,即王羲之。他是东晋人,官至右军将军,在历史上以书法著称。这里说曹霸在书法上没能超过王羲之,意在为下文讲他精工绘画作铺垫。

〔7〕"丹青"二句:意思是曹霸一生精心致力绘画,并不关心功名富贵。不知老将至:用《论语·述而》"发愤忘食,乐以忘忧,不知老之将至"的意思。富贵如浮云,语本《论语·述而》:"不义而富且贵,于我如浮云。"以上八句从曹霸的家世说到他专攻绘画。

〔8〕引见:应诏被带领去见皇帝。

〔9〕南熏殿:在唐长安南内兴庆宫中。

〔10〕凌烟功臣:指凌烟阁上所画功臣像。史载:唐太宗贞观十七年(643)二月,命阎立本画功臣长孙无忌、杜如晦、魏徵等二十四人于凌烟阁,见《大唐新语》卷十一。少颜色:是说因时间很久,画像已褪色。

〔11〕"将军"句:是说曹霸重画凌烟阁功臣像,别开生面。

〔12〕"良相"二句:意思是曹霸所画功臣像,文官武将各有特征。进贤冠,文官朝服帽。大羽箭,唐太宗时习用的四羽大竿长箭。

〔13〕"褒公"二句:写所画功臣像栩栩如生,褒国公段志玄、鄂国公尉迟敬德二人像,英姿猛健,神气飞动,如将临战酣战一样。段志玄、尉迟敬德,都是辅佐唐太宗有功的武将。段志玄封褒国公,在凌烟阁二十四功臣中,位列第十。尉迟敬德封鄂国公,在凌烟阁功臣中,位列第七。以上八句写曹霸应诏重画功臣像事。

〔14〕先帝:指唐玄宗。作者作此诗时,唐玄宗已死,所以称"先帝"。玉花骢,唐玄宗所乘的一匹青白色的马。

〔15〕"画工"句:是说许多画师奉命画玉花骢,都画不像。貌,即描

字。见前《奉先刘少府新画山水障歌》注〔21〕。不同,即不肖似,不逼真。

〔16〕赤墀(chí持):宫殿的台阶。古时涂以红漆,又叫丹墀。

〔17〕迥(jiǒng窘)立:昂然而立。阊阖:宫门。生长风:形容马精神抖擞,很有生气。

〔18〕"诏谓"句:是说唐玄宗命令曹霸展开白色的绢画马。

〔19〕"意匠"句:是说曹霸在动笔前用心构思设计。意匠,指作文作画如匠人一样地运用心思,即构思的意思。惨淡经营,用尽苦心地进行布局、设计。

〔20〕"斯须"二句:赞扬曹霸画马,顷刻即成,而且活灵活现,犹如一匹真的骏马,使历来常见的马相形失色,不被人看在眼里。斯须:一作"须臾",犹顷刻。九重,宫门九重,故常用以指代宫廷。真龙,即真马。《周礼·夏官·廋人》:"马八尺以上为龙。"一洗,犹一扫。凡马:指普通的马。空,承"一洗","一洗"而"空",意思是使一切"凡马"都被视如无物。

〔21〕"玉花"二句:意思是曹霸画的马,与玉花骢非常酷似。画马放在御榻上,使人以为是真玉花骢,感到惊疑,所以说"却在"。这是以画作真,形容画得逼真而活脱。御榻上的画马与殿前的真马,屹立相对,真假莫辨,所以说"屹相向"。

〔22〕圉(yǔ宇)人:养马的人。太仆:太仆寺官员。太仆寺是朝廷中掌厩牧车舆政令的机构。惆怅:感慨。这里兼含有惊叹其画似真的意思,从侧面烘托画马形神逼似。杜甫《杨监又出画鹰十二扇》诗:"粉墨形似间,识者一惆怅。"亦用此义。以上十二句写曹霸应诏画马情况。

〔23〕韩幹:唐代名画家,善画人物,尤长于画马。"初师曹霸,后自独擅"(《历代名画记》)。入室:意思是学到了老师的真本领。《论语·先进》:"由也升堂矣,未入于室也。"

〔24〕穷殊相:各种不同的形态都能描绘得很真切。

〔25〕"幹唯"二句:是说韩幹画马过于肥大,表现不出马的神气。骅骝,本是传说中的周穆王的八骏之一,这里泛指骏马。马以矫健为上,如前《房兵曹胡马》所说"锋棱瘦骨成"。韩幹画马多肉,不见骨相,故云"忍使""气凋丧"。以上四句插入韩幹作衬托,赞曹霸艺术高超,当时无人能比拟。

〔26〕"将军"二句:上句是说曹霸绘画艺术高超,达到神妙境界,意在总收上文。下句是说遇到"佳士"也肯为之画像。"必"字见其态度严肃,而"亦"字又见得并不只是应诏作画。这是为下面写曹霸近况作铺垫。佳士,优秀人物。写真,画像。

〔27〕"即今"二句:意思是现在曹霸在这战乱岁月中漂泊,不得不卖画为生,经常给一般路人画像。这是画家落泊的境遇。

〔28〕"穷途"句:申述落泊的情况。穷途:犹言走投无路。俗眼白,流俗辈的歧视。眼白,即白眼。晋朝阮籍能作青、白眼,见不合心意的"礼俗之士",便以白眼对之,表示卑视。见《晋书·阮籍传》。应以白眼对流俗之辈,而曹霸却受流俗之人的白眼,所以说"反遭"。

〔29〕"但看"二句:是说自古以来,以才能而负盛名的人,大都是穷困潦倒。这是赞其负盛名,同情其生活穷困,含愤懑不平之意。坎壈(lǎn览),困穷。

送韦讽上阆州录事参军[1]

国步犹艰难[2],兵革未衰息[3]。万方哀嗷嗷[4],十载供军食[5]。庶官务割剥,不暇忧反侧[6]。诛求何多门[7],贤者贵为德[8]。韦生富春秋[9],洞彻有清识[10]。操持纲纪地,喜见朱丝直[11]。当令豪夺吏,自此无颜色[12]。必若救疮痍,先应去蟊贼[13]。挥泪临大江,高天意悽恻[14]。行行树佳政,慰我深相忆[15]。

[1] 这首诗约作于唐代宗广德二年(764),时作者在成都。韦讽,事迹不可考。录事参军,州署中总录诸曹司文书、纠察本府官吏的官。诗是为送他上(犹赴)任而作,勉励他在国家多难、百姓困苦不堪的时候,能够尽忠职责,抑制那些恣意压榨百姓的贪官污吏。诗中反映了杜甫的政治思想,透露出当时赋税繁多、官吏横征暴敛的真实情况。

[2] 国步:犹国运,指国家遭遇。

[3] 兵革:即兵甲,指战争。古代以革为甲,故云。

[4] 嗷(áo 敖)嗷:众口哀鸣声。《诗·小雅·鸿雁》:"鸿雁于飞,哀鸣嗷嗷。"

[5] "十载"句:说明上句,万方哀鸣是由于战乱十年来,为供军用征敛太多,民不堪其苦。安史之乱起自天宝十四载(755),至广德二年,恰好十年。

[6] "庶官"二句:是说一般官吏一意压榨百姓,哪还顾得上忧虑百姓不安就会造反这个问题。务,专心致力。反侧,指民心动荡。《尚书·洪范》:"无反无侧,王道正直。"

[7] "诛求"句:是说征敛繁多,有五花八门的苛捐杂税。多门,见前《后出塞》之五注[2]。

[8] 为德:指实行所谓"德政",不"务割剥"。《论语·为政》:"为政以德"。以上八句讲国家形势和政治情况,作为下面勉励韦讽的张本。

[9] 富春秋:年纪轻。《汉书·高五王传》:"皇帝富春秋。"颜师古注:"言年幼也。比之于财力未匮竭,故谓之富。"

[10] "洞彻"句:赞美韦讽通达事理,见解明白公正。

〔11〕"操持"二句：承上句，是说韦讽担任录事参军这个官职，定能维持国家的纲纪，非常可喜。录事参军掌纠察本府下属官吏职务，唐代有"录事参军，谓之纲纪掾"之说（见《白帖》），所以说"操持纲纪地"。朱丝直，鲍照《白头吟》："直如朱丝绳。"这里比喻行事正直，不徇私舞弊。

〔12〕"当令"二句：勉励韦讽抑制、惩治那些以势压榨掠夺百姓的官吏，使他们不敢肆无忌惮，趾高气扬。无颜色，意谓没有脸面，抬不起头来。

〔13〕"必若"二句：正面表述意见。意思是若要解除当前百姓的疾苦，就必须首先铲除那般"豪夺吏"。疮痏，比喻民间疾苦。蟊（máo矛）贼，害人虫，比喻"豪夺吏"。蟊，亦作"蝥"。

〔14〕"挥泪"二句：写临别不胜依依之意。由于上文讲的是"万方哀嗷嗷"，"必若救疮痏"，所以心情更为哀伤。江，指锦江。悽恻，悲伤。

〔15〕"行行"二句：结语仍落在勉励上。意思是你此去能在政务上做些好事，就使我深切怀念之心得到安慰了。

宿府[1]

清秋幕府井梧寒[2]，独宿江城蜡炬残[3]。永夜角声悲自语，中天月色好谁看[4]？风尘荏苒音书绝[5]，关塞萧条行路难。已忍伶俜十年事[6]，强移栖息一枝安[7]。

〔1〕唐代宗广德二年（764）六月，杜甫由严武推荐，任节度使署中参谋、检校工部员外郎，赐绯鱼带。这首诗是就职后在严武幕府中写的。诗写夜中独宿的凄凉情景，感慨战乱十年来流离失所，落泊外乡，姑且栖

息于此,实在是不得已的事情。

〔2〕幕府:古时军旅出征,施用帐幕,故将军府亦称幕府。这里指严武的节度使府。

〔3〕江城:指成都。蜡炬:蜡烛。

〔4〕"永夜"二句:长夜寂静,悲凉的角声时续时断,犹如自语;当空的月色虽好,却无心观赏。自语,指角声,意思是并不愿意听,它却响个不停,似自鸣其悲。

〔5〕"风尘"句:与作者《野望》诗"海内风尘诸弟隔"意思相近。风尘,杜诗中全指战乱,如"乾坤尚风尘"(《赠别贺兰铦》)、"风尘战伐多"(《怀锦水居止二首》)。荏苒(rěn rǎn 忍染),犹侵寻,时间渐进的意思。荏苒风尘是形容战乱连绵多年。

〔6〕"已忍"句:是说自安史战乱以来,杜甫已忍受了十年的流离失所的艰辛。伶俜(líng pīng 令乒),流离孤苦的样子。

〔7〕"强移"句:意思是充当幕僚本非所愿,为了生活暂时安定,只好勉强这样。强(qiǎng 抢),勉强。一枝,一个枝条。《庄子·逍遥游》:"鹪鹩巢于深林,不过一枝。"

除草[1]

草有害于人,曾何生阻修[2]。其毒甚蜂虿,其多弥道周[3]。清晨步前林,江色未散忧[4]。芒刺在我眼,焉能待高秋[5]!霜露一沾凝,蕙叶亦难留[6]。荷锄先童稚[7],日入仍讨求[8]。转致水中央,岂无双钓舟[9]?顽根易滋蔓,敢使依旧丘[10]?自兹藩篱旷,更觉松竹幽[11]。芟夷不可缺,疾恶信如仇[12]。

〔1〕这首诗大约是唐代宗永泰元年(765)春,杜甫辞去节度使府参谋的官职回草堂后写的。原注:"去薟(qiān 潜)草也。"李时珍《本草纲目·草部》云:"荨字本作薟。"薟草即荨麻,生山野,多年生草本,叶茎生毛,毛端分泌一种酸性液汁,触之能伤皮肉。诗的最后两句表明,作者的本意是借除毒草比喻疾恶除奸。

〔2〕"曾何"句:意思是何尝都生于偏远的地方,近处就有。曾何,犹何曾、何尝。阻修,语本《诗·秦风·蒹葭》:"道阻且长。"修,长的意思。这里指偏远的地方。

〔3〕"其毒"二句:是说薟草比黄蜂、蝎子更毒,并且多得生满道旁。虿(chài 柴去声),蝎子一类的毒虫。弥,满。道周,道旁。

〔4〕"江色"句:是说美好的自然景色也未能解除自己的忧愁。

〔5〕"芒刺"二句:意思是看到这些毒草,就像眼里有芒刺,非尽快除掉不可,哪能让它们等到深秋自己枯死!芒,谷物外壳上的细刺。高秋,指九月。

〔6〕"霜露"二句:是说若到了深秋,一经霜露,即使是香草也要枯萎。言外之意是现在应当及时除掉毒草,不能让香草毒草并生同尽。蕙(huì 会),兰一类的花草,也叫蕙兰,多年生草木,花呈淡黄绿色,有香味。

〔7〕荷锄:扛着锄。先:领头。

〔8〕"日入"句:日落天晚,仍在仔细寻找毒草来除掉。讨求,仔细寻找。

〔9〕"转致"二句:是说把除掉的毒草送到深水里。这是《周礼·秋官·薙(tì 剃)氏》所说杀草水化的办法。所以要用"钓舟"。

〔10〕"顽根"二句:说明把毒草送进深水的原因,是斩草要除根,不

使它们留在原来的土地上重新滋长。滋蔓,滋生蔓延。旧丘,指恶草原来生长的地方。

〔11〕"自兹"二句:是说除掉毒草显得庭院宽敞,景物更幽美了。

〔12〕"芟夷(shān yí 山宜)"二句:意思是就应当疾恶如仇,铲除毒草之类的事是不能不做的。这是由除草推及处事为政,点明诗之主旨。芟夷,铲除消灭。

莫相疑行〔1〕

男儿生无所成头皓白,牙齿欲落真可惜〔2〕。忆献三赋蓬莱宫,自怪一日声烜赫〔3〕。集贤学士如堵墙,观我落笔中书堂〔4〕。往时文采动人主〔5〕,此日饥寒趋路旁。晚将末契托年少,当面输心背面笑〔6〕。寄谢悠悠世上儿,不争好恶莫相疑〔7〕。

〔1〕莫相疑:不要猜疑。此诗为永泰元年(765)辞严武幕职后作。追昔抚今,不胜悲慨,表现了对人情冷暖、世态炎凉的厌倦和憎恶。诗成后,拈末三字为题。

〔2〕男儿:杜甫自指。可惜:可悲。二句悲叹老而无成。

〔3〕忆献三赋:天宝十载(751)初,杜甫进献《朝献太清宫赋》、《朝享太庙赋》、《有事于南郊赋》,即所谓"三大礼赋"。蓬莱宫:即大明宫,高宗龙朔二年(662)改名蓬莱宫,亦称东内。声:声名。烜(xuǎn 选)赫:声势盛大。《尔雅·释训三》:"赫兮烜兮,威仪也。"

〔4〕集贤学士:玄宗开元十三年四月,改集仙殿为集贤殿,改丽正

殿书院为集贤殿书院,院内五品以上为学士,六品以下为直学士。"集贤院学士,掌刊缉古今之经籍,以辨明邦国之大典,而备顾问应对。凡天下图书之遗逸,贤才之隐滞,则承旨而征求焉。其有筹策之可施于时,著述之可行于代者,较其才艺,考其学术,而申表之。"(《唐六典》卷九)如堵墙:形容列观者之多,语出《礼记·射义》:"孔子射于矍相之圃,盖观者如堵墙。"《新唐书·杜甫传》云:"甫奏赋三篇,帝奇之,使待制集贤院,命宰相试文章。"集贤院隶属中书省,在中书省之政事堂考试文章,故曰"落笔中书堂"。甫《奉留赠集贤院崔于二学士》所云:"气冲星象表,词感帝王尊。天老书题目,春官验讨论。……谬称三赋在,难述二公恩。"即指此。

〔5〕人主:即指玄宗。"往时文采动人主",即所谓"词感帝王尊"。

〔6〕末契:对人谦称自己的情谊。《文选·陆机〈叹逝赋〉》:"托末契于后生,余将老而为客。"李周翰注:"言后生见我老,不与我交,以客礼相待,复增其忧耳。末契,下交也。"年少:犹后生,指幕府同僚。输心:表示真心、诚心。笑:嗤笑。谓年轻同僚当面一套,背后一套,玩两面手法。下句写尽后生轻薄。

〔7〕悠悠:众多。世上儿:即上"年少"者。不争好恶:不与你们争高低。末谓我不想与尔等争权夺利,故而辞幕归隐,请你们不必乱猜疑。

去蜀〔1〕

五载客蜀郡,一年居梓州〔2〕。如何关塞阻,转作潇湘游〔3〕?万事已黄发,残生随白鸥〔4〕。安危大臣在,不必泪长流〔5〕。

〔1〕这首诗作于永泰元年(765)五月。四月,严武死,杜甫生活失

去依靠,又预见到蜀中将乱,故决计出峡东归。将离蜀,作诗总结几年的飘泊生涯,故题曰"去蜀"。浦起龙曰:"自此长别成都矣……而六年中流寓之迹,思归之怀,东游之想,身世衰迟之悲,职任就舍之感,无不括尽,可作入蜀以来数卷诗大结束。是何等手笔!"(《读杜心解》卷三之四)

〔2〕蜀郡:即成都。杜甫于上元元年(760)初借居成都草堂寺,后移居新建之草堂,至永泰元年(765)五月离蜀,前后共六年,其间有一年多流寓梓州、阆州等地,在成都前后合计约五年。

〔3〕如何:犹岂料。关塞阻:谓长安难返。转作:反作。潇湘:二水名,在今湖南境,此泛指荆楚一带。本应北返长安,因关塞险阻,只好出峡东行,故曰"转作"。

〔4〕黄发:谓年老。残生:犹馀生。随白鸥:谓飘泊。即杜甫《旅夜书怀》所云"飘飘何所似,天地一沙鸥"意。

〔5〕大臣:泛指朝廷掌权者。杨伦曰:"结用反言见意,语似自宽,正隐讽大臣也。"(《杜诗镜铨》卷十二)

旅夜书怀[1]

细草微风岸,危樯独夜舟[2]。星垂平野阔,月涌大江流[3]。名岂文章著?官应老病休[4]!飘飘何所似?天地一沙鸥[5]。

〔1〕唐代宗永泰元年(765)五月,杜甫携家离开成都,乘船东下,经渝州(今重庆市)、忠州(今重庆忠县),九月到达云安(今重庆云阳)。这首诗写于舟经忠州一带的旅途中。诗的前半写微风岸边,夜舟独泊,极

目远眺,景象壮阔;后半感慨身世不遇,漂流无定。情由景而生发,又借景以喻情,情景交融,浑厚含蓄。中间两联,尤以词句警拔、对仗工整见称。

〔2〕"细草"二句:写夜泊江岸的处境。危,高。樯(qiáng 墙),桅杆。

〔3〕"星垂"二句:描绘所见景物。平野广阔,遥望天际,星垂如挂;大江奔流不息,月光在江面上闪动如涌。涌,腾跃,这里指光波闪动。大江,指长江。

〔4〕"名岂"二句:愤慨语。前句是说自己诗作虽好,何曾为世所推重?后句是说自己年老有病,便活该休官。杜甫前次做左拾遗时遭贬,这次在严武幕中又因意见不合而辞去参谋和工部员外郎,都不是由于"老病"。这里说应休,其实是反话。

〔5〕"天地"句:即景自比,对沙鸥而自伤漂泊。天地无限广阔,而一小小沙鸥却飘飘无所依,孤独悲伤中含愤激之意。

三绝句 (选二)〔1〕

其二〔2〕

二十一家同入蜀,唯残一人出骆谷〔3〕。自说二女啮臂时〔4〕,回头却向秦云哭〔5〕。

〔1〕这组诗大约是唐代宗永泰元年(765)冬,杜甫在云安所作。这

年九月,吐蕃、吐谷浑、党项羌等拥众数十万,分兵进攻奉天(今陕西乾县)、盩厔(zhōu zhì 今陕西周至)等地,百姓大批逃难入蜀。闰十月,汉州(今四川广汉)刺史崔旰(gàn 贛)攻剑南节度使郭英义,郭英义奔简州(今四川简阳),为普州(今四川安岳)刺史韩澄所杀,蜀中形成混乱局面。这三首诗反映的是在这种战乱中人民遭受的惨重苦难,并着重揭露了地方军阀和唐王朝军队的残暴。三首诗在形式上属于绝句,但不受平仄格律的限制(第二首以仄声字作韵脚),叫做"古绝句"。

〔2〕这是三首中的第二首,写关中人民逃难入蜀的惨状。

〔3〕唯残:只剩下。残:馀、剩。杜诗常用此义,如《洗兵马》:"只残邺城不日得。"骆谷,在今陕西周至县西南,是由关中入蜀的通道。出骆谷,就是入蜀地。

〔4〕齧(niè 聂)臂:以齿咬臂,表示诀别。这里指强下狠心丢弃二女。

〔5〕"回头"句:写丢弃二女独得入蜀的人说到此处不禁痛哭的情景。秦云,指关中方向。来自秦地,关山阻隔,念及二女,故朝秦地方向仰天而哭。

其三〔1〕

殿前兵马虽骁雄,纵暴略与羌浑同〔2〕。闻道杀人汉水上〔3〕,妇女多在官军中〔4〕。

〔1〕这是三首中的第三首,写唐官军作践百姓,残暴地杀戮、奸淫。殿前兵马:指皇帝禁军。当时,唐代宗任宦官鱼朝恩统帅禁军,并以天下观军容宣慰处置使的官衔率禁军到平乱的地方督阵。见《旧唐书·鱼朝恩传》。所以特别提到禁军,因为他们最骄横。

〔2〕羌浑:指党项羌、吐蕃和吐谷浑入侵的兵。
〔3〕汉水:发源于陕西宁强。汉水上,即指陕西、四川交界地区。
〔4〕"妇女"句:写唐朝官军,特别是禁军,抢掠奸淫,作践百姓。

八阵图〔1〕

功盖三分国〔2〕,名成八阵图。江流石不转〔3〕,遗恨失吞吴〔4〕。

〔1〕这首诗为大历元年(766)杜甫初到夔州(今重庆奉节)时作。八阵图,相传为诸葛亮所布设的作战石垒。八阵,指天、地、风、云、龙、虎、鸟、蛇八种阵势。图,法度,规制。诸葛亮所布八阵图,传说有多处,此指夔州八阵图。《晋书·桓温传》云:"初,诸葛亮造八阵图于鱼复浦平沙之上。"遗址在今重庆奉节县南长江北岸。杜甫对诸葛亮是无限敬仰的,开头即以两个精巧工整的对偶句,盛赞他的丰功伟绩,而特标出八阵图以应题。最后两句深致悲悼惋惜之意,融怀古与述怀为一体,虽参议论,但富于浓郁的抒情色彩,发人深思,馀味无穷。

〔2〕三分国:指魏、蜀、吴三国。三国之中,曹操和孙权都有所凭藉,唯独诸葛亮辅佐刘备,白手起家,据蜀与魏、吴鼎足而三,故曰"功盖三分国"。盖,超、越。

〔3〕"江流"句:谓年深日久,江流冲击,八阵图却屹然不动,故曰"石不转"。仇兆鳌《杜诗详注》卷十五引《刘宾客嘉话录》云:"夔州西市,俯临江沙,下有诸葛亮八阵图,聚石分布,宛然犹存。峡水大时,三蜀雪消之际,颓涌滉漾,大木十围,枯槎百丈,随波而下。及乎水落川平,万物皆失故态,诸葛小石之堆,标聚行列依然。如是者近六百年,迨今不

动。"据此,杜诗乃是写实。

〔4〕"遗恨"句:此句向来解说不一,约有四说:以不能灭吴为恨;以刘备征吴失计为恨;诸葛亮不能谏止刘备征吴之举,自以为恨;刘备征吴而不知用八阵图法,致使失败,故以为恨。当以第一说为近是。高步瀛说:"失吞吴犹言未能吞吴耳。以武侯如此阵图而不能吞吴,真千古遗恨,故精诚所寄,石不为转,大意与'出师未捷'二句同一感慨。"(《唐宋诗举要》卷八)

白帝城最高楼[1]

城尖径仄旌旆愁[2],独立缥缈之飞楼[3]。峡坼云霾龙虎卧,江清日抱鼋鼍游[4]。扶桑西枝对断石,弱水东影随长流[5]。杖藜叹世者谁子[6]?泣血迸空回白头[7]。

〔1〕唐代宗大历元年(766)暮春,杜甫由云安到夔州(今重庆奉节)。这首诗当作于初到夔州时。白帝城在夔州城东,座落在山头上,西南临长江,是新莽时期公孙述据蜀称白帝时所建,因以为名。诗写登临城中最高之楼,眺望山川,伤时忧世,无限感慨。形式是七言律诗,但不受平仄格律限制,叫做拗体七律。

〔2〕"城尖"句:写白帝城地势。城在山头上,民舍随山势而筑,所以说"城尖"。径仄(zè昃),道路倾斜,指不平直。旌旆愁,表示地势很高,亦含时尚有兵乱的意思。旌旆(pèi沛),军旗。见得有驻军。

〔3〕独立:指作者自己。缥缈(piāo miǎo 飘秒):隐约可见的样子,形容极高。楼在高处,若隐若现,其势若飞于空中,故曰"飞楼"。

〔4〕"峡坼(chè彻)"二句:写登楼所见近景。云雾笼罩的山峡,突

兀盘结,犹如沉睡的龙虎;日光照射下的江水,波光汹涌,好似鼋鼍游动。坼:裂开,意即冲开云雾而出。霾(mái 埋),阴霾,这里作笼罩讲。卧,一作"睡"。鼋鼍(yuán tuó 元驼),鳖和猪婆龙,这里比喻回旋波动的水势。

〔5〕"扶桑"二句:写所见远景。东可望扶桑,西可望东来之弱水。这里极言楼之高,视野之远。扶桑,神木名,古代有日出于扶桑之说,后称日本为扶桑国。断石,指瞿塘峡。弱水,传说为昆仑山下的一条河,其水连羽毛都漂不起来,故名。见《山海经》。长流,指长江。

〔6〕杖藜:拄着拐杖,指老年人。谁子:哪个人。与第二句"独立"相应,指自己而无旁人。

〔7〕"泣血"句:承上句,为世乱而感伤之至。泣血:形容哭得很沉痛。迸(bèng 泵),散,洒。登高楼而哭泣,泪洒空中,故曰"迸空"。回白头,摇着白头叹息。作者时已五十六岁,故云。

夔州歌十绝句(选二)〔1〕

其一〔2〕

中巴之东巴东山,江水开辟流其间〔3〕。白帝高为三峡镇〔4〕,夔州险过百牢关〔5〕。

〔1〕这组诗大约作于唐代宗大历元年(766)杜甫流寓夔州的初期。诗写夔州的山川形势、自然景色和古迹,在艺术上吸收了巴蜀民歌《竹枝词》的特点,开后来以《竹枝词》为题、专写一个地方风光和民俗的组诗

之先。

〔2〕这一首咏夔州地理形势的险要。东汉末年刘璋统治蜀地,分为中巴、西巴和东巴三个地区。夔州原属巴东郡,故云"中巴之东"。

〔3〕开辟:指天地开辟以来。杜诗中用此二字,都是这个意思,如《天池》:"鱼龙开辟有,菱芡古今同。"其,指巴东群山。

〔4〕白帝:白帝城。镇,镇压、镇住的意思。白帝城扼瞿塘峡口高镇三峡,所以说"三峡镇"。

〔5〕百牢关:在今陕西勉(原作沔)县西南,两壁高山对峙,汉水流经其间,形势险要。自夔州以东为长江三峡,两岸崇山峻岭,悬崖峭壁,接连数百里,所以说"险过百牢关"。

其四〔1〕

赤甲白盐俱刺天〔2〕,闾阎缭绕接山巅〔3〕。枫林橘树丹青合〔4〕,复道重楼锦绣悬〔5〕。

〔1〕这一首描绘夔州一带风光。

〔2〕赤甲、白盐:二山名,在夔州城东十馀里,隔江相对。刺天:形容山峰陡峭而高耸。

〔3〕"闾阎"句:是说从山脚到山顶盘旋而上到处有人家。闾阎,集聚的民舍。缭绕,环绕。

〔4〕丹青合:枫叶红,橘叶青,相互交杂在一起。

〔5〕"复道"句:意思是环山的民房,重重叠叠,望之好似宫中的"复道重楼",非常美观。复道:楼阁间的空中通道。因上下有道,故称"复道"。锦绣,形容景物美观。

白帝[1]

白帝城中云出门,白帝城下雨翻盆[2]。高江急峡雷霆斗,翠木苍藤日月昏[3]。戎马不如归马逸[4],千家今有百家存[5]。哀哀寡妇诛求尽[6],恸哭秋原何处村[7]?

〔1〕这首诗是唐代宗大历元年(766)秋所作。诗从咏白帝城的雨景写起,从大雨倾盆,江水澎湃,景象昏暗,联想到战乱的摧残,繁苛赋役的压榨,造成百姓家破人亡,流露着作者对人民疾苦的深切同情。

〔2〕"白帝"二句:白帝城在山上,所以城中出云,山下成雨。翻盆,犹倾盆,用以形容大雨。

〔3〕"高江"二句:写大雨中临江山城景象。白帝城下临长江的瞿塘峡口,水流甚急,大雨中更显得奔腾澎湃,声如"雷霆斗"。浓云密布,大雨滂沱,不见日色,景物昏暗。这里"日月"二字,是偏义复词,指日光而言。

〔4〕"戎马"句:借马为喻,谓战乱可厌,还是社会安定为好。戎马,战马。归马,指从事耕种的马。《尚书·武成》:"归马于华山之阳。"逸,安逸。

〔5〕"千家"句:是说经过战乱,人民死亡惨重,十仅存一。

〔6〕"哀哀"句:丈夫死于征戍、赋役,遗下的妻子被压榨得一无所有,十分可怜。诛求,横征暴敛。

〔7〕"恸哭"句:承上文,谓四面村子里传来痛哭的声音。恸(tòng痛)哭,即痛哭。恸,悲痛。何处,不知何处,犹言处处。

负薪行〔1〕

夔州处女发半华〔2〕,四十五十无夫家。更遭丧乱嫁不售〔3〕,一生抱恨长咨嗟〔4〕。土风坐男使女立,男当门户女出入〔5〕。十犹八九负薪归,卖薪得钱应供给〔6〕。至老双鬟只垂颈〔7〕,野花山叶银钗并〔8〕。筋力登危集市门〔9〕,死生射利兼盐井〔10〕。面妆首饰杂啼痕,地褊衣寒困石根〔11〕。若道巫山女粗丑,何得此有昭君村〔12〕?

〔1〕这首诗是唐代宗大历元年(766)杜甫在夔州作。诗中描写夔州劳动妇女的勤劳困苦,表现出对她们的深切同情。

〔2〕发半华:头发花白。华,同花。

〔3〕"更遭"句:是说屡经战乱,择配艰难。更,更迭、相继的意思。嫁不售,欲嫁而无人娶。不售,也就是不为人选中。

〔4〕一生:终生,一辈子。咨嗟(zī jiē 资街):感伤叹气。

〔5〕"土风"二句:写夔州一带男尊女卑的风俗。土风,当地风俗。当门户,当家做主。出入,指跑出跑进地操劳生计。

〔6〕"十犹"二句:绝大多数妇女都上山打柴,卖了钱供应家庭生活和交租税。十犹八九,即十之八九,表明很普遍。

〔7〕"至老"句:是说年老未嫁。双鬟,古代汉族未嫁女子的发式。鬟,圆形发髻。

〔8〕"野花"句:说明生活贫困,没有华贵的首饰,头上插着野花山叶,就和插着银钗一样。钗,妇女绾头发的首饰。并,这里是比的意思。

〔9〕筋力登危:用力气登上高山,指打柴。筋力:犹体力、气力。危,高。集市门,到集市上,指卖柴。

〔10〕死生射利:是说为生活所迫,不顾生死地挣些钱。射利,犹弄钱。兼盐井,除打柴外,还负运盐井所出的盐。

〔11〕"面妆"二句:形容负薪妇女悲哀、困苦。地褊(biǎn 扁),指山地崎岖不平。石根,山脚下。

〔12〕"若道"二句:用设问语气,说明夔州一带妇女容貌粗丑,并非是那个地方自然环境不好,而是由生活贫困劳苦所造成的。巫山,在夔州东,这里泛指夔州一带。昭君村,在归州东北(今湖北兴山县),传说是西汉著名美女王昭君的故乡。归州和夔州相邻,所以借以说明这一带妇女并不是天生粗丑。

最能行〔1〕

峡中丈夫绝轻死〔2〕,少在公门多在水〔3〕。富豪有钱驾大舸〔4〕,贫穷取给行艓子〔5〕。小儿学问止《论语》,大儿结束随商旅〔6〕。欹帆侧柂入波涛,撇漩捎濆无险阻〔7〕。朝发白帝暮江陵〔8〕,顷来目击信有征〔9〕。瞿塘漫天虎须怒〔10〕,归州长年行最能〔11〕。此乡之人气量窄,误竞南风疏北客〔12〕。若道土无英俊才,何得山有屈原宅〔13〕?

〔1〕这首诗是《负薪行》的姊妹篇,均写夔州一带风俗特点,写法也相同,当为同时之作。诗咏当地百姓多操船为业,生动地描绘了长江中水手们驾船的技能。最能,一般解作驾船能手;也有人以"最能"为水手

之称(明嘉靖本《集千家注杜工部诗集》注)。

〔2〕峡中:指长江三峡一带。夔州在瞿塘峡畔,故云。绝:最。轻死:不怕死。

〔3〕"少在"句:是说多不愿读书做吏,而在江中驾船。公门,犹衙门,即官府。

〔4〕舸(gě 各):大船。

〔5〕"贫穷"句:贫穷人家靠驾小船谋生。取给:犹收支,指赚钱应付生活开支。行艓(yè 夜)子,驾小船。艓,小船。

〔6〕"小儿"二句:意思是这里人幼年只读很少一点书,长大一点就到商船上去习驾船。《论语》:书名,主要辑录孔子及其弟子的言行,是我国古代学塾中必读的初级教科书。止于《论语》,自然读书少,文化水平不高。结束,结扎衣服,收拾行装。

〔7〕"欹(qī 七)帆"二句:写在波涛翻滚的江中巧妙地操舟航行。欹,同攲,倾斜。柂,同舵。欹帆侧柂,见得江中波涛之大。撇漩,撇开漩涡。捎濆(fén 坟),掠过涌起的波涛。捎,拂掠。濆,波浪涌起。能撇漩捎濆,战胜汹涌的波涛,所以说"无险阻"。

〔8〕"朝发"句:意思是从夔州至江陵约千馀里,舟行江中,一日便可到达。语本《水经注·江水》:"有时朝发白帝,暮到江陵,其间千二百里,虽乘奔(快马)御风,不以疾也。"白帝,白帝城,指夔州,见前《白帝城最高楼》注〔1〕。江陵,今湖北荆州。

〔9〕"顷来"句:就上句而言,是说过去只听说如此,近来亲眼看到方知其说真实有据。顷来,近来。杜甫刚来夔州,故云。目击,亲眼看到。有征,有事实可证实。

〔10〕"瞿塘"句:写三峡江水涨溢汹涌的情况。瞿塘,瞿塘峡,三峡之一,西起夔州。虎须:三峡险滩名。这里说"虎须怒",兼有比义,以虎怒咆哮,形容江水波涛汹涌。

285

〔11〕归州:见前《负薪行》注〔12〕。长(zhǎng掌)年:蜀中对船夫的称呼。陆游《入蜀记》:"长年三老,梢公是也。"行最能:驾船行于波涛江水中最习于水性。能,习。《荀子·劝学》:"假舟楫者,非能水也,而绝江海。"

〔12〕"㸅竞"句:申述上句"气量窄",谓夔州一带人趋从南方弄水行舟、轻生好利之风,而对于文质彬彬的北方人则显得隔阂、疏远。和上文"少在公门多在水",意思相近。㸅,同"娱",乐于。竞,逐,追求。南风,南方的风俗、风气。北客,流寓的北方人。

〔13〕"若道"二句:意思是夔州人气量狭窄,并非由于地理环境决定的,这里曾产生过大诗人屈原就是明证。土,乡土,指夔州一带地方。土,一作"士"。屈原,战国时楚国伟大诗人,相传湖北秭归县东北有屈原故宅。

古柏行[1]

孔明庙前有老柏[2],柯如青铜根如石[3]。霜皮溜雨四十围,黛色参天二千尺[4]。君臣已与时际会,树木犹为人爱惜[5]。云来气接巫峡长,月出寒通雪山白[6]。忆昨路绕锦亭东,先主武侯同閟宫[7]。崔嵬枝干郊原古,窈窕丹青户牖空[8]。落落盘踞虽得地,冥冥孤高多烈风[9]。扶持自是神明力,正直原因造化功[10]。大厦如倾要梁栋,万牛回首丘山重[11]。不露文章世已惊,未辞剪伐谁能送[12]?苦心岂免容蝼蚁[13],香叶终经宿鸾凤[14]。志士幽人莫怨嗟,古来材大难为用[15]。

〔1〕这首诗是唐代宗大历元年(766)杜甫在夔州所作。诗每八句一韵,自成三段,从咏夔州诸葛亮庙前古柏高大,进而与成都武侯祠古柏相比较,再咏夔州古柏孤高正直。全诗借咏古柏抒发怀才不遇的感慨。

〔2〕孔明:诸葛亮字孔明。夔州诸葛庙,名武侯庙。杜甫另有《武侯庙》诗。

〔3〕"柯如"句:写柏树古老。柯(kē 科),树枝。青铜,形容颜色苍老。如石,形容坚硬。

〔4〕"霜皮"二句:写古柏高大。霜皮,树干皮色苍白。溜雨,形容光滑。四十围,四十个人合抱,极言其粗,与"二千尺"同为艺术夸张。黛色,青黑色,形容树叶的颜色。参(cān 餐)天,高入云霄。

〔5〕"君臣"二句:意思是诸葛亮和刘备二人,君臣遇合,有功于当时,所以庙前柏树一直为后人所爱惜,生长得如此高大。际会,遇合。

〔6〕"云来"二句:承上文,形容古柏巍然挺立,东接巫山之云,西对雪山之月。巫峡,泛指三峡。雪山,亦称雪岭、西山,在四川松潘县境,为岷山山脉的起峰。

〔7〕"忆昨"二句:联想到成都武侯祠。杜甫去年离开成都,所以说"忆昨"。锦亭,在成都临近锦江,故云。先主,蜀先主刘备。武侯,诸葛亮封武乡侯,后人称诸葛武侯。閟(bì 闭)宫,祠庙。同閟宫,指武侯祠堂原附在先主庙中。

〔8〕"崔嵬(wěi 伟)"二句:写成都武侯祠古柏立在古老郊原上的祠庙中,显得特别幽静。即《蜀相》诗中所说"丞相祠堂何处寻,锦官城外柏森森"的意思。崔嵬,高大的样子。窈窕(yǎo tiǎo 咬挑),深邃的样子。丹青,指建筑物上红绿的涂饰。户牖(yǒu 有)空,寂静无人。牖,

窗户。

〔9〕"落落"二句:又转回写夔州古柏。是说生在高山上,虽然依附孔明庙,受人爱惜,尚称"得地";但地势高,孤立高空,不免招受烈风的侵袭。落落,出群的样子。得地,地势得宜。冥(míng 明)冥,高空的颜色,指代高空。

〔10〕"扶持"二句:是说古柏所以能顶住烈风,巍然长存,固然赖于神明的扶持,也在于自然造化的功能。这里强调的是下句,意思是古柏生来正直、坚韧。造化,自然化育。

〔11〕"大厦"二句:就上文生发开去。意思是大厦将倾,需要栋梁之材;然古柏重如丘山,无法运载,万头牛也拖不动。万牛回首,万牛因拖不动故而回首,极言古柏之重。以下几句,均一语双关,借咏古柏比喻人事。

〔12〕"不露"二句:申述上文。古柏形貌古朴,没有花枝招展,却为世所重;虽甘愿作栋梁,但有谁能采运去? 不露文章,是明指古柏无花,隐喻人不露才华。未辞剪伐,不避砍伐充作栋梁。辞,推辞,回避。谁能送,和上文"万牛回首"相应。

〔13〕"苦心"句:是说柏心味苦,仍不免为蝼蚁所侵蚀。比喻好人不免为坏人嫉害。蝼(lóu 楼)蚁,蝼蛄和蚂蚁,都是对农作物有害的小昆虫。

〔14〕"香叶"句:反承上句,是说虽然如此,但柏叶有香气,毕竟曾经有凤凰在它上面栖息。终,毕竟。鸾凤,传说中凤凰一类的鸟。古人认为凤鸟高贵,故云。

〔15〕"志士"二句:最后点明题意。意谓材大难为用是自古如此,志士幽人不必为此感叹。幽人,犹隐士,指政治上不得志的人。嗟(jiē 街),感叹。这里说"莫怨嗟",实际正是"怨嗟"、发牢骚。

咏怀古迹五首[1]

其一

支离东北风尘际,漂泊西南天地间[2]。三峡楼台淹日月,五溪衣服共云山[3]。羯胡事主终无赖[4],词客哀时且未还[5]。庾信平生最萧瑟,暮年诗赋动江关[6]。

〔1〕这一组诗是杜甫在唐代宗大历元年(766)客居夔州所作。题作《咏怀古迹》,表明并不是专就古迹而发,而是借古迹来抒发自己的怀抱,咏怀是主要的。古迹是指庾信故居、宋玉宅、昭君村、永安宫(刘备庙)和武侯(诸葛亮)祠。诗五首,每首分咏,彼此并无紧密联系,写法也不一致,如第一首主要是写自己,而其他四首则不然,但都或显或隐地表现了作者生活漂泊、政治失意的身世之感。

〔2〕"支离"二句:概括作者自己从安史之乱发生以来颠沛流离的生活。上句指安史叛军起于蓟州,一度攻陷长安,战火燃遍黄河南北和潼关东西的时候,作者曾逃难、被俘、投奔朝廷驻地、探亲,往来奔波于那一带地方。下句指作者入蜀后,往来东西两川,先后流寓成都、梓州、云安,最后到夔州住了下来。支离:破碎,形体不全,这里是转移不安定的意思。

〔3〕"三峡"二句:写现在流寓夔州的处境。三峡,在夔州以东,这里指夔州一带。楼台,泛指当地居民的山间楼舍。淹,淹留,久留。五溪,在今湖南西部。古代五溪蛮居住地区。这里说"五溪衣服",是借以

形容夔州地方偏远,居民风俗特殊。共云山,共居杂处。

〔4〕"羯(jié结)胡"句:揭示流离漂泊是由于安史之乱。羯胡,古代北方民族,这里指安禄山。唐玄宗曾十分宠信安禄山,不断加官晋爵。但他暗中积蓄势力,最后发动了叛乱,所以作者骂他"无赖",即不可信赖。

〔5〕词客:作者自称。哀时:为时局动荡不安而悲哀。未还:未能还朝和回乡。这句是写自己的境遇,也兼咏庾信。庾信是南北朝时的诗人,梁元帝派他出使西魏,适逢西魏攻梁,被留北朝,长达二十七年。两人的身世颇有些相似之处。这也就很自然地引出了下面两句。

〔6〕"庾信"二句:明咏庾信,实际上是借庾以自咏。庾信本来是梁朝的宫廷诗人,作品的格调不高。他被留北朝,在北周官位甚高,但"常有乡关之思,乃作《哀江南赋》以致其意",赋中说:"壮士不还,寒风萧瑟;提挈老幼,关河累年。"(《周书·庾信传》)"生平最萧瑟",指庾信长期流寓北朝,带有萧条凄凉之感,庾信诗的内容、风格也从而发生了变化,境界较开阔,健笔纵横,曾引起同时代和后代一些文人的赞赏和同情。所以这里说他"暮年诗赋动江关"。动江关,称赞庾信诗感人之深,影响之大。杜甫漂泊四川,经常写诗抒怀,同庾信的情况也近似。

其二

摇落深知宋玉悲,风流儒雅亦吾师〔1〕。怅望千秋一洒泪,萧条异代不同时〔2〕。江山故宅空文藻〔3〕,云雨荒台岂梦思〔4〕?最是楚宫俱泯灭,舟人指点到今疑〔5〕。

〔1〕"摇落"二句:追怀宋玉。前句表示对宋玉的悲愁很理解、同情。后句推崇宋玉的风格、文采。宋玉是战国末年屈原以后楚辞的又一

位作者。他的《九辩》抒发了落拓不遇的悲愁,开头两句是:"悲哉秋之为气也,萧瑟兮草木摇落而变衰。"风流,品格清高。儒雅,意谓文学素养甚深。

〔2〕"怅望"二句:追怀宋玉,感而洒泪;身世一样的落泊,却生不同时。异代,就是不同时。

〔3〕江山故宅:位于三峡中的归州(今湖北秭归)的宋玉故宅。空文藻,只有诗赋流传下来,而人早已逝世。

〔4〕云雨荒台:指宋玉《高唐赋》的故事。楚怀王游高唐观,梦见一妇人,自称"巫山神女",说:"妾……且为朝云,暮为行雨,朝朝暮暮,阳台之下。"岂梦思,难道是说梦吗?作者谓《高唐赋》不全是说梦,意思是宋玉有所寓意。

〔5〕"最是"二句:楚宫已经荡然无存,船夫指指点点,无可凭信。言外之意是宋玉及其赋作的故事却令人遐思。

其三

群山万壑赴荆门[1],生长明妃尚有村[2]。一去紫台连朔漠,独留青冢向黄昏[3]。画图省识春风面,环佩空归夜月魂[4]。千载琵琶作胡语,分明怨恨曲中论[5]。

〔1〕"群山"句:是说从夔州到荆门,长江两岸山连岭接,势如向荆门奔赴。荆门,山名,在湖北宜都县西北。

〔2〕明妃:王昭君,名嫱,汉元帝宫人。西晋时避文帝司马昭讳,改称明君,也称明妃。汉元帝竟宁元年(前33),被遣嫁匈奴呼邪单(chán 蝉)于。村,昭君村,在今湖北兴山县。

〔3〕"一去"二句:王昭君远嫁匈奴,居留沙漠地区,最后死在那

里。去,离去。紫台,紫宫,皇帝宫廷。连,这里是联婚的意思。如《史记·南越列传》:"及苍梧秦王有连。"司马贞《索隐》曰:"连者,连姻也。"朔漠,北方沙漠地区。青塚(zhǒng 肿),指王昭君墓,在今内蒙古自治区呼和浩特市南二十里。传说:"其上草色常青,故曰青塚。"(《太平寰宇记》)

〔4〕"画图"二句:讽刺汉元帝昏庸。《西京杂记》中说:汉元帝宫中妃嫔、宫人甚多,不得常见,于是按图像召幸。"宫人皆赂画工,昭君自恃容貌,独不肯与。工人乃丑图之,遂不得见。后匈奴入朝,求美人,上按图以昭君行。及去,召见,貌为后宫第一,帝悔之。"诗的意思是,汉元帝只凭画图来辨识宫人的容貌,致使王昭君远嫁匈奴,死于异乡。省识,犹略识,未仔细辨认。省,约略。春风面,指王昭君的美貌。环佩,妇女佩带装饰物。昭君死于匈奴,遗恨无穷,故曰"空归夜月魂"。

〔5〕"千载"二句:咏叹王昭君的哀怨留传千载。胡语,即胡音,指北方少数民族的乐曲。传说:"昭君在匈奴,恨帝始不见遇,乃作怨思之歌。"(见《琴操》)宋郭茂倩所编的《乐府诗集》卷五十九"琴曲歌辞"有《昭君怨》一首,卷二十九"相和歌辞"有《明君词》、《昭君叹》等吟叹曲。杜甫所说"怨恨曲中论",就是指这类咏王昭君的曲子。这里写王昭君的怨恨,里边寄寓着杜甫个人不为朝廷所用,从而长期漂泊西南的怨恨。

其四

蜀主窥吴幸三峡,崩年亦在永安宫〔1〕。翠华想象空山里,玉殿虚无野寺中〔2〕。古庙杉松巢水鹤〔3〕,岁时伏腊走村翁〔4〕。武侯祠屋长邻近〔5〕,一体君臣祭祀同〔6〕。

〔1〕"蜀主"二句：咏刘备。据《三国志·蜀书·先主传》：公元222年，蜀先主刘备率兵进攻东吴，败归白帝城（夔州）；次年，死在永安宫（在白帝城的行宫）。幸，临幸，到。崩，死。幸、崩两字都是封建时代专用于皇帝的词。

〔2〕"翠华"二句：是说追怀历史，眼前只有空山、野寺。翠华，皇帝出行的仪仗。玉殿，句下原有注云"殿今为卧龙寺，庙在宫东"。

〔3〕巢水鹤：有水鹤巢居。巢：作动词，为巢，巢居的意思。

〔4〕伏腊：古代祭祀名称。伏在夏六月，腊在冬十二月。走村翁：村民前来致祭。

〔5〕武侯祠屋：诸葛亮封武乡侯。诸葛武侯祠，与先主庙相邻近。

〔6〕"一体"句：承上句，说刘备和诸葛亮，生前君臣一体，关系融洽，死后一同受到后人祭祀，里边含有感叹君臣遇合之难得的意思。一体：王褒《四子讲德论》："君为元首，臣为肱股，明其一体，相待而成。"《三国志·蜀书·诸葛亮传》中曾说：刘备"与亮情好日密"，刘备把他们的关系比作"犹鱼之有水"。

其五

诸葛大名垂宇宙，宗臣遗像肃清高〔1〕。三分割据纡筹策〔2〕，万古云霄一羽毛〔3〕。伯仲之间见伊吕〔4〕，指挥若定失萧曹〔5〕。运移汉祚终难复，志决身歼军务劳〔6〕。

〔1〕"诸葛"二句：因武侯祠，追怀、赞颂诸葛亮。宗臣，重臣，为当世所仰望的大臣。《三国志·蜀书·诸葛亮传》注引张俨曰："一国之宗臣，伯主之贤佐。"肃清高，是说使人见了遗像而敬仰他的清高。

〔2〕"三分"句：概括诸葛亮生前功业。三分割据，诸葛亮建议并协

助刘备占据荆州、益州,同曹操、孙权三分天下,形成蜀、魏、吴鼎足而立的局面。纡(yū迂)筹策,用尽计谋策略。

〔3〕万古:久远的意思。云霄一羽毛:好比鸾凤高翔,独步云霄。

〔4〕"伯仲"句:说诸葛亮的才能、功业,足与伊尹、吕尚媲美。伯仲,兄弟。伯仲之间,谓不相上下。伊吕,伊尹辅佐商汤,吕尚辅佐周文王、周武王,他们都建立了开国的大业。

〔5〕若定:胸有成算,从容不迫。失萧曹:使萧何、曹参失色。意思是诸葛亮的谋略在萧何、曹参之上。萧何、曹参都是辅佐汉高祖的谋臣。

〔6〕"运移"二句:赞扬诸葛亮辅佐刘备、刘禅,虽不能改变历史的趋势,但鞠躬尽瘁,最后病死于五丈原军营中,令后人钦敬。运,指国运。祚(zuò坐),帝位。志决身歼,志向坚定,以身殉职。

诸将五首[1]

其一

汉朝陵墓对南山[2],胡虏千秋尚入关[3]。昨日玉鱼蒙葬地[4],早时金碗出人间[5]。见愁汗马西戎逼[6],曾闪朱旗北斗殷[7]。多少材官守泾渭[8]?将军且莫破愁颜[9]。

〔1〕经过安史之乱,唐王朝的腐败充分暴露出来。杜甫身经战乱,落拓不遇,长期漂泊,可说是身受其害,所以感受比较深切。《诸将五首》是就武官们存在的一些问题——如不能抵御吐蕃的侵扰,一味地借回纥兵来打仗,不知屯田积谷、自理军需,不思报效朝廷、只知追求高官

厚禄等现象,进行揭发和议论。这一组诗是唐代宗大历元年(766)秋在夔州作的。

〔2〕"汉朝"句:汉朝诸帝王的坟墓,在长安城南一带,与终南山相对。陵墓,皇帝的坟墓。这首诗是写吐蕃东侵曾占领长安,讽劝诸将应当加强防御。这里说"汉朝陵墓",实际上是指唐王朝的陵墓。

〔3〕胡虏:古代汉族统治者对北方少数民族的一种轻蔑称呼。这里指吐蕃。尚入关,由汉朝说到唐朝,虽然经过了千年之久,但边疆民族军队内侵的事并未断绝。此指广德元年(763)吐蕃攻陷长安,劫掠宫廷,焚毁陵墓。

〔4〕玉鱼:指帝王的殉葬品。《两京新记》云:唐高宗修筑宣政殿,西汉楚王戊太子的鬼魂出现,说他就埋葬在这地下。高宗命令给他迁葬,他要求不要夺去汉朝皇帝给他殉葬的一双玉鱼。蒙,蔽,埋没。

〔5〕早时:早上,紧接上句的"昨日",极言变乱之疾。金碗出人间:用汉武帝的茂陵被盗发的故事。茂陵中有玉碗,曾被盗卖。梁朝沈炯独行经汉武帝通天台,为表奏之,中间有"茂陵玉碗,遂出人间"一句。杜甫用其意比喻唐朝陵墓被人发掘。改玉碗为金碗,是为避免同上句"玉"字重复。

〔6〕"见愁"句:写吐蕃连年入侵,广德元年(763)曾攻陷长安,永泰元年(765)又东侵奉天,令人忧虑。见,同现。

〔7〕"曾闪"句:承接上句形容吐蕃气势之盛。吐蕃势众,闪动朱旗,上拂北斗,北斗亦为之变成红色。北斗,北斗七星。殷(yān烟),殷红,深红色。

〔8〕"多少"句:是说防守在京畿地区的武官并不多。材官,供差遣的低级武职。泾渭,泾水和渭水,均在长安北面,指京城附近地区。

〔9〕"将军"句:讽劝诸将应当正视形势严重,不可掉以轻心,只贪求个人的逸乐。

其二〔1〕

韩公本意筑三城〔2〕,拟绝天骄拔汉旌〔3〕。岂谓尽烦回纥马,翻然远救朔方兵〔4〕。胡来不觉潼关隘〔5〕,龙起犹闻晋水清〔6〕。独使至尊忧社稷〔7〕,诸君何以答升平〔8〕!

〔1〕这首诗是讥讽诸将不能御敌,反而借助回纥兵来抵抗吐蕃的侵扰。

〔2〕韩公:指张仁愿。神龙三年(707),他筑三受降城(在今内蒙古自治区境内)以御突厥。景龙二年(708)拜左卫大将军,封韩国公。见《旧唐书·张仁愿传》。

〔3〕"拟绝"句:指出张仁愿筑城的本意。拟绝:意在断绝。《汉书·匈奴传》:"匈奴自称为天之骄子。"天骄,指北方边疆胡族。《史记·淮阴侯列传》:"韩信所出奇兵二千骑……驰入赵壁,皆拔赵帜,立汉赤帜。"这里"拔汉旌",就是侵占唐王朝之地的意思。

〔4〕"岂谓"二句:讽刺诸将无力打败吐蕃,屡次借助回纥兵,连自己的队伍也赖以保全。岂谓,岂料。回纥兵,见前《北征》注〔61〕。翻然,反而。朔方兵,指郭子仪等所统率的朔方军。

〔5〕胡来:指安史叛军入潼关,陷长安,以及吐蕃入侵。不觉潼关隘:是说诸将无能力防守,关隘也失去其险要。

〔6〕"龙起"句:以唐高祖李渊起兵晋阳,比喻代宗收复长安。犹闻,意思是现在还听说。晋水,源出山西太原西南,东流入汾水。古人以河清为祥瑞之兆,李渊起兵晋阳,代宗收复长安,古代史书上都记有河清的现象,所以这里用"晋水清"来颂扬唐代宗。

〔7〕至尊:指唐代宗李豫。社稷:国家。

〔8〕"诸君"句:以诘问语气,讽刺诸将只是坐享太平,而不思奋身报效朝廷。

其三〔1〕

洛阳宫殿化为烽,休道秦关百二重〔2〕。沧海未全归禹贡,蓟门何处尽尧封〔3〕?朝廷衮职虽多预〔4〕,天下军储不自供〔5〕。稍喜临边王相国,肯销金甲事春农〔6〕。

〔1〕这首诗写北方尚未完全平靖,战乱之后,民生凋敝,盼诸将能实行屯田务农,以自供军食。

〔2〕"洛阳"二句:从战乱说起,安史之乱中,洛阳(也隐指长安)曾遭到叛军焚劫,秦关虽号称险要,也未能阻止叛军横行。化为烽,被焚烧。秦关,这里指潼关。百二,是形容潼关险要,有二万人固守足以抵挡二百万人的进攻。见《史记集解(高祖本纪)》引苏林注。重(chóng虫),险要。

〔3〕"沧海"二句:安史之乱平定后,河北诸州节度使跋扈不驯,依旧是割据局面,国家并未完全统一。沧海,指淄、青诸州,即今山东东部。蓟门,指卢龙等地,即今河北北部。禹贡,相传夏禹分全国为九州,并规定九州的职贡。《尚书·禹贡》记载了九州的山川、物产。尧封,周封尧的后裔于蓟。见《史记·周本纪》。这里禹贡和尧封,都是指受封建王朝直接管辖的地域说的。

〔4〕衮(gǔn滚)职:指三公、朝廷大臣。多预:是说当时的武将和诸镇节度使,多兼任中书令、平章事等职衔,参预朝政大事。

〔5〕"天下"句:唐初实行府兵制,兵卒开垦营田,军粮自给。这时,府兵制破坏,诸将不知屯田积谷,军粮靠加重赋敛,所以说"不自供"。

军储,军粮。

〔6〕"稍喜"二句:表扬王缙,劝励诸将实行屯田务农。广德二年(764),王缙拜同平章事,后迁河南副元帅,曾请减军资四十万。临边,即指王缙出镇河南,以防河北降将反复。金甲,兵甲。稍喜,示意当时诸将中唯独王缙能如此,因此差堪欣慰,里边包含使诸将愧而从之的意思。

其四〔1〕

回首扶桑铜柱标〔2〕,冥冥氛祲未全销〔3〕。越裳翡翠无消息,南海明珠久寂寥〔4〕。殊锡曾为大司马,总戎皆插侍中貂〔5〕。炎风朔雪天王地,只在忠良翊圣朝〔6〕。

〔1〕这首诗是就南方不安定,讽刺诸将徒享高爵厚禄。

〔2〕扶桑:本来是对日本的称呼,这里借指南海境外。铜柱标:后汉马援曾建立铜柱,以为汉朝南界的标志。

〔3〕冥冥:昏暗。氛祲(jìn进):妖气。指南部边远地区不安定。当时,南诏背离唐王朝与吐蕃联合,广西有瑶民起义,广德元年(763),广州市舶使宦官吕太一逐广南节度使张休,拥兵为乱。

〔4〕"越裳"二句:是说南方边郡已不通贡使。翡翠和明珠,代表南方各州郡的贡物。越裳,周代南方国名。唐时安南都护府有越裳县。南海,南海郡,在今广东省境。

〔5〕"殊锡"二句:诸将受到朝廷特殊的宠赐,高爵厚禄。大司马,即太尉,掌朝廷军政大权的官职,位高任重。当时的武将中只有郭子仪、李光弼进位太尉。总戎,元帅。侍中,唐门下省有侍中二人。当时,一般将帅和节度使都带侍中的头衔。侍中的官帽以貂尾为饰,插在左边。

〔6〕"炎风"二句:期望诸将为朝廷效力,使全国统一,拥护唐王朝。

炎风,指南方地区。朔雪,指北方地区。天王地,皇帝的领土。翊(yì
意),辅佐。圣朝,对唐王朝的尊称。

其五[1]

锦江春色逐人来[2],巫峡清秋万壑哀[3]。正忆往时严仆
射[4],共迎中使望乡台[5]。主恩前后三持节[6],军令分明
数举杯[7]。西蜀地形天下险,安危须仗出群才[8]。

[1] 这首诗是有感于蜀中将帅平庸,起兵作乱的事迭起,因而追思
当时严武镇蜀时的雄才大略。

[2] "锦江"句:永泰元年(765)四月,严武病卒。五月,杜甫携家离
开成都,沿江而下,今年到了夔州。然在成都时与严武的友好交往,严武
治蜀的政绩,依然记忆犹新,如历历在目,故云仿佛"锦江春色逐人来"
一样。

[3] "巫峡"句:谓客居夔州,时在秋天,追忆往事,触景生哀。这前
两句是为下文忆往事、赞严武作铺垫。

[4] 严仆射(yè夜):指严武。严武死后,追赠为尚书左仆射。

[5] 中使:皇帝私使。望乡台:在成都城北。

[6] "主恩"句:写朝廷对严武的倚重。持节:持符节出使或出镇一
方。严武初以御史中丞出为绵州刺史,迁东川节度使,再拜成都尹、仍为
剑南节度使,所以说"三持节"。

[7] "军令"句:赞美严武治军军令严明,处理军机政事又能从容不
迫。数举杯,说明胸有韬略,忙中有闲,常饮酒赋诗。

[8] "西蜀"二句:说明西蜀地势险要,近几年不断发生祸乱,必须
靠严武那样才干出众的人,才能挽救危机的局面,使之得以安定。安危,

使危险的形势安定下来，也就是制止动乱，转危为安。四川前有徐知道之乱，继有吐蕃攻陷松、维、保三州，又有崔旰之乱，都发生于严武离任时或死后，所以杜甫有这种意见。

壮游[1]

往昔十四五，出游翰墨场[2]。斯文崔魏徒，以我似班扬[3]。七龄思即壮，开口咏凤凰[4]。九龄书大字，有作成一囊[5]。性豪业嗜酒，嫉恶怀刚肠[6]。脱略小时辈[7]，结交皆老苍[8]。饮酣视八极，俗物多茫茫[9]。东下姑苏台[10]，已具浮海航[11]。到今有遗恨，不得穷扶桑[12]。王谢风流远[13]，阖闾丘墓荒[14]。剑池石壁仄[15]，长洲芰荷香[16]。嵯峨阊门北，清庙映回塘。每趋吴太伯，抚事泪浪浪[17]。蒸鱼闻匕首[18]，除道哂要章[19]。枕戈忆勾践[20]，渡浙想秦皇[21]。越女天下白[22]，鉴湖五月凉[23]。剡溪蕴秀异[24]，欲罢不能忘[25]。归帆拂天姥[26]，中岁贡旧乡[27]。气劘屈贾垒，目短曹刘墙[28]。忤下考功第，独辞京尹堂[29]。放荡齐赵间[30]，裘马颇清狂[31]。春歌丛台上[32]，冬猎青丘旁[33]。呼鹰皂枥林，逐兽云雪冈[34]。射飞曾纵鞚，引臂落鹙鸧[35]。苏侯据鞍喜，忽如携葛强[36]。快意八九年，西归到咸阳[37]。许与必词伯[38]，赏游实贤王[39]。曳裾置醴地[40]，奏赋入明光[41]。天子废食召，群公会轩裳[42]。脱身无所受[43]，痛饮信行藏[44]。黑貂宁免敝[45],斑鬓兀称觞[46]。杜曲换耆旧,四郊多白杨[47]。坐深乡党敬,日觉死生忙[48]。朱门任倾夺[49],赤族迭罹殃[50]。国马竭粟豆[51],官鸡输稻粱[52]。举隅见烦费[53],引古惜兴亡[54]。河朔风尘起,岷山行幸长[55]。两宫各警跸[56],万里遥相望。崆峒杀气黑,少海旌旗黄[57]。禹功亦命子,涿鹿亲戎行[58]。翠华拥吴岳[59],螭虎啖豺狼[60]。爪牙一不中,胡兵更陆梁[61]。大军载草草,凋瘵满膏肓[62]。备员窃补衮,忧愤心飞扬[63]。上感九庙焚,下悯万民疮[64]。斯时伏青蒲[65],廷诤守御床[66]。君辱敢爱死,赫怒幸无伤[67]。圣哲体仁恕,宇县复小康[68]。哭庙灰烬中,鼻酸朝未央[69]。小臣议论绝[70],老病客殊方[71]。郁郁苦不展,羽翮困低昂[72]。秋风动哀壑[73],碧蕙捐微芳[74]。之推避赏从[75],渔父濯沧浪[76]。荣华敌勋业,岁暮有严霜[77]。吾观鸱夷子,才格出寻常[78]。群凶逆未定[79],侧伫英俊翔[80]。

〔1〕这首诗作于唐代宗大历元年(766)秋。诗的内容是作者追忆青壮年时代南北漫游生活和安史之乱前后的政治经历,带有自传性质。诗中不仅提供了认识杜甫生平、思想的第一手材料,而且反映了安史之乱前后唐王朝的一些政治情况。中间对唐王朝统治集团的腐败有所揭露,也发了个人政治失意的牢骚,但仍对皇帝表示忠诚,对唐王朝的命运表示痛惜、关心。

〔2〕翰墨场:文场、文坛。

〔3〕"斯文"二句:是说受到文坛前辈的称许。斯文,这里指文场知

名人士。崔魏,作者自注:"崔郑州尚,魏豫州启心。"崔尚是武则天久视二年(701)进士,魏启心是唐中宗神龙三年(707)进士,两人在洛阳均有文名。班扬,指汉代著名作家班固和扬雄。

〔4〕"七龄"二句:七岁便能作诗。壮,健壮、成熟。咏凤凰,指初学诗时的一篇作品,今不传。

〔5〕有作:当指作诗说。

〔6〕"性豪"二句:是说个人性情豪爽、刚直、嗜酒。业,既,已经。嫉恶,憎恶坏人坏事。

〔7〕脱略:超脱,不以为意。小:作动词,轻视。时辈:同时同辈人。

〔8〕老苍:年老的人,老成的人。他所结交的都比他年纪大。

〔9〕"饮酣(hān憨)"二句:酒喝得痛快时,便目空一切,不把流俗之辈放在眼里。八极,八方极远处,指广阔的宇宙。俗物,庸俗的人。多茫茫,看不见,不在眼下的意思。以上一段叙述少年时已露诗才,性情刚直,不同流俗。

〔10〕姑苏台:春秋时吴王阖闾所建,遗址在今江苏苏州市姑苏山上。这里指苏州一带地方。

〔11〕航:船。

〔12〕"到今"二句:以当时未能泛海游日本为遗憾。扶桑,原若木名,古代有日出于扶桑之说,后称日本为扶桑国。

〔13〕王谢:东晋时南渡的两大著名士族,出过不少历史上有影响的人物,如王导、谢安。

〔14〕阖闾:也写作阖庐,春秋时的吴王。丘墓:指阖闾墓,在苏州阊门(城西门)外。传说,阖庐死后,"葬三日,有白虎踞其山,号曰虎丘"(《越绝书》)。

〔15〕剑池:在虎丘山上,相传是阖闾铸剑的地方,有石壁高数丈。仄:倾斜。

〔16〕长洲:古苑名,遗址在今苏州市西南。芰(jì技):就是菱。这句是总承上面三句,言历史久远,古迹荒芜破败,唯有荷、菱依然如旧地生长,散发着香气。

〔17〕"嵯峨(cuó é挫阳平鹅)"以下四句:写谒吴太伯庙,感慨甚深。吴太伯是周文王的伯父,他为了让位给弟弟季历(文王父),主动离开西岐,跑到南方去住,见《史记·吴太伯世家》。杜甫赞赏吴太伯能让贤,联想到后代统治者争权夺势,感到很痛心,不免浪浪落泪。嵯峨,高峻的样子。清庙,即指吴太伯庙。庙周旁有池塘,倒影映入水面,所以说"映回塘"。趋,去拜谒。浪浪,泪流貌。

〔18〕"蒸鱼"句:写阖闾夺位的事。阖闾未为吴王时称公子光。他要谋杀吴王僚,设酒宴,使专诸把匕首藏在蒸鱼腹内,乘进食时,"以匕首刺王僚,王僚立死。公子光遂自立为王,是为阖闾"(《史记·刺客列传》)。这里说阖闾谋位事,连同下句写朱买臣事,都是与吴太伯的谦让品德作对照。

〔19〕"除道"句:汉代会稽人朱买臣,贫贱时受人轻视,妻子也改嫁而去。后来他做了会稽太守,故意穿着旧时的衣服回来,官吏们发现他腰间带着太守印章,惊惶失措,立即"发民除道"(征集老百姓修路)迎接。路过吴郡,看到他那个故妻和其丈夫在修路,他特意停住车子,并把她俩带回官舍里住着,以此来羞辱她。不久,她就羞愧自杀了(见《汉书·朱买臣传》)。哂(shěn审),笑。要,这里同腰。古代官员的印绶随身挂在腰间,因而称要章。杜甫认为朱买臣的这种行径非常势利庸俗,浅薄可笑,所以说"哂要章"。

〔20〕枕戈:枕戈待旦,形容兢兢业业,时刻不忘复国。"枕戈待旦",本晋刘琨说的话(见《晋书·刘琨传》)。这里借用来说勾践。春秋时,越被吴国所灭,越王勾践曾"卧薪尝胆",后来终于灭吴兴越。见《史记·越王勾践世家》。

〔21〕秦皇:秦始皇。他曾渡浙江游会稽。见《史记·秦始皇本纪》。

〔22〕越:指今浙江绍兴一带,原古越国地方。

〔23〕鉴湖:一名镜湖,在今浙江绍兴市。暑季炎热,鉴湖凉爽宜人,所以说:"五月凉"。

〔24〕剡(shàn善)溪:曹娥江上游,在今浙江嵊(shèng剩)州市。蕴秀异:含有秀丽别致的风光。

〔25〕"欲罢"句:总结上面三句,赞扬越地景物,令人难忘。以上为第一段,写吴越之游。

〔26〕"归帆"句:乘船北返,途中经过天姥(mǔ母)山下。天姥山,在今浙江新昌县东,与天台山相接。

〔27〕"中岁"句:杜甫在唐玄宗开元二十三年(735),由吴越回到河南,得到原籍县府的推荐,也就是句中所说"贡旧乡",参加在洛阳举行的进士考试。这年他二十四岁。贡:贡举,也就是由县府保送参加科试。

〔28〕"气劘(mó膜)"二句:自谓文章可以和楚国的屈原、西汉的贾谊相匹敌,对建安诗人曹植、刘桢之辈并不放在眼里。劘,同"摩",迫近的意思。目短,看得很低。垒,营垒。这里和"墙"字,都是比喻文章的成就、水平。

〔29〕"忤(wǔ午)下"二句:由于诗文不合主试官员的心意而没有考取,就离开了京都。忤,不合,不顺。下,下第,落选。唐初进士考试是由吏部考功员外郎主试,所以说"下考功第"。京尹,京兆尹,京都地方的长官,这里是指东京洛阳的地方官。因为这年的考试是在洛阳举行的。

〔30〕齐赵:今山东和河南北部、河北南部一带,古代为齐国、赵国地方。

〔31〕裘(qiú求):皮衣。清狂:狂放不羁。下面八句,具体写清狂

的情况。

〔32〕丛台:战国时赵王故台,故址在今河北邯郸市。

〔33〕青丘:相传春秋时齐景公打猎的地方,约在今山东桓台一带。

〔34〕"皂枥(zào lì 造立)林"和"云雪冈"都是青丘一带的山林名称。

〔35〕"射飞"二句:放辔驰马,箭射飞禽,伸臂开弓,鹙鸧(qiū cāng秋仓)就被击落了。纵鞚(kòng 控),放辔疾驰。引臂,开弓放箭。鹙、鸧,都是鸟名。

〔36〕"苏侯"二句:写与友人同游猎时兴高采烈。原注:"监门胄曹苏预。"也就是作者好友苏源明。当时,苏源明正流寓徐州、兖州一带,常同杜甫一起游猎。据鞍,就是骑在马上。葛强,晋朝山简的爱将。《晋书·山简传》记山简携同葛强游猎,"举鞭向葛强,'何如并州儿'?"这里是用其意,自比葛强,形容当时驰马射猎,非常矫健,十分快意。以上一段写齐赵之游。

〔37〕咸阳:秦代京都,这里指长安。

〔38〕许与:称许。词伯:文豪,诗坛名流,指郑虔、岑参、高适等人。

〔39〕贤王:指汝阳王李琎(jìn 进)。李琎喜结交文人。杜甫在《饮中八仙歌》和《八哀诗》里都写到他。

〔40〕曳裾(yè jū 业居):行走时拖着长衣襟,指到王公之家作客。置醴(lǐ 里):醴是甜酒。用西汉楚元王刘交礼遇穆生故事:"穆生不嗜酒,元王每置酒,常为穆生设醴。"(《汉书·楚元王传》)

〔41〕奏赋:指天宝十载(751),杜甫乘唐玄宗祭祀太清庙、太庙和天地时,献《三大礼赋》。明光:汉代宫名,这里借指唐代宫殿。

〔42〕"天子"二句:写献赋时荣耀情况。废食召,放弃正在吃的饭而召见,极言唐玄宗之重视。会轩裳,车服汇集,形容献赋后在中书堂试文章时在场的公卿大夫之多,场面之盛。

〔43〕"脱身"句：杜甫在献《三大礼赋》后，待制集贤院，而结果却在天宝十四载(755)仅被任命为河西尉，他没有屈就这样一个小官职。

〔44〕信行藏：有官没官随它去。信，随意，任凭。行，指出仕。藏，指退隐。

〔45〕"黑貂"句：黑貂皮衣难免破烂。战国时，苏秦到秦国去求官，穿的黑貂皮衣破了，还是未被任用(见《史记·苏秦列传》)。这里是用来说明作者在长安陷入穷困。宁免，哪能避免。敝，破。

〔46〕斑鬓：花白头发。兀(wù物)：当时口语，尚、还的意思。称觞：举杯饮酒。

〔47〕"杜曲"二句：故里的老辈亲友相继死亡。杜曲，杜甫原籍，在长安南。耆(qí奇)旧，年老的亲友。古时坟地多种白杨。多白杨，承"换耆旧"，形容多半死掉了。

〔48〕"坐深"二句：年纪日高，受到乡里亲友的尊敬，但也日益感到生死的仓卒了。古代亲友间按年辈排座次，年高居上位，从外往里看，坐上位是居于室的深处，就是"坐深"。

〔49〕朱门：达官贵人。任倾夺：恣意相互倾轧，争权夺利。以下六句揭露统治集团的腐败。

〔50〕赤族：灭族，诛杀者必流血，故云"赤族"。迭：更迭。罹(lí犁)殃：遭受灾难。

〔51〕国马：指唐玄宗所养舞马、立仗马(供仪仗用的马)。据史书记载，这类供唐玄宗寻欢作乐的马，都衣文采，饲以粟豆。

〔52〕官鸡：唐玄宗喜斗鸡，设立鸡坊，令人民交纳稻粱来饲养。

〔53〕举隅：原出《论语·述而》："举一隅，不以三隅反，则不复也。"就是举一反三的意思。这句是说，仅举上述一二件事，就可见奢侈浪费的情况了。烦费：犹言浪费。烦，多。

〔54〕"引古"句：总结上面揭露的情况，表示根据历史上的兴亡事

例看,不能不令人为唐王朝的前途而忧心。引古,引证古事,以古鉴今。以上一段写长安之游。

〔55〕"河朔"二句:安禄山起兵河北,发动叛乱,唐玄宗逃往四川。河朔,河北地区。岷山,在甘肃、四川交界地方,这里指四川。行幸,封建时代皇帝出行的敬称。长,言唐玄宗逃跑路途之远。

〔56〕两宫:指唐玄宗李隆基、肃宗李亨父子。各警跸:指玄宗逃到成都,李亨驻在灵武,都不在京城。皇帝所到地方,即行戒严,遮断行人,叫做"警跸"。

〔57〕"崆峒"二句:是说肃宗李亨在兵乱中以太子身分继位。崆峒,山名,在甘肃平凉市,与肃宗即位的地方不远,肃宗曾到平凉收兵。少(shào 哨)海,代指太子。叶廷珪《海录碎事·帝王》:"太子比少海。"封建时代只有天子的旌旗用黄色,所以这里"旌旗黄"就是即天子位的意思。

〔58〕"禹功"二句:以夏禹传位于儿子启,比喻肃宗即位后以儿子广平王李俶为天下兵马元帅,指挥对安史叛军作战。涿鹿,山名,在今河北涿鹿县东南,传说为黄帝同蚩尤作战的地方。李俶,就是代宗李豫,所以这里说"亲戎行"。

〔59〕"翠华"句:指唐肃宗自灵武移驻凤翔。翠华,皇帝旗帜以翠羽为饰,指皇帝的仪仗。吴岳,即吴山,在凤翔附近。

〔60〕螭(chī 痴)虎:比喻唐王朝的军队。螭是传说中的一种无角龙。啖(dàn 旦):吃。豺狼:比喻安史叛军。

〔61〕"爪牙"二句:爪牙,喻武臣。语本《诗·小雅·祈父》:"祈父,予王之爪牙。"一不中:一击不中。指唐肃宗至德元载(756)十月,哥舒翰守潼关,为贼攻破。房琯率军与安史叛军交战,败于咸阳东之陈陶斜,再败于青阪,全军覆没。胡兵,指安禄山军队。陆梁,猖獗、肆虐。

〔62〕"大军"二句:官军忙乱、疲惫,民间受战争创伤,痛苦不堪,形

势几乎不可收拾。大军,唐王朝军队。载,助词,则、乃。草草,草率、无准备,劳顿。凋瘵膏肓,言民困苦,则病在根本,实为难治。瘵(zhài 寨),病,多指痨病。膏肓(huāng 荒),心膈之间,指病的深重。

〔63〕"备员"二句:指至德二载(757)作者投奔凤翔,任左拾遗。备员,充数的官员,与"窃"字都是自谦之词。补衮,补救皇帝的缺失,指作左拾遗。飞扬,说心中为国忧愤,飞扬不定。

〔64〕"上感"二句:承上句言忧愤之所在,启下四句说廷谏的出发点。九庙,皇帝的宗庙。疮,疮痍,比喻百姓的痛苦。

〔65〕斯时:这时。伏青蒲:汉朝的史丹伏在青蒲上向汉元帝进谏。见《汉书·史丹传》。这里是借以说自己。青蒲:汉元帝寝殿中铺的蒲席。

〔66〕廷诤:廷谏,公开谏诤。这里指唐肃宗至德二载(757)五月,房琯被贬官,杜甫上疏争论。御床:御座。

〔67〕"君辱"二句:杜甫疏救房琯,唐肃宗大怒,令三司审问,经宰相张镐营救,方得免罪。君辱,皇帝受到欺辱,指安史叛军攻陷长安,宫室宗庙遭到劫掠焚烧,皇帝逃避在外。敢爱死,哪敢吝惜身命不去冒死力谏,补救皇帝的过失。赫怒,谓天子大怒。无伤,指杜甫经张镐救护没有遭刑罚。

〔68〕"圣哲"二句:至德二载(757)冬,先后收复长安、洛阳一带。圣哲,圣明,对皇帝的称颂之词。体,体现。体仁恕,是说唐肃宗为君仁慈宽厚。宇县,犹言天下。宇,宇宙。县,赤县,指中国。收复了两京一带,所以说"复小康"。

〔69〕"哭庙"二句:杜甫随朝廷回到长安,目睹乱后残破的景象,非常悲痛。庙,即九庙。朝,朝见。未央,汉朝宫殿名,这里指唐朝宫殿。以上一段,写安史之乱中作谏官的一段政治生涯。

〔70〕小臣:杜甫自称。议论绝:指唐肃宗乾元元年(758)六月,杜

308

甫由左拾遗贬官华州司功参军,不再作谏官,议论朝廷大事。

〔71〕"老病"句:乾元二年(759)七月,杜甫弃官经秦州入四川,一直流寓在那里。殊方,异地,他乡。

〔72〕"郁郁"二句:是说政治上失意。羽翮(hé何),翅膀。困低昂,不能奋飞。这句是以鸟比喻自己。

〔73〕壑(hè贺):山沟、山谷。

〔74〕蕙:香草,秋时开花。捐:弃,失掉。这句是以香草比喻自己。

〔75〕之推:介之推,春秋时晋国人。他曾随从晋文公流亡在外十九年,晋文公还国继位,没有赏到他,他也不讲,于是隐居不出。见《左传·僖公二十四年》。这里连同下句所讲渔父,都是借以自喻。

〔76〕渔父:楚辞《渔父》篇末有渔父歌:"沧浪之水清兮,可以濯吾缨;沧浪之水浊兮,可以濯吾足。"后来以此为避世隐居之意。

〔77〕"荣华"二句:是说没有实际功绩,却荣显一时,终究要败落的。下句"严霜"是比喻受摧残、打击。这是自我排解之词,里边也包含着对政治上失意的不满情绪。

〔78〕"吾观"二句:赞扬范蠡(lǐ里)功成隐居的才智品德。范蠡是春秋越国大夫,替越王勾践谋划灭了吴国,成功后弃官泛游江湖,号鸱(chī吃)夷子皮。见《史记·货殖列传》。这也是慨世兼自解。

〔79〕群凶:指各类叛逆唐王朝的势力。

〔80〕"侧伫"句:希望有英俊人物为平定战乱有所作为。侧伫,侧身伫盼。以上一段,写流寓四川后近况,满腹牢骚,又不能忘情唐王朝的安危。

遣怀[1]

昔我游宋中[2],惟梁孝王都[3]。名今陈留亚,剧则贝魏俱[4]。邑中九万家,高栋照通衢[5]。舟车半天下[6],主客多欢娱[7]。白刃雠不义,黄金倾有无。杀人红尘里,报答在斯须[8]。忆与高李辈[9],论交入酒垆[10]。两公壮藻思,得我色敷腴[11]。气酣登吹台[12],怀古视平芜。芒砀云一去,雁鹜空相呼[13]。先帝正好武[14],寰海未凋枯[15]。猛将收西域,长戟破林胡[16]。百万攻一城,献捷不云输[17]。组练去如泥,尺土负百夫[18]。拓境功未已[19],元和辞大炉[20]。乱离朋友尽,合沓岁月徂[21]。吾衰将焉托[22],存殁再呜呼[23]。萧条益堪愧,独在天一隅。乘黄已去矣[24],凡马徒区区[25]。不复见颜鲍[26],系舟卧荆巫[27]。临餐吐更食,常恐违抚孤[28]。

〔1〕这首也是唐代宗大历元年(766)杜甫在夔州所作缅怀往事、抒发乱离之感的诗篇。他在诗里怀念乱前宋中的繁华和同李白、高适游宋中时的友谊,伤盛世的消失,痛挚友相继死亡,以及叹自身的衰老飘零。他还沉痛地讥讽了唐玄宗好武功,结果却是社会大乱,毁坏了唐王朝前期的太平景象。

〔2〕宋中:即宋州,今河南商丘市,春秋时是宋国地方。唐玄宗天宝三载(744),杜甫和高适、李白曾在那一带地方游历。

〔3〕惟:语助词,为、是的意思。梁孝王都:汉梁孝王刘武自梁(今河南开封市)徙都睢(suī 虽)阳,修园林,扩建城池,这里也就有名起来。睢阳就是宋州。

〔4〕"名今"二句:现在的宋中,名声虽然在陈留之下,但烦剧难治却同贝州、魏州一个样。陈留,唐代属汴州(今河南开封市),是汉唐以来交通发达的著名商业城市。亚,次等。剧,烦剧,繁难。这是常用以表

明一个地方烦剧难治的政治术语。贝,贝州,今河北清河县。魏,魏州,今河北大名县。

〔5〕高栋:指高大的楼台建筑。照:映照。通衢(qú渠):四通八达的街道。

〔6〕"舟车"句:舟车云集,来自大半个中国。

〔7〕"主客"句:当地人同寓居者相处得非常融洽。这里特别强调当地人好客。

〔8〕"白刃"四句:写宋中人多任侠慷慨。雠,仇的本字。雠不义,痛恨不平之事,嫉恶如仇。倾有无,尽其所有,倾囊相助。红尘,指人世间。斯须,片刻,瞬间。以上写乱前宋中的繁盛景象和民风的朴实豪爽。

〔9〕高李:指高适、李白。

〔10〕酒垆:指酒家、酒肆。

〔11〕"两公"二句:高适、李白二人在创作上才思极高,与作者结交感到很高兴。藻思,写作才能。色敷腴(fū yú 肤舆),面色丰润,充满喜悦。

〔12〕酣:这里是旺盛、充足的意思。吹台:相传是古乐师师旷吹奏的地方,汉梁孝王增筑为吹台,故迹在今河南开封市东南。

〔13〕"芒砀"二句:汉高祖刘邦微贱的时候,曾隐匿在芒山、砀山间,传说,"所居,上常有云气"(见《汉书·高祖纪》)。这二句是说,汉高祖早已成了历史人物,这里能见到的只有雁鹜(wù务)在鸣叫了。芒山、砀山,均在今安徽砀山县境内,二山相距八里,芒山处砀山与河南永城交界处。鹜,野鸭。以上八句,忆与高、李同游梁宋的事。

〔14〕先帝:指唐玄宗李隆基。好武:喜用武力。

〔15〕寰海:指整个国家。

〔16〕"猛将"二句:写唐玄宗好武功的事实。收西域:指天宝年间令王忠嗣、高仙芝、哥舒翰先后攻吐蕃、吐谷浑、小勃律等战事。破林胡:

指开元年间令张守珪、安禄山先后攻契丹的战事。契丹所居,即战国时林胡地。

〔17〕"献捷"句:边将邀功,蒙蔽朝廷,只报胜利而不报失败,甚至虽败而报捷。输,负、败。

〔18〕"组练"二句:言只图攻城夺地,不惜牺牲大量士兵。组练,组甲练袍,即战服。士兵战死,战服自然随之委弃于地,说"去如泥",形容士兵战死之多。争一尺土地,要牺牲百人性命,所以说"尺土负百夫"。

〔19〕拓境:开边,开拓疆土。这是唐代汉族统治者所用的语言,而实质上是唐玄宗所制造的中国境内民族之间的纠纷。

〔20〕"元和"句:指爆发了安史之乱,从而社会大乱。元和:太平和乐景象。大炉,喻指天地。《庄子·大宗师》:"以天地为大炉"。以上十句,写唐代统治者穷兵黩武为社会动乱的原因。

〔21〕"乱离"二句:言友人高适、李白,以及郑虔、苏源明等人陆续逝世。合沓(tà 榻),相继、陆续。徂(cú 促阳平),逝去。

〔22〕吾衰:言自己已衰老。这年杜甫五十五岁,而又多病,故云。

〔23〕"存殁(mò 墨)"句:写一再闻友人死讯而痛哭失声。李白死于代宗宝应元年(762),郑虔、苏源明死于广德二年(764),高适死于永泰元年(765)。

〔24〕乘黄:神马名。这里指有才能的高适、李白。

〔25〕凡马:作者自谓。区区:微小。

〔26〕颜鲍:南北朝时诗人颜延之和鲍照。这里也是借喻高适、李白。

〔27〕"系舟"句:指作者当时流寓夔州。荆巫,荆州巫峡。夔州就在附近,所以用以代指夔州。

〔28〕"临餐"二句:食物不能下咽,但还要勉强进食,怕的是死了不

能照顾友人遗下的子女。遗孤,指高适、李白等人的子女。以上叙述乱离死生,而深痛高李之亡。

秋兴八首[1]

其一[2]

玉露凋伤枫树林[3],巫山巫峡气萧森[4]。江间波浪兼天涌,塞上风云接地阴[5]。丛菊两开他日泪,孤舟一系故园心[6]。寒衣处处催刀尺,白帝城高急暮砧[7]。

〔1〕 这八首诗是唐代宗大历元年(766)杜甫在夔州所作。兴(xìng幸):因物感兴、触景生情的意思。诗借秋天萧条的景色而发,所以题作《秋兴》。前三首由夔州秋景而生发落泊之感和故国(长安)之思,后五首由追忆长安昔日景象归结到漂泊夔州的境遇,个人身世的感叹中寄托了对唐王朝盛衰的悲哀。八首诗意境浑厚,情景交融,语言精粹,声调铿锵,是杜甫惨淡经营之作。

〔2〕 第一首写三峡萧森而壮阔的景象引起流寓怀乡的悲伤。

〔3〕 玉露:即白露。凋伤:使草木衰败,枝叶零落。

〔4〕 巫山巫峡:指夔州一带长江和两岸山峦。夔州临江的瞿塘峡,巫峡紧接瞿塘峡,所以用以代指。萧森:萧瑟阴森。《水经注·江水》:"自三峡七百里中,两岸连山,略无缺处,重岩叠嶂,隐天蔽日,自非亭午夜分,不见曦月。"时当深秋,自然更使人增添萧瑟阴森之感。

〔5〕"江间"二句：承上句写"气萧森"的景象。江间，指峡中江水。兼天涌，意即波浪滔天。兼天，犹连天。塞，边关、险要的地方。塞上，这里指夔州的山。杜甫诗中多这种用法，如《白帝城楼》诗："城高绝塞楼。"风云笼罩，尤其阴暗，所以说"接地阴"。

〔6〕"丛菊"二句：写自身漂泊江上怀旧思乡的痛苦心情。"丛菊两开"应联系"孤舟一系"来理解。永泰元年(765)五月，杜甫离开成都，打算由水路出川东下回故乡去。但因种种原因，未能如愿，在云安养病，停留了几个月，今年春天又到夔州停留了下来。这就是所说"孤舟一系"。从乘船离开成都，到现在已经过了两个秋天，所以说"丛菊两开"。他日，常指来日、后日，也可指往日、前日。这里用后面的意思。漂泊夔州，回忆往事，颇多感伤，所以说"他日泪"。系舟夔州江岸，时动思念故园之情，所以说"故园心"。

〔7〕"寒衣"二句：是说时届深秋，家家都在赶制寒衣。意思是此时更增漂泊者的怀乡之情。催刀尺，指赶裁新衣。暮砧，指捣旧衣。砧(zhēn真)，捣衣石。秋天晚上的捣衣声，容易触动游子思乡心情。

其二〔1〕

夔府孤城落日斜，每依北斗望京华〔2〕。听猿实下三声泪〔3〕，奉使虚随八月槎〔4〕。画省香炉违伏枕〔5〕，山楼粉堞隐悲笳〔6〕。请看石上藤萝月，已映洲前芦荻花〔7〕。

〔1〕第二首写在夔州从日落到夜深想望长安的情景。

〔2〕"夔府"二句：点明主题。夔府，即夔州。唐太宗贞观十四年(640)夔州曾设都督府，所以也称夔府(见《旧唐书·地理志》)。京华，京城，指长安。长安在夔州的北方，地隔千里，所以总是对着北斗星而想

望长安。杜甫在夔州多有类似诗句,如"中夜江山静,危楼望北辰"(《中夜》)等即是。

〔3〕"听猿"句:承上句,因"望京华",故听到猿声而下泪。《水经注·江水》云:"每至晴初霜旦,林寒涧肃,常有高猿长啸,属引凄异,空谷传响,哀转久绝。故渔者歌曰:巴东三峡巫峡长,猿鸣三声泪沾裳。"这种情况,身历其境的人才有实感,所以说"实下"。

〔4〕"奉使"句:意思是原曾有望随严武回长安,却终未如愿,依然滞留峡中。奉使,奉行朝廷使命,指严武充任剑南节度使。广德二年,严武推荐杜甫以检校尚书工部员外郎充节度府参谋,曾有希望还朝,如当时写的《立秋院中有作》所说:"主将归调鼎,吾还访旧丘。"然而,次年严武病死,还朝的希望也就化为泡影,所以这里说"虚随"。八月槎(chá茶),《博物志》记载:传说有个住在海边的人,年年八月见海上有浮槎去来,从未误期。他便乘槎而去,到达天河,又按期回到海边。又,《荆楚岁时记》说:汉代张骞(qiān牵)奉汉武帝命出使西域,寻找黄河水源,曾乘槎经月,至天河。这里合用了这两个传说故事,以"至天河"比喻还长安。槎:木筏。

〔5〕"画省"句:是说因病不能还朝侍奉皇帝。画省香炉,汉朝制度,尚书省中都用胡粉涂壁,画古代的贤人烈士,所以称"画省"。尚书郎入侍皇帝,都有女史(宫中女官)二人执香炉跟从。见《汉官仪》。唐代尚书省官员也要"每日一人宿直"(《旧唐书·职官志》)。杜甫现在仍有个检校工部员外郎的头衔,属尚书省的官,也有入侍的资格。伏枕,卧病。违伏枕,是说因卧病而不得入"画省"宿直。杜甫弃官,不得还朝,并不是由于有病。这里说"违伏枕"是一种委婉的牢骚话。

〔6〕"山楼"句:是说笳声隐约可闻。这是写当前环境,暗示战争尚未停息。山楼,指白帝城楼。粉堞(dié蝶),城上涂着白粉的齿状短墙。

〔7〕"请看"二句:和首句"落日"照应,意思是想望长安,伫立良久,不觉已至深夜,见得怀念之切。

其三〔1〕

千家山郭静朝晖〔2〕,日日江楼坐翠微〔3〕。信宿渔人还汎汎,清秋燕子故飞飞〔4〕。匡衡抗疏功名薄,刘向传经心事违〔5〕。同学少年多不贱,五陵衣马自轻肥〔6〕。

〔1〕第三首写夔州秋晨景物,感慨个人落泊身世。

〔2〕山郭:犹山城,指白帝城。

〔3〕江楼:临江之楼。翠微:青翠的山气。楼在四围山色中,所以说"坐翠微"。

〔4〕"信宿"二句:写晨坐山城临江楼上所见景物。信宿,再宿,指渔人夜夜在江上捕鱼。汎,同"泛"。故,还,依旧。这里说"还汎汎"、"故飞飞",承上句"日日"两字,谓天天所见如此。景中表现着作者滞留夔州,闲居无聊,很不耐烦的心情。

〔5〕"匡衡"二句:借古人作比喻,感叹自己政治上不得志。匡衡,汉代人。元帝时,他数次上疏议论时事,升为光禄大夫、太子少傅。见《汉书·匡衡传》。而杜甫任左拾遗时曾上疏为房琯辩解,结果却是被贬官,正如他在《祭故相国清河房公文》中所说"伏奏无成,终身愧耻"。所以这里说"功名薄"。刘向,汉宣帝时人,他受命传授《穀梁传》,在石渠阁讲论"五经"。汉成帝即位后,诏领典校内府五经秘书。见《汉书·刘向传》。而杜甫出身于"奉儒守官"家庭,又曾抱"致君尧舜"的志向,结果却为朝廷疏远,连刘向那种典校五经的职位都未得到,老病漂泊,所以说"心事违"。

〔6〕"同学"二句：与上文所说个人的遭遇相对照，委婉地对当年同辈多已显贵，只顾自己养尊处优，表示悻悻不平之意。同学少年，指少年时同学之辈。五陵，长安附近五座汉代帝王陵墓，即长陵、安陵、阳陵、茂陵、平陵。汉代曾迁徙高官富人豪侠之家于诸陵，故以五陵指代豪门富人所居之地。轻肥，轻裘肥马，形容富贵人物的生活。《论语·公冶长》："子路曰：'愿车马，衣轻裘，与朋友共，敝之而无憾。'"这里说"衣马自轻肥"，是反用其意，用一"自"字表示，那班显贵的"同学少年"都是只顾自己富贵，哪里关心别人。

其四〔1〕

闻道长安似弈棋〔2〕，百年世事不胜悲〔3〕。王侯第宅皆新主，文武衣冠异昔时〔4〕。直北关山金鼓振，征西车马羽书驰〔5〕。鱼龙寂寞秋江冷〔6〕，故国平居有所思〔7〕。

〔1〕第四首感叹长安时局多变，正受着回纥、吐蕃侵扰的威胁。这八首诗由此首转向以回忆长安为主。

〔2〕似弈棋：是说长安政局变化莫测，如同下棋，胜负反复不定。

〔3〕百年：不是确数，是指作者所经历的许多年来。他初经所谓"开元盛世"，再经朝政日趋腐败的天宝年间，安史之乱后，朝廷政局更加混乱，长安竟两次被占领、遭破坏，所以说"不胜悲"。

〔4〕"王侯"二句：申述上句"不胜悲"，谓长安政局变动很大。"王侯第宅皆新主"，指官高爵显者多是侥幸滥进的暴发户，如《洗兵马》所说"攀龙附凤势莫当，天下尽化为侯王"，《锦树行》所说"五陵豪贵反颠倒，乡里小儿狐白裘"。衣冠，古代冠服是按等级身分而定的，衣冠指豪门贵族。这里所说"异昔时"，是指法度混乱。昔日是"朝廷半老儒"

(《行次昭陵》),而近来却是"高官皆武臣"(《送陵州路使君赴任》)。肃宗、代宗信任宦官,李辅国加中书令,主宰朝政;鱼朝恩被任命为天下观军容宣慰处置使,成了全国的军事统帅,而且还加判国子监事。这些现象,在作者看来,便是衣冠颠倒,不成体统。

〔5〕"直北"二句:申述"不胜悲"之二,谓西北多事,回纥、吐蕃不断侵扰,威胁长安。直北:正北,指长安一带,如《小寒食舟中作》:"愁看直北是长安。"金鼓,古代军中发号令的工具,击鼓进军,鸣金收兵。金指钲(zhēng征)。金鼓振,即指有战事。羽书,紧急公文。古代最初以木简为"书",遇有紧急事,上插羽毛,相当于后来的"鸡毛信"。

〔6〕"鱼龙"句:回笔形容夔州江上秋景。鱼龙寂寞:谓江中鱼类潜蛰。古代有"鱼龙以秋日为夜,龙秋分而降,蛰寝于渊"之说(见《杜诗详注》引《水经注》)。所以说"秋江冷"。

〔7〕"故国"句:是说怀念当日居留长安的生活。平居,平时居处。杜甫曾经在长安住过十年,故云。有所思,有所怀念、追忆。三字启下面四首。

其五〔1〕

蓬莱宫阙对南山〔2〕,承露金茎霄汉间〔3〕。西望瑶池降王母,东来紫气满函关〔4〕。云移雉尾开宫扇,日绕龙鳞识圣颜〔5〕。一卧沧江惊岁晚,几回青琐点朝班〔6〕?

〔1〕第五首回忆长安宫阙和作者自己在朝廷的活动。

〔2〕蓬莱:高宗龙朔二年,修旧大明宫,改名蓬莱宫,北据高原,南望爽垲,每天晴日朗,望终南山如指掌。南山:即终南山。

〔3〕承露金茎:汉武帝相信道家方士的话,在建章宫西建立金茎承

露盘。承露,指仙人承露盘。金茎,指承露盘下的铜柱。班固《西都赋》说:"抗仙掌以承露,擢双立之金茎。"即此句之所本。唐代宫中并无承露盘,这是借汉宫比拟唐宫,是诗歌艺术上一种借代手法。霄汉间:形容极高。

〔4〕"西望"二句:写蓬莱宫可西望瑶池,东望函谷关,地势高峻,气象宏伟。瑶池降王母,古代神话传说,昆仑山有西王母居于瑶池。《汉武内传》记:"七月七日,上(汉武帝)斋居承华殿,忽青鸟从西来集殿前。东方朔曰:此西王母欲来也。"紫气满函关,《列仙传》记:"老子西游,关(函谷关)令尹喜望见有紫气浮关,而老子果乘青牛而过。"这里借用神话传说,意在极写宫殿之巍峨壮丽的气象。

〔5〕"云移"二句:写在威严的朝见仪式中,自己曾见到皇帝的容颜。雉尾:即雉尾扇,用雉(野鸡)尾羽制成,是宫中仪仗之一。云移:是说宫扇像云彩一般地缓缓分开来。据《唐会要》卷二十四:开元年间规定,每月朔望上朝时,皇帝将登殿,羽扇障合,坐定后乃开扇。也就是这里所说"开宫扇"。日绕龙鳞,形容皇帝衣上所绣之龙纹光彩夺目,如日光缭绕。龙鳞,指皇帝衣上所绣之龙纹。圣颜,皇帝容颜。这里所说"识圣颜",既指唐玄宗时杜甫献《三大礼赋》事,也指唐肃宗时杜甫为左拾遗上朝事。作诗不必如记事散文,句句都落于实处。

〔6〕"一卧"二句:慨叹晚年远离朝廷,卧病夔州。卧,卧病的意思。沧江,指长江。岁晚,指秋天,兼指自己已近晚年。青琐,指宫门。古代宫廷门窗上都装饰着青色的连环形图案,故云。点朝班,上朝时点名传呼,按次入班。杜甫在肃宗时为左拾遗,曾不止一次"点朝班"。而现在虽然仍带着检校工部员外郎的职衔,但却漂泊夔州,病卧江边,不得"点朝班"。这里说"几回",意思是没有一回。

其六[1]

瞿塘峡口曲江头,万里风尘接素秋[2]。花萼夹城通御气,芙蓉小苑入边愁[3]。珠帘绣柱围黄鹄,锦缆牙樯起白鸥[4]。回首可怜歌舞地,秦中自古帝王州[5]。

[1] 第六首写昔日皇帝长安曲江歌舞游宴之繁华,惋惜中寓讽喻之意。

[2] "瞿塘"二句:言瞿塘峡与曲江远隔万里,而秋天的风烟却使两地连接起来。意思是面对瞿塘峡而联想到长安的曲江。曲江,唐代长安中游览胜地。见前《曲江三章》注[1]。素秋,秋当西方,白色,故曰素秋。

[3] "花萼"二句:回忆天宝年间曲江游宴盛况。花萼,唐代兴庆宫的楼名。夹城:两边筑有高墙的通道,犹今所说"夹道"。唐玄宗曾从花萼楼修筑夹城通曲江芙蓉园,以便去游赏。见《旧唐书·玄宗纪》。所以说"通御气"。芙蓉小苑:即芙蓉园。入边愁:传来边地战乱的消息。边愁,指安禄山起兵叛乱。

[4] "珠帘"二句:进一步描写曲江繁华景象。珠帘绣柱:指曲江装饰华丽的行宫楼阁。黄鹄(hú 胡),天鹅。《西京杂记》:"(汉)昭帝始元元年,黄鹄下建章(宫名)太液池中,帝作歌。"这里借以比拟唐玄宗游曲江,侍从宫人甚多,所以说"围黄鹄"。锦缆,彩丝做的船索。牙樯(qiáng 墙),用象牙装饰的桅竿。华丽的游船甚多,往来不息,水鸟惊飞,所以说"起白鸥"。

[5] "回首"二句:慨叹曲江为歌舞之地,长安自古是帝王建都之所在,忆昔伤今,不堪回首。秦中,指关中。这一带自周代就是京畿地区。

班固《西都赋》:"汉之长安,三成帝畿。周以龙兴,秦以虎视。"可是,近来却连遭兵燹,所以说"回首可怜"。

其七[1]

昆明池水汉时功[2],武帝旌旗在眼中[3]。织女机丝虚夜月,石鲸鳞甲动秋风[4]。波漂菰米沉云黑,露冷莲房坠粉红[5]。关塞极天唯鸟道,江湖满地一渔翁[6]。

[1] 第七首想望长安昆明池的盛况,自伤漂泊江湖,不得重见。

[2] "昆明"句:从长安昆明池的来历写起。昆明池在长安城西二十里,方圆四十里。史载:汉武帝元狩三年(前120),训练水战,大修昆明池,造楼船高十馀丈,上加旗帜,颇为壮观。见《汉书·武帝纪》、《史记·平准书》。所以,杜甫这里说"汉时功"。

[3] "武帝"句:从历史暗中过渡到现实。武帝:汉武帝。唐人诗中多以汉武帝比拟唐玄宗,杜甫也是这样,见前《兵车行》注[9]。唐玄宗好武功,曾征南诏,所以说"在眼中",意思是前曾目睹,至今犹若在眼中。

[4] "织女"二句:描写池边景物。昆明池有织女、牵牛两石雕,东西相望。班固《西都赋》:"集乎豫章之馆,临乎昆明之池,左牵牛而右织女,若云汉之无涯。"织女伫立昆明池边,不能织丝,所以说"虚夜月"。这是拟人化的描写,形容石雕织女闲静之态。石鲸,石刻的鲸鱼。《西京杂记》:"昆明池刻玉石为鲸鱼,每至雷雨常鸣吼,鬐尾皆动。"这里说"动秋风",即取其意,描写石鲸生动活脱。

[5] "波漂"二句:描写池中景物。菰(gū 姑),系多年生植物,生浅水中,叶如蒲草,中心嫩芽可食,称茭白。秋季结实如米,叫做菰米,可以

代粮充饥。沉云黑,形容菰米极多,望去好像黑沉沉的阴云一样。莲房,即莲蓬。秋天,莲蓬初结,莲花凋落,所以说"坠粉红"。

〔6〕"关塞"二句:由想象中的长安景物回到现实中自身的处境,谓连天关塞,道路险阻,自己就像一个渔翁似的漂泊在无际的江湖中。极天,形容极高。鸟道,形容道路高峻险要,唯飞鸟可通。如李白《蜀道难》:"西当太白有鸟道,可以横绝峨嵋巅。"江湖满地,形容漂泊江湖,无涯无际,无所归依。这里是慨叹回长安无期。

其八[1]

昆吾御宿自逶迤[2],紫阁峰阴入渼陂[3]。香稻啄馀鹦鹉粒,碧梧栖老凤凰枝[4]。佳人拾翠春相问,仙侣同舟晚更移[5]。彩笔昔曾干气象,白头吟望苦低垂[6]。

〔1〕第八首回忆昔日在长安与诗友春游渼陂(měi bēi 美碑)的豪兴,最后自叹衰老。渼陂,在今陕西西安市鄠邑区,唐时为长安西南的风景胜地。杜甫在长安时,曾同诗人岑参等游渼陂,见前《渼陂行》。

〔2〕昆吾、御宿:两地名,都在长安南,靠终南山,汉代属上林苑的范围。杜甫游渼陂,经过昆吾、御宿,一路观赏景物,并不是赶路,所以说"自逶迤(wēi yí 威移)"。逶迤:道路曲折的样子。

〔3〕紫阁:紫阁峰,终南山的山峰之一。渼陂在紫阁峰北面。入渼陂:是说山影映入渼陂水中,如《渼陂行》所说"半陂已南纯浸山,动影袅窕冲融间"。

〔4〕"香稻"二句:写渼陂物产丰美。是说香稻是鹦鹉啄馀之粒;碧梧曾经是凤凰栖息之枝。这两句是形容物产丰美,林木茂密,而且均为非常之物,正如王嗣奭《杜臆》中所说:"非帝王之都何以有此!"

〔5〕"佳人"二句：写渼陂春天游人的盛况。拾翠，采拾花草。相问，相互问候，形容一派天真融洽的气氛。仙侣，指同游渼陂的岑参等友人。晚更移，天色已晚，却游兴未尽，还移舟夜游。《渼陂行》中说"船舷暝戛云际寺，水面月出蓝田关"，可见当时游兴之浓。

〔6〕"彩笔"二句：就当前的境况总结全诗，意思是昔日曾经健笔凌云，受到皇帝赏识，而现在穷困衰老，想望长安而吟诗，感慨甚深，不禁低头而下泪。彩笔，比喻创作有文采。干气象，上冲云霄。杜甫《奉留赠集贤院崔（国辅）于（休烈）二学士》："气冲星象表，词感帝王尊。"就是这里所说"彩笔""干气象"。天宝十载（751），杜甫献《三大礼赋》，受到唐玄宗的赞赏，在杜甫说来，自然是一生很荣幸的事。所以这里含蓄提及，作为下句对比性的铺垫。低垂，低头。始于仰首望京华，终于"苦低垂"，见得越仰望、回忆，心情就越痛苦、忧伤。这样就不只是终结这一首诗，而且照应八首诗的开头，起着收拢全诗的作用。

解闷十二首（选三）〔1〕

其七

陶冶性灵存底物〔2〕？新诗改罢自长吟〔3〕。孰知二谢将能事〔4〕，颇学阴何苦用心〔5〕。

〔1〕这一组诗大约是唐代宗大历元年（766）在夔州写的。十二首诗的内容是多方面的，有的描写风景，有的怀念旧友，有的谈论诗歌创

作,有的慨叹时事。这里选了三首。其七,自述创作的体会;其九,委婉地讽喻唐代宗应停止令南方进荔枝的事;其十二,讽刺唐玄宗为讨杨贵妃的欢心,征贡荔枝,而不顾人民的死活。

〔2〕陶冶(yě野):本意是制造瓦器和熔炼金属,这里作锻炼、培养讲。性灵:性情和聪慧,指人们创作时的精神活动。存底物,依靠什么东西。底,犹何,什么。唐宋诗中习用语,如杜甫《可惜》:"飞花有底急?老去愿春迟。"

〔3〕自长吟:自己拖着长腔吟诵。自长吟是为了继续推敲字句,斟酌声律。

〔4〕"孰知"句:深知二谢能够用其特长。言外之意是,自己不能像二谢那样凭才能写诗,纵横自如,用不着字斟句酌,反复修改。二谢,指南北朝时代的诗人谢灵运和谢朓。孰知,熟知,深悉。将,以。能事,擅长。

〔5〕"颇学"句:像南北朝时代的诗人阴铿(kēng 坑)和何逊(xùn 训)一样的刻苦用心。说"颇学",是自谦的意思。苦用心,是说不苟且为之。

其九

先帝贵妃今寂寞〔1〕,荔枝还复入长安〔2〕。炎方每续朱樱献〔3〕,玉座应悲白露团〔4〕。

〔1〕先帝:指唐玄宗李隆基。贵妃:指杨贵妃。杨贵妃爱吃鲜荔枝,李隆基强令南海(今广东)、四川两地驰驿进贡。见前《病橘》末四句及注〔15〕。这反映了唐玄宗后期朝政的腐败。寂寞:指死去。

〔2〕"荔枝"句:唐玄宗、杨贵妃虽然已经都死了,但进贡荔枝的事

仍在实行。

〔3〕"炎方"句：进一步发挥第二句，指出唐代宗假借献庙（祭祀唐玄宗）而责令南方进贡荔枝。炎方，南方。续，继续。朱樱，樱桃。自古有用樱桃献庙之说，《礼记·月令》：孟夏之月"羞以含桃"。羞是献祭，含桃即樱桃。荔枝成熟在秋天，晚于樱桃，故云"每续朱樱献"。

〔4〕"玉座"句：紧承第三句，是说假如唐玄宗死后有知，也会看到荔枝，缅怀往事，不禁悲伤起来。意思是应停止这种事情。玉座，皇帝的座位，这里指唐玄宗。白露团，指荔枝。

其十二

侧生野岸及江浦〔1〕，不熟丹宫满玉壶〔2〕。云壑布衣鲐背死，劳人害马翠眉须〔3〕。

〔1〕侧生：歪斜地生长，指荔枝。左思《蜀都赋》："旁挺龙目，侧生荔枝"。江浦：江边。

〔2〕"不熟"句：荔枝不是在皇宫园内生长成熟的，但进贡来的荔枝却装满了玉壶。丹宫，红漆的宫殿。玉壶，壶是盛酒浆的器皿，加玉字形容其美好珍贵，表明为宫中之物。

〔3〕"云壑"二句：讽刺唐玄宗重女色不重选择人才。有才能的人老死在山沟里，但为了贵妃好吃荔枝，搞得进贡的人劳马死。云壑，满是云雾的山沟。布衣，平民，指没有为朝廷所用的人才。鲐（tái 抬）背，老年人皮肤消瘦，背部生斑，似河豚鱼的脊皮，所以用以指老年人。鲐背死，意即老死。劳人，即劳民。翠眉，指杨贵妃。须，需要。

325

同元使君《舂陵行》并序[1]

览道州元使君结《舂陵行》兼《贼退后示官吏作》二首,志之曰[2]:当天子分忧之地,效汉朝良吏之目[3]。今盗贼未息,知民疾苦,得结辈十数公,落落然参错天下为邦伯[4],万物吐气,天下小安可待矣!不意复见比兴体制,微婉顿挫之词[5]。感而有诗,增诸卷轴,简知我者,不必寄元[6]。

遭乱发尽白,转衰病相婴[7]。沉绵盗贼际[8],狼狈江汉行[9]。叹时药力薄[10],为客羸瘵成[11]。吾人诗家流,博采世上名[12]。粲粲元道州[13],前圣畏后生[14]。观乎《舂陵》作,欻见俊哲情[15]。复览《贼退》篇,结也实国桢[16]。贾谊昔流恸[17],匡衡尝引经[18]。道州忧黎庶[19],词气浩纵横[20]。两章对秋月,一字偕华星[21]。致君唐虞际,淳朴忆大庭[22]。何时降玺书,用尔为丹青[23]?狱讼永衰息[24],岂惟偃甲兵[25]!凄恻念诛求,薄敛近休明[26]。乃知正人意,不苟飞长缨[27]!凉飚振南岳[28],之子宠若惊[29]。色沮金印大[30],兴含沧浪清[31]。我多长卿病[32],日夕思朝廷。肺枯渴太甚[33],漂泊公孙城[34]。呼儿具纸笔,隐几临轩楹[35]。作诗呻吟内,墨淡字欹倾[36]。

感彼危苦词,庶几知者听[37]。

[1] 元结字次山,号漫叟,与杜甫同时的诗人。唐代宗广德元年(763)任道州(今湖南道县)刺史,目睹当地经受战乱,户口大减,百姓生活困苦,宁愿违抗诏令,得罪朝廷,也不肯横征暴敛,压榨百姓,为此写了《舂(chōng 充)陵行》、《贼退示官吏》两诗。唐代宗大历元年(766),杜甫在夔州读后,非常感动,于是写了这首诗,对元结诗中表现的同情人民疾苦的思想,表示极其钦佩、赞扬,认为如果有一些像元结这样的官吏,唐王朝就可少安。最后慨叹自己年老多病,难于有所作为。同,是和的意思。使君,对州郡地方长官的尊称。舂陵,道州的古称。

[2] 志:记,这里意思是写几句,说几句。

[3] "当天子"二句:赞美元结是个好地方官。《汉书·循吏传》记汉宣帝曾说:百姓所以能"安其田里,而亡(无)叹息愁恨之心",是由于政治平和,社会纠纷解决得合理。能同皇帝一起尽到这种职责的,便算是一个好的地方官。元结身为道州刺史,"知民疾苦",不肯横征赋税,所以杜甫认为很符合汉代所谓良吏的标准。目,品目。

[4] 落落然:形容不苟合,意思是不同一般贪残的官吏合流。参错:原意是不整齐,这里是安插在各地方的意思。邦伯:地方长官,指刺史。

[5] 不意:出于意料之外,有特别欣喜的意思。比兴:比喻和起兴,是古人所总结的《诗经》(特别是其中的"国风")的写作方法,这里指敢于揭露现实的诗作。微婉:词句隐微婉转。顿挫:音节抑扬动人。

[6] 增诸:加入到。诸,之于。卷轴:指诗卷。简知我者:寄信给知己的友人。

[7] "转衰"句:身体因年老变衰,又有疾病纠缠。婴,绕,加。

[8] 沉绵:病久难愈。盗贼际:战乱间。

[9] 江汉:指四川,见前《枯棕》注[7]。

〔10〕"叹时"句:为唐王朝局势担心,所以吃药也无效。时,时局。

〔11〕羸(léi雷):瘦弱。瘵(zhài债):痨病。以上六句写个人老病漂泊,关心时局。

〔12〕"博采"句:承上句,言诗人喜欢广泛搜罗一切好的诗作。名,指著名作家、作品。

〔13〕粲(càn灿)粲:美好之至的样子。

〔14〕"前圣"句:孔子曾说:"后生可畏,焉知来者之不如今也。"(《论语·子罕》)意思是说后人可能超过前人。这里是称赞元结诗的成就超过了前人。杜甫比元结大七岁,所以用"后生"。

〔15〕欻(xū虚):忽然。俊哲:有德才的人物。情:思想,情怀。

〔16〕国桢(zhēn真):国家的栋梁。桢是古时筑墙时立的木柱,后来便比喻国家所急需的人才。

〔17〕"贾谊"句:西汉文人贾谊《陈政事疏》中说到当时的政事:"可为痛哭者一,可为流涕者二,可为长叹息者六"(《汉书·贾谊传》)。

〔18〕"匡衡"句:西汉学者匡衡在朝廷议论政事时,往往援引儒家的经典作为论据。见《汉书·匡衡传》。

〔19〕黎庶:老百姓。

〔20〕"词气"句:赞扬元结的诗,词气奔放,开阔有力。

〔21〕"两章"二句:形容这两首诗每一个字都如星月一样放射光辉。

〔22〕"致君"二句:言元结诗的政治作用,可使皇帝恢复尧舜时的政治,使民风敦厚朴实,仿佛远古社会那样。大庭,传说中的远古氏族首长。《庄子·胠箧》说,大庭氏结绳记事。这里是用以代表古代的理想政治。

〔23〕"何时"二句:希望朝廷任命元结为大臣。玺(xǐ喜)书,皇帝的诏令。尔,你,指元结。丹青,绘画的颜料,这里比喻朝中大臣。语本

《盐铁论》："公卿者,神化之丹青。"

〔24〕狱讼:审官司,用刑罚。

〔25〕岂惟:不仅是。偃(yǎn掩):停止。甲兵:战衣和武器,指战事。

〔26〕"凄恻"二句:赞美元结在道州为百姓受重税压榨而忧伤,力请免除一些赋税,不向百姓横征暴敛,堪称美善的政治。元结《舂陵行》诗前自序说:"道州旧四万馀户,经贼以来,不满四千,大半不胜赋税。到官未五十日,承诸使征求符牒(接上级官员征税的公文)二百馀封。皆曰:失其限(期限)者,罪至贬削!"在这种情况下,他采取违诏待罪,不压榨百姓的态度。杜甫对此非常感动,极为称赞。悽恻,哀伤。诛求,强令征敛。休明,政治美好清明。休,美、善。

〔27〕"乃知"二句:由上述行为,进而赞扬元结的人品。正人,正直的人,指元结。不苟飞长缨,是说元结不肯为保住自己的官职,不顾百姓的疾苦,而苟且地顺从上级的命令。长缨,长的帽带,指高的官位。

〔28〕凉飚(biāo标):秋风,指元结的高洁的风格。南岳:衡山,中国的五岳之一,道州在它附近,故借以形容元结风格之高。

〔29〕之子:这个人,指元结。宠若惊:听到称赞,感到惊异,表明元结为百姓违诏待罪,并不是为了图好名声,期望人家赞美。

〔30〕"色沮(jǔ举)"句:意思是元结不愿做大官,官高了反而感到不安。色沮,神色不安。金印大,指官位高。

〔31〕"兴含"句:说明上句的因由。沧浪清:古歌有"沧浪之水清兮,可以濯(zhuó浊)我缨"的话(见《孟子·离娄上》),濯洗冠缨是不再戴官员帽子,意思就是退隐。元结《贼退示官吏》诗中曾说"思欲委(弃)符节","穷老江湖边",表示退隐的意图。

〔32〕长卿病:西汉文人司马相如字长卿,有消渴病(即糖尿病)。杜甫也害这种病。由这句以下自述老病及和诗的意思。

〔33〕肺枯:肺有病。

〔34〕公孙城:西汉末年,公孙述曾据白帝城称王。城在夔州东。这里指夔州。

〔35〕隐:凭。轩楹:这里指窗。

〔36〕"作诗"二句:是说在疾病痛苦的呻吟中作诗,倦于磨墨,字迹无力,而且写得歪歪斜斜。墨淡:表示写字无力。欹(qī 欺)倾,歪斜。

〔37〕"感彼"二句:由于被元结凝结着忧时忧民的苦痛的诗篇所感动,所以希望懂得元结诗的人都听听,用来救世。庶几,希望。

返照〔1〕

楚王宫北正黄昏,白帝城西过雨痕〔2〕。返照入江翻石壁,归云拥树失山村〔3〕。衰年病肺惟高枕,绝塞愁时早闭门〔4〕。不可久留豺虎乱,南方实有未招魂〔5〕。

〔1〕这首诗为大历元年(766)夔州作。赋雨后晚景兼以自叹,诗成拈二字为题,非专咏返照。黄生曰:"前半景,是诗中画。后半情,是纸上泪也。""年老、多病、感时、思归,集中不出此四意。横说竖说,反说正说,无不曲尽其情。此诗四项俱见,至结语云云,尤足凄神戛魄也。"(《杜诗说》卷八)

〔2〕楚王宫:在巫山县西北,楚襄王所游之地。过雨痕:谓雨过天晴。毛张健曰:"痕字甚新,使人意想而得其妙。只一字可括'鸣雨既过渐细微,映空摇飏如丝飞'二句(《雨不绝》诗)。"(《杜诗谱释》卷二)

〔3〕"返照"二句:写江边晚眺即景,谓石壁倒映江中,波摇影翻;归云笼罩树木,山村遮迷。

〔4〕高枕:扬雄《解嘲》:"世治则庸夫高枕而有馀。"诗反用此,而自比庸夫,亦是牢骚话。绝塞:指夔州。

〔5〕即《八哀诗序》所谓"伤时盗贼未息"意。时蜀中军阀互相攻杀,如去年(永泰元年)崔旰攻郭英义,郭被普州刺史韩澄所杀。柏茂琳、杨子琳等又联合起兵讨旰,蜀中大乱。后杨子琳又攻成都。大历四年二月,杨子琳杀夔州别驾张忠,据其城。杜甫先见于此,故曰"不可久留"。南方:即指夔州。未招魂:谓屡遭寇乱,旅魂恐将惊散,未必能招之北归耳。《楚辞·招魂》:"魂兮归来,南方不可以止些。"

夜〔1〕

露下天高秋气清,空山独夜旅魂惊〔2〕。疏灯自照孤帆宿,新月犹悬双杵鸣〔3〕。南菊再逢人卧病〔4〕,北书不至雁无情〔5〕。步檐倚杖看牛斗,银汉遥应接凤城〔6〕。

〔1〕这首诗为大历元年(766)秋在夔州作。题一作《秋夜客舍》。诗写秋夜旅情,字字精炼,笔笔清拔,意境阔远,浑然无迹。遣词用意,都极似《秋兴八首》。

〔2〕"露下"二句,秋气:一作"秋水"。二句谓空山无人,独处秋夜凄清之空山,令羁旅之人心惊。惊者,亦悲也。

〔3〕疏灯:谓灯光暗淡。悬:指月悬。本《易·系辞上》"悬象著明莫大乎日月"。或谓杵声在空,故曰"悬"。亦可参。双杵:古人捣衣,对立执杵如舂米,故曰"双杵"。金代麻九畴《秋怀诗》:"月悬双杵若为夜,人在一隅偏觉秋。"即本杜句。

〔4〕南菊再逢:即两见菊开,是就去蜀而言。杜甫于永泰元年

(765)五月离蜀(成都)南下,取道嘉州、戎州、渝州,六月至忠州,旋至云安,自秋徂冬,卧病云安,是在云安一逢南菊。大历元年春,自云安至夔州,寓居西阁。至秋,是两逢南菊。时杜甫患有疟疾、头风、耳聋、风痹、眼疾等多种疾病,故曰"卧病"。此句即甫《秋兴八首》其一"丛菊两开他日泪"意。

〔5〕北书:指北方长安、洛阳亲友故旧的书信。相传雁能传书,今北书不至,故曰"雁无情"。即其《十二月一日三首》其一"一声何处送书雁"意。

〔6〕步檐:走廊。《汉书·司马相如传》载《上林赋》:"步檐周流,长途中宿。"颜师古注:"步檐,言其下可行步,即今之步廊也。"檐,古"櫩"字。银汉:即天河。牛斗:二星宿名,在天河边。凤城:即凤凰城,此指京城长安。结联与《秋兴八首》其二"夔府孤城落日斜,每依北斗望京华"意同。

宿江边阁[1]

暝色延山径[2],高斋次水门[3]。薄云岩际宿,孤月浪中翻[4]。鹳鹤追飞静,豺狼得食喧[5]。不眠忧战伐,无力正乾坤[6]。

〔1〕这首诗作于唐代宗大历元年(766),时作者住在夔州临江的草阁。诗写夜不成寐,为时局而忧虑。

〔2〕"暝(míng 铭)色"句:暮色苍茫,好像沿着山间小路而展开。延,伸展。

〔3〕"高斋"句:是说房屋临近夔州的水门。次,临,位于。

〔4〕"薄云"二句:写江上景色,云在岸边山上,凝然不动,月影倒映江面上,随着波浪翻动。宿,形容云静止不动。二句化用何逊《入西塞示南府同僚》诗"薄云岩际出,初月波中上",只改动数字,便觉点睛欲飞。

〔5〕"鹳(guàn 灌)鹤"二句:写夜中所听到的。上句言鹳、鹤相追逐而飞远,一时听不到声响。静,一本作"尽"。下句写豺狼争食的闹声,兼喻军阀之间的厮杀,以引起下面要发的感慨。

〔6〕"不眠"二句:当时许多地方有战事,近如四川的崔旰之乱,远如吐蕃侵掠陇东、关西,这是杜甫不能成寐的心事。正,整顿,拨正。

阁夜〔1〕

岁暮阴阳催短景〔2〕,天涯霜雪霁寒宵〔3〕。五更鼓角声悲壮〔4〕,三峡星河影动摇〔5〕。野哭千家闻战伐,夷歌几处起渔樵〔6〕。卧龙跃马终黄土〔7〕,人事音书漫寂寥〔8〕。

〔1〕这首诗是唐代宗大历元年(766)年底,杜甫寓居夔州西阁夜中所作。当时,战乱未已,由于发生了崔旰之乱,连四川也不太平了。而且,他的好友郑虔、李白、严武、苏源明、高适等人又都已死去。所以,他感到非常孤寂、悲哀。诗写的就是这种沉重的心情。

〔2〕阴阳:指光阴。短景:冬季昼短,故云。景,同"影",指日光,白日。

〔3〕天涯:指夔州。称夔州为"天涯",是对作者的故乡而言,表明自己是流寓在这里。霁(jì 际):雨雪初晴。

〔4〕"五更"句:五更夜尽,听到军队悲壮的鼓角声。鼓角:见前《秦

州杂诗》第二首注[1]。

〔5〕"三峡"句:江流三峡最为湍急,星空倒映,随波涛动摇。星河:夜空中的星和银河。古代有所谓星河动摇象征有战争的说法。这句写江中夜景,有暗喻战乱未已的意思。

〔6〕"野哭"二句:写天将破晓时所听到的声音。野哭千家,说明战乱死人之多。战伐,指从去年十月起到这年八月才算平定下来的崔旰之乱。夷歌:指当地的民歌,表明自己漂泊的境遇。渔樵,渔人、樵夫。前句言战乱,后句喻流落异乡,都是使作者伤心的事。

〔7〕卧龙:指诸葛亮。《三国志·蜀书·诸葛亮传》记徐庶谓先主曰:"诸葛孔明者,卧龙也。"跃马:指公孙述。晋左思《蜀都赋》:"公孙跃马而称帝。"终黄土:终归死亡。夔州有诸葛亮和公孙述的遗迹及祠庙,所以借他们排解苦恼,意思是即使像他们这样英雄一世,最终也还是死掉的。

〔8〕人事:指交游。音书:指亲朋间的慰藉。漫寂寥:徒然感到孤寂苦闷。此句似自我解脱,而实则是愤激之词。

缚鸡行[1]

小奴缚鸡向市卖,鸡被缚急相喧争。家中厌鸡食虫蚁[2],不知鸡卖还遭烹。虫鸡于人何厚薄[3]?吾叱奴人解其缚[4]。鸡虫得失无了时,注目寒江倚山阁[5]。

〔1〕这是大历元年(766)冬在夔州西阁作。诗写得很别致,在对日常生活小事的描写中,蕴含深刻的道理,耐人寻味。杜诗这种议论化、散文化的特点,对宋诗很有影响。宋人洪迈说:"此诗自是一段好议论,至

结句之妙,非他人所能企及也。"(《容斋三笔》卷五)

〔2〕厌:厌恶,讨厌。

〔3〕何厚薄:虫、鸡于人并无厚薄之分,而人又何必厚此薄彼呢?《庄子·列御寇》:"在上为乌鸢食,在下为蝼蚁食,夺彼与此,何其偏也!"杜意本此。

〔4〕叱:呵令。

〔5〕"鸡虫"二句:为作诗本旨。赵次公曰:"一篇之妙,在乎落句。"(《九家集注杜诗》卷十三引)王嗣奭曰:"鸡得则虫失,虫得则鸡失,世间类者甚多,故云'无了时'。计无所出,只得'注目寒江倚山阁'而已。写出一时情景如画,信是诗家妙手。"(《杜臆》卷八)"无力正乾坤"的诗人,面对纷争不已的现实,亦是无可奈何。

愁[1]

江草日日唤愁生[2],巫峡泠泠非世情[3]。盘涡鹭浴底心性?独树花发自分明[4]。十年戎马暗万国,异域宾客老孤城[5]。渭水秦山得见否?人今罢病虎纵横[6]。

〔1〕这是大历二年(767)春在夔州作。原注:"强戏为吴体。"吴体,即拗体,此为七律拗体。王嗣奭曰:"愁起于心,真有一段郁戾不平之气,而因以拗语发之,公之拗体大都如是。此诗前四句是愁,后四句是所以愁。愁人心事,触目可憎。"(《杜臆》卷七)

〔2〕"江草"句:春草日生,春色撩人,适足以引起旅人思归愁绪,故曰"唤愁"。《楚辞·招隐士》:"王孙游兮不归,春草生兮萋萋。"

〔3〕泠(líng灵)泠:水流声。非世情:不近人情。此句即"清渭无

情极,愁时独向东"(《秦州杂诗二十首》其二)意。戴叔伦《湘南即事》:"卢橘花开枫叶衰,出门何处望京师?沅湘日夜东流去,不为愁人住少时。"联系此诗末联"渭水秦山得见否",戴诗正可作杜诗注脚。

〔4〕盘涡:漩涡。底心性:啥意思,何用意。底,何。二句谓鹭浴盘涡,自得其乐,树独开花,自炫艳丽,是何居心? 乃不知人之愁耶! 因愁之切,痴情咎物,故作嗔怪之词,亦犹"竹叶于人既无分,菊花从此不须开"(《九日五首》其一)意也。

〔5〕戎马:喻战乱。自安史之乱至今,凡十有二年。十年,乃举成数言之。万国:犹全国。暗:指氛祲未消。异域:犹异乡。宾客:甫自谓。孤城:指夔州。

〔6〕渭水、秦山:代指长安。人:甫自指。罢病:言己衰老。罢,同"疲"。虎纵横:比寇盗横行。末句即《返照》所云"不可久留豺虎乱,南方实有未招魂"意。最后四句,谓久经战乱,寇盗横行,自己漂泊异乡,身老孤城,故国难归,此真愁杀人也。

夜归[1]

夜半归来冲虎过,山黑家中已眠卧。傍见北斗向江低,仰看明星当空大[2]。庭前把烛嗔两炬[3],峡口惊猿闻一个。白头老罢舞复歌[4],杖藜不睡谁能那[5]。

〔1〕这首诗大约作于唐代宗大历二年(767),作者在夔州。诗用口语描写深夜归家的情景,非常真切而饶有风趣。

〔2〕明星:指金星,古称太白星。大(duó夺):特别,甚,在这里指亮度大。

〔3〕嗔(chēn 琛)两炬(jù 拒):责怪家人点两枝烛,造成浪费。

〔4〕老罢:意如老父。罢,同"爸"。这里是戏用方言。

〔5〕杖藜(lí 厘):藜茎做的手杖。作者年老杖藜,故云。那(nuò喏):奈何。

驱竖子摘苍耳〔1〕

江上秋已分〔2〕,林中瘴犹剧〔3〕。畦丁告劳苦,无以供日夕〔4〕。蓬莠独不焦,野蔬暗泉石〔5〕。卷耳况疗风,童儿且时摘〔6〕。侵晨驱之去〔7〕,烂熳任远适〔8〕,放筐亭午际〔9〕,洗剥相蒙幂〔10〕。登床半生熟〔11〕,下箸还小益〔12〕。加点瓜薤间,依稀橘奴迹〔13〕。乱世诛求急,黎民糠籺窄〔14〕。饱食复何心?荒哉膏粱客〔15〕。富家厨肉臭,战地骸骨白〔16〕。寄语恶少年,黄金且休掷〔17〕。

〔1〕这首诗约作于唐代宗大历二年(767)秋,时杜甫居夔州瀼(ràng 让)西。诗就差遣童仆去摘苍耳以补助蔬菜的不足,联想到战乱中赋税繁重,百姓生活极为困苦,写出了"富家厨肉臭,战地骸骨白"的名句。这正反映了他"穷年忧黎元"的精神。竖子:犹小厮,即童仆。苍耳,即卷耳,一年生草,叶形如鼠耳,丛生如盘,嫩叶可食。

〔2〕秋已分:已过了"秋分"季节。

〔3〕瘴(zhàng 帐)犹剧:是说由于天旱,天气还很湿热。瘴,瘴气,温带山林中湿热空气。剧,厉害。

〔4〕"畦丁"二句:是说园丁提出困难,蔬菜生长不好,不足以供应

337

日常生活需要。畦(qí 齐)丁,犹园丁,种菜园的人。日夕,指日常生活所需要。

〔5〕"蓬莠(yǒu 有)"二句:意思是唯独野草没有焦枯,泉石边的野菜长得还很茂盛。蓬莠,泛指野草。暗泉石,形容野菜茂盛遮蔽了泉石。

〔6〕"卷耳"二句:是说卷耳不但可食,而且还可治风疾,所以便差遣童仆及时采摘,以充菜蔬。况,而且。疗风,治疗风湿病。《本草》中就有这种说法。时摘,及时采摘。因为缺乏蔬菜才采摘苍耳,所以说"且时摘"。以上八句写摘苍耳的原由。

〔7〕侵晨:天将破晓时。

〔8〕烂熳:天真幼稚,指童仆。任远适:任凭他随便到远处去。适,去。

〔9〕放筐:指采摘归来。亭午:正午,中午。

〔10〕"洗剥"句:是说洗掉泥土,割去粗根老茎,用巾覆盖上。意思是精心制作。幂(mì 觅),覆盖东西的巾,这里用作动词,即覆盖的意思。

〔11〕登床:盛在食盘里。凡放置器物的工具,古人多称"床",如笔床、琴床等。半生熟:半生半熟,意思是炒得不要太熟烂。烧蔬菜多是如此。

〔12〕下箸(zhù 助):犹口语动筷子。箸,即筷子。食苍耳是迫于蔬菜不足,且能治疗风湿,所以说"还小益"。

〔13〕"加点"二句:将苍耳搀在蔬菜中间,仿佛用橘调味一样。加点,搀杂。薤(xiè 械),形状近似细葱、气味近似韭菜的一种蔬菜(见《本草纲目·菜部》)。依稀,仿佛。橘奴,即橘子。《襄阳记》:吴丹阳太守李衡种橘千株,临死对儿子说:"吾洲里千头木奴,可得绢千匹。"橘奴之名本此。古人多用橘作调味品。这里说"橘奴迹",谓苍耳可代橘起到调味的作用。迹,即踪迹、事迹之"迹",这里指味道。用得非常活脱。以上八句写摘食苍耳的事情。

〔14〕"乱世"二句:是说战乱岁月,官府横征暴敛,百姓连糠窝窝都吃不上。籺(hé何),粗屑,这里指粗糙的粮食。窄,不宽裕,不足。

〔15〕"饱食"二句:上下倒装。以诘问语气,斥责富人只顾自家生活享受,不顾百姓疾苦。荒,荒唐。膏粱,肥肉细粮。

〔16〕"富家"二句:揭露当时社会的不合理现象。因为战乱十年,士卒——被征去打仗的百姓死伤极多,所以说到"战地骸骨白"。而养尊处优的富贵之家却"厨肉臭",见得他们并未放松残酷剥削。

〔17〕"寄语"二句:正告恶劣的纨袴子弟,要体恤百姓的疾苦,不要恣意挥霍。寄语,告诉。掷,指挥霍金钱。以上八句由个人摘食苍耳,联想到百姓疾苦和社会的矛盾现象。

偶 题〔1〕

文章千古事,得失寸心知〔2〕。作者皆殊列〔3〕,名声岂浪垂〔4〕?骚人嗟不见,汉道盛于斯〔5〕。前辈飞腾入,馀波绮丽为〔6〕!后贤兼旧制,历代各清规〔7〕。法自儒家有〔8〕,心从弱岁疲〔9〕。永怀江左逸〔10〕,多谢邺中奇〔11〕。騄骥皆良马〔12〕,麒麟带好儿〔13〕。车轮徒已斫,堂构惜仍亏〔14〕,漫作《潜夫论》,虚传幼妇碑〔15〕。缘情慰漂荡,抱疾屡迁移〔16〕,经济惭长策,飞栖假一枝〔17〕。尘沙傍蜂虿,江峡绕蛟螭〔18〕。萧瑟唐虞远〔19〕,联翩楚汉危〔20〕。圣朝兼盗贼〔21〕,异俗更喧卑〔22〕。郁郁星晨剑〔23〕,苍苍云雨池〔24〕。两都开幕府,万宇插军麾〔25〕。南海残铜柱〔26〕,东风避月支〔27〕。音书恨乌鹊〔28〕,号怒怪熊罴〔29〕。稼穑分诗兴,柴荆学土宜[30]。故山迷白阁,秋水忆黄陂[31]。不敢要佳句,愁来赋别离[32]。

〔1〕这首诗大约作于唐代宗大历初年(766—768)作者在夔州时。诗的前半部分概述唐以前诗歌创作发展的一般情况、对前代作家的景仰和个人致力于创作的抱负。后半部分抒写对世道多乱和个人漂泊的感慨,说明诗歌都是缘情而发,是作者所感受的现实生活的反映。诗采用排律的形式,中间使用大量的对偶和典故使其表现力受到一些限制,但毕竟是长期创作的经验之谈,意见还是中肯的。

〔2〕"文章"二句:是说文学创作是千古之事,作品可长久地流传于后世;但创作的成败甘苦,作者自己是体会得到的。意思是慨叹作品不易为人所理解、所赞赏。文章,这里主要指诗。得失,成败,优点和缺点。

〔3〕殊列:特别显著的地位。意思是说历代作家都各自有其独特的成就、地位。

〔4〕"名声"句:是说名声不是随便就能垂于后世的。岂,反诘语词,哪里。浪,随便,轻易。

〔5〕"骚人"二句:指以《离骚》作者屈原为代表的楚辞作者。嗟,感叹词。不见,逝去。"汉道"意谓汉代诗歌创作也很兴盛。道,这里是就文学创作而言。斯,这个,指诗歌。盛于斯,犹如说于斯为盛。

〔6〕"前辈"二句:是说汉魏时代一些作家勇于创新,以矫健姿态进入诗坛;汉魏以后,到南北朝时,诗歌便流于形式绮丽。馀波,末流,指南北朝时的诗歌作者。绮(qǐ起)丽,指语言形式华丽。为,语末助词,表感叹。

〔7〕"后贤"二句:后来的一些杰出作家总是多方面学习已往的创作;而各个时代又都有独自的创作法则。以上十句是讲文学创作发展的规律。

〔8〕"法自"句:是说诗歌创作法则早在先秦的儒家就有了。这是指《论语》等书中有关论诗的话,也指《诗经》中所体现的诗歌创作方法。

〔9〕"心从"句:指自己从青年时代就致力于诗歌创作。弱岁,弱冠之岁,《礼记·曲礼》:"二十曰弱,冠",后人因以弱冠合成一词。疲,疲倦,劳累,这里是费尽心思的意思。

〔10〕怀:怀念,这里兼有景仰的意思。江左:长江下游江南一带,这里指东晋和南朝。当时主要作家有孙绰、郭璞、谢灵运、鲍照、谢朓等人。逸:超群出众。

〔11〕谢:谦谢,自愧不及。邺:今河北临漳县。公元二三世纪间,是曹操父子活动的中心之一。当时主要作家除曹氏父子外,还有王粲、阮瑀(yǔ禹)等所谓"建安七子"。奇:不平凡。

〔12〕駼(lù鹿)骥:良马名。曹丕在《典论·论文》中称王粲、阮瑀等人:"咸以自骋駼骥于千里,仰齐足而并驰。"这里比喻上文所说江左、邺中诸诗人。

〔13〕麒麟:传说中的一种珍贵动物,似鹿而大,一只角。带好儿:南北朝梁陈间,徐摛(chī吃)、徐陵父子在文坛上都有点名气。徐陵八岁能写作,有人称之为"天上石麒麟"。这里指曹操、阮瑀能诗,如麒麟,他们的儿子曹丕、曹植和阮籍,都能继承父业,以诗著名,故云。

〔14〕"车轮"二句:是杜甫谓自己作诗已有成就,但儿子却还不擅长作诗。车轮,用《庄子·天道》中轮扁的故事。轮扁向齐桓公说:他砍削车轮,不快不慢,得心应手,可是却无法把自己高超的手艺传给儿子。徒,即徒然。斫,砍削,指制车轮。堂构,立基建屋。《尚书·大诰》里曾以父子相继筑造房屋比喻治理国家也要承父业,后来人们便用"堂构"二字指代父业。斫轮、堂构,在这里都是就作诗而言。杜甫的长子宗文,大约没有很好地念书,杜甫极少提到他;次子宗武,颇为杜甫宠爱,这年杜甫曾以"诗是吾家事",勉励他"熟精《文选》理,休觅采衣轻"(《宗武

生日》),但年仅十四岁,还不精于作诗,所以这里说"徒已斲"、"惜仍亏",惋惜儿子不能继父业。

〔15〕"漫作"二句:承上文,以谦虚的语言自许,谓自己写了些好诗,也赢得了赞扬。漫作,犹聊作,乱作。这里"漫"字,与《闻官军收河南河北》"漫卷诗书喜欲狂"的"漫"字近似。《潜夫论》:东汉王符所著的论文集。幼妇碑:意谓绝妙的作品。《三国志》注引《魏略》:汉末邯郸淳写了《曹娥碑》,蔡邕(yōng 拥)在碑后题了"黄绢幼妇,外孙齑(jī 机)臼"八个字。后来,曹操和杨修领会到:黄绢是色丝,寓一"绝"字;幼妇是少女,寓一"妙"字;外孙是女儿之子,寓一"好"字;齑臼是"受辛"(盛有辛辣味食物)之器,寓一"辞"字,联系起来就构成"绝妙好辞"四个字的赞语。这里用以比喻自己的诗篇受到赞扬。说"虚传",是自谦。以上十句赞扬魏晋诗人,并以能诗自许。

〔16〕"缘情"二句:是说自己缘情作诗,无非是抒发贫病漂泊中的情怀,聊以自慰。陆机《文赋》:"诗缘情而绮靡。"这里即用"缘情"字代诗。诗从此二句开始转入下段,备述自己的漂泊生涯和感受,申述这里所提出的观点。

〔17〕"经济"二句:是说自惭没有经世济民的好计策,因而流寓夔州。经济,经世济民的简缩,也就是治国救民。飞栖,用鸟的飞出和归栖比喻自己的行止。假一枝,语本《庄子·逍遥游》"鹪鹩巢于深林,不过一枝"。在夔州是流寓,所以说"假"。假,借。

〔18〕"尘沙"二句:以蜂虿(chài 柴去声)、蛟螭(chī 吃)到处骚扰,比喻四川多战乱。虿:蝎子一类毒虫。蛟螭,传说中的龙一类动物。两者都是比喻崔旰之流拥兵作乱的军阀。

〔19〕萧瑟:草木摇落,这里指夔州荒僻、冷落。唐虞:尧舜,这里指尧舜时代,传说中的治世。由于连年战乱,民不聊生,而感到太平盛世之难得,所以说"唐虞远"。

〔20〕联翩:接连不断。楚汉危:像项羽和刘邦争夺天下那样不安定。危:不安定。

〔21〕圣朝:指唐王朝。兼:并,不止一种。安史之乱后,又有吐蕃内侵,多处军阀叛乱。杜甫站在唐王朝的立场上,所以说"兼盗贼"。

〔22〕异俗:风俗与中原不同,这里指夔州一带。杜甫诗中多次说到"异俗殊可怪,斯人难并居"(《戏作俳谐体遣闷》之二)之类的话。这里说"更喧卑",是厌其嚣杂而低下的意思。

〔23〕郁郁:不得志而苦闷的样子。星晨剑:相传西晋雷焕望见天上星斗间有一股异气,断定有埋藏的宝剑出现。见《晋书·张华传》。这里杜甫用以比喻自己,慨叹怀才不遇。

〔24〕苍苍:深青色,这里形容池水。云雨池:三国时吴国周瑜曾说:蛟龙得雨便上天,"终非池中物也"(《三国志·吴书·周瑜传》)。这里比喻自己好像困守池中的蛟龙。

〔25〕"两都"二句:是说长安和洛阳都设有军事指挥机关,到处都有战事。两都,指长安和洛阳。幕府,将帅们的指挥部。见前《宿府》注〔2〕。万宇,万方,指各地方。军麾,军旗。

〔26〕铜柱:东汉马援打败了交趾,曾立铜柱纪功。见《后汉书·马援列传》。残铜柱,是谓唐王朝征南诏没有取得胜利,南方并未平静。

〔27〕月(ròu肉)支:古代西部地区少数民族,在今甘肃、青海一带。这里指代吐蕃。避月支:即指吐蕃连年侵扰陇右、关中地区,曾一度占领长安,唐代宗避乱出奔。

〔28〕"音书"句:是说没有家书、佳音到来。相传鹊叫就象征有喜事。说"恨乌鹊",意思就是无家书、佳音。

〔29〕"号怒"句:怪深山野兽咆哮。意思是说夔州地方荒僻。黑(pí皮),熊的一种,体较大,能直立。

〔30〕"稼穑"二句:是说自己像村民一样生活,耕种田地,住在茅屋

343

里。分诗兴,谓耕种要用时间和精力,不得一意作诗。学土宜,随风就俗。

〔31〕"故山"二句:意思是常怀念朝廷和故乡。迷,迷失,这里指相距遥远而望不到。白阁,终南山峰名。杜甫原籍杜陵,在终南山北麓,故云"故山"。黄陂,当作皇陂,即皇子陂,在长安城南,指代长安。

〔32〕"不敢"二句:是说作诗不强求佳句,只是抒写漂泊外乡的情怀。这里照应"缘情慰漂荡"一句,作为这一段和全诗的总结。要(yāo腰),强求。赋,抒写。

又呈吴郎〔1〕

堂前扑枣任西邻〔2〕,无食无儿一妇人。不为困穷宁有此〔3〕?只缘恐惧转须亲〔4〕。即防远客虽多事,便插疏篱却甚真〔5〕。已诉征求贫到骨,正思戎马泪盈巾〔6〕。

〔1〕唐代宗大历二年(767)秋,杜甫在夔州从瀼西移住东屯,将原来的房子借给姓吴的亲戚住。吴是刚调来夔州做司法参军的,名字已不可考。杜甫写这首诗,是特意告诉姓吴的不要干涉贫困孤独的邻居老妇来院中打枣。中间两联话说得十分婉转,对老妇体贴入微,末联归咎于战乱和征敛之甚,表明杜甫在长期漂泊中,对战乱、赋税带给人民的疾苦,是有比较深切的体察的。

〔2〕任:听任,放任。

〔3〕"不为"句:不是由于穷到没有法子哪会有这种事。宁有,哪会有。此,指西邻老妇来打枣。

〔4〕"只缘"句:正因为那位老妇人打枣时有点担心害怕,所以更应

该对她和气些。没有经历过困苦生活的人,是不会有这样的体会的。

〔5〕"即防"二句:老妇担心你不让她来打枣,虽然未免是太多心了;但你一来便插上篱笆,却很像真的不让她来打枣了。远客:指姓吴的。姓吴的插竹篱自然是为了防范包括西邻老妇在内的外人,而作者反说老妇多心,是故意把话说得非常委婉,以便姓吴的能接受意见。

〔6〕"已诉"二句:老妇诉说过,官府赋税已把她压榨得穷到极点,想到目前战事不停,忍不住流泪。征求,指官府对老百姓的搜刮。戎马,指战争。盈,满。

东屯北崦〔1〕

盗贼浮生困〔2〕,诛求异俗贫〔3〕。空村唯见鸟,落日未逢人。步壑风吹面,看松露滴身。远山回白首〔4〕,战地有黄尘〔5〕。

〔1〕这首诗作于唐代宗大历二年(767)秋,作者在夔州从瀼西移居东屯后。诗中写他游东屯北崦(yān 烟)——东屯北面的山坡,从村庄的冷落,居民的贫困,联想到时局的不安,不胜感慨。

〔2〕盗贼:指一切叛唐作乱的人,如拥兵叛乱的安禄山、史思明,以及四川的崔旰,侵扰内地的吐蕃。浮生:民生。言人生世间一切无定,如浮在水上一样。

〔3〕诛求:官吏对百姓的搜刮。异俗:风俗特殊,指当地百姓。夔州百姓有些特别的风俗习惯,作者感受较突出,所以诗中屡用"异俗"、"殊俗"字样。

〔4〕远山:指北崦。回白首:回望北边。白首,指杜甫。

〔5〕"战地"句:有地方正在打仗。当时,北方有吐蕃的侵扰,四川

有军阀的叛乱,所以作者想到战事。黄尘,犹战尘。

麂[1]

永与清溪别,蒙将玉馔俱[2]。无才逐仙隐,不敢恨庖厨[3]。乱世轻全物[4],微声及祸枢[5]。衣冠兼盗贼[6],饕餮用斯须[7]。

〔1〕杜甫的咏物诗大都有较深切的寓意。这首诗假托麂将被宰杀时的话,谴责权势者的贪残,为了自己的口腹,恣意残害性命。全篇是代麂说话,前半首婉而多讽,后半首愤怒斥责。写作时间大约是唐代宗大历初年(766—768),时作者在夔州。麂(jǐ挤),鹿类,其肉可食。

〔2〕"永与"二句:麂被猎获,离开原来游息的山溪,就要变成权贵们的食品。蒙,承蒙,本来是表示谦恭,这里是故意说反话,进行辛辣的讽刺。将,与。玉馔(zhuàn赚),精美的食品。俱,一起。

〔3〕"无才"二句:既然不能追随仙人离开人间,自然也就难免被吃掉的命运,又何必去怨恨厨师。逐仙隐,传说葛仙翁学道成仙,化为白鹿,见葛洪《神仙传》。庖(páo 袍)厨,厨房。这里说"无才"、"不敢",字面上似委婉,而实际上是愤激之词。

〔4〕轻全物:不重视保全物类,也就是把性命看得很轻。

〔5〕"微声"句:小有名声,便易惹伤身之祸。麂由味美而得名,以致遭人捕杀食用。这里隐喻像自己一类的人。及,遭到。祸枢,祸机,祸根。

〔6〕衣冠:指有官职的人,即王公、官僚。兼盗贼:是说权贵们兼有盗贼之性,干的是害人的行为。

〔7〕"饕餮"句:承接上句,形容权贵们贪婪,穷凶极恶地吃人。饕餮(tāo tiè 滔帖),传说中的凶兽,性极贪婪,比喻贪财贪食的人。斯须,片刻。用斯须,片刻便可吃掉。

登高〔1〕

风急天高猿啸哀〔2〕,渚清沙白鸟飞回〔3〕。无边落木萧萧下〔4〕,不尽长江滚滚来。万里悲秋常作客,百年多病独登台〔5〕。艰难苦恨繁霜鬓〔6〕,潦倒新停浊酒杯〔7〕。

〔1〕从诗题可知为重阳登高感怀之作。大约作于唐代宗大历二年(767),时作者在夔州。前四句写眼前自然景物,事事紧扣秋季特色;后四句抒发老年多病、长期流寓他乡的愁苦。情景交融,浑然一体,语言精炼,对仗自然,在艺术上很见工力。

〔2〕猿啸哀:巫峡多猿,叫声很凄厉。

〔3〕渚(zhǔ 主):水中的小洲。回:回旋。

〔4〕落木:落叶。萧萧:风吹叶动的声音。

〔5〕"万里"二句:备说个人多方面的愁苦境况。万里,远离故乡。悲秋,时当万物萧瑟,令人感伤的季节。常作客,长期漂泊。百年,是说人生不过百年,自己已过半百。多病,身患多种疾病。独登台,身边无亲朋慰藉。这一切对一个失意文人来说,自然是感到非常不幸,非常可悲了。

〔6〕艰难:兼指自己的上述境况和当时社会的动荡不安。苦恨:极恨。繁霜鬓:白发多。

〔7〕潦倒:衰颓、失意。新停:作者本来嗜酒,这时因肺病而刚刚停

饮。言外之意是,虽愁苦万端,却无法排遣。

月[1]

四更山吐月,残夜水明楼[2]。尘匣元开镜,风帘自上钩[3]。兔应疑鹤发,蟾亦恋貂裘[4]。斟酌姮娥寡,天寒奈九秋[5]。

〔1〕这首诗为大历二年(767)秋在夔州作。诗写秋夜月出群山之上的奇丽景观,而多用月中故实,如蟾、兔、姮娥等,虽借此以自伤孤老贫寒,但写景精切,布局整密,运意玲珑,幽默风趣。故为后人所激赏,苏轼推为"古今绝唱"(《江月五首引》)。

〔2〕山吐月:夔处群山之中,月从山出,故曰"山吐月"。"吐"字极新极确。残夜:言夜将尽。月本照水,水光反照,楼中虚白,故曰"水明楼"。

〔3〕尘匣:蒙尘土的镜匣,喻山。镜、钩:喻月。汉公孙乘《月赋》:"隐圆岩而似钩,蔽修堞而分镜。"(见《西京杂记》卷四。旧注误作"枚乘",盖沿《初学记·天部上》之误)沈佺期《和洛州康士曹庭芝望月有怀》:"台前疑挂镜,帘外似悬钩。"杜诗脱化于此。月虽缺而光犹在,当其初吐如宝镜出于匣中。自无而有,故曰"开";缺月冉冉上升,由楼上观之,如玉钩悬于帘外。由低而高,故曰"上",月升不因人力,故曰"自上"。

〔4〕兔、蟾:指月。见前《月》(天上秋期近)诗注〔2〕。鹤发:白发,甫自指。疑:惊疑。恋:贪恋。仇兆鳌曰:"月色临头,恐兔疑白发;月影随身,如蟾恋裘暖。从月色下,写出衰老凄凉之况。"(《杜诗详注》卷十七)

〔5〕斟酌:考虑,量度。姮(héng 恒)娥:即嫦娥。传说嫦娥窃羿不死之药而奔月居广寒宫。九秋:秋季九十天,故云。二句借嫦娥而自说孤寒,以嫦娥奔月寡居,喻己漂泊孤寂。

洞房[1]

洞房环佩冷,玉殿起秋风[2]。秦地应新月,龙池满旧宫[3]。系舟今夜远,清漏往时同[4]。万里黄山北,园陵白露中[5]。

〔1〕由《洞房》至《提封》八诗,为一组诗,前人推崇备至,虽不尽然,但从中可观有唐盛衰之迹与杜甫晚年旅居夔州之心态,故全选录。八诗均作于大历二年(767)秋。王嗣奭曰:"此下八首,皆追忆长安之往事,语兼讽刺,以警当时君臣,图善后之策也。每首先成诗,而撮首二字为篇名,盖《三百篇》之遗法也。"(《杜臆》卷八)张溍曰:"《洞房》以下八诗为一篇,位次秩然,处处刺讽,思往戒今,浑然不露,体裁独妙,真《三百》嫡派。"(《读书堂杜诗注解》卷十四)王士禛曰:"《洞房》、《宿昔》、《骊山》、《斗鸡》诸篇,俯仰盛衰,自是子美绝作。"(卢坤五家评本《杜工部集》卷十五)

〔2〕洞房、玉殿:皆指长安宫殿说。曰"冷",曰"秋风",正见萧条凄凉之状。

〔3〕秦地:指长安。龙池:在长安兴庆宫内。旧宫:即指兴庆宫,乃玄宗发祥之地。《唐会要·兴庆宫》:"开元二年七月二十九日,以兴庆里旧邸为兴庆宫。初,上(玄宗)在藩邸,与宋王等同居于兴庆里,时人号曰五王子宅。至景龙末,宅内有龙池涌出,日以浸广,望气者云有天子气。中宗数行其地,命泛舟,以驼象踏气以厌之,至是为宫焉。"二句言月

虽新,池则旧,以寓物是人非之感。

〔4〕清漏:即更鼓。漂泊夔州,孤舟一系,回首长安,渺不可即,故曰"今夜远"。往时同:则漏同而时事不同,感慨深焉。

〔5〕黄山:即黄山宫。《三辅黄图》卷三:"黄山宫,在兴平县西三十里。武帝微行,西至黄山宫,即此也。"汉武帝茂陵,正在黄山宫之北。此借茂陵以喻玄宗泰陵。园陵白露,情致黯然,怆然泣下。

宿昔[1]

宿昔青门里,蓬莱仗数移[2]。花娇迎杂树,龙喜出平池[3]。落日留王母,微风倚少儿[4]。宫中行乐秘,少有外人知[5]。

〔1〕此首回忆昔日玄宗游乐之盛况,暗含讽刺。

〔2〕宿昔:往日。青门:即长安城东出南头第一门霸城门。蓬莱:唐宫名。原名大明宫,龙朔二年,高宗改为蓬莱宫。白居易《长恨歌》:"昭阳殿里恩爱绝,蓬莱宫中日月长。"蓬莱宫为东内,玄宗所居兴庆宫为南内。《新唐书·地理志一》:"自东内达南内,有夹城复道,经通化门达南内,人主往来两宫,人莫知之。"故下云"少有外人知"。仗:指天子仪仗。

〔3〕花娇:乐史《李翰林别集序》:"开元中,禁中初重木芍药,即今牡丹也。得四本红、紫、浅红、通白者,上因移植于兴庆池东沉香亭前。会花方繁开,上乘照夜白,太真妃以步辇从,诏选梨园弟子中尤者得乐一十六色。……上曰:'赏名花,对妃子,焉用旧乐辞焉!'"龙喜:李德裕《次柳氏旧闻》:"天宝中,兴庆池小龙常出游宫垣南沟水中,蜿蜒奇状,靡不瞻睹。"二句言花娇而迎仙仗于杂树,龙喜仙仗之至而跃起平池,极写玄宗游乐之盛况。

〔4〕"落日"二句:传说汉武帝曾殷勤留西王母宴乐。见《汉武帝内传》。此以王母比杨贵妃。少儿:汉武帝皇后卫子夫、大将军卫青之姊卫少儿。尝与霍仲孺私通,生霍去病。此以少儿比秦国、虢国夫人。二句谓贵妃专宠,秦、虢得幸,隐寓玄宗的荒淫行乐。

〔5〕行乐秘:秘字含讽,言宫中丑事有不可闻于外者,不忍显斥,故曲为秘之。《史记·周文传》载:郎中令周仁"为人阴重不泄","以是得幸。景帝入卧内,于后宫秘戏,仁常在旁。至景帝崩,仁尚为郎中令,终无所言"。

能 画〔1〕

能画毛延寿,投壶郭舍人〔2〕。每蒙天一笑,复似物皆春〔3〕。政化平如水,皇明断若神〔4〕。时时用抵戏,亦未杂风尘〔5〕。

〔1〕此诗通过画画、作投壶游戏、角抵戏等表面升平景象的描写,讽刺唐朝统治者以失政致乱,玩物丧志,必有大乱随之。

〔2〕毛延寿:《西京杂记》卷二:"元帝后宫既多,不得常见。乃使画工图形,案图召幸之。""画工有杜陵毛延寿,为人形,丑好老少,必得其真。"故曰"能画"。投壶:古时一种游戏。《西京杂记》卷五:"武帝时,郭舍人善投壶,以竹为矢,不用棘也。古之投壶,取中而不求还,故实小豆于中,恶其矢跃而出也。郭舍人则激矢令还,一矢百馀反,谓之为骁。……每为武帝投壶,辄赐金帛。"玄宗时,画工如冯绍正之流,侏儒如黄𬱖(玄宗呼为"肉儿")之流,皆得宠幸,故以毛延寿、郭舍人比之。

〔3〕天笑:《神异经·东荒经》:"(东王公)恒与一玉女投壶,每投千二百矫,没有入不出者,天为之嘘嘘。矫出而脱误不接者,天为之笑。"故

李商隐《祭全义县伏波神文》云:"何烦玉女之投壶,方闻天笑。"此指玄宗。二句谓舍人投壶,足动天颜之笑;延寿善画,能令物色生春。以上四句言俳优贱人承恩,骄逸遂生。

〔4〕政化:政事与教化。皇明:天子之明德。《文选·班固〈西都赋〉》:"天人合应,以发皇明。"刘良注:"皇,大也。此则天意人事合应,以发我皇大明之德。"二句谓政治清明,信赏必罚。

〔5〕抵戏:即角抵戏,亦作"角觝"。《汉书·武帝纪》:"(元封)三年春,作角抵戏。"颜师古注引文颖曰:"名此乐为角抵者,两两相当角力,角技艺射御,故名角抵,盖杂技乐也。"此泛称各种乐舞杂技,意同百戏。风尘:指安史之乱。后四句谓果能政化如水,皇明若神,虽时用抵戏,亦无妨治乱。治乱得失,要在任用得人与否。可惜玄宗没有做到这样。故《唐宋诗醇》卷十七评此诗曰:"自古国家,未有不失政而后致乱者。使明皇卒任姚、宋、九龄诸人,即此二者,诚属细事。至于所任非人,林甫、国忠继进,而斗鸡舞马与一切丧志之具,罔不类聚,而大乱随之矣。甫盖身历治乱之交,故言之切当如此。"

斗鸡〔1〕

斗鸡初赐锦〔2〕,舞马既登床〔3〕。帝下宫人出,楼前御柳长〔4〕。仙游终一阕,女乐久无香〔5〕。寂寞骊山道,清秋草木黄〔6〕。

〔1〕斗鸡、舞马,是玩物丧志的表现,作者回忆当年唐玄帝乐此不疲终遭祸乱。经过作者对这一段历史的反思,更见痛定思痛之慨。

〔2〕"斗鸡"句:陈鸿《东城老父传》云:玄宗以乙酉年生而喜斗鸡,

"在藩邸时,乐民间清明节斗鸡戏。及即位,治鸡坊于两宫间,索长安雄鸡,金毫、铁距、高冠、昂尾千数,养于鸡坊,选六军小儿五百人,使驯扰教饲。上之好之,民风尤甚。""帝出游,见(贾)昌弄木鸡于云龙门道旁",召入,为五百小儿长,"天子甚爱幸之,金帛之赐,日至其家","天下号为'神鸡童'"。赐锦指此。

〔3〕舞马句:《明皇杂录·补遗》:"玄宗尝命教舞马四百蹄各为左右,分为部目,为某家宠、某家骄。时塞外亦有善马来贡者,上俾之教习,无不曲尽其妙。因命衣以文绣,络以金银,饰其鬃鬣,间杂珠玉。其曲谓之《倾杯乐》者数十回,奋首鼓尾,纵横应节。又施三层板床,乘马而上,旋转如飞。或命壮士举一榻,马舞于榻上,乐工数人立左右前后,皆衣淡黄衫、文玉带,必求少年而姿貌美秀者。每千秋节,命舞于勤政楼下。"

〔4〕"帘下"二句:《明皇杂录》卷下:"每赐宴设酺会,则上御勤政楼。……府县教坊大陈山车旱船、寻橦走索、丸剑角抵、戏马斗鸡。又令宫女数百,饰以珠翠,衣以锦绣,自帷中出,击雷鼓为《破阵乐》、《太平乐》、《上元乐》。又引大象、犀牛入场,或拜舞,动中音律。每正月望夜,又御勤政楼,观作乐。贵臣戚里官设看楼,夜阑,既遣宫女于楼前歌舞以娱之。"崔令钦《教坊记》亦云:"楼下戏出队,宜春院人少,即以云韶添之。云韶谓之'宫人',盖贱隶也。""舞人初出乐次,皆是缦衣,舞之第二叠,相聚场中,即于众中从领上抽去笼衫,各内怀中。观者忽见众女咸文绣炳焕,莫不惊异。""帘下"二句,即指此番景象。楼前,即勤政楼前。御柳,白居易《勤政楼西老柳》诗:"半朽临风树,多情立马人。开元一株柳,长庆二年春。"观此,杜诗真可谓实录。

〔5〕仙游:即指上述宴乐游戏。閟(bì 必):闭,止息。二句谓玄宗晏驾。玄宗既死,则荒宴停止,女乐无香。

〔6〕骊山:为玄宗、贵妃游乐之地。洪迈《容斋三笔》卷六:"先忠宣公在北方,得唐人画《骊山宫殿图》一轴,华清宫居山巅,殿外重帘,宫人

无数,穴帘隙而窥。一时伶官戏剧,品类杂沓,皆列于下。杜一诗(即指此诗)真所谓亲见之也。"时玄宗、贵妃已死,骊山胜景难再,故曰"寂寞"。

历历[1]

历历开元事[2],分明在目前。无端盗贼起,忽已岁时迁[3]。巫峡西江外,秦城北斗边[4]。为郎从白首,卧病数秋天[5]。

〔1〕这首诗以回忆开元、天宝之事开篇,表现出作者对家国的思念和老、病的感慨。

〔2〕历历:众多而分明可数。开元事:指开元太平盛世。

〔3〕无端:无缘无故。此是反语。盗贼起:指安史之乱。从天宝十四载(755)安史之乱爆发,迄今凡十馀年,故曰"岁时迁"。忽已:犹言转眼之间。

〔4〕西江:指长江。秦城:指长安。长安又谓北斗城。二句亦《秋兴八首》其二"夔府孤城落日斜,每依北斗望京华"之意。

〔5〕为郎:广德二年六月,严武荐杜甫为节度参谋、检校尚书工部员外郎。时甫已五十三岁,故曰"白首"。从:听任,有不甘意。数秋天:谓屡经秋日。仇兆鳌曰:"此章承前起后。前三章说承平之世,故以'开元事'括之。后三章说乱离以后,故以'盗贼起'包之。上四乃追述往事,下则自叹夔江衰老也。"(《杜诗详注》卷十七)

洛 阳[1]

洛阳昔陷没,胡马犯潼关[2]。天子初愁思,都人惨别颜[3]。清笳去宫阙,翠盖出关山[4]。故老仍流涕,龙髯幸再攀[5]。

〔1〕此诗由回忆安史之乱,转笔写玄宗乱中蒙难,对玄宗的死,亦流露出一定程度的同情。

〔2〕胡马:指安史叛军。天宝十四载十二月,安史叛军攻陷东都洛阳,所谓"洛阳陷"也。次年六月七日,灵宝败绩,叛军入潼关,所谓"犯潼关"也。

〔3〕天子:指玄宗。初愁思:指潼关破,平安火不至,玄宗始惧而谋幸蜀。"初"字含讽。李德裕《次柳氏旧闻》:"时天下无事,号太平者垂五十年。及羯胡犯阙,乘传递以告,上欲迁幸,复登(花萼相辉)楼置酒,四顾凄怆。""上将去,复留眷眷,因使视楼下有工歌而善《水调》者乎?一少年心悟上意,自言颇工歌,亦善《水调》。使之登楼且歌,歌曰:'山川满目泪沾衣,富贵荣华能几时?不见只今汾水上,唯有年年秋雁飞。'上闻之,潸然出涕,……不待曲终而去。"又:"玄宗西幸,车驾自延英门出,杨国忠请由左藏库而去,上从之。望见千馀人持火炬以俟,上驻跸曰:'何用此为?'国忠对曰:'请焚库积,无为盗守。'上敛容曰:'盗至若不得此,当厚敛于民,不如与之,无重困吾赤子也。'命撤火炬而后行。闻者皆感激流涕,迭相谓曰:'吾君爱人如此,福未艾也。虽太王去豳,何以过此乎?'"所谓"都人惨别颜"也。

〔4〕清笳:凄清之胡笳声。去宫阙:指叛军退出长安。至德二载九月,郭子仪收复长安,贼众夜遁。翠盖:翠羽装饰之华盖。此指天子仪

仗。出关山:指至德二载十月,肃宗入长安,玄宗离蜀还京。

〔5〕故老:长安父老。攀龙髯:《史记·封禅书》:"黄帝采首山铜,铸鼎于荆山下。鼎既成,有龙垂胡髯下迎黄帝。黄帝上骑,群臣后宫从上者七十馀人,龙乃上去。馀小臣不得上,乃悉持龙髯,龙髯拔,堕,堕黄帝之弓。百姓仰望黄帝既上天,乃抱其弓与胡髯号,故后世因其处曰鼎湖,其弓曰乌号。"《旧唐书·玄宗纪》载:至德二载十二月,玄宗由蜀回,"至京师,文武百僚、京城士庶夹道欢呼,靡不流涕"。《资治通鉴》卷二百十九:肃宗至德二载,玄宗返京,"父老在仗外,欢呼且拜。上(指肃宗)令开仗,纵千馀人入谒上皇,曰:'臣等今日复睹二圣相见,死无恨矣!'"故曰"幸再攀"。仇兆鳌曰:"此叙出狩还宫之事,首尾详明,真可谓诗史矣。"(《杜诗详注》卷十七)

骊 山[1]

骊山绝望幸,花萼罢登临[2]。地下无朝烛,人间有赐金[3]。鼎湖龙去远,银海雁飞深[4]。万岁蓬莱日,长悬旧羽林[5]。

〔1〕此诗由回忆当时唐玄宗置温泉宫于骊山、在花萼楼置酒为乐的盛况,转笔写玄宗之死,有抚今追昔之感。

〔2〕骊山:《唐会要·华清宫》:"开元十一年十月五日,置温泉宫于骊山。至天宝六载十月三日,改温泉宫为华清宫。"玄宗宠幸杨贵妃,每岁十月,必至华清宫。花萼:即花萼相辉楼。李德裕《次柳氏旧闻》:"兴庆宫,上(玄宗)潜龙之地,圣历初五王宅也。上性友爱,及即位,立楼于宫之西南垣,署曰'花萼相辉'。朝退,亟与诸王游,或置酒为乐。"今玄宗已升遐,故曰"绝望幸"、"罢登临"。

〔3〕朝烛:玄宗早朝,则秉烛而受朝。今已死归地下,故曰"无朝烛"。玄宗虽殁,但当日颁赐臣下之金尚留人间,可谓遗泽尚存。

〔4〕鼎湖:见前《洛阳》诗注〔5〕。《魏书·李谐传》引《述身赋》曰:"奄升御于鼎湖,忽流哀于四海。"银海:《汉书·刘向传》:"秦始皇帝葬于骊山之阿,下锢三泉,上崇山坟,其高五十馀丈,周回五里有馀,石椁为游馆,人膏为灯烛,水银为江海,黄金为凫雁。"何逊《行经孙氏陵》:"银海终无浪,金凫会不飞。"二句言玄宗驾崩。

〔5〕蓬莱:唐宫名,见前《宿昔》诗注〔2〕。羽林:指皇帝宿卫部队,即万骑军,后改为龙武军,玄宗葬后,用为护陵军。

提封〔1〕

提封汉天下,万国尚同心〔2〕。借问悬车守,何如俭德临〔3〕?
时征俊乂入,莫虑犬羊侵〔4〕。愿戒兵犹火,恩加四海深〔5〕。

〔1〕此首写作者的治国主张。杜甫主张治国在德不在险,要重用俊才,恩加四海,苟如此,何患外族入侵。

〔2〕提封:犹通共,谓举其总数言之。后亦指所管辖之封疆。如《旧唐书·东夷传》:"魏晋已前,近在提封之内,不可许以不臣。"此为后者,指疆域辽阔。万国:犹言天下。

〔3〕悬车:挂车,喻极险要之地。《史记·齐太公世家》:"(桓公)束马悬车登太行,至卑耳山而还。"梁简文帝《弹棋论序》:"乘危则栈山航海,历险则束马悬车。"俭德:节俭之德。《易·否》:"君子以俭德辟难。"《书·太甲上》:"慎乃俭德,惟怀永固。"临:监临。二句谓悬车守险,不如俭德临民,治国在德不在险。此为杜甫一贯主张,再三言之,《有感五

首》其三:"不过行俭德,盗贼本王臣。"《奉酬薛十二丈判官见赠》:"文王日俭德,俊乂始盈庭。"

〔4〕俊乂(yì意):贤德之人,俊杰之士。犬羊:对异族入侵者的蔑称,如安、史之流。二句意较上联更进一层,谓苟能选贤任能,则不虑外患之侵,用贤辅国,始为消弭祸患之要图。

〔5〕戒:警戒,警惕。兵犹火:用兵如玩火。《左传·隐公四年》:"夫兵,犹火也。弗戢,将自焚也。"汪瑗曰:"愿戒兵戈而加恩于百姓,则万国同心,邦本自固,险不必守,夷狄莫侵,而天下治矣。然加恩之道,亦惟修德进贤而已矣。"(《杜律五言补注》卷三)蒋弱六曰:"末章直是奏疏体,丁宁反覆,皆暗切玄宗,隐为后戒,以此结前七首,意最深切。"(《杜诗镜铨》卷十七引)

孤雁[1]

孤雁不饮啄,飞鸣声念群[2]。谁怜一片影,相失万重云[3]。望尽似犹见,哀多如更闻[4]。野鸦无意绪,鸣噪自纷纷[5]。

〔1〕此首约大历二年(767)秋在夔州作。题一作《后飞雁》。诗托孤雁失群之苦,以寓兄弟离别之思。

〔2〕"孤雁"二句:言孤雁思群之苦。孤飞哀鸣,不暇饮啄,正为思念雁群故。

〔3〕片影:谓孤雁失群,形影孤单。万重云:极言孤雁离群之远。

〔4〕"望尽"二句:正写念群之意。雁群远去,望之已尽,孤雁犹似有所见而追飞不已。似犹见,非真见也。孤雁失群,哀鸣不绝,如更闻

其群而呼之者。如更闻,非真闻也。

〔5〕意绪:犹思绪、心绪。孤雁哀鸣为失群,而野鸦鸣噪之时,全无情思,只觉其纷乱聒耳,故讥之为"无意绪"、"自纷纷"。

虎牙行[1]

秋风欻吸吹南国,天地惨惨无颜色[2]。洞庭扬波江汉回,虎牙铜柱皆倾侧[3]。巫峡阴岑朔漠气,峰峦窈窕溪谷黑[4]。杜鹃不来猿狖寒,山鬼幽忧雪霜逼[5]。楚老长嗟忆炎瘴,三尺角弓两斛力[6]。壁立石城横塞起,金错旌竿满云直[7]。渔阳突骑猎青丘,犬戎锁甲围丹极[8]。八荒十年防盗贼[9]:征戍诛求寡妻哭,远客中宵泪沾臆[10]。

〔1〕这首诗为大历二年(767)秋在夔州作。因篇内有"虎牙"二字,故拈以为题,非专咏虎牙。诗前半极写气候的反常变化,后半结合时事,深致世乱民贫之慨。末三句更是一字一泪,正见诗圣杜甫忧国忧民之心。

〔2〕欻(xū虚)吸:犹倏忽,形容迅疾。谢朓《高松赋奉竟陵王教作》:"卷风飚之欻吸,积霰雪之严霏。"南国:犹南方,此指夔州。惨惨:暗淡无光貌。王粲《登楼赋》:"风萧瑟而并兴兮,天惨惨而无色。"

〔3〕江汉:长江、汉水。江汉回,即江汉倒流。虎牙:山名,在今湖北宜昌市东南长江北岸。《文选·郭璞〈江赋〉》:"虎牙嵥竖以屹崒,荆门阙竦而盘礴。"李善注引盛弘之《荆州记》:"郡西溯江六十里,南岸有山,名曰荆门,北岸有山,名虎牙,二山相对,楚之西塞也。虎牙石壁红色,间

有白文,如牙齿状……故因以为名。"铜柱:滩名,在今重庆涪陵区东。《水经注·江水一》:"江水又东径汉平县二百馀里,左自涪陵,东出百馀里而届于黄石,东为铜柱滩。"倾侧:不正。二句写风势之大。

〔4〕阴岑、窈窕:俱深邃貌。骆宾王《帝京篇》:"桂殿阴岑对玉楼,椒房窈窕连金屋。"正是互文见义。朔漠气:即北方寒气。

〔5〕狖(yòu 又):长尾猿。山鬼:即山魈,传说为山中木石之怪。杜鹃、猿狖、山鬼,皆巫峡所有,因气候突变,严寒侵逼,故皆改常。幽忧:深忧。

〔6〕楚老:谓夔人老者。瘴:我国南方山林间湿热蒸发致人疾病之气。炎瘴蒸热,楚老所恶,本不足忆,因苦寒衣单,反而思念。斛(hú 胡):量器名,亦容量单位,古时以十斗为一斛。古人开弓,以斛力计算。《南史·萧子响传》:"子响勇力绝人,开弓四斛力。"今因风寒弓劲,故特费力。亦喻兵象,故引起下文。

〔7〕石城:指夔州城。旌竿:谓军旗。金错:军旗之装饰。满云直:竖立如云,言其多而且高。杜甫《复阴》诗:"万里飞蓬映天过,孤城树羽扬风直。"意象相同,而不及此二句精警。

〔8〕渔阳突骑:指安史叛军。《渔阳》诗亦云:"渔阳突骑犹精锐。"青丘:指山东一带。犬戎:指吐蕃。锁甲:即锁子甲。丹极:皇帝所居。《新唐书·代宗纪》:"(大历二年)九月甲寅,吐蕃寇灵州。乙卯,寇邠州。郭子仪屯于泾阳,京师戒严。"故曰"围丹极"。

〔9〕八荒:八方荒远之地,犹言天下。十年:指天宝十四载(755)安史乱起,到写诗时的大历二年(767)十馀年,举其成数言之。

〔10〕远客:甫自谓。中宵:半夜。臆:胸。末三句谓十年战乱,丈夫征役在外,多成鬼物,唯寡妻守家,复苦诛求,诗人长期漂泊在外,贫病交加,同病相怜,不禁泪洒胸襟。

观公孙大娘弟子舞《剑器》行并序[1]

　　大历二年十月十九日,夔州别驾元持宅见临颍李十二娘舞《剑器》,壮其蔚跂[2]。问其所师,曰:"余公孙大娘弟子也。"开元五载,余尚童稚,记于郾城观公孙氏舞《剑器浑脱》,浏漓顿挫,独出冠时[3]。自高头宜春、梨园二伎坊内人,洎外供奉舞女,晓是舞者,圣文神武皇帝初,公孙一人而已[4]。玉貌锦衣,况余白首[5]！今兹弟子,亦匪盛颜[6]。既辨其由来,知波澜莫二[7]。抚事慷慨,聊为《剑器行》[8]。昔者吴人张旭善草书书帖,数尝于邺县见公孙大娘舞《西河剑器》,自此草书长进,豪荡感激,即公孙可知矣[9]。

昔有佳人公孙氏,一舞《剑器》动四方[10]。观者如山色沮丧[11],天地为之久低昂[12]。㸌如羿射九日落[13],矫如群帝骖龙翔[14]。来如雷霆收震怒[15],罢如江海凝清光[16]。绛唇珠袖两寂寞[17],晚有弟子传芬芳[18]。临颍美人在白帝[19],妙舞此曲神扬扬[20]。与余问答既有以[21],感时抚事增惋伤[22]。先帝侍女八千人[23],公孙剑器初第一[24]。五十年间似反掌[25],风尘澒洞昏王室[26]。梨园弟子散如烟,女乐余姿映寒日[27]。金粟堆南木已拱[28],瞿塘石城草萧瑟[29]。玳筵急管曲复终[30],乐极哀来月东出。老夫不知其所往,足茧荒山转愁疾[31]。

〔1〕公孙大娘是唐玄宗时内廷歌舞机构的一位优秀的舞蹈家。《剑器》是她擅长的一种"健舞"(即武舞),舞时着军服,持剑。唐代宗大历二年(767)十月十九日,杜甫在夔州看到公孙大娘的弟子李十二娘表演《剑器》舞,于是写了这首诗。诗从热情赞扬公孙大娘师徒舞艺精绝写起,抒发了唐王朝盛衰和自身漂泊的感慨。

〔2〕别驾:州官的属员。临颍:今河南临颍县。壮:作动词用,激赏的意思。蔚跂(wèi qǐ 卫企):光彩照人,姿态豪健。

〔3〕开元五载:公元717年,杜甫六岁。郾(yǎn 掩)城:今河南漯河市郾城区。《剑器浑脱》:《剑器》和《浑脱》两种武舞综合而成的一种舞蹈。浏漓(liú lí 流离)顿挫:形容舞蹈动作干净利索而有节奏。冠时:当时第一。

〔4〕高头:前头,意思是常在皇帝面前。宜春、梨园二伎坊:伎坊(即教坊)是唐皇宫内教练歌舞人员的机构,宜春院和梨园是这类机构的名称。因其设在宫禁内,是内教坊,亦可谓内供奉。外供奉:则指设在宫禁外的左、右教坊以及其他杂应官妓。洎(jì 寄):及,到。晓:通晓。圣文神武皇帝:唐玄宗的尊号。

〔5〕"玉貌"句:意思是公孙大娘当时年轻貌美,那时我还是小孩;现在我已白发苍苍,公孙大娘的变化也就可想而知了。

〔6〕兹:这个。匪:不是。盛颜:年轻的容貌。

〔7〕"既辨"句:是说既然弄清了她(李十二娘)的舞艺的渊源,便知道她的舞蹈风格同公孙大娘完全一样。

〔8〕抚事:缅怀往事。慷慨:心情激动。聊为:姑且写作。

〔9〕张旭:唐代书法家,擅长草书,在当时有"草圣"之称。他曾经说过:"见公孙氏舞《剑器》,而得其神(也就是从中领会到了写字运笔的

诀窍)。"(《唐国史补》卷上)书帖:写在纸或帛上。邺(yè业)城:今河南安阳市。《西河剑器》:用西河(黄河以西地区)乐曲伴奏的《剑器舞》。感激:激动。即:则,那么。

〔10〕动四方:轰动四方。

〔11〕如山:形容人多。色沮(jǔ举)丧:神色不安,这里指由于惊奇而面为改色。

〔12〕低昂:一起一伏,表示震动。

〔13〕㸌(huò或):闪烁的样子。羿(yì亿):上古神话中善射的英雄,传说:"尧时十日并出,草木焦枯。尧命羿仰射十日,中其九日。"(《楚辞·天问》王逸注)由此以下四句,都是形容公孙大娘的舞蹈动作。

〔14〕矫:矫健。群帝:众天神。骖(cān餐)龙翔:驾着。

〔15〕"来如"句:形容起舞如霹雳轰鸣,令观者振奋。来:起舞。雷霆(tíng庭):霹雷。收:毕亨《九水山房文集·答友人书》谓当作"挟(chì翅)"字,是由于与"收"字形近而讹。扬雄《羽猎赋》:"神挟雷击。"师古注:"言所挟击如鬼神雷霆也。""挟"是击、笞打的意思。"挟震怒",意谓雷霆怒而震击大地,形容舞者动作迅疾,剑光如闪电。

〔16〕罢:停止。凝清光:江海静止不流时水光凝然,比喻舞毕时舞者手中宝剑发出的剑光。

〔17〕绛(jiàng匠)唇:红唇,指公孙大娘。珠袖:指公孙大娘的舞姿。两寂寞:人和舞一起看不到了。

〔18〕芬芳:香气,这里指舞艺的高超美妙。

〔19〕临颍美人:指李十二娘。白帝:即白帝城。

〔20〕神扬扬:神态飞动。

〔21〕既有以:即诗序中所说"既辨其由来"。以:因,由来。

〔22〕感时:为动乱的时局而感慨。惋伤:惋惜、悲伤。以下抒发所引起的感慨。

〔23〕先帝:对已死的皇帝的称呼,这里指唐玄宗。

〔24〕初第一:是说公孙大娘从开始时就是第一。初,最初,本来。

〔25〕五十年:指从开元五年(717)到大历二年(767)。反掌:比喻容易,这里是形容时间过得快。

〔26〕风尘:指安史之乱。澒(hòng 讧)洞:广漠无边的样子。昏:作动词用,使朝廷衰败。

〔27〕"梨园"二句:安史乱中,京城的乐工流落四方,大非原先的光景了。女乐:歌女、舞女。馀姿:容色中衰,即诗序中所说"亦匪盛颜"。时在十月十九日,故云"馀姿映寒日",里边也包含着日暮穷途,身世凄凉的意思。

〔28〕金粟堆:即金粟山,在今陕西蒲城县,唐玄宗埋葬的地方。木已拱:树木已长大,形容唐玄宗已死了多年。拱,合抱。

〔29〕瞿塘:峡名,长江三峡之一,在夔州东。石城:指白帝城。萧瑟:萧条衰败。

〔30〕玳(dài 代)筵:盛宴,指元持宅的宴会。急管:繁剧的音乐。管是管乐。曲复终:照应安史之乱前观公孙大娘舞《剑器》的事,以引起和增强下句所说"乐极哀来"的情绪。

〔31〕"老夫"二句:写席散后作者心情。老夫:作者自称。不知其所往:不知到什么地方去好。足茧荒山:是说行走艰难迟缓。足茧,脚底生硬皮。转愁疾:反而嫌走得快,意思是不忍离去。

冬至[1]

年年至日长为客[2],忽忽穷愁泥杀人[3]。江上形容吾独老,天涯风俗自相亲[4]。杖藜雪后临丹壑,鸣玉朝来散紫宸[5]。心折此时无一寸,路迷何处是三秦[6]。

〔1〕此为大历二年(767)在夔州作。诗人因长期漂泊之苦,而忆长安在朝之时,感慨良深。

〔2〕至日:即冬至日。长为客:杜甫自乾元二年(759)弃官客秦州,至今已有八九年,故云。"长为客"三字,为一诗纲领。

〔3〕忽忽:恍惚失意貌。泥(nì逆),软缠,胶滞。年年为客,穷愁无已,似在有意缠人不放。

〔4〕江上、天涯:俱指夔州言。吾独老:则别人或不如此,"独"字凄怆。自相亲:人自相亲,而不与我亲,正客中苦况。汉乐府《饮马长城窟行》:"入门各自媚,谁肯相为言。"陆云《答张士然》:"百城各异俗,千室非良邻。欢旧难假合,风土岂虚亲。"此即其意。甫《十月一日》诗亦云:"旧俗自相欢。"

〔5〕杖藜:持藜茎为杖,泛指扶杖而行。丹壑:红色的山谷。鸣玉:"乘马鸣玉珂"的省文。玉珂,马勒以贝饰之,色白如玉,行走振动则有声。紫宸:殿名,在长安大明宫内。甫任左拾遗时有《紫宸殿退朝口号》诗。又《春宿左省》诗云:"不寝听金钥,因风想玉珂。"甫所忆者此也。二句谓我丹壑杖藜之际,正是长安百官散朝之时。二句感叹荣枯悬殊。

〔6〕心折:犹心碎。心大不过方寸,故曰寸心。寸心既折,故曰"无一寸"。三秦:即今陕西关中地区,此指长安。诗言我漂泊独老,诸公尚在朝中,荣瘁悬殊,每念及此,不觉肠断心碎。何处是,正是心折之语。

短歌行赠王郎司直[1]

王郎酒酣拔剑斫地歌莫哀[2]!我能拔尔抑塞磊落之奇

才[3]。豫章翻风白日动,鲸鱼跋浪沧溟开[4]。且脱佩剑休徘徊[5]!西得诸侯棹锦水,欲向何门趿珠履[6]?仲宣楼头春色深[7];青眼高歌望吾子,眼中之人吾老矣[8]!

〔1〕这首诗为大历三年(768)暮春在江陵送别王郎作。王郎,不详何人。杜甫在成都作《戏赠友二首》,其二曰:"元年建巳月,官有王司直。"当即此人。司直,官名。一在大理寺,一为东宫官属。《旧唐书·职官三·大理寺》:"司直六人,从六品上","掌出使推核"。又《东宫官属》:"司直一人,正九品上","掌弹劾官僚,纠举职事"。曾国藩《求阙斋读书录》卷七:"《短歌行》,瑰玮顿挫,跌宕票姚,可谓空前绝后。"

〔2〕酒酣:半醉。左思《咏史八首》其六:"荆轲饮燕市,酒酣气益震。哀歌和渐离,谓若傍无人。"拔剑斫地:鲍照《拟行路难》其六:"对案不能食,拔剑击柱长叹息。"

〔3〕拔:提拔,拔擢。抑塞:犹抑郁,谓才不得展。磊落:光明坦荡。

〔4〕"豫章"二句:以大木大鱼喻王之奇才。豫章,大木,樟类。陆贾《新语·资质》:"夫楩楠豫章,天下之名木,生于深山之中,产于溪谷之傍,立则为太山众木之宗,仆则为万世之用。"《神异经·东荒经》:"东方荒外有豫章焉,此树主九州,其高千丈,围百尺,本上三百丈。"白日动:树大则风大,白日为之动。跋浪,犹乘浪。沧溟,即碧海。鲸掀巨浪,沧溟为之开。

〔5〕脱:取下。徘徊:犹豫不决,指哀歌之态。既能翻风跋浪,奇才终当大用,何须拔剑悲歌耶?故曰"休徘徊"。

〔6〕"西得"二句:时王郎将西入蜀。诸侯,即指蜀中节镇。得:得其信任。锦水,即锦江,在成都。棹,划水行船。趿(sà飒):《说文·足部》:"趿,进足有所撷取也。"珠履,缀珠之鞋。《史记·春申君列传》:"春申君客三千馀人,其上客皆蹑珠履以见赵使。"李白《寄韦南陵冰》:

"堂上三千珠履客。"二句谓王郎西去成都干谒诸侯,将去做谁的上客呢?向何门:戒其谨慎择人。

〔7〕"仲宣"句:此句点明送别之时、地。王粲,字仲宣,避乱荆州依刘表,曾作《登楼赋》,后人遂称其所登之楼为"仲宣楼"。

〔8〕青眼:《晋书·阮籍传》:"籍又能为青白眼。"待贤者以青眼,待不肖者以白眼。高歌:犹放歌。吾子:相亲之词,指王郎。望,望其得遇知己以施展奇才。眼中之人,指王郎。陆云《答张士然》诗:"感念桑梓域,仿佛眼中人。"邢邵《七夕》诗:"不见眼中人,谁堪机上织。"浦起龙曰:"在王则劝之'莫哀',在我则'高歌'以'望',照耀生动。结又以单词鼓励之,以为'眼中之人',如吾者则老而无所用耳,言下跃然。"(《读杜心解》卷二之三)

江汉[1]

江汉思归客,乾坤一腐儒[2]。片云天共远,永夜月同孤[3]。落日心犹壮[4],秋风病欲苏[5]。古来存老马,不必取长途[6]。

〔1〕唐代宗大历三年(768)正月,杜甫离开夔州,由三峡出川,在江陵留住到秋天始前往公安。这首诗大约作于到公安前后。这一带处在长江、汉水间,故以《江汉》为题。诗人年老多病,行止无定,但并不消极悲观,诗中抒发的是身虽老病而壮心不已的情怀,写景抒情,融合在一起,在艺术上可谓匠心独运。

〔2〕"江汉"二句:都是说自己。身在江汉,念念不忘归故乡、还长安,所以自称"思归客"。乾坤,天地间。腐儒,指自己,有自嘲的意思,

谓虽然是饱学之士,却未能免于穷困流离。自称"一腐儒",又上着"乾坤"二字,亦含有自负的意思,谓像自己这样"穷年忧黎元"的人甚少。

〔3〕"片云"二句:慨叹行止像片云一般飘荡天际,境遇像长夜明月一样孤单无依。永夜,长夜。

〔4〕落日:既写实景,又兼寓自己已到暮年。这年杜甫五十七岁,所以用"落日"作比喻。心犹壮:即曹操《龟虽寿》"烈士暮年,壮心不已"之意。

〔5〕"秋风"句:是说时当秋季,而病反倒要好了。这里不悲秋,反说病愈,见得作者心情颇昂扬。苏,复生,指病愈。

〔6〕"古来"二句:用老马识途的故事说明自己犹可有所作为。《韩非子·说林》:"(齐)桓公伐孤竹,返,迷惑失道。管仲曰:'老马之智可用也。'乃放老马而随之,遂得道焉。"这里是比喻自己虽身体衰弱,但经验还可用。意思是希望为朝廷所用。

登岳阳楼[1]

昔闻洞庭水,今上岳阳楼。吴楚东南坼[2],乾坤日夜浮[3]。亲朋无一字,老病有孤舟[4]。戎马关山北[5],凭轩涕泗流[6]。

〔1〕岳阳楼是岳阳城西门楼,前临洞庭湖。唐代宗大历三年(768)腊月,杜甫由公安南来,泊舟岳阳城下,登楼远眺,对景生情,写了这首诗。前四句赞叹久已闻名的洞庭湖的宏伟壮阔,后四句抒发个人飘零孤独的悲哀,感慨战乱不停。意境浑厚,语言质朴,对仗工整而自然,是杜甫律诗中的名篇。

〔2〕吴楚:周代二国名,后来人们仍用作长江中下游地方的代称。坼(chè彻):分开。洞庭湖大致在楚地的东南部,吴地又在湖的东南方,两地宛如为湖水所界开,所以说"坼"。

〔3〕"乾坤"句:《水经注·湘水》说:"洞庭湖水,广圆五百馀里,日月若出没于其中。"这里着一"浮"字,极力形容湖面的广阔,气势的宏伟,谓整个宇宙都好像浮在湖面上。

〔4〕"亲朋"二句:抒写由景色之壮观而引起的老病漂泊的孤寂之感。字,指书信。

〔5〕"戎马"句:是说北方有战事。这年秋冬,吐蕃仍侵掠陇右、关中一带,长安戒严,唐王朝调兵抗击。

〔6〕"凭轩"句:扣登楼感怀的主题。凭轩,依靠楼窗。涕泗(sì四),眼泪和鼻涕,形容心情沉痛,不禁哭泣。

岁晏行[1]

岁云暮矣多北风[2],潇湘洞庭白雪中。渔父天寒网罟冻[3],莫徭射雁鸣桑弓[4]。去年米贵缺军食[5],今年米贱太伤农[6]。高马达官厌酒肉,此辈杼柚茅茨空[7]。楚人重鱼不重鸟,汝休枉杀南飞鸿[8]。况闻处处鬻男女,割慈忍爱还租庸[9]。往日用钱捉私铸,今许铅铁和青铜[10]。刻泥为之最易得[11],好恶不合长相蒙[12]。万国城头吹画角,此曲哀怨何时终[13]?

〔1〕这首诗大约作于唐代宗大历三年(768),标题作"岁晏行",自

然是在年底。诗就当时的见闻,从多方面反映了劳动人民的艰难困苦,特别是由于赋税繁重,到处有人被迫卖儿卖女。中间还对以射猎为生的少数民族表示同情,更是难能可贵。

〔2〕云:句中助词,没有意义。

〔3〕"渔父"句:天寒水冻,渔民难以下网捕捞。罟(gǔ古):网。

〔4〕莫徭:湖南一种少数民族。《隋书·地理志下》:"长沙郡又杂有夷蜒(dàn但),名曰莫徭。"中唐诗人刘禹锡有《连州腊日观莫徭猎》诗,可见莫徭长于射猎。桑弓:桑木做的弓。开弓射箭有声响,所以说"鸣"。

〔5〕缺军食:据《旧唐书·代宗纪》,大历二年(767)十一月,唐王朝令官僚、百姓捐钱,以助军粮。这自然加重对人民的压榨。

〔6〕伤农:粮价被削减,农民的收入因而减少。

〔7〕"高马"二句:承上句,拿达官贵人享乐生活作对比,写农民穷困到无法维持生活。厌:同"餍",吃饱喝足的意思。杼(zhù住)柚:织布工具。男耕女织,是自然经济条件下农村劳动人民的特点。茅茨(cí雌):草屋。空:是说劳动人民辛勤终年,但落得一无所有。

〔8〕"楚人"二句:照应前面"莫徭"句,说楚人既不好吃鸟肉,莫徭射雁也不能换来收入,岂不是白害鸿雁的生命!《风俗通》中说:"吴楚之人,嗜鱼盐,不重禽兽之肉。"这里说"枉杀",本意是在于说明莫徭猎禽也改变不了穷困处境。楚人,湖北、湖南一带人。

〔9〕"况闻"二句:控诉赋税的苛重。鬻(yù语),出卖。租庸,唐王朝曾实行"租庸调"的赋役制度,每丁岁纳租粟二石或稻三斛,叫做"租";每户纳绢二匹,绫绸各二丈,棉三两,麻三斤,非蚕乡则输银十四两,叫做"调";每丁岁服劳役二十日,不能服役,一天纳绫绢绸三尺,叫做"庸"(见《旧唐书·食货志》)。安史之乱以后,朝廷及地方官府横征暴敛,劳动人民的负担更重。这里所说的"租庸",实际上包括了一切苛

捐杂税。

〔10〕"往日"二句:抨击朝廷容许地主商人私铸铜钱。唐初曾禁止私铸钱,规定"盗铸者身死,家口配没"(见《旧唐书·食货志》)。天宝以后,地主商人私铸钱,在铜里掺和铅锡,牟取暴利。官府听之任之,所以说"今许"。

〔11〕"刻泥"句:旧注为"以泥为铸模"。实际上这是一句气话,意思是用泥土做成钱岂不是更容易,更不费成本!

〔12〕"好恶"句:申明必须禁止私铸,不应让好钱和坏钱长相蒙混下去。

〔13〕"万国"二句:现在到处是战乱,老百姓的苦难没个完了,这首诗发出的哀怨也就没有穷尽的时候。万国,到处。军中用鼓角指挥,所以"吹画角",就是指战争。用此二句作结,艺术地表达了作者对人民疾苦的深切同情。

南征〔1〕

春岸桃花水〔2〕,云帆枫树林〔3〕。偷生长避地〔4〕,适远更沾襟〔5〕。老病南征日,君恩北望心〔6〕。百年歌自苦,未见有知音〔7〕。

〔1〕这首诗作于唐代宗大历四年(769)春,杜甫从岳阳南行途中,故题称"南征"。他从沿江景物写起,进而抒发情怀,有抱病漂泊的感慨,怀才不遇的牢骚,对皇帝的依恋等,心情是复杂而沉重的。

〔2〕桃花水:春三月桃花盛开,春水时生,因称作"桃花水"。

〔3〕云帆:张帆如云。江岸有枫树林,为楚地特色,故云。

〔4〕偷生:苟且地活着。避地:逃难。杜甫从乾元二年(759)弃官去秦州,十年来一直辗转逃难,所以说"长避地"。

〔5〕适远:杜甫出川原拟归乡,而现在又往南跑,越走越远。沾襟:悲哀落泪,沾湿衣襟。

〔6〕"老病"二句:补充说明悲哀缘故,一是南征之日,已是年老多病,二是回首北望,难忘君恩。多病,杜甫这时病肺、耳聋、眼花。君恩,指唐代宗曾因严武推荐任命杜甫为检校工部员外郎而言。

〔7〕"百年"二句:慨叹一生作诗,用心甚苦,却赏识者甚少。古诗云:"不愁歌者苦,但伤知音稀。"杜甫的心情正是这样。天宝末年,殷璠编《河岳英灵集》,未收杜甫诗。这反映了杜甫诗尚未引起社会上广泛的注意。然而,正如他在《偶题》中所说"文章千古事,得失寸心知",见得他还是很自负的。正因如此,也才更感"未见有知音"之苦。所以说出"歌自苦"的牢骚话。歌自苦,犹说作诗自讨苦吃。

遣遇[1]

磬折辞主人[2],开帆驾洪涛[3]。春水满南国[4],朱崖云日高[5]。舟子废寝食[6],飘风争所操[7]。我行匪利涉[8],谢尔从者劳[9]。石间采蕨女[10],鬻市输官曹[11]。丈夫死百役[12],暮返空村号[13]。闻见事略同,刻剥及锥刀[14]。贵人岂不仁,视汝如莠蒿[15]。索钱多门户[16],丧乱纷嗷嗷[17]。奈何黠吏徒[18],渔夺成逋逃[19]。自喜遂生理,花时甘缊袍[20]。

〔1〕唐代宗大历四年(769)春,杜甫由岳阳往潭州(今湖南长沙市),沿途耳闻目睹到繁重的赋役给劳动人民造成严重的苦难。这首诗就是写这种见闻感受,对官吏不顾人民的死活表示愤慨,诗末以自己还能勉强生活下去聊作自慰。题作《遣遇》,意即抒发由所遇之事所引起的感慨。

〔2〕磬(qìng 庆)折:鞠躬。磬是玉或石做的一种乐器,形状曲折。人行礼时弯腰,如磬体曲折一般,故云。主人:指在岳阳所依或所交的当地人。

〔3〕驾:凌驾。洪涛:波涛汹涌的江水。

〔4〕南国:南方,这里指湖南一带。

〔5〕朱崖:长沙一带湘江岸上的丹崖,因土质呈红色,望去如同丹霞,故名。云日高:写开帆时景象。杜诗多"云日"两字连用。高即高照的意思。

〔6〕舟子:船夫。

〔7〕"飘风"句:遇恶风,船夫必须与风浪苦斗方能前进,所以说"争"。所操,即指驾驶行船。

〔8〕"我行"句:作者沿湘江南去,逆水行舟,又遭风浪,极不顺利。匪,不是。涉,渡河,这里指走水路。

〔9〕尔:你,你们。从者:指船夫。劳:劳苦。

〔10〕蕨(jué 决):一种野草,可以食用。

〔11〕"鬻(yù 育)市"句:是说采蕨妇女无法交纳苛税,被逼卖蕨草得钱纳税。鬻市:到集上出卖。输:交纳。官曹:官府衙门。曹是衙门内分科办事的机构。

〔12〕死百役:被繁重的劳役折磨致死。百,极言其多。

〔13〕空村:村中人烟稀少。是说苛重赋役造成的恶果。号(háo

373

毫):大声地哭。

〔14〕"闻见"二句:是说所见所闻都是这类横征暴敛下人民受苦的情况。锥刀,锥刀之末的省文,比喻赋税苛重,连一点细小的财物也被剥夺去。

〔15〕"贵人"二句:用反诘语气,讽刺唐王朝统治集团视人民如草芥。贵人,指朝廷统治集团。莠蒿(yǒu hāo 友毫阴平),狗尾巴草和青蒿,比喻微不足道的东西。视人民如莠蒿,即"不仁"的表现。这里说"岂不仁",紧跟着一句"不仁"的表现,见得实际上是"不仁"。所以下面继续申述暴敛的惨象。

〔16〕多门户:是说征敛的来头、花样很多。

〔17〕嗷嗷:众多的哀鸣声。

〔18〕黠(xiá 狭):狡诈。

〔19〕渔夺:像渔人捕鱼般地掠夺百姓财物。逋(bū 部阴平)逃:逃亡,指百姓被逼得离乡背井。

〔20〕"自喜"二句:意思是同水深火热中的百姓相比,自己总还算生活得下去。虽然春暖花开时节还穿着旧棉衣,见得颇为贫困,但也感到自幸自足了。用这样的话来自慰,一方面反映了作者无可奈何的境遇,另一方面也表现出当时百姓困苦不堪之甚。遂生理,生活过得去,无饥馑之忧。缊(yùn 运)袍,用旧棉絮或乱麻做的袍子。

客从[1]

客从南溟来[2],遗我泉客珠[3]。珠中有隐字,欲辨不成书[4]。缄之箧笥久[5],以俟公家须[6]。开视化为血[7],哀今征敛无[8]。

〔1〕这首诗大约作于唐代宗大历四年(769)。这年三月,唐王朝派御史向商人征税。诗用寓言形式,末句点明主题,谴责统治集团横征暴敛,苛刻搜刮。客从:取首二字为题。本诗前半首仿自汉乐府《饮马长城窟行》。

〔2〕客:假定某一个人。南溟(míng 铭):南海。

〔3〕遗(wèi 位):赠送。泉客:即鲛(jiāo 交)人。古代传说:鲛人像鱼那样生活在水中,擅长织绡,"眼能泣珠"(《博物志》)。

〔4〕"珠中"二句:珠中隐藏着文字,却看不清楚。言外之意是,统治集团强迫南海人民贡献珍珠,人民饱受痛苦,却无法诉说。杜甫前有《自平》诗:"自平宫中吕太一,收珠南海千馀日。"《诸将五首》:"越裳翡翠无消息,南海明珠久寂寥。"可见当时珠玑之赋很重。

〔5〕缄(jiān 肩):封藏。箧笥(qiè sì 切四):小箱子。

〔6〕俟:等待。须:需要。

〔7〕开视:打开小箱子看。化为血:谓珠已化为鲛人之血。这是从珠为鲛人泣泪而成的传说生发出来的。作者寄寓的意思是:官府所征敛的都是劳动人民的血汗,即所谓民脂民膏。

〔8〕"哀今"句:伤心的是再也没有珠子应付官府的征敛。征敛无:无珠以应付官府的搜刮。其实是说横征暴敛,弄得老百姓已经到了一无所有的地步。

蚕谷行〔1〕

天下郡国向万城,无有一城无甲兵〔2〕!焉得铸甲作农器〔3〕,一寸荒田牛得耕〔4〕。牛尽耕,蚕亦成。不劳烈士泪滂沱[5],男谷女丝行复歌[6]。

〔1〕这首诗当为大历四年(769)在湖南作。久经战乱,农桑荒废,民生凋敝,饱经漂泊之苦的诗人,渴望停止战争,恢复生产,使人民过上安居乐业的生活。

〔2〕向:将近。甲兵:喻战乱。据史载:大历三年,商州兵马使刘洽反,幽州兵马使朱希彩反,四年,广州人冯崇道、桂州人朱济时反,吐蕃又连年入侵,河北藩镇拥兵割据,故曰"无有一城无甲兵"。

〔3〕焉得:安得、怎得。铸甲作农器:将武器销毁做成农具。《洗兵马》云:"安得壮士挽天河,净洗甲兵长不用!"此则更进一层,铸甲为器,恢复生产。

〔4〕一寸:每寸。意谓不荒废一寸土地。

〔5〕烈士:指战士。仇兆鳌曰:"必销兵之后,民始复业,末云'烈士',见当时征戍之士即农民耳。"(《杜诗详注》卷二十三)滂沱:雨大貌,形容泪落如滂沱大雨。

〔6〕男谷女丝:即男耕女织。行复歌:一边劳作一边唱歌。指人民安居乐业。行,犹作。

朱凤行[1]

君不见潇湘之山衡山高,山巅朱凤声嗷嗷[2]。侧身长顾求其曹,翅垂口噤心劳劳[3]。下愍百鸟在罗网,黄雀最小犹难逃[4]。愿分竹实及蝼蚁,尽使鸱枭相怒号[5]。

〔1〕这首诗为大历四年(769)在湖南作。朱凤,红色的凤凰。古人以凤为神鸟,称为鸟王。常以喻贤能之人。此则作者自喻,抒其孤栖失志犹不向恶势力低头之怀抱。朱鹤龄曰:"刘桢诗:'凤凰集南岳,徘徊孤竹根。……岂不长勤苦,羞与黄雀群。'公诗似取其意而反之。羞群黄雀者,凤采之高翔;下愍黄雀者,凤德之广覆也。所食竹实愿分之以及蝼蚁,而鸱枭则一听怒号,此即'驱出六合枭鸾分'意也。诗旨苞蕴甚远。"(《杜工部诗集辑注》卷二十)

〔2〕潇、湘:湖南二水名,此泛指湖南。衡山:即五岳之一的南岳,一名岣嵝山,在湖南境内。山有七十二峰,以祝融、天柱等五峰为最大。杜甫《望岳》诗:"南岳配朱鸟,秩礼自百王。"张衡《思玄赋》:"前祝融使举麾兮,缅朱鸟以承旗。"朱鸟,即朱凤。嗷嗷:愁叹声。

〔3〕长顾:引颈远望。曹:同群、同伙、同道。口噤:闭口不作声。劳劳:惆怅忧伤貌。二句谓朱凤生不遇时,孤独失意。

〔4〕愍:同"悯",怜恤。百鸟在罗网:喻老百姓处于水深火热之中。浦起龙曰:"鸟、雀、蝼蚁,俱喻困征敛之穷民。"(《读杜心解》卷二之三)

〔5〕竹实:竹子所结之实,又名竹米,传为凤凰所食。《韩诗外传》卷八:"凤乃止帝东国,集帝梧桐,食帝竹实,没身不去。"此句亦"盘飧老夫食,分减及溪鱼"(《秋野五首》其一)、"减米散同舟,路难思共济"(《解忧》)意。鸱枭(chī xiāo 嗤消):即猫头鹰。古人认为是一种恶鸟。枭,又作"鸮"。贾谊《吊屈原赋》:"鸾凤伏窜兮鸱鸮翱翔。"比喻压迫平民百姓的贪官恶吏。《庄子·秋水》:"南方有鸟,其名为鹓雏(亦凤类鸟),……非梧桐不止,非练实(即竹实)不食,非醴泉不饮。于是鸱得腐鼠,鹓雏过之,仰而视之曰:'吓!'"此化用其意。杨伦曰:"言但能泽及下民,即逢权奸之怒,亦所不计也。"(《杜诗镜铨》卷二十)

苏大侍御访江浦，赋八韵记异并序[1]

　　苏大侍御涣，静者也[2]。旅于江侧，不交州府之客，人事都绝久矣[3]。肩舆江浦[4]，忽访老夫舟楫。已而茶酒内，余请诵近诗[5]，肯吟数首，才力素壮，辞句动人。接对明日，忆其涌思雷出，书筐几杖之外，殷殷留金石声[6]。赋八韵记异，亦见老夫倾倒于苏至矣[7]。

庞公不浪出[8]，苏氏今有之[9]。再闻诵新作，突过黄初诗[10]。乾坤几反覆[11]，扬马宜同时[12]。今晨清镜中，胜食斋房芝。余发喜却变，白间生黑丝[13]。昨夜舟火灭[14]，湘娥帘外悲[15]。百灵未敢散[16]，风波寒江迟[17]。

〔1〕唐代宗大历四年(769)秋，杜甫住在潭州江边舟中。同时流寓潭州的苏涣来访，谈得很投机。苏涣吟诵了自己的诗篇，杜甫大为感动，于是写了这首诗，热情赞扬苏涣诗歌的惊人成就。苏涣，四川人，早年能武，曾强取富豪、大商人的财物，被人称为"盗"，后考中进士，做过御史。后来，苏涣到广州赞助哥舒晃起兵，杀岭南节度使吕崇贲，失败被杀。他的诗现仅存四首，有反映民间疾苦和讽刺黑暗统治势力之作。这大概是使杜甫倾心钦佩的原因。大，是苏涣的行第。八韵，即十六句。现在这首诗只有十四句，可能是佚失了两句。杜甫认为这次会见很不平常，所以说"记异"。

〔2〕静者:心情恬淡、淡泊名利的人。见前《送孔巢父谢病归游江东,兼呈李白》注〔11〕。

〔3〕州府客:地方官场中人。人事都绝:断绝了一切应酬。

〔4〕肩舆:轿子。老夫:指作者自己。

〔5〕已而:然后。所有的本子都作"而已"。清人阎若璩(qú 渠)认为当作"已而",可从。茶酒内:喝茶饮酒之际。近诗:近来写的诗。

〔6〕接对:晤面,会见。涌思雷出:形容苏涣诗情奔放,如雷声大作。殷殷:形容洪大的声音。金石声:指诗文声调铿锵。

〔7〕倾倒:非常佩服。至:达到极点。

〔8〕庞公:庞德公,东汉末人,隐居襄阳岘(xiàn 线)山,同诸葛亮相友好,足迹不入城市。见《后汉书·逸民列传》。

〔9〕"苏氏"句:承上句,是说苏涣现在像庞德公一样足迹不入城市。

〔10〕"突过"句:谓苏涣诗超过了黄初年间的诗人。黄初:三国时魏文帝曹丕的年号,当公元220—226年。这时的主要诗人有曹丕、曹植和邺中七子。这里说"突过",意思是赞扬苏涣诗有所谓"汉魏风骨"。

〔11〕"乾坤"句:是说自两汉到魏,再到现在,社会几经变化。

〔12〕"扬马"句:意思是苏涣足与西汉著名作家扬雄和司马相如相匹敌。

〔13〕"今晨"以下四句:是说聆听苏涣吟诵后,胜似吃了灵芝草,顿时返老还童,从镜中照见白发间生出了黑丝。这是极力形容苏涣诗之好,听后受益之大。斋房芝:相传汉武帝元封二年(前109),甘泉宫的斋房生出了芝草。据说,吃了这种芝草可以延年益寿。见《史记·武帝本纪》。

〔14〕舟火灭:指夜深人静。以下四句形容苏涣诗感天地、泣鬼神。

〔15〕湘娥:传说舜妃娥皇、女英姊妹二人死后做了湘水女神。悲:

指闻诗感而啜泣。

〔16〕百灵:众鬼神。未敢散:是说为苏涣诗所感动,恋恋不忍离去。

〔17〕"风波"句:是说连江上风波也为之缓和了。时当深秋,所以说"寒江"。迟:缓慢。

暮秋枉裴道州手札,
率尔遣兴寄递,近呈苏涣侍御[1]

久客多枉友朋书,素书一月凡一束[2]。虚名但蒙寒暄问,泛爱不救沟壑辱[3]。齿落未是无心人[4],舌存耻作穷途哭[5]。道州手札适复至[6],纸长要自三过读[7]。盈把那须沧海珠,入怀本倚昆山玉[8]。拨弃潭州百斛酒,芜没潇岸千株菊[9]。使我昼立烦儿孙,令我夜坐费灯烛[10]。忆子初尉永嘉去,红颜白面花映肉[11]。军符侯印取岂迟,紫燕騄耳行甚速[12]。圣朝尚飞战斗尘[13],济世宜引英俊人[14]。黎元愁痛会苏息[15],戎狄跋扈徒逡巡[16]。授钺筑坛闻意旨[17],颓纲漏网期弥纶[18]。郭钦上书见大计[19],刘毅答诏惊群臣[20]。他日更仆语不浅,明公论兵气益振[21]。倾壶箫管黑白发,舞剑霜雪吹青春[22]。宴筵曾语苏季子,后来杰出云孙比[23]。茅斋定王城郭门[24],药物楚老渔商市[25]。市北肩舆每联袂,郭南抱瓮亦隐几[26]。无数将军西第成,早作丞相东山起[27]。鸟雀苦肥秋粟菽[28],蛟龙欲蛰寒沙水[29]。天下鼓角何时休,阵前部曲终日死[30]。附书与裴因示苏[31],此生已愧须人扶[32]。致君尧舜付公等,早据要路思捐躯[33]。

〔1〕这首诗的写作时间稍后于前一首。裴道州是裴虬(qiú 求),时任道州(今湖南道县)刺史。杜甫在诗中表示了对裴、苏两人的钦佩和对朝政时局的关心,希望他们能取得要职,治理天下,实现自己一生未遂的"致君尧舜"的政治理想。枉:屈就,这里是对别人来信的客气话。率尔:随便,立即。

〔2〕素书:书信。素是一种丝织品,古人常用来写信,所以称信为"素书"。后来改用纸了,仍沿用这个词。

〔3〕"虚名"二句:是说朋友们来信问寒问暖,恭维一番,都是应酬,空表同情,解救不了自己的困辱生活。这是反衬裴虬来信并非如此。虚名,徒有其名。泛爱,泛泛不切实际的同情。沟壑(hè 贺)辱,指生活非常穷困,为人瞧不起。

〔4〕齿落:作者这年已五十八岁,他在夔州时就说"牙齿半落左耳聋"(《复阴》)。无心人:没头脑的人,意谓不关心唐王朝的盛衰。

〔5〕"舌存"句:是说只要还有一点解决困难的办法,就不向别人诉苦。舌存,战国时代的张仪,早年不得志,曾向其妻说:"视吾舌,尚存不?"其妻曰:"舌在也。"张仪说:"足矣!"意思是只要还有舌头就可以游说各国,取得高位。见《史记·张仪列传》。穷途哭,魏晋间诗人阮籍驾车出行,到了走不通的地方,便哭着回来。见《晋书·阮籍传》。这里说"耻作",意谓决不因穷困之极而诉苦乞助。

〔6〕适:刚巧。复:副词,又,再。复至,见得裴虬前曾有信寄来。

〔7〕"纸长"句:是说裴虬的书信不同于一般的"寒暄""泛爱",虽然写得很长,还是要读上几遍。自,有自然而然的意思。三过,三是虚数,犹言好几遍。

〔8〕"盈把"二句:形容裴虬的书信如珠、玉一般珍贵。掌中书信胜过"沧海珠",所以说"那须"。置书怀中如同"昆山玉",不必另求,所以说"本倚"。昆山玉,语本《晋书·郤诜传》:"臣举贤良对策为天下第一,犹桂林之一枝,昆山之片玉。"

〔9〕"拨弃"二句:意思是得信非常高兴,便无心饮酒赏菊了。潭州酒,《荆州记》:"长沙郡有酃(líng灵)湖,取湖水为酒,极甘美。"潇岸:湘江岸边。潇水汇入湘江,故湘江也称潇湘。江岸虽有菊,但无心赏玩,所以说"芜没"。

〔10〕"使我"二句:申述"三过读",说日夜读信思人,白天让孩子扶着,夜晚还要点烛。烦,烦其扶持。灯烛上着一"费"字,既饶有风趣,也显出漂泊的穷苦。以上第一段写接裴虬来信的欢喜心情。

〔11〕"忆子"二句:回忆天宝十三载(754)裴虬离开长安去做永嘉(今属浙江)县尉时,正当少年,风流翩翩。子,指裴虬。尉,用作动词,意即去做县尉。杜甫有《送裴二虬尉永嘉》诗,可参。

〔12〕"军符"二句:是说裴虬升官迅速,现已任道州刺史。军符,兵符。侯印,指刺史印。两者指裴虬做刺史掌一州的军政大权。紫燕,汉文帝的良马。𬴊(lù鹿)耳,传说中周穆王的八骏之一。这里都是借以比喻裴虬仕途顺利。

〔13〕圣朝:指本朝,即唐王朝。

〔14〕英俊人:指裴虬。下面六句都是对他的期望。

〔15〕黎元:老百姓。会:合当,定会。苏息:复活,指解除疾苦。

〔16〕戎狄:古代歧视边疆民族的称呼。跋扈:不服从,不驯服。逡(qún群)巡:徘徊不前。上用一"徒"字,是说虽然不驯,有侵扰之意,但却不能得逞。

〔17〕授钺(yuè越)筑坛:古时候皇帝任命大将,要筑一高坛,授以大斧,作为仪式。钺是一种大斧。

〔18〕颓纲:废弛的纲纪。漏网:破坏了的法制。期弥纶:期望能得以弥补、整修。

〔19〕郭钦:西晋时的侍御史。他曾向晋武帝上疏,建议预防边患。见《晋书·四夷传》。这是借以表示,望裴虬能提出谋略,制止吐蕃入内地骚扰。

〔20〕刘毅:西晋时的司隶校尉,他曾批评晋武帝卖官鬻爵。见《晋书·刘毅传》。这里借以表示,望裴虬敢于谏诤,纠正唐代宗贪财好货的毛病。以上第二段赞扬裴虬,寄以匡时济世的政治期望。

〔21〕"他日"二句:追述往日裴虬去道州就任路过潭州的一次会面。他日,往日,前些日子。见前《秋兴八首》之一注〔6〕。更仆,语出《礼记·儒行》篇:孔子对鲁哀公说:"遽数之不能终其物,悉数之,乃留,更仆,未可终也。"杜甫这里意思是交谈时间甚长,侍从人员都由于疲倦而换班。当时,军政大事无所不谈,触及到许多重要问题,故云"语不浅"。明公,对裴虬的尊称。

〔22〕"倾壶"二句:承上文,形容那次宴会的舞乐令作者振奋,感到变得年轻了。倾壶,畅饮。黑,用作动词,意谓白发为之变黑。霜雪,比喻剑光。吹,鼓动。

〔23〕"宴筵"二句:是说宴会上曾谈到苏涣,他的杰出才能可与其祖先苏秦相比。苏季子,苏秦,战国时人。他以"合纵抗秦"的主张游说各国,是当时著名的纵横家。云孙,远孙。

〔24〕"茅斋"二句:是说苏涣隐居长沙城郊。意思是他人才杰出,却不得志。定王城,指长沙。西汉景帝子刘发,封长沙王,死后谥定王,故云。

〔25〕"药物"句:谓是在鱼市上卖药时与苏涣相识的。药物,指自己卖药。他在《进三大礼赋》表中曾说到"卖药都市"。可见杜甫曾卖药。楚老,仇兆鳌《杜诗详注》谓与"药物"二字相连,"当属自谓"。实际

上这句与上句的句式相同,应在"药物"二字后断开,"楚老渔商市"为一词组,楚老是指长沙本地人。

〔26〕"市北"二句:是说自己与苏涣经常往来,或联袂同游,或一起灌园和对坐谈心。袂,衣袖。抱瓮,指灌园。瓮,汲水陶器。隐几,倚着几案。《庄子·齐物论》:"南郭子綦隐几而坐。"以上第三段写苏涣行迹。

〔27〕"无数"二句:是说当时许多武将只忙着造府第,许多文人争先出来谋取高官。这是讽刺朝廷中充斥着夤缘滥进之辈。西第,东汉大将军梁冀,在城西建造了华丽的别墅,大儒马融趋承奉迎地写了《西第颂》,为当时人所轻蔑。见《后汉书·梁统列传》和《马融列传》。东山,东晋谢安,初隐居会稽东山,歌舞自娱,不关心人民疾苦。后来他出山做了高官。见《晋书·谢安传》。这里活用梁冀筑"西第"、谢安"东山起"的故事,说这样一些不关心朝廷安危和人民疾苦,只追求个人名利的人都占据朝廷中将相的高位。

〔28〕"鸟雀"句:承上文,比喻那些文武官僚贪婪无能,糟践人民劳动果实。菽(shū 叔),豆类。

〔29〕"蛟龙"句:同上句对比,以蛟龙冬蛰比喻有才能的人甘愿隐居山泽。蛰(zhé 哲),鱼虫冬季潜藏。

〔30〕"天下"二句:是说当时形势,战乱未已,终日有士卒战死。鼓角,军鼓和号角,见前《秦州杂诗》第二首注〔1〕。部曲,汉代军队编制单位有部有曲;魏晋以后指地主武装的士卒。这里即指战士。

〔31〕"附书"句:寄信给裴虬,同时给苏涣看。

〔32〕"此生"句:是说自己老病体衰,行动须人扶持。意思是不能再有所作为,所以说"已愧"。

〔33〕"致君"二句:对裴虬、苏涣勉励的话,是说"致君尧舜"的重任,就要靠你们二位了,要及早取得要职,为朝廷效忠。付,交给。公等,

指裴虬和苏涣。要路,掌握大权的高级官位。捐躯,犹牺牲生命。以上第四段期望裴虬、苏涣努力上进,致力国事。

追酬故高蜀州人日见寄并序[1]

开文书帙中[2],检所遗忘,因得故高常侍适——往居在成都时,高任蜀州刺史——人日相忆见寄诗[3]。泪洒行间,读终篇末。自枉诗已十馀年,莫记存没又六七年矣[4]。老病怀旧,生意可知[5]。今海内忘形故人,独汉中王瑀与昭州敬使君超先在[6]。爱而不见,情见乎词[7]。大历五年正月二十一日,却追酬高公此作[8],因寄王及敬弟[9]。

自蒙蜀州人日作[10],不意清诗久零落[11]。今晨散帙眼忽开,迸泪幽吟事如昨[12]。呜呼壮士多慷慨,合沓高名动寥廓[13]。叹我悽悽求友篇,感君郁郁匡时略[14]。锦里春光空烂熳,瑶墀侍臣已冥寞[15]。潇湘水国傍鼋鼍,鄠杜秋天失雕鹗[16]。东西南北更谁论?白首扁舟病独存[17]!遥拱北辰缠寇盗[18],欲倾东海洗乾坤[19];边塞西羌最充斥[20],衣冠南渡多崩奔[21]。鼓瑟至今悲帝子[22],曳裾何处觅王门[23]。文章曹植波澜阔,服食刘安德业尊[24]。长笛邻家乱愁思,昭州词翰与招魂[25]。

385

〔1〕高适是杜甫的诗友。唐代宗大历五年(770)正月二十一日,杜甫在长沙舟中翻出了高适在唐肃宗上元二年(761)正月初七日(古时称这一天为人日)寄赠的一首诗,感慨甚深,于是写了这首诗。这时,高适已经逝世,所以题作"追酬故高蜀州"。诗中表达了对高适的深厚友情和对动荡不安的局势的关切。

〔2〕帙(zhì制):包文书的套子。

〔3〕常侍:高适最后任左散骑常侍。往:过去。见寄:寄来。见,表示被动的助词。

〔4〕枉诗:对别人寄诗来的客气话。枉是屈就的意思。杜甫作此诗时,上距高适赠诗十年多一点,距唐代宗永泰元年(765)正月高适死也已六年。

〔5〕生意:生活意趣。可知:可想而知,承"老病怀旧",意即情绪不振。

〔6〕忘形故人:不拘形迹的亲密老友。瑀:李瑀,汝阳王李琎之弟,封汉中王。昭州:今广西壮族自治区平乐县。敬使君超先:敬超先,曾任昭州刺史。

〔7〕情见乎词:思念之情表现在文辞中。

〔8〕却:仍。

〔9〕因:因而。敬弟:杜甫称敬超先为弟,因为自己年长,并表示亲切。

〔10〕人日作:即指高适《人日寄杜二拾遗》诗。

〔11〕清诗:对高适赠诗的赞词。零落:指散落不见。

〔12〕迸(bèng 蹦)泪:眼泪迸洒。迸:涌出。幽吟:低声吟诵。事如昨:谓印象极深,宛如昨天的事一样。

〔13〕"呜呼"二句:赞扬高适生前的才干、名声。高适能文能武,有诗名,做过多年节度使。杜甫过去曾说:"高生跨鞍马,有似幽并儿。"

(《送高三十五书记》)所以这里称之为"壮士"。多慷慨,富有气节。合沓(tà踏),积聚,指高适的名声不是一时一事而赢得的。动寥廓,名震天地。寥廓,宽广的意思。

〔14〕"叹我"二句:写两人的友谊。高适同情作者的不幸遭遇,曾给予精神和经济上的帮助,作者同情高适匡正时局的谋略不得伸展。求友篇:指作者过去赠高适的诗,如《寄高三十五书记》等。郁郁,志向不得伸展。匡时略:匡正时局的谋略。史称:永王李璘起兵时,肃宗闻高适"论谏有素",曾"召而谋之"。李璘兵败后,由于受李辅国的谗毁,高适没有被重用。高适为蜀州刺史时,曾建议在四川西北部置戍兵,未被朝廷采纳。见《旧唐书·高适传》。这里说"郁郁",当指这类事。

〔15〕"锦里"二句:追忆当时在成都,高适任蜀州刺史,曾赠以"禄米",又人日相忆以诗相寄,及至高适回长安任左散骑常侍,不久便逝世了。锦里,指成都。高适回长安,不久死去,杜甫还在成都,所以说"春光空烂熳"。瑶墀(chí池),玉阶,指宫廷。侍臣,指高适。左散骑常侍是侍从之臣,故云。冥寞,指死亡。

〔16〕"潇湘"二句:写自己目前漂泊江湖,为朝廷失掉高适而惋惜、忧伤。鼋鼍(yuán tuó原驮),鳖和猪婆龙(鳄鱼的一种)。杜甫在长沙住在湘江岸边舟中,所以说"傍鼋鼍"。鄠(hù户)杜,指长安附近的鄠县(今陕西西安市鄠邑区)和杜曲(今陕西西安市长安区境内),这里指长安高适病死的地方。雕鹗(diāo è刁饿),两种猛禽。杜诗中常以"雕鹗"比喻人之英杰,如"雕鹗离风尘"(《奉赠鲜于京兆二十韵》)、"雕鹗在秋天"(《奉赠严八阁老》)。这里比喻高适英武。

〔17〕"东西"二句:高适《人日寄杜二拾遗》中有"愧尔东西南北人"一句,表示对杜甫漂泊生涯的关切同情。这里特用"东西南北"四字,表示自己仍在漂泊中。更谁论:还有谁谈论。这是就自己的生活境遇而言。

〔18〕"遥拱"句:是说心所向往的朝廷正受吐蕃、作乱的军阀的困扰。拱,环绕,向往。北辰,北斗,这里指朝廷。寇盗,指当时作乱的各种势力,主要指吐蕃和叛乱的军阀。由此以下四句,借"东西南北"四字,说当时的政治形势。

〔19〕"欲倾"句:是说想要平定天下。

〔20〕西羌:指吐蕃、党项羌等。当时,他们正不断进行侵扰,引起战事。

〔21〕"衣冠"句:用晋元帝南渡故事,谓安史之乱以来,中原地区的官僚、地主多逃到江南。衣冠,指贵族官僚。见前《秋兴八首》之四注〔4〕。崩奔:仓皇奔走。

〔22〕"鼓瑟"句:结合当地湘水女神的传说,表达对朝廷多难的悲伤。鼓瑟,相传舜死后,娥皇、女英二妃投水死,成为湘水女神,曾鼓瑟悲歌。见《楚辞》王逸注。悲帝子,帝子悲哀。帝子,即二妃,传说为尧之女。这里比拟李瑀,李瑀是让皇帝李宪之子。念及李瑀之悲,正见得自己心情之悲。旧注帝子是杜甫自喻,似不伦不类。

〔23〕"曳裾(jū居)"句:是说虽思念李瑀,却两地远隔,不得曳裾其门。曳裾王门,语本《汉书·邹阳传》"何王之门不可曳长裾乎"。曳裾,原意是穿着长襟拖地的衣服,后来便称寄食于王侯之门为"曳裾"。

〔24〕"文章"二句:称赞李瑀善诗,犹如曹植;礼贤喜方士,德业之尊如淮南王刘安。曹植、刘安都是皇室,所以用以比李瑀。服食,指信道家方士食丹长生之术。

〔25〕"长笛"二句:讲到敬超先。长笛,魏晋间作家嵇康死,其友向秀听到邻家的笛声,哀念嵇康,归而作《思旧赋》。见《晋书·向秀传》。词翰,文章。招魂,楚国著名诗人屈原死后,相传宋玉曾作《招魂》来悼念他。这里是希望敬超先作诗文向高适致哀。

小寒食舟中作[1]

佳辰强饮食犹寒[2],隐几萧条戴鹖冠[3]。春水船如天上坐,老年花似雾中看[4]。娟娟戏蝶过闲幔,片片轻鸥下急湍[5]。云白山青万馀里,愁看直北是长安[6]。

〔1〕这首诗作于唐代宗大历五年(770)春。时作者在潭州,住在船上,距离去世大约半年左右。诗是借节日景况,抒发年老落泊的悲哀,但怀念唐王朝的心情还没有完全衰退。小寒食,清明前两天是寒食节,寒食的次日是小寒食。过去习俗,这三天禁火,所以称为"寒食"。

〔2〕强饮:勉强饮酒,不当饮而饮。是说年老多病,但还有节日兴致。

〔3〕鹖(hé 合)冠:用鹖鸟羽毛装饰的帽子,传说是隐士戴的。这里是指自己落泊江湖,没有为朝廷所用。

〔4〕"春水"两句:前句写春天水清。语本沈佺期《钓竿篇》:"人疑天上坐,鱼似镜中悬。"后句写年纪衰老,眼睛昏花。

〔5〕"娟娟"二句:写蝶、鸥的往来自在,生意盎然,反衬自己老病穷困的境遇。娟娟:美好的样子。幔,指作者船上的帐幕。鸥(ōu 欧),一种水鸟。湍(tuān 团阴平),急水。

〔6〕"云白"二句:云山万里,带愁北望那饱经变故的京城。直北,犹正北。

江南逢李龟年[1]

岐王宅里寻常见,崔九堂前几度闻[2]。正是江南好风景,落花时节又逢君[3]。

〔1〕李龟年是唐玄宗时的歌唱家,曾进入内廷歌舞团体——梨园,由于受到李隆基的特殊宠遇而红极一时。杜甫青少年时代听过他演唱。安史之乱发生后,李龟年流落江湘。唐代宗大历五年(770)春,杜甫在潭州同他相遇。这首诗写的就是由重逢李龟年而引起的对彼此衰老飘零、唐王朝盛衰变化的无限感慨。诗句非常简单平易,而意在言外,感情比较深沉。江南,指湖南潭州一带。

〔2〕"岐王"二句:写过去两人的关系,隐示开元时代的繁盛景象。岐王,唐玄宗之弟李范。寻常,这里是经常的意思。原注:"崔九即殿中监崔涤,中书令湜(shí石)之弟。"九,崔涤的排行。"殿中监"、"中书令"都是朝廷中的高级官吏。

〔3〕"正是"二句:同前两句对照,由重逢的地点、季节,烘托聚散、盛衰之感。落花时节,春末,兼喻彼此的衰老、飘零,过去年代繁华盛景的凋谢。

白马[1]

白马东北来,空鞍贯双箭[2]。可怜马上郎,意气今谁见[3]?

近时主将戮,中夜伤于战[4]。丧乱死多门[5],呜呼泪如霰[6]。

〔1〕唐代宗大历五年(770)四月,湖南兵马使臧玠(jiè 介)搞兵变,杀潭州刺史兼湖南观察使崔瓘(guàn 贯),长沙大乱。杜甫随百姓逃出,乘船南至衡州(今湖南衡阳)。这首诗写沿途所见兵荒马乱的情况,感慨战乱年月生存不易。"丧乱死多门"一句,高度概括了当时社会的动乱和致人死命的罪恶因素之多。

〔2〕"空鞍"句:是说跑来的马背上只有带着箭的空鞍子。空鞍,见得骑马的人已被杀死。贯,穿。

〔3〕"可怜"二句:拟想之词,谓战士被杀,生时的那种威武意气也泯灭不见了。这是伤其死于非命,所以上着"可怜"二字。

〔4〕"近时"二句:由战士之死,推及主将之死。主将,指崔瓘。中夜,臧玠举行兵变,杀死崔瓘,时在半夜。杜甫《入衡州》诗记这次兵变也说"烈火发中夜"。

〔5〕"丧乱"句:是说丧乱中致人死亡的因素、方面很多。仇兆鳌《杜诗详注》说:"'丧乱死多门'一语极惨。或死于寇贼(指安史叛军、吐蕃兵、臧玠之类叛军),或死于官兵,或死于饥馁,或死于流离奔窜,非身历患难者不知。"杜甫如果不是长期经历战乱之苦,也得不出这种体会、认识。

〔6〕"呜呼"句:写自己心情沉痛,也无可奈何,只有感慨恸哭。霰(xiàn 宪),小雪珠,形容泪珠。

[附录]

雕 赋[1]

当九秋之凄清,见一鹗之直上[2]。以雄材为己任,横杀气而独往[3]。梢梢劲翮,肃肃逸响[4]。杳不可追,俊无留赏[5]。彼何乡之性命,碎今日之指掌[6]。伊鸷鸟之累百,敢同年而争长[7]。此雕之大略也[8]。

若乃虞人之所得也[9],必以气禀冬冥,阴乘甲子[10],河海荡潏[11],风云乱起,雪洰山阴[12],冰缠树死,迷向背于八极,绝飞走于万里[13]。朝无以充肠,夕违其所止[14],颇愁呼而蹭蹬,信求食而依倚[15]。用此时而椓杙,待尤者而纲纪[16],表狎羽而潜窥,顺雄姿之所拟[17]。欻捷来于森木,固先击于利觜[18],解腾攫而竦神,开网罗而有喜[19],献禽之课,数备而已[20]。

及乎闽隶受之也[21],则择其清质,列在周垣[22],挥拘挛之掣曳,挫豪梗之飞翻[23],识畋游之所使,登马上而孤骞[24]。然后缀以珠饰,呈于至尊[25];抟风枪櫐,用壮旌门[26]。乘舆或幸别馆,猎平原[27],寒芜空阔,霜仗喧繁[28]。观其夹翠华而上下,卷毛血之崩奔[29],随意气而电落,引尘沙而昼昏[30],豁堵墙之荣观,弃功效而不论,斯亦足重也[31]。

至如千年孽狐，三窟狡兔[32]，恃古冢之荆棘[33]，饱荒城之霜露，回惑我往来，趑趄我场圃[34]。虽青骹带角，白鼻如瓠[35]，蹙奔蹄而俯临，飞迅翼以遐寓[36]，而料全于果，见迫宁遽[37]，屡揽之而颖脱，便有若于神助[38]。是以哓哮其音，飒爽其虑[39]，续下韝而缭绕，尚投迹而容与[40]。奋威逐北，施巧无据[41]，方蹉跎而就擒，亦造次而难去[42]。一奇卒获，百胜昭著[43]，宿昔多端，萧条何处，斯又足称也[44]。

尔其鸧鸹鸨鸦之伦[45]，莫益于物，空生此身，联拳拾穗，长大如人，肉多奚有，味不足珍[46]，轻鹰隼而自若，托鸿鹄而为邻[47]。彼壮夫之慷慨，假强敌而逡巡[48]，拉先鸣之异者，及将起而遄臻[49]，忽隔天路，终辞水滨[50]，宁掩群而尽取，且快意而惊新，此又一时之俊也[51]。

夫其降精于金，立骨如铁[52]，目通于脑，筋入于节[53]。架轩楹之上，纯漆光芒[54]；掔梁栋之间，寒风凛冽[55]。虽趾跻千变，林岭万穴[56]，击丛薄之不开，突权桠而皆折[57]，又有触邪之义也[58]。久而服勤，是可吁畏[59]。必使乌攫之党，罢钞盗而潜飞[60]；枭怪之群，想英灵而遽坠[61]。岂比乎虚陈其力，叨窃其位[62]，等摩天而自安，与枪榆而无事者矣[63]。

故其不见用也，则晨飞绝壑，暮起长汀[64]，来虽自负，去若无形[65]。置巢巃嵸，养子青冥[66]。倏尔年岁，茫然阙廷[67]，莫试钩爪，空回斗星[68]。众雏倘割鲜于金殿，此鸟已将老于岩扃[69]。

〔1〕天宝十载(751),杜甫献"三大礼赋",受到玄宗赏识,遂令待制集贤院,但未授官。时甫困守长安,穷愁潦倒,贫病交加,但仍不忘仕进。天宝十三载秋,又献《雕赋》。他在《进〈雕赋〉表》中说:"臣以为雕者,鸷鸟之殊特,搏击而不可当,岂但壮观于旌门,发狂于原隰。引以为类,是大臣正色立朝之义也。臣窃重其有英雄之姿,故作此赋,实望以此达于圣聪耳。"雕为猛禽,似鹰而大,俗呼皂雕。杜作此赋,虽以皂雕之刚猛属望于立朝之大臣,而实亦自喻。故仇兆鳌评曰:"公三上赋而朝廷不用,故复托雕鸟以寄意。其一种慷慨激昂之气,虽百折而不回。全篇俱属比喻,有悲壮之音,无乞怜之态,三复遗文,亦当横秋气而厉风霜矣。"(《杜诗详注》卷二十四)

〔2〕九秋:秋天。秋季九十天,故云。凄清:寒凉貌。鹗(è 饿):雕类,性凶猛,俗称鱼鹰。《汉书·邹阳传》:"鸷鸟累百,不如一鹗。"二句谓秋高气爽,雕鹗翱翔于万里长空。

〔3〕雄材:非凡之才。横:以威势相胁。杀气:肃杀之气,指秋气。二句谓雕以施展雄材为自己的天职,在秋空中独来独往。

〔4〕梢梢:劲挺貌。翮(hé 河):羽茎,代指鸟翼。肃肃:象声词,此指鸟飞声。逸响:声音超逸绝俗。

〔5〕杳(yǎo 咬):深远貌。俊:俊逸,才能超群。留赏:留作观赏。以上四句极写雕攫物神速,转瞬远飞。

〔6〕彼:指被雕追杀的动物。指掌:指雕的利爪。

〔7〕鸷(zhì 志)鸟:凶猛的鸟。敢:岂敢,不敢。同年:同等,同列。争长(zhǎng 掌):争雄。二句谓其他鸷鸟都不能与此雕争雄。

〔8〕大略:大概。以上为第一段,概叙雕之威猛俊异。

〔9〕虞人:掌管山泽苑囿之官。

〔10〕冬冥:冬天。冬神为玄冥,故云。甲子:指岁月,年岁。

〔11〕荡潏(yù 玉):水波涌起。

〔12〕沍(hù 户):闭塞。沍阴:封冻阴闭之象。

〔13〕"迷向背"二句:谓当严冬风雪冰封之时,飞禽走兽绝迹,雕亦迷失方向。八极,八方极远之地。飞走,飞禽走兽。

〔14〕"朝无"二句:谓雕白天无以充饥,晚上没有栖息的地方。违:失。所止:所居。

〔15〕"颇愁呼"二句:谓雕因走投无路而愁呼哀号,只好随处求食,随地栖息。蹭蹬(cèng dèng 层去声邓),失势貌。信,随意。依倚,依靠。

〔16〕用:因,凭借。此时:指冰雪严冬之时。椓杙(zhuó yì 浊意):指在雪地上楔立小木桩,以备张罗网之用。椓:击。杙:小木桩。待尤者:待的主语是虞人。尤者,指雕。纲纪:指举网捕捉。网之大绳曰纲,小绳曰纪。

〔17〕表:标。狎羽:即雕媒,指把驯养的禽鸟作为引雕上钩的诱饵。潜窥:偷看,暗中窥伺。雄姿:指雕。所拟:所向。以上四句,谓虞人趁冰天雪地之时,张网待雕,以雕媒诱雕,暗中窥伺雕之所向,准备举网捕获。

〔18〕欻(xū 虚):忽然。捷来:指雕迅捷飞来。觜:同"嘴"。

〔19〕解:见。腾攫(jué 决):指雕在网中腾跃而攫搏。竦神:神情惊恐貌。竦、喜,皆就虞人言。

〔20〕课:按规定的数额和时间征收赋税。数备:把数额备齐。以上为第二段,叙虞人取雕之法。

〔21〕闽隶:掌役畜养鸟之官。受之:接受它们。之:指禽鸟。

〔22〕清质:清高之姿质,指雕。垣:墙。周垣,即指御苑。

〔23〕拘挛(luán 栾):拘束。掣曳(chè yè 彻夜):牵引。豪梗:指雕雄劲有力的翅膀。

〔24〕畋(tián 田)游:游猎。骞(xiān 先):飞举貌。以上七句谓雕

被选入御苑,受阍隶的精心驯养,使其以供皇帝游猎的驱使。

〔25〕珠饰:珠玉之佩饰。至尊:至高无上的地位,指皇帝。

〔26〕抟(tuán团):盘旋。《庄子·逍遥游》:"抟扶摇而上者九万里。"扶摇,即旋风。后因称鸟乘风捷上曰"抟风"。枪櫐(lěi磊):一作"枪累",即篱笆。旌门:古代帝王出行,在所住帷幕前树立旗帜,其状若门,称为"旌门"。

〔27〕乘舆:皇帝乘坐的车子。后用作皇帝的代称。幸:皇帝亲临。别馆:别墅。

〔28〕寒芜:寒秋的荒原。霜仗:皇帝的仪仗。霜,形容其威严。喧繁:犹喧杂。

〔29〕翠华:用翠羽饰于旗竿顶上的旗,为皇帝仪仗。毛血:指被雕捕杀的猎物。崩奔:奔腾,奔驰。二句写雕随皇帝仪仗上下翻飞,捕杀猎物的迅捷。

〔30〕电落:形容雕飞腾搏击之迅捷。尘沙昼昏:沙尘飞扬,天昏地暗。二句具体描写雕捕杀猎物时惊心动魄的场景。

〔31〕豁:舍弃。堵墙:详见《莫相疑行》注〔4〕。荣观:荣盛的景象。功效:功劳。重:敬重。写雕有功不居的高洁情操。以上为第三段,叙阍隶驯雕以供皇帝校猎的情景。

〔32〕孽(niè聂)狐:邪恶的妖狐。狡兔:狡猾的兔子。《战国策·齐策四》:"冯谖曰:狡兔有三窟,仅得免其死耳。"窟,穴。

〔33〕恃(shì市):凭借,倚仗。冢(zhǒng肿):高大的坟墓。

〔34〕回惑:内心迷乱。往来:指来往的道路。趑趄(zī jū资居):徘徊不进貌。场圃:种菜蔬和收打谷物的场地。以上六句写狐兔为恶的猖獗。

〔35〕青骹(qiāo敲):青腿之鹰。骹,小腿。白鼻:亦指鹰。瓠(hú胡):葫芦。

396

〔36〕蹙(cù促):急促,迫近。奔蹄:指猎者所乘之马。俯临:俯身临近(狐兔)。遐(xiá侠)寓:寄身远地。

〔37〕料:预料,估计。果:与预料相合。迫:逼近。宁:乃。遽(jù具):恐惧,畏惧。谓鹰隼及至迫近狐兔时而惊慌失措。

〔38〕揽:把持。之:指狐、兔。颖脱:原指有才能的人脱颖而出。典出《史记·平原君列传》。此指狐兔从鹰爪下脱身逃走。神助:谓狐兔脱身似有神相助。以上极写狐兔狡猾猖獗,而鹰隼临阵惊惧,故使狐兔逃脱。为以下雕之奋威擒敌作铺垫。

〔39〕是以:因此。哓(xiāo消)哮:指雕的怒叫声。飒爽:劲捷的样子。虑:思考,判断。谓雕见狐兔而迅速作出判断。

〔40〕续:不断。韝(gōu沟):革制臂衣。缭绕:盘旋。投迹:投身。容与:闲暇自得貌。二句谓雕不时从猎者臂衣上飞下盘旋,观察形势,在尚未纵身捕获猎物前显得从容不迫。

〔41〕逐北:追击败逃者。施巧无据:使狐兔无技可施。据,依靠。

〔42〕蹉跎(cuō tuó搓驼):失足,颠蹶。造次:急遽,仓卒。难去:难以脱身。二句谓狐兔尚在惊慌失足的刹那间,就被雕以迅雷不及掩耳之势捕获而不能脱身。

〔43〕一奇:一个奇计,犹言绝招。昭著:昭彰,显著。二句谓雕出一奇计即擒获狐兔,因此百战百胜,功绩昭著。

〔44〕宿昔:往日,向来。多端:多方,指雕捕获猎物的多种方法。萧条:寂寥。斯:这。足称:值得颂扬。三句谓雕施尽多种奇技以捕猎禽兽,并没有想到以后会山野萧条,无物可捕,自己会英雄无用武之地,所以这种精神又值得称赞。以上为第四段,言雕之猎物胜于鹰隼。

〔45〕鸧鸹(cāng kuò仓扩):似鹤,苍青色。鸨(bǎo保):似雁而略大。鹝(yì亿):形似鸧鹒,善高飞。三者皆为水鸟。

〔46〕联拳:屈曲貌。拾穗:以俯拾谷穗为生。奚有:何有,有什么

用。以上六句谓鸲鹆之流庸碌无用,空长其身。

〔47〕隼(sǔn 损):猛禽名,鹰类中最小者,飞速善袭。又名鹘。自若:神色自得貌。托:托大,有自高身分意。鸿鹄(hú 胡):俗称天鹅。常用以比喻志向远大之人。二句谓鸲鹆之流恬然无耻,傲慢自大。

〔48〕壮夫:对鸲鹆等凡鸟的谑称。强敌:指雕。逡(qūn 群阴平)巡:却退貌,有所畏惧而徘徊不前。

〔49〕拉:摧。先鸣之异者:指鸲鹆等凡鸟,谓其面对雕鸟,未斗先鸣,虚张声势。遄(chuán 船)臻:谓雕快速飞到。遄,速。臻,至。

〔50〕"忽隔"二句:谓鸲鹆等凡鸟为雕所击杀,忽然与天路隔绝,永远离开了水边。天路:犹天空。因鸲鹆等都是水鸟,故曰"终辞水滨"。

〔51〕宁:乃,竟。掩群:狩猎时围捕兽群。且:此。惊新:犹惊奇,谓使异类震惊。俊:杰出。以上为第五段,言凡鸟不足供雕所搏击。亦《画鹰》诗所云"何当击凡鸟,毛血洒平芜"之意。

〔52〕降精:降生。金:指秋天。立骨如铁:谓爪刚似铁。

〔53〕目通于脑:谓雕深目,与脑相通。筋入于节:谓雕筋有力,深入关节。节:骨节相衔接之处。

〔54〕轩楹(yíng 营):堂前廊柱。纯漆光芒:指雕毛色光洁如漆。

〔55〕掣:拽。梁栋:梁柱。凛冽:寒冷。二句谓雕威猛生寒。

〔56〕跐跷(qiāo 敲):举足。跷,同"跷"。

〔57〕丛薄:草木丛生处。突:冲击。杈枒(chà yā 岔鸭):树干的分枝。二句写雕之威猛,所到之处,丛薄为之开,树枝为之折。

〔58〕触邪:辨触奸邪。用角顶物曰触,此有触犯意。传说古有异兽,名獬豸,一角,能辨曲直正邪,专触不正不直者。故视为祥物。《晋书·束晳传》:"朝养触邪之兽,庭有指佞之草。"

〔59〕服勤:服侍勤劳。吁:叹词。句谓雕真可叹可畏。

〔60〕乌攫(jué 决):乌鸦夺食。《汉书·黄霸传》:"吏出,不敢舍邮

亭,食于道旁,乌攫其肉。"乌攫之党,喻祸国殃民之辈。罢:停止。钞盗:剽盗,强取掠夺。潜飞:偷偷飞走。

〔61〕枭(xiāo消):通"鸮",猫头鹰一类的鸟。古人认为它是恶声之鸟,常用以比喻贪恶之人。英灵:指雕。遽坠:惊恐坠落。

〔62〕虚陈其力:虚假地显示自己的才能。陈:显示,施展。力:才能。叨窃其位:不应得而窃据其位。二句讽刺当时尸位素餐之流。

〔63〕摩天:形容位高。枪榆而无事者:喻庸碌之徒。典出《庄子·逍遥游》。枪:突过,冲撞。榆:榆树。二句抨击位高而自安的庸碌之辈。以上为第六段,写雕之刚正威猛,疾恶如仇,鄙视庸俗,有扶正触邪之英概。

〔64〕其:指雕。不见用:不被纳用。壑:山谷。汀:水边平地。

〔65〕"来虽"二句:言雕志向之高洁,亦"用之则行,舍之则藏"之意。自负,自恃其才。无形,无影无踪。

〔66〕巀嶭(jié niè 节聂):山高峻貌。青冥:青天。

〔67〕倏(shū 梳)尔:极快地,忽然。阙廷:宫廷。二句谓岁月流逝,对朝廷的记忆亦茫然了。

〔68〕莫试:未试。回:旋转。斗星:北斗星。二句谓不能施展才能。

〔69〕众雏:喻仕宦者,含鄙意。割鲜:新杀之畜禽。金殿:指朝廷。岩肩(jiōng 坰):岩扉,指深山隐居之处。二句谓朝廷那些仕宦者尚恋恋不舍其禄位,而雕却将终老隐居。以上为第七段,伤雕之不得见用,遂高蹈远遁。盖以自喻,寄慨良深。